有爱的青春陪伴者

凡件难越

周晚欲 著

贵州出版集团
贵州人民出版社

图书在版编目（CIP）数据

风月难扯 / 周晚欲著. -- 贵阳 ：贵州人民出版社，
2025. 2. -- ISBN 978-7-221-18863-2

Ⅰ. I247.5

中国国家版本馆 CIP 数据核字第 2025L9A564 号

风月难扯
FENGYUE NANCHE

周晚欲 / 著

出 版 人	朱文迅
选题策划	大鱼文化
责任编辑	徐 晶
特约编辑	雪 人 嘎 嘎
装帧设计	Insect 孙欣瑞
封面绘制	柠檬漫游
出版发行	贵州出版集团 贵州人民出版社
地 址	贵阳市观山湖区中天会展城会展东路SOHO公寓A座
印 刷	长沙鸿发印务实业有限公司
开 本	880毫米×1230毫米 1/32
字 数	360千字
印 张	11
版 次	2025年2月第1版
印 次	2025年2月第1次印刷
书 号	ISBN 978-7-221-18863-2
定 价	42.80元

贵州人民出版社微信

第一章
漂泊

/ *身似倦鸟，要在哪棵树上栖息？*

1

第一次见温辞树这天，乔栖特意打扮了一番。

三月正是春寒料峭的时候，北风卷着缠绵的寒流肆虐，路两旁的行道树还光秃秃的，来来往往的行人都裹着厚大衣或棉袄。

乔栖穿一件刚遮住屁股的白色露肩薄毛衣，踩一双过膝的黑色长靴，用黑色头绳扎起高高的漂亮马尾，没戴任何首饰，大红唇已经足够吸睛。

孙安琪打电话来问情况："等会儿见到我男神，帮我拍张照片呗。"

乔栖阴阳怪气："我干脆给你开直播得了。"

孙安琪听得出乔栖话里的揶揄，咬牙切齿地挤出四个字："你少嘚瑟！"

乔栖笑了笑："没办法，人家有嘚瑟的资本哎。"

孙安琪的声音立即提高了八度："你先拿下他再说吧！八字还没一撇呢，把你雀跃的尾巴收一收！"

乔栖欣赏着指甲上的渐变晶石猫眼，优哉游哉地说："放心吧，小时候你在他那儿受过的伤，我都让他在我身上还回来。"她看了眼时间说，"今天这顿饭，我请他吃爱情的苦。"

孙安琪一愣："呃……你别太自信，那可是温辞树。"

温辞树——孙安琪曾经暗恋过的男神，也是乔栖今天的相亲对象。

这条红线是乔栖的奶奶为她牵的。

乔栖是家中老二，小时候被养在舅舅家，直到读高中才回家住。

舅舅是个嗜酒成瘾的泼皮无赖，一喝醉就喜欢打人，舅妈在乔栖记事起就被打跑了，乔栖接替舅妈成了舅舅的发泄口。她不怕被巴掌打，也不怕被笤帚抽一顿，最怕的是吃饭吃着吃着忽然被无缘无故拧一下大腿里侧的肉，疼得连哭都哭不出来。

她希望父母能把自己接回家，但他们总说有难处，每次交流，都以"你也长大了，理解理解我们"而结束。

所以后来乔栖就不再提回家的事了，她开始结交"厉害"的朋友。那些人是别人口中的小混混，但他们能帮她吓退舅舅，就凭这一点，她就愿意和他们推心置腹。

好孩子和坏孩子的标准在她心里渐渐变得模糊。

当她被奶奶接回家的时候，已经成为一个从穿衣打扮到行为举止都顽劣的人。

她和家里其他孩子都不一样，她品行不端，不受管束，也不听劝导。开始的时候，父母觉得亏欠她，对她客客气气的不敢说重话，后来恨铁不成钢了，要把她送到戒网瘾的学校。从那之后，她和家里人的关系变得更糟糕。

三个孩子里，妈妈最喜欢从小就懂事听话的大姐乔桥，爸爸更偏爱他的"香火传承人"弟弟乔桑，天生反骨、不学无术的乔栖是被父母挑剩下的选项。

如果没有奶奶，乔栖大概就被这个家彻底边缘化了。

乔栖能被父母从舅舅家接回来，完全是奶奶强烈要求的，后来也是奶奶大闹一场，才让父母改变主意，没把她送去戒网瘾的学校。

奶奶偏爱乔栖，所以乔栖也最在乎奶奶。

然而命运似乎总爱跟人开玩笑，去年，奶奶被检查出胃癌晚期。

都说生活并不全是风和日丽，更多的是风雨交加，乔栖觉得这个雨季好像过不完了。

她就像是大雨里踽踽独行的人，虚张声势地撑着伞，却难逃被淋得湿漉漉的命运。

如果这个雨总有人要淋，乔栖多希望那个人是自己，而不是奶奶。

得病之后，奶奶开始操心起乔栖的终身大事。奶奶说："你有家人，却没有家，这样不好，我走后不放心。"

后来每次相亲，乔栖都没推诿。

在温辞树之前，乔栖见过几位适龄男青年。她有想过，如果一直没人能让她产生结婚的念头，她就为了奶奶随便找个人闭眼结婚算了。

前两天吃饭的时候，奶奶又提起相亲的事情。

乔栖上一个见面的对象身高才一米七，和她一般高，为了相亲更有效率，她把话撂在前头："比乔桑矮的我不考虑。"

乔桑一米八三。

奶奶拍胸脯说："这次的一米八六。"

乔栖又问："帅吗？有钱吗？"

奶奶似乎特别想让乔栖和这人见一面，滔滔不绝地说："又高又瘦又帅！打着灯笼都找不着！还是Q大毕业的，年收入百万，父母工作也很体面。我保证你一看就喜欢！"

彼时的乔栖听完这番描述，心里根本毫无波澜。

"您每次说帅的，都是年纪轻轻长得特别像中年人，还是脑门锃亮，到中年一定会谢顶的那种长相，我可不喜欢。"乔栖坐没坐相，吊儿郎当。

奶奶着急起来："这个小温是我老年大学班长的孙子，我见过的，那真是一表人才！"怕乔栖不信，奶奶手忙脚乱地去翻手机，找了半天终于找到一张照片，"喏，你瞧瞧，你瞧瞧……"

一张寸照映入眼帘。

这人穿着西装，三七侧背的发型，表情不严肃也不木讷，眼睛很亮，但没有迫人的精明感，看上去像是在和人对视。

以前乔栖不知道什么叫星眸，这次知道了。

奶奶说他不爱拍照，只有这一张入职的"公式照"，但是足够了。

乔栖大概不会轻易忘记扫到温辞树照片那一秒自己的心理活动。

惊艳。

很熟悉的惊艳感。

这个人，她是不是认识？

乔栖差点从椅子上跳起来。

她二话没说就把照片传到自己微信上，又以最快速度发给孙安琪。做完这一切，她一通电话打过去："酸琪，你看看这个人是不是你暗恋过的那男的啊？"

孙安琪安静了三秒，然后爆发出惊天地泣鬼神的一声尖叫。

"我死去的青春忽然攻击我！"她的语气里满是不知道该如何是好的惊

讶，"你从哪儿扒到的他的照片？"

乔栖："这是我相亲对象。"

手机那端安静了。

再后来，孙安琪就把通话掐断了。

半小时后，乔栖刷朋友圈，看到孙安琪发了一条：关于"我曾经暗恋过的男神成了我闺蜜的相亲对象"这件事。

乔栖故意评论了一句：我把机会让给你？

孙安琪紧接着打电话过来："真崩溃啊！要是我现在单身，我就会代替你去相亲，然后就像小说里写的那样，和我的男神修成正果。"

乔栖说："那你现在和老何分手，代替我去相亲呗？"

"得了吧。"孙安琪那叫一个委屈，"我是没指望了，你加把劲啊。"

很多人曾经都要死要活地喜欢过一个人，那会儿以为特别难忘，可后来认识了新的人，也就翻篇了。没有人会像电视剧里演的那样，等一个人就是好多年。

孙安琪也是如此。

只不过时隔多年，再听到他的名字，她心里还是会有些异样的感觉。有些感情，是不可能完全释怀的，但她知道自己早已经放下了。

孙安琪叹气："或许这就是缘分吧，你要是和他成了，也算肥水没流外人田。"

乔栖完全不知道孙安琪的内心活动，百无聊赖地说："可他不是我喜欢的类型啊。"

孙安琪从前没少在乔栖耳边聊温辞树，乔栖对他的印象是人如其名——温润清逸，朗然若树。

而乔栖喜欢又野又痞那一类的。

孙安琪大骂："你真不识好歹，给我滚蛋吧！温辞树看不看得上你还另说呢，你还挑上他来了，你咋那么大的脸？"

乔栖轻嗤："他还看不上我？"

孙安琪冷笑："你别太自信。"

"喊……"乔栖撇着嘴挂断了电话。

时间拉回到今天。

乔栖给段飞扬送了份东西，所以提前半个小时就来到了约定的餐厅附近。她买了杯抹茶星冰乐，在路口徘徊。

孙安琪比乔栖还要着急："我只恨自己现在不在平芜，不然早打车跟踪你了。"

乔栖笑道："你等我凯旋。"

从这儿步行十分钟就能到餐厅，乔栖挂断电话之后就往那边走。

路过一家花店的时候，她忽然听到有个男人说了："她叫乔栖，大乔小乔的乔，凤栖梧桐的栖。"

这个人念的是"qī"。

乔栖不确定他是不是在喊她。

"栖"这个字有两个读音，念"qī"的时候是居住停息的意思，念"xī"的时候是形容不安定的样子。

乔栖自我介绍的时候，总是喊自己乔栖（xī），所以别人也都叫她乔栖（xī）。

"是我爷爷同学的孙女。"男人的声音很好听，清澈中透着一点点沙哑，"长得还行。"

这个评价，让乔栖转头去看他。

一个穿黑色风衣的男人，边打电话边弯腰挑拣花枝。

正午的阳光透过枝丫的缝隙破碎地洒在他的身上，乔栖形容不出他的鼻子是什么鼻子、眼睛是什么眼睛，也不知道他是什么脸型，也不知该怎么形容这一刻，只觉得，他站在那儿，方圆百里的空气都被净化了。

温辞树，一个把黑色都穿得冒仙气的男人。

乔栖眼皮一跳，完了完了，酸琪那句"他看不看得上你还另说呢"就像紧箍咒一样，在她脑袋里噼里啪啦地炸开。

乔栖当机立断，伸手叫了一辆车，以最快速度"杀"进附近最有名的一家妆造店，进门之后单刀直入："给我化成仙女！"

她化了一个无比清新脱俗的妆，眼线是浅棕色的，卧蚕处点缀着银色，亮晶晶的，眼尾撒粉银相间的超细闪眼影，嘴巴涂了薄薄一层和唇色无二的豆沙红，又把头发做成慵懒的法式卷，换上一套温柔奶杏色的针织连衣裙。

乔栖对着镜子转了两圈，觉得温辞树应该喜欢这种造型。

拿下温辞树，够她吹半年的。

她已经迫不及待了。

但是等乔栖冲去餐厅，在温辞树面前坐下的时候，她已经迟到了半个小时。

于是她开口第一句话便是抱歉："不好意思，路上堵车。"

温辞树抬头看了她一眼，表情淡定："没关系。"

乔栖笑了笑："我叫乔栖。"

她念了"xī"。

温辞树没有什么反应，点头说："你好，我是温辞树。"

他把座位旁边的一束花双手递给她。

"好漂亮，谢谢。"乔栖起身接过来，端着客套的淑女模样。

这是用柠檬草扎成的一大捆橙红色花束，一枝枝花微显弯曲，从葱绿的叶丛中向外伸吐。

她不大认得，便问："这是什么花？"

温辞树看着花，说："火焰兰。"

乔栖果然不认得，装模作样地点了点头。

他又说："看过你的照片，觉得这花挺衬你，就买了。"

闻言，乔栖又欣赏了一番这束花——橙红色的花序高低错落，疏密有致，很是绚烂。

不知道奶奶给他的是哪张照片，竟会让他对她有这样的理解。

她又抿唇一笑，说了一声："谢谢。"

姿态一点也不像火焰兰，反倒很像香水百合。

她怕话一断了就冷场，便把花放下，赶忙找话聊："你的名字怎么写？"

"朱颜辞镜花辞树的最后两个字，就是我的名字。"

乔栖点了点头，感觉他讲话就像回答老师问题，她问一句，他答一句，一点多余的话都不讲。

她故作随意地撩了撩头发，露出抹了珠光细闪高光液的锁骨："有点热。"

温辞树看了她一眼，又很快移开目光，问道："要不要叫个餐前甜品？这家的冰激凌不错。"

乔栖愣了愣。

她有点拿不定了，感觉这个人不受撩拨啊。

手机嗡嗡响起来，又是孙安琪。乔栖正好借此机会出去缓缓："我去接个电话，菜你点吧，我都行。"

温辞树没说什么，只深深看了她眼睛一眼，点了点头。

乔栖边接电话边往院子里去。

孙安琪迫不及待地问："怎么样，他现在还是那么帅吗？"

乔栖对着太阳欣赏自己的美甲，很欠揍地说："也就一般吧。"

"啥叫一般？"

"嗯……"乔栖恶作剧般地说了个谎，"他就是'照骗'啊，五官还能看，但是气质特别差，身材也不好，还长小肚子呢，可油腻了。"

乔栖笑得合不拢嘴，说着话，无意间一转头，脸上的笑容瞬间僵住了。

温辞树站在门边淡淡盯着她，没笑，但也不凶："我好像不长小肚子吧？"

起风了。

风吹着院子围墙处高大的松树，哗哗作响，听起来就像是在下雨。

乔栖的眼睛眯了一下。

头发从耳侧散落下来，她撩了一把，掩盖了睫毛轻颤的频率，再抬头，扬起一个风情万种的笑："没说你，我说的是上一个相亲对象。"

温辞树的目光若即若离地落在乔栖的脸上。他似乎对她的说法并不信任，但又对她话中的真真假假没有兴趣。他没刨根问底，转身打开门，示意乔栖进去，后面的话似是随口一接："乔小姐相过很多次亲吗？"

乔栖正滑动屏幕挂断通话，闻言，指尖顿了顿。

她抬起头来笑笑，一边往温辞树那边走过去，一边看着他的眼睛问："难道温先生没有吗？"

温辞树淡淡睨着她："没有。"

等她走到离他很近的地方，他关上门，似是随口一说："你是第一个。"

乔栖仰头看了他一眼。

因为离得很近，温辞树精致的五官被成倍放大，出尘的气质本不该给人压迫感，此刻却把乔栖震慑住了。

乔栖屏息了一秒，紧接着，她就注意到倒映在他瞳仁里的她的影子，漂亮的影子。

她一向美而自知，很快扬起笑容，妖冶又天真："那我很荣幸。"

温辞树目光微紧，没有说话。

乔栖走到餐桌前落座，这才想起要问的话："你刚才出去干什么？"

温辞树说："想问问你是否对葱姜蒜忌口。"

乔栖摇了摇头。

温辞树说："那我看着点了。"

乔栖说："好。"

他们今天吃的是新加坡菜，温辞树点了肉骨茶、罗惹、叻沙、青柠酸鱼汤、黑胡椒牛肉等，一桌子的菜。

等餐的过程中，温辞树话很少。

乔栖觉得他有点高冷，但并非站在山顶上睥睨众生的傲气，而是站在不远不近的地方，撩起眼皮淡淡看过来的疏离。

她正拿勺子舀肉骨汤喝，他忽然问："听说你是开工作室的。"

"对，我是美甲设计师，开了一家美甲设计工作室。"乔栖看到他瞥了一眼自己的美甲，一笑，"好看吗？"

温辞树微顿，说："好看。"

没什么感情的两个字，仿佛是在填空题里写下正确答案。

乔栖扬起手，蓝绿色渐变晶石猫眼个性前卫，衬得她双手肤如凝脂，透着性感而野蛮的味道，与她这一身妆发衣裙很不搭。

温辞树怎么会看不出来，眼前这个女人，只有这一手指甲最贴近她的个性。

穿衣风格可以随意切换，但是气场这种东西掩盖不了。

就拿刚才在门边对视时她的那一抹笑来说，魅惑众生的神态，仿佛和眼睛眉毛一样天生便长在脸上，是自然而然的勾魂摄魄。

乔栖对温辞树不咸不淡的夸奖表示感谢："谢谢，我也很喜欢这个款式。"

温辞树话赶着话问："你做这行多久了？"

乔栖说："挺久的了。我念的三流大学，专业也不喜欢，美甲就是我的'大学必修课'。"

她对自己不高的学历毫不掩饰，说完又问："你呢？"

温辞树喝了口杯中的气泡酒，说："我毕业于Q大建筑学院，现在是一名建筑设计师，在华赢建筑设计研究院工作。"

真是一份比他的脸蛋还漂亮的履历。

因为孙安琪，乔栖对温辞树的优秀早有耳闻，今天见面之前，奶奶也在她耳边夸赞他许久。她本来内心没有波澜的，可不知道为什么，亲耳听到他这么宠辱不惊地讲出这些的时候，她竟有那么一点儿自惭形秽。

人都有自卑心理，没有例外。

乔栖端起酒杯，兀自和他碰了碰。玻璃杯"叮"一响的时候，她微微挑眉："哦，好巧，我们都是设计师，祝我们都有美好的未来。"

乔栖会无数次挑衅这份自卑，这是她的性格。

这话让温辞树微愣，而后眼眸一闪而过地亮了亮。

乔栖捕捉到了，还以为是错觉。

最后这顿饭吃得还算融洽。

吃完饭之后，温辞树要开车送乔栖离开，但乔栖拒绝了。既然他没有明确给她"我对你有兴趣"的信号，她不如以退为进。

她用半真半假的语气告诉他："我正好要在附近处理一些事情。"

温辞树也不知道是信了她，还是无所谓，竟直接对她说了"再见"，而后钻进他那辆白色的"卡宴"扬长而去了。

还真是一点留恋都没有。

乔栖小声嘀咕："这人别是性冷淡吧？"

她甩了甩头，见他的车开远了，伸手打了辆出租车，对师傅说："去留春广场的 Hanky Panky（花招）。"

坐上车之后，她拍了张抱花的照片给孙安琪发过去：你男神送的。

孙安琪很快打来电话："我今天啥也没干，净等你的信儿了。"

"花好看吗？"

"这什么花啊？"

"火焰兰。"乔栖问，"你知道花语是什么吗？"

"废话，我连花叫什么都不知道，上哪儿知道花语去？"

乔栖早就打开免提，退出通话页面，去搜索引擎里找花语。

页面跳转过来时，她"啧啧"摇头："哇哦，热烈又强烈的感情。他看上我了，你服不服吧？"

孙安琪"喊"了声："你等他亲口说出'我看上你了'再来我面前嘚瑟。"

紧接着是一阵忙音，孙安琪把电话挂了。

乔栖对着结束通话的手机吐了吐舌头："女人的忌妒心哪……"

春风从大开的车窗灌进来。

温辞树准备把车窗摇起来的时候，目光不经意地掠到了旁边那辆出租车上的女人。

早春的空气中还带着一股融冰的凉意，她却像不知道冷似的，穿着一袭单薄的连衣裙，款式温柔而保守，腰肢偏又细得如弱柳扶风。她的妆容很淡，但五官艳丽逼人，刚才她是收敛的，这会儿没有。她抱着花，怀中的花朵如盛放的火焰，照耀着她比花还娇艳的面庞，丝丝入骨的媚气撒着欢往外冒。

或许这才是她本来的样子。

温辞树移开眼，嘴唇抿成一条紧绷的直线。

一分钟前，他才和爷爷解释："没送她回家，是因为她要到附近办事。"

此时此刻，这句话像个笑话。

幸好他没有正面回答是否互生好感，是否可以更进一步之类的问题。

她没看上他。

意识到这一点，温辞树沉默了片刻后，把车窗摇了上去。

乔栖回到 Hanky Panky 的时候，店里正忙得不可开交。每一个美甲师面前都坐着顾客，再往里走，还有七八个人正在排队。

一楼是平价消费区，乔栖希望囊中羞涩的女孩也能得到需要付费才能拥有的美丽，价格最低是 19.9 元。

二楼则是高档收费区，由许多个单间组成。

乔栖的办公室就在二楼走廊最里面，空间很大，中间用了个单向玻璃墙开辟了一块工作区域。她作为 Hanky Panky 的金字招牌，常年与国内多位顶流女星合作，收费在国内最顶尖的水平，还常常预约不上。

进了办公室之后，乔栖先把鲜花插入花瓶。她不懂什么养护，直接把花一股脑塞进透明花瓶里，摆在了桌子上。

做完这件事，她开始工作。

早有一位粉丝千万的网红预约了今天下午做美甲，乔栖知道这类人随便晒一张图对 Hanky Panky 来说就是一次巨大的品牌曝光，于是做得无比精细，一双手愣是做了六个多小时。

最后送走女网红的时候，乔栖感觉脖子都要断了。

周可从楼下切好水果给她端上来，看见桌上摆的花，露出"八卦脸"："这次相亲怎么样？"

和孙安琪一样，周可也是乔栖身边最重要的女性朋友之一。

乔栖和孙安琪从小玩到大，属于灵魂伴侣，相爱相杀的类型。周可则是乔栖毕业之后打工认识的，小姑娘比乔栖还小两岁，长得像只兔子，性格也比较单纯可爱，视乔栖为女神，总爱跟在乔栖屁股后面玩，乔栖更多的是把她当妹妹。Hanky Panky 就是她们合伙开的，乔栖七，周可三。

乔栖瘫在椅子里，把脚搭在桌沿上，连端到了面前的水果都懒得伸手拿："我现在没力气讲。"

话音刚落，手机响了。

是奶奶打来的。

和周可的问题如出一辙："这次相亲怎么样？"

乔栖打了个哈欠："回家说。"

周可眼巴巴地站在旁边，露出兔牙笑："我有预感，这次的还不错。"

乔栖闭着眼问："何出此言？"

"不愧是酸琪惦念过的男人，没送玫瑰、百合什么的，不俗。"

大家都是一个圈子里的朋友，对彼此的事儿都了解。

周可一副洞若观火的样子："他可能觉得第一次见送玫瑰太直接了，才送了别的花，多有心。"

乔栖却在放空，想起什么，扯远了问："周周，我单身多久了？"

周可想都没想就问："你不是一直单身吗？"

"我爸昨天还因为我男人太多而骂我呢。"

"那些人不都是你找来气你爸的吗？算什么男朋友啊。"

乔栖迟钝了几秒才点点头："也是哦。"

"也是哦。"周可学她的语气，又耸耸肩，撇嘴问，"所以乔大美女，你是打算谈恋爱了吗？"

乔栖认真想了想："没想好。"

周可看她眼睛里空空的，没有内容，大概是在神游，不由得叹气："反正像你这种不缺爱的人，什么时候需要爱，什么时候就拿出一点儿用就行了呗。只要你想，谁还能拒绝你？"

像乔栖这样的女孩，各种各样的男生都曾拜倒在她的石榴裙下。他们在乔栖触手可碰偏偏又遥不可及的身影中，兀自经历了心动、热恋、情伤和失恋，这整个过程，乔栖甚至都没有看过他们一眼。

乔栖当然明白周可的话中之意。

她对自己的认知并不模糊——她是亲情里的乞丐，爱情里的富翁。

可惜她不是合格的乞丐，也不是合格的富翁，因为当乞丐时她不乞讨，当富翁时她不挥霍。

"有一点我要纠正你，我不是不缺爱，我是不缺男人。"乔栖表示，这两者是不一样的。

周可却不觉得有什么不同，她撇嘴："你为什么忽然说这个？"

乔栖把腿从桌子上拿下来，一边抽两张湿纸巾擦桌子，一边说："没什么，就是发现，我其实对爱情没什么经验。"

周可眨巴了一下天真的大眼睛："可你也不需要什么经验啊。有人吃苹果需要自己摘，有人是被喂到嘴里的，你是后边那种。"

乔栖感觉自己和周可表达的不是一件事。

她干脆不说了，把湿纸巾团成球"嗖"地丢进垃圾桶里，没心没肺地一笑："不说了，我要回家接受我奶奶的审问。"

乔栖在七点钟的时候回到家。

她刚打开门，鞋子还没换好，奶奶就凑过来问东问西。

乔栖用一句话打发所有问题——"你问他吧。"

她不能在对方没表明态度之前，就先揭自己的底。

这可把奶奶急坏了。

乔栖去洗澡，在浴室里荒腔走板地唱着歌时，奶奶拿着手机在门口来来回回踱步："你孙子觉得我孙女怎么样啊？"

听筒那头传来一道苍老而低沉的声音："你孙女觉得我孙子怎么样啊？"

乔奶奶说："你先说。"

温爷爷说："你先说。"

两个人一来二回，都想先知道对方的看法，像小孩子较劲，结果最后谁都没打听出什么来。

"我算是看出来了，你孙女没对你透底吧？"温爷爷叹了声气。

乔奶奶问："你孙子给你透底了？"

"他啊，不咸不淡的，我也搞不清他心里怎么想的。"

浴室里的水声还在继续，乔栖的歌声停了下来，乔奶奶走到阳台继续通话："我孙女漂亮得像明星，你孙子除非眼瞎了，不然一定能看得上她。"

"我孙子要人有人，要个儿有个儿，你孙女要是看不上他，才眼瞎嘞。"温爷爷也不甘示弱。

两个人又是一来一回，像在辩论一样，为自家孩子据理力争。

最后是温爷爷先投降，"哎呀"了一声："咱俩斗嘴有什么用？孩子们的事没头没尾，怎么办呢？"

乔奶奶想了想："我看没有表态就是最好的表态。"

温爷爷沉默了片刻才说："这样吧，咱合计合计，再让两个孩子见一面。"

"嗯……行吧。"

2

乔栖第二次见到温辞树，已经是一周之后了。

那是个下雨天，天刚擦黑，倒像是更深露重。蒙蒙雨丝中，刚抽出嫩芽的树梢远看去像笼了层绿纱，草木之气带着沁凉的味道。

乔栖在一家江南酒馆门口下了车。

这家酒馆是平芜市内有名的餐厅，主营苏菜，白墙黛瓦、层楼叠榭，颇有江南古意，连名字也取得很国风——"忘却春山"。

都说平芜尽处是春山，乔栖这个土生土长的平芜人，倒还是第一次到春山来。

穿旗袍的迎宾小姐帮她开门，问道："您好女士，请问几位？有预约吗？"

乔栖说："我来找人。"

她报了包间名字，服务员引她过去。

里面长廊逶迤，乔栖走了一段弯弯绕绕的路才来到包间门口。

她敲了敲门，走进去。

听到动静，温辞树从花格窗下转过身。

二人四目相对。

乔栖微愣："怎么是你？"

温辞树也明显讶异了一番，但很快反应过来："估计我们被骗了。"

乔栖稀里糊涂地回忆道："奶奶说，她请同学吃饭，忘记带手机带钱，让我来帮她付账。"

温辞树敛眸，再抬眼已是一片明清："爷爷对我也是这么说的。"

事已至此，乔栖也弄懂了个中缘由，她大方一笑："那就坐吧。"

温辞树没有动弹，站得笔直，视线又远又淡地落在乔栖身上。

乔栖脱去厚重的大衣，把大衣和包一起挂在身后的衣架上，转身看到温辞树的目光，微微一顿，歪了歪脑袋，笑问："怎么不坐？你是不给老人家面子，还是不给我面子？"

温辞树移开视线，没有什么语调地说了声："没有。"

乔栖笑了："是没不给老人家面子，还是没不给我面子？"

温辞树把刚移开的目光又落回她身上，淡声说："都没有。"

乔栖拖着尾音"哦"了一声："这样啊，那就坐吧。"她又说一遍，说完自己先坐了下来。

温辞树停顿须臾，也坐到木椅上。

乔栖以为坐下来之后，他们之间会是很长一段沉默，谁知温辞树忽然说："你好像和上次不一样了。"

乔栖没想到温辞树会突然冒出这种话。她有些错愕，但这种感觉只停留了几秒，她很快就明白了他为什么会这么讲——

她不知道今天要见的人是温辞树，没提前把自己打扮成"良家妇女"的模样。

脱去大红色的复古毛呢大衣，她身上只剩一条黑色的紧身连衣裙，极简单的款式，却极勾勒身材，下摆很短，堪堪遮臀，一双白皙纤瘦的长腿裸在外面，脚上是一双黑色的厚底乐福鞋。

她的妆容也是浓墨重彩的，小烟熏大红唇，头发随意地散落在肩头，露出耳朵上七只细闪的耳钻。

她知道自己今天的打扮太过性感，从进门的那一刻起，她就没打算端着，刚才同他讲话，也是有什么就说什么。

这叫见机行事。

"哪里不一样了？"乔栖偏就明知故问。

温辞树露出思考的表情，很快给了她一个诚恳的答案："说不上来。"

乔栖笑了笑，想问"那你喜欢上次的我，还是这次的我"，又怕太直接把人吓着，干脆转移话题："点餐吧。"

桌子上贴着二维码，温辞树说："这次你来点吧。"

乔栖挑眉："行啊。"

她不太饿，只简单点了一些招牌菜。

她点餐的时候，温辞树起身也把外套脱了挂到衣架上。

他应该是从重要场合赶来的，穿一身黑色的西装，甚至连领带都打了。

都说穿正装的男人最迷人，但其实正装很难驾驭。温辞树身姿修长，气质温文尔雅，穿起正装来既不老气横秋，也没有偷穿大人衣服的不伦不类感，只让人觉得赏心悦目。

乔栖忽然问："你为什么会来相亲？"

温辞树反问："那你呢？"

还挺会踢皮球。

行吧，反正她也没什么不好说的。

乔栖摊手笑："我奶奶得绝症了，死之前想看我嫁出去。"

温辞树盯着她，似乎在探寻她话中的真假。

乔栖任他瞧，目光没有一丝一毫的闪躲："你呢？"

温辞树想了想才说："我没谈过恋爱，家里人着急了。"

乔栖明显一愣，脱口而出："你真坦诚。"

温辞树敛了敛眸才说："来而不往，非礼也。"

乔栖反应了几秒，才明白他也在夸她坦诚。

看来是相信她说的话了。

乔栖不是一个对别人的事情感兴趣的人，这会儿却有刨根问底的欲望："为什么没谈过？"

"可能是缘分没到吧。"温辞树倒也没觉得唐突。

乔栖又想问什么，恰好服务员敲门上菜。

装满食物的青瓷碟和白瓷碟摆满了桌子，酒就放在温辞树手边，他拿起来倒了一杯，轻轻抿了一口，把话头拿到自己这里，问："你谈过几个？"

乔栖眼皮一跳。

不是"你谈过没有"，而是"谈过几个"。

看来她长得像情场老手啊。

她笑了："谈过很多，数不清了。"

温辞树明显定住了一秒，抬眼看她："哦。"

乔栖身子往前倾了倾，用一种暧昧又捉弄的语气问："怎么，你介意？"

"我为什么要介意？"谁知他竟嗤笑了一声。

他答得过于快了。

这种情况要么是非常在意，想用否定来掩饰，要么是真不当回事，好像是说"你以为你谁啊，我为什么要介意"。

乔栖当然不会以为他是第一种情况。而第二种情况，带着明晃晃的轻蔑，她心理上接受不了，脸颊开始冒火。

她说过，她是爱情里的富翁。

这么多年，她已经积攒了够多的财富，偏偏到了温辞树的地界，忽然货币不通。

她不喜欢他，却想要他的喜欢作为战利品。

"我去个洗手间。"温辞树大概也感觉到自己的语气不太好，目光闪躲了一下，干脆起身离开。

乔栖没搭理他，安安分分地夹了块文思豆腐吃，心里其实在叉腰骂人：不介意是吧，你最好别落老娘手里。

她咽下豆腐，又吃了许多太湖银鱼，温辞树才从洗手间回来。

窗外的雨还在密密麻麻下着，竹柏交翠，在黑夜里品不出绿意。

窗内一片沉默，气氛很僵。乔栖已经在心里宣判这次见面的失败了，谁知温辞树忽然开口："要不我们加个微信吧。"

乔栖正在吃鱼，闻言，她放下手中的筷子看向他。

温辞树依旧是淡定而疏离的，一本正经地解释："毕竟老人家……"

"你扫我吧。"乔栖打断了他，"不用多说什么，我都明白。"

她拿起手机，随意撩了一把头发，微卷的黑发抖落在她莹白的肩头，媚中带柔，举手投足都让人骨头发酥。

温辞树眼睛直直地盯着她。

可她似乎对自己这一刻的美丽毫不知情。她专心解锁了手机，指尖飞快地在屏幕上划动了几下，然后把二维码亮给他。

温辞树这才反应过来要去拿手机，她一动不动地举了好一会儿，他才伸手过来扫码。

她的微信很快跳转出来，一个月野兔的头像，网名是很奇怪的四个字——"闹木耶波"。

他一边点击"申请添加好友"，一边问："闹木耶波是什么意思？"

乔栖没接话，注意力都在他的微信上。

他的微信名是一个字母"S"，应该是"树"的拼音首字母。

他的头像是一朵躺在路上明显被人踩坏了的茉莉花。乔栖很喜欢这个头像，如果是完好无损的一朵花，就显得土气了，这种被人踩脏的花，倒莫名有艺术感。

他的朋友圈里没有什么内容，只有一句"风月难扯，离合不骚"的个性签名躺在头像下面。

乔栖把头抬起来，笑问："你喜欢听《郭源潮》啊？"

温辞树看着她，像是已经这么看她很久了。

他自动忽略她的问题，锲而不舍地问出自己想问的："闹木耶波是什么意思？"

这四个八竿子打不着的字怎么会放在一起？

温辞树显然不懂。

不懂正好，乔栖才不打算告诉他，狡黠一笑："你自己搜啊。"

温辞树定定看了她一眼，没说话，真的老老实实去百度了。

页面很快跳转过来：闹木耶波，是韩语"非常漂亮"的中文谐音。

很像是她会起的名字。

摁灭屏幕，温辞树抬眼看向乔栖，微不可察地笑了笑："吃饭吧，吃完送你回家。"

乔栖被他非常浅淡的一笑迷了眼睛。她向来是个有什么就说什么的人，想都没想便说："原来你真的会笑啊。"

温辞树怔了怔，旋即笑意加深："对不起，我是个比较慢热的人。"

他一笑，春光啊，都从眼角眉梢处流淌出来。

乔栖觉得恍惚，突然间又感觉像是有人在她眼前打了个响指，她如梦初醒，忽然明白，她想跟他较劲，不完全是吃了孙安琪的激将法，更多的是因为他身上拥有她没有的东西，比如淡然，又比如淡漠。

拥有前者，说明他直面自己；拥有后者，说明他恍惚面对世界。

这顿饭很快吃完。

温辞树去停车场开车，乔栖站在"忘却春山"的招牌下等他。

雨已经停了，大门两旁不知道什么时候挂上了红灯笼，乔栖恰好穿大红色，她站在下边，不知道是灯笼更红，还是她更红。

她心血来潮拍了个和灯笼的合照发朋友圈，配文：灯笼成精了。

王富贵最先留评：明明是狐狸精，天王老子来了也是狐狸精。

段飞扬紧跟其后：你去"忘却春山"了？

孙安琪回复王富贵：明明是神精（经）。

乔栖一条条给他们回复。

温辞树开车过来的时候，远远就看到红灯笼下的红衣女人嘴角含着笑，在手机上打字。

不知道和谁聊得这么开心。

他摁了摁喇叭。

她抬头看过来，汽车大灯刺眼的光线让她眯了眯眼，反应了须臾才走过来，趴在窗户上说："还剩最后两条消息没回，等我一下。"

她没等温辞树说什么，回完消息，又从包里拿出一颗薄荷糖吃，转身走向垃圾桶丢了包装纸，才走过来上了车。

这期间，温辞树的目光没从她身上移开过——真的是"闹木耶波"。

乔栖上了车，温辞树感觉她身上淡淡的薄荷味裹着浓重的春夜湿冷扑面而来。

他提醒："系上安全带。"

乔栖挑起一边眉，没心没肺笑道："我又不傻。"

温辞树接不上话，干脆发动引擎。

穿过尚未消弭的雨雾之气，穿过路两旁的赝品星星，穿过高低错落的钢铁森林，汽车像一头奔跑的野兽，在宽窄不一的马路上横冲直撞，像是要把黑夜撞出豁口。

乔栖感觉自己要吐出来了。

她紧抓着车顶的抓杆，硬撑到小区门口，终于忍不住冲下了车。

温辞树不知道该不该给她拍背，他手里攥着一张湿纸巾，站在一边等她吐完。

乔栖没吐出什么来，但难受是真难受，脸蛋都白了几分，却还有力气扬起大拇指开玩笑："大哥，你这车速，真秀。"

看不出来这人开车这么猛，比王富贵那个"马路杀手"都猛。

温辞树把纸巾给她，说："抱歉，我开习惯了。"

乔栖接过他的纸巾，胡乱擦了下嘴，喘着气说："再不敢坐你的车了。"

温辞树沉声问："害怕怎么不告诉我？"

"怕？"乔栖一噎，"心理上没感觉就不算怕，怪我生理上拖后腿了。"

温辞树微顿，想说什么，身后忽然有人喊："乔栖。"

他转身，看到一个身材高大、不苟言笑的中年男人站在小区门口的保安室前面。

男人看到温辞树，上下打量了几眼，表情持续紧绷，很快又喊了声："乔栖，回家。"

耳边刮来一声低骂，温辞树转过头，只见乔栖脸色都变了，不耐烦的样子。

乔栖对他说："今天谢了，路上慢点。"

温辞树点了点头，说："再见。"

乔栖没什么感情地扯了个笑："拜拜啦。"

说完，她径直离开。

大门旁的男人还在看向这边，乔栖走到男人身边，阴阳怪气笑道："亲爱的爸爸，您打扰我约会了哦。"

男人没有好脸色，沉声说："又换一个，你是真不爱惜自己。"

这不是好话。

但乔栖似乎不在乎，竟还咧嘴一笑："多亏您把我生得漂亮，让我有资本多换几个男人。"

乔育木脸色变得更阴沉，像乌云压境，明显有话卡在喉咙里，但他好歹没有在外头发作起来，只冷冷说："跟我回家！"

乔栖没动弹，由着乔育木气冲冲先上楼了。

旁边车灯大亮，温辞树发动汽车，准备离开。

乔栖转过身，朝他的方向笑靥如花地摆了摆手，尽管隔着车窗根本看不到他。

温辞树也没有摇下车窗再和她道一次别。

眼看他的车开走了，乔栖才动脚回家。

一进家门，乔栖连把包放下的缓冲时间都没有，就劈头盖脸遭了乔育木一顿骂："乔栖，你一个姑娘家，能不能懂点礼义廉耻？"

乔栖问："我怎么了？"

乔育木怒不可遏："换男人比换衣服都勤，三天两头有新面孔在楼下接送你，被街里街坊看到像什么样子？你不怕丢人，我们还要脸呢。"

乔栖一副"就这事啊"的样子。

自从奶奶得病之后，乔栖已经很久不把注意力放在和父母打擂台上了，所以也很久没找男人过来气他们。最近那些送她回家的，都是奶奶给她安排的相亲对象，他们非要送她，她能有什么办法？

但她不屑解释。

"说完了吗？说完我进屋了。"她懒散得要命。

乔育木更气了："我说这么多你是一个字都没听进去是吧？"

乔栖气笑了："我刚才在门口和他手都没牵，你让我浸什么精神猪笼啊？"

"上学的时候你就不学好，身边那些狐朋狗友文龙画虎，那个段飞扬还进去过，真不知道你本来就是那样的人，还是被他们带坏了！"乔育木才是对乔栖的话一个字都没听进去。

他叉着腰，气得牙齿打战。

而乔栖的老母亲罗怡玲女士就在一旁站着，丝毫没有劝架的意思。

空气凝滞了片刻，乔栖忽然直直盯上乔育木的眼睛："乔育木，我给你面子不和你吵，你见好就收行不行？"

大多数时候，她都以没心没肺的态度对待乔育木的恶意批评，除非戳到她在乎的点。

"我变成这样都是因为你们,你们心里不清楚吗?"乔栖的眉眼间早已是一片天寒地冻。

她这样讲,眼见刀子要往心窝子捅了,罗怡玲才出来说话:"都少说两句吧。"

话顶到喉咙了,乔育木不吐不快:"就因为小时候把你送出去养,我们对你才会这么迁就,这么多年了,无论你惹多少事,我们都没像打你弟弟那样打过你……"

"你们也知道你们拿我当外人呢?"乔栖嗤笑。

吵了不知道多久,每次都是这些话翻来覆去地讲,旧账向来好翻。

忽然——

"你们吵够了吗?"

乔栖转头一看,不知道什么时候,门开了,乔奶奶正在门口杵着。

乔奶奶原本挺高兴的,刚刚在电梯上,她还和温辞树的爷爷通电话:"你说这两个孩子到底能不能成?"

温爷爷说:"光顾着骗他们了,你没让你孙女打扮打扮啊?"

乔奶奶"嗾"了一声:"我孙女干啥啥不行,臭美第一名,不用提醒也会很漂亮。倒是你孙子穿得行不行啊?我孙女对穿衣打扮很挑的。"

温爷爷就说:"哼,我孙子穿抹布也帅!"

乔奶奶开门进来的时候,通话刚刚结束。

乔栖见奶奶面色不豫,想必已经站在门口听了一会儿了。她怕奶奶情绪受影响,赶快收敛气焰,稳了稳语气,问:"奶奶你去哪儿了,怎么这么晚才回来?"

乔奶奶很生气:"你们吵什么?"

乔育木脸色很差:"妈,这里没你的事,你赶紧进屋吧。"

乔奶奶很严肃:"什么叫没我的事?你凭什么又骂我孙女?"

乔育木说:"我骂她?她骂我还差不多,眼里没有长辈的东西……"

罗怡玲忙说:"哎呀,你就少说两句吧!"

她又走到乔奶奶身边,帮乔奶奶拍背顺气,说:"妈,他们吵完就好,你又不是不知道,别生气啊。"

可是这话已说晚了,乔奶奶明显开始喘粗气,眼睛向上翻,忽然就晕了过去。

乔栖大惊失色，飞奔过去抱住奶奶："奶奶！奶奶……"

却怎么都叫不应。

这一刻，乔栖好恨。

不知道别人如何定义伤口，脑袋掉了碗大个疤，被针扎了左不过流一滴蚊子血，在乔栖眼里，都是寻常。

这些年来一次又一次的争吵轰得她身心疲惫，尖锐的话语就像无形的大手，伤疤每每结痂就会被无情撕裂，反反复复，不流血的日子很少，流泪的日子却不多，控制苦痛已经是她人生的一部分。

奶奶除了癌症，这些年还有许多的慢性病，这次昏厥主要是血压问题。

一大家子人都守在病房里。

乔桑下晚自习之后发现家里没人，打电话听说奶奶晕倒就赶来了医院。乔桥怀孕五个月了，最近正在经历二次孕吐，却还是挺着大肚子开车赶了过来。他们坐在另一张病床上，乔育木和罗怡玲则坐在病床前的椅子上。

只有乔栖一个人没在屋里守着，而是在楼道待着。

没多久，乔桑走过来说："奶奶醒了，想见你。"

乔栖整理了一下衣服才走进病房。

自打她进门，乔奶奶就眼巴巴地看着她，直到她坐到自己旁边，乔奶奶才把视线转到屋里其他人身上："你们都来干什么？搞得我好像是要死了。"

乔育木和罗怡玲都接不上话。

乔桥不动声色地看了看他们，而后一笑："奶奶，您说这话就小孩儿脾气啦，您就算是出门拿个药，我也得来陪着您呀，不只是小乔关心您，大乔也挂心您呢。"

乔桥始终是家里最落落大方的大女儿，说的话让乔奶奶舒心很多。

"好，知道你们孝顺，先出去吧，我和小乔聊聊。"

乔育木又愧疚又心疼，叮嘱老太太："您别说太多话，多休息。"

乔奶奶没接话，似乎对他还有气。

乔育木只好叹着气出门了。

等其他人都走了，乔奶奶才拉起乔栖的手："小乔，我刚才做了一个梦，梦见我死了，你被你爸妈赶了出来，然后我就吓醒了。"

乔栖心里酸楚得要命，扬脸却还是笑着："怎么会呢，他们赶得了我？"

奶奶忧心忡忡："其实你爸妈还是爱你的，但是任何关系里，光有爱是不够的，你们误会太深、隔阂太多……唉，当初我照顾了太多人，却唯独没有照顾你，你要是不幸福，我死不瞑目。"

从乔栖记事起，奶奶就一直在照顾病人，先是得了重病的太奶奶，后来是因为交通事故而瘫痪的爷爷。乔育木工作在平芜市区，而奶奶之前住在邻市的村子里，平时也指望不上他能来帮忙，基本都是自己一个人在照顾，一直到爷爷去世。

乔栖知道奶奶也不容易，是有人该愧疚，但那个人不该是奶奶。

她握紧了奶奶的手："你放心吧，我一定可以幸福的，其实我现在就很幸福啊。"

奶奶摇头，语重心长地说："我更想让你拥有世俗意义上的幸福。有个能和你白头到老的人，三餐四季，吵吵笑笑……我不想你到老之后，回望这一生，发现自己孤孤单单的。我更希望你满身烟火气，发现生活固然有琐碎的一面，更多的却是值得怀念的幸福。"

乔栖失语了。

有那么一会儿，她的表情是怔然的，眼眶里噙着水光。

但很快，她勾起红唇，哄孩子似的笑着说："牛啊，奶奶，您不愧当了四十多年语文老师，说话比我高考作文都有水平。"

奶奶没忍住笑出声："你这孩子……"

夜一分分深下去，雨气散尽，明月高悬。

第二天中午乔奶奶就出院了。

乔栖和乔育木的关系又开始变得微妙，他们不再剑拔弩张，但也不再讲话。

一天，罗怡玲悄悄问乔栖："你们三天两头掐架也不是个事啊，要不你搬出去住？我给你交房租。"

"不搬。"乔栖想都没想。

罗怡玲后面的话被噎在了嗓子里，吐不出来，为难又无奈，憋了半天才说："不搬也行，其实昨天大乔说你爸了，你爸也知道自己无理取闹了，你别跟他一般见识。"

乔栖冷笑:"是吗?大乔面子真大,回回都是她劝好的。"

罗怡玲一怔,就更没话说了。

乔栖不想为难任何人,但也不想被任何人为难,她不觉得和家里人还有什么好聊的,干脆换衣服出门。

她的时间自由,不用每天都去工作室,就在"苟富贵勿相忘"群里艾特了所有人:要死了,出来陪我喝一杯。

王富贵是第一个回复的:最近新开了一家酒吧,想去!

孙安琪紧跟其后:我航班刚落地,得先回家放行李,你们把位置发群里啊。

周可:我今晚不行,家里来客人了。

……

最后,除了周可,他们这一伙人都到齐了。

王富贵说的酒吧叫"S7",开在流春湖河西中段,酒吧是美术馆式的装修设计,很有格调。

乔栖是最后赶到的,来的路上经过一家服装店,她被橱窗里的模特绊住了脚步,后来把人家店里的衣服试了一半,最后反而去旁边的维密买了一身内衣。

"乔栖,这里!"段飞扬坐的位置正对着门口,最先看到乔栖。

乔栖笑眯眯地走过去,视线依次扫过孙安琪、王富贵和段飞扬,一个个打招呼:"酸琪好,Rich好,大哥好。"

这三位就是乔育木口中的"狐朋狗友"。

"文龙画虎"的是孙安琪,名字念得快时很像"酸琪",所以乔栖干脆直接这么叫她。

孙安琪是他们之中唯一的富二代,最标志性的是一身小麦色的皮肤,一生致力于美白,后来她发现白不了,就开始走欧美风,喜欢文身,别人文个小月亮、小玫瑰什么的,她却喜欢龙和虎。

三年前去泰国,那是乔栖唯一一次出国,结果下飞机第一件事就是被孙安琪拉着在清迈文了个身。孙安琪在肩膀上文了只老虎,乔栖在脊背中央文了一束荆棘,像是在脊椎骨上自然生长出来似的。的确是好看,但疼得她输出了这辈子所有的平芜脏话，好在别人听不懂。

王富贵长得秀气，常自诩时尚 icon（偶像），连乔栖都常被他骂土。"Rich"这个外号是乔栖取的，他的英文名其实叫"Rally"，乔栖骂他傻："不叫 Rich 白瞎你这名儿。"

王富贵哪拗得过乔栖啊，最后只好随她了。

段飞扬是他们之中的大哥。

他不是他们之中年龄最大的一个，但因为上学那会儿他就是"大哥"，大家叫惯了。他的人生起落明显，曾经进过局子，再出来沉稳了不少，现在自己开直播公司。

"快看看你喝什么，这里酒单好全啊。"孙安琪拍了拍身边的座位示意乔栖坐下。

乔栖把大衣脱掉，朋友们都眯着眼睛看她。

"你可真不害臊，居然穿制服来的，还是这么学生气的款式。"这话也就孙安琪敢说了。

乔栖抖抖肩膀，嘚瑟地说："迷死你迷死你。"

段飞扬哈哈大笑："小琪，你是吵不过小乔的。"

孙安琪丢了个白眼给段飞扬。

乔栖"哼"了一声："我来可不是吵架的，我今天必须要喝醉，我要喝最烈的酒。"

"受什么刺激了？"王富贵问。

"和家里吵架了呗。"乔栖如实告知。

大家不约而同地点了点头，这么多年的朋友，懂的都懂。

段飞扬拿起酒单，开始给乔栖推荐酒，他是这方面的行家。

左耳朵有段飞扬推荐酒，右耳朵有孙安琪三句话离不开温辞树，从"他真的长残了吗"到"气质残了没"……

说什么情深义重，这丫头到底还是色迷心窍。

点好酒，乔栖赶紧开溜："我先去个洗手间，等会儿和你说。"

她起身去找洗手间。

路过吧台，她停住了，不确定地转眼一看——

坐着的这个人，不是温辞树吗？

3

年轻不懂事的时候来酒吧，拼酒、掷骰子……灯红酒绿的世界，乱花渐欲迷人眼，看什么都新鲜，怎么折腾都不腻。

如今再到酒吧，几乎就只剩闲坐，喝着最烈的酒，不皱半点眉头。

孙安琪说："小乔，你把我们叫来，结果只顾自己喝闷酒，话都不说一句？"

乔栖在看别的地方。

孙安琪顺着她的视线看过去，像见了鬼一样瞳孔瞬间放大。

"他他他……这这这……这人怎么那么眼熟？"孙安琪语无伦次。

乔栖丢来一个嫌弃的眼神："见着温辞树就不会说话了？"

"怎么回事？"

孙安琪惊天一喊，整个酒吧的人都看了过来。

唯独那个人没有。

王富贵说："大姐，你小点儿声。"

孙安琪弓下腰，尴尬地把自己埋在酒杯里，低声对乔栖说："我就说眼熟，但你之前告诉我温辞树长残了，我就没敢认。"

提到这个，孙安琪又把声音提高："乔栖你瞎吗，这叫长残了？"

乔栖懒懒地盯着吧台处的男人，淡淡地说："我觉得很一般啊。"

瞧她那不当回事的样子，孙安琪差点没控制住要泼她一脸酒。

王富贵和段飞扬两个大男人扭着身子往吧台看。

吧台那儿就坐着一个男人，以他们同性的眼光看，也不得不承认这人很帅了，这张侧脸都可以拿去当头像用。

王富贵"啧啧"两声："华伦天奴黑色飞行夹克，同品牌黑色长裤，低帮小牛皮运动鞋。一身下来小十万，有钱又会穿，小乔，你捡到宝了。"

不愧是最会评判男人的男人。

乔栖故作姿态，小显摆的语气："还行吧。"

刚才在去洗手间的路上看到温辞树，她本来还犹豫要不要去打招呼，谁知道突然有个美女去问他要手机号，她就作罢了。

从洗手间出来之后，他那边更热闹了，搭讪的小姑娘一拨接一拨的。乔栖远远看着，心里没什么想法，但就是忍不住留意。

孙安琪说："所以你要跟他打招呼吗？"

乔栖一笑："你真一点不介意？"

毕竟喜欢过啊，如果孙安琪介意，乔栖是不可能和温辞树继续的。

孙安琪翻了个白眼："介意！介意死了！"

她在说反话。

扪心自问，以前她喜欢温辞树，有很大成分是在随大流。她太普通了，所以也随波逐流地喜欢上了一个所有女孩都喜欢的男孩。

尽管真心，但就像追星，热情退了，也就喜欢上下一个了。

孙安琪看了眼乔栖，带着审视："姐妹，你不会不好意思跟他打招呼吧？"

乔栖看到又有女人往温辞树那儿去了。

她一嗤，兴致缺缺地说："我是对他无感，没看上他。"

孙安琪一脸问号。

段飞扬插话进来："也是，我们小乔之前谈的都不是这个类型。"

乔栖的"男朋友们"全是浪子，一个赛一个的痞。

"可是在绝对的颜值面前，你们不觉得偏好是可以被改变的吗？"王富贵喝着"玛格丽特"，插话进来。

孙安琪应声："就是啊。"

她看向乔栖："你没看上他，他难道看上你了？"

乔栖停顿了好一会儿，轻笑一声："不知道，也没兴趣知道。"

孙安琪无语："你识相点，那可是我惦记了一整个青春的男人。"

段飞扬乐了："所以你舍得让给乔栖？"

"我有老何了！谈了五年了哎。"孙安琪端起一杯"僵尸"一饮而尽，"再说了，有些人注定是活在青春里的，我已经不再青春了，也早就放下了。"

王富贵悠悠叹气："男人哪，让酸琪都能变得文绉绉的……"

孙安琪拿起桌上的一把瓜子朝王富贵砸了过去。

乔栖看着他们闹，小口喝着酒，随性地笑了笑。

段飞扬提醒："小乔，少喝点。"

大哥一向是最爱操心的，乔栖挑了挑眉，特有叛逆气质："就、不。"

语毕，半杯龙舌兰被她悉数饮下，咽完后她扬唇一笑："爽。"

段飞扬想说什么，但还是终究没说，只摇头苦笑："你呀你……"

后来大家都喝多了。

除了乔栖，他们几个都有车，叫来代驾，很顺利便离开了。

段飞扬不放心乔栖一个人走，先让代驾送她回家。

乔栖没推辞，呼呼大睡了一路。后来到小区，她见段飞扬也睡着了，就晕晕乎乎一个人下了车，像梦游一样上了楼。

到了家门口，她才发现白天出门太急，钥匙没有带。

她扬手"嘭嘭"砸了几下门，喊了几声。

来开门的人是乔育木。

他一见乔栖浑身酒气，双眼迷离的样子，血压就控制不住上升："你不是爱玩吗？那干脆不要回来了！"

说完，乔育木把门狠狠一砸。

乔栖的头发都被这阵关门风吹得一扬。

刚喝了酒，又是半夜，正是人心最脆弱的时刻。乔栖委屈，嘴一撇，眼泪就掉下来了。

她想继续伸手拍门，却忽然想到奶奶才出院，不能再被惊动，就只好忍了下来，转身下楼。

从电梯出来的时候，她脸上的泪已经干了。

控制眼泪，是她很擅长的事情。

既然无家可归了，乔栖打算去酒店将就一晚。

家附近就有连锁酒店，乔栖凭借最后一丝没有被酒精占据的理智，驱动身体完成走路的动作。

走到一半，感觉要吐，她顺势坐在马路边干呕了几下，没吐出来。想再站起来时，却无论如何都站不动了，她就像是一个破破烂烂的布娃娃，被人丢在了路边。

乔栖心里苦，嘴一撇，反倒笑出来。

春夜，凌晨，酒鬼，痴笑。

几个词凑一起，能合成一个新的词语——疯子。

温辞树没忍住走了过去，架住她的胳膊，把她从地上拉起来。

乔栖艰难地睁开眼，看了一眼来人，眉头皱了。

"温辞树？你怎么在这儿？"

是啊，我怎么在这儿……

温辞树原本无波无澜的眼眸里泛起了点点涟漪。

今晚他把一份很重要的建筑设计稿定稿了，数月的压力顿时全从肩头卸下，他觉得应该出来喝一杯，于是就来到了 S7。

没想到刚坐下没多久，就听到身后有人叫"乔栖"。

这个名字最近在生活中出现的频率太高，他还以为是幻听。

谁知一转头，就看到一张明艳又熟悉的面孔出现在眼前。

他亲眼看着乔栖脱去中规中矩的黑色大衣，露出那套太过清纯的制服。她身材火辣，越是穿清纯的，那份媚气就越是呼之欲出。

在场的男人们无不把目光投向她。

温辞树在这样的时刻移开了眼。

后来没一会儿，她去上洗手间，他余光瞟到她往他这边走过来，也察觉到她路过他的时候脚步顿住，还瞥了他一眼。

他以为她会有什么别的动作，捏紧了玻璃杯，屏住呼吸。

结果她自动忽略了他。

大概是觉得他不是什么重要的人，没有打招呼的必要吧。

后来他们那桌谈笑风生，她一杯接着一杯地喝，脸颊很快浮上酡红。

再后来，她跟着一个男人走了，他觉得不放心，打车跟了上去。

他跟着她下了车，站在她家小区门口，突然对自己无语——轮得到他不放心吗？

他觉得自己也醉了，今晚他也喝了不少，就到路边买了瓶水，解解酒气。

可他水还没喝完，她又从小区门口出来了。

看神态没有哭过，但看妆容有。

她坐在马路上半天不动，他不知道如何是好。

她又忽然傻笑，他觉得如果再不把她捞起来，她甚至下一秒就能在马路上打滚。

于是他走了过去。

她站不稳，整个人都往他身上倒，又软塌塌的似没有骨头，春水一样直往人怀里化，呼出的气息全是酒味，十分醉人。

她问："你不是在酒吧里出风头吗？跑我这儿干什么？加了几个妹妹的微信啊？"

还以为她一点没关注他，原来注意了。

温辞树微不可察地笑了笑。

她东倒西歪，醉态可掬，说话连舌头都捋不直了。

他原本想问她"能走吗"，这会儿觉得不必问了，拦腰就把她抱了起来，问道："去哪儿？"

"开房啊。"她思绪清晰得不像是一个喝醉了的人。

温辞树眼神暗了暗，没说话，臂弯收紧了几分，抱着她一步步走到不远处的酒店。

开房的过程，她也很配合，根本没等他问，她就从包里掏出身份证。

温辞树连同他的一起递过去。

前台看了一眼，说："你们真有夫妻相。"

温辞树一愣，偏头去看乔栖，她闭着眼睛醉态可掬，压根没听到这句暧昧的调侃。

他失笑，对前台说："帮我开两间房。"

前台公式化的笑容顿时凝滞在脸上："抱歉，我以为你们是情侣。"

温辞树沉声说："我们不是。"

"不好意思啊。"前台屡屡道歉。

温辞树的本意是让乔栖好好睡一觉，把她送到床上，他就离开。

可谁都没有想到，当他把她放到床上，转身要走的那刻，一双柔若无骨的胳膊从后面抱住了他的腰，他不由得一僵。

她整个人忽然水蛇似的缠上来，幽幽吐气："别走。"

温辞树甚至没有转身的勇气，将手放到她的手上，试图把她扯开。

她却贴得更近，身上的气味也钻得更深："都说了别走了。"

他更僵硬了，想了想，问："你知道我是谁吗？"

"知道啊。"她甜甜地笑了。

他微微偏了偏身子，心跳得很快："我是谁？"

她略起了起身子，把下巴放到他的肩窝上，歪头笑："你是……段飞扬。"

温辞树脑子里"轰"的一声，同时很强硬地站了起来，声音冷到极点："你醉了，好好睡吧。"

他往外走，几乎是逃开一样。

乔栖忽然大叫："温辞树，你今天敢出这个门，老娘阉了你！"

她叫了他的名字。

温辞树陡然停了下来。

他转身一看，她竟然捂着脸呜呜咽咽地哭了起来："把我捡回来，又不管我死活，你到底什么意思啊？"

温辞树突然失措，不知道该走还是该留。

他犹豫的时间里，乔栖都在哭泣，哭声越来越大。

无奈之下，他只好重新回到她身边，低声说："你别哭了。"

乔栖顿了顿，哭声还是没停。

温辞树看她这样，再也淡定不起来，问："到底怎么样，你才能不哭？"

乔栖又停了下来，把手一扬，忽然像小狗一样扑上来，对准温辞树的肩膀狠狠一咬。

她用了全力。

温辞树身子一颤，却没有余下的反应，一动不动地任她咬。

乔栖也完全不管他的反应，反正她是"醉人"啊，不怕当"罪人"。

她咬得嘴里都生出了铁锈味儿才把他放开，趿扈地说："罚你的。"

温辞树愣住了，他这辈子没这么茫然过——

她脸上分明一点泪痕都没有，眼角也一丝湿意都没有。

她在假哭。

被她咬过的伤口突突地跳，温辞树第一次有话说不出，憋在胸口上不下。他直直地盯住她的眼睛，她的瞳孔涣散，明显还在醉着。

"你醉了。"

"所以要做一些喝醉了要做的事吗？"她又揽上他的肩，整个人都挂在他身上，"我现在就想寻欢作乐，你要一起吗？"

他们说她野，说她坏，说她不知检点。

那她今天就野一次、坏一次、不知检点一次，也不算枉担了虚名。

而且这个人是温辞树，她可以接受。

思及此，乔栖不等温辞树有所回应，便烧起火来了。

　　她开始亲吻他，亲他的嘴巴，他不张口，她就咬他，细细密密地轻轻噬咬，像是挑逗。她的手也没闲着，解开了自己胸前的两颗扣子。

　　温辞树只看了一眼，就像被烫到了似的，赶紧转过头闭上眼不看她："你醉了。"

　　乔栖柔若无骨地笑："你说你四大皆空，却紧闭双眼，要是你睁开眼睛，我不相信你两眼空空。"

　　这句话是《西游记》里的台词，禁忌又危险，正如她做的事。

　　她太过火了。

　　温辞树想说什么，她忽然又亲了他一下："别挣扎了，温辞树，你明明可以推开我……"

　　她好像很懂怎么击溃人的心理防线。

　　温辞树眼里燃起暗火，听她吐气如兰般一个字一个字地把下半句话说完："但你推得开吗？"

　　乔栖最后一个音节刚收回来，忽然间天旋地转，温辞树就抓着她的腰，像拎小鸡崽似的把她摔在床上。

　　吻铺天盖地袭来。

　　这次是温辞树给乔栖的。

　　他不温柔，手劲很大，吻也像咬，像野兽在撕咬猎物。

　　或许就像那天开车一样，他冷静自持的外表下，有一颗狂野的心。

　　欢愉如大雾四起，乔栖心里的痛却渐渐清晰。

　　心灵上的遮羞布也随着衣服的脱落而揭开了，裸露的伤口血淋淋的。

　　她承认酒精是借口，承认此刻的荒唐都来自于家人的抛弃。

　　理智在的时候，她可以不屑一顾地说"不要为不在乎你的人费心"。

　　可人不是永远有理智。

　　乔育木把她关在门外的表情，那种嫌弃、痛恨和失望，她大概死都不会忘。

　　走在街上的时候，她觉得她被全世界都抛弃了。

　　她说过，有些伤口像针扎。

　　此时此刻，细细密密的尖刺扎在身上，她只能把它们看成上帝在给她文身，不打麻药的那种。

然而不久后，浴室传来淋水的声音。

温辞树最后还是停了下来，起来去冲冷水澡，在浴室待了很长时间才出来。

乔栖背对着他已经熟睡了，蜷缩成一团，被子只盖到腰，大片的背裸露着，露出脊背上独特而妖异的文身。

那是一束荆棘，墨绿色的荆棘，野刺尖锐，视觉冲击感很强，像是从脊骨中央随着骨头一起生长出来似的。

他走过去，不由自主地抚了抚那块肌肤。她似乎感觉到了，颤了颤，有些可怜相。他掀开被子给她盖好。

半晌，他低下头，吻了吻她的眉心。

乔栖在第二天日上三竿的时候醒来。

她动了动身子，感觉骨头像散了架似的，也不知道发生了什么。

忽然，身边传来一道熟悉的男声："醒了？"

她一怔，反应了几秒后，猛地从床上坐起。

看到温辞树穿戴整齐地站在床尾，她大受震撼，拥着被子迅速缩到墙边："我们……"

看来她还没醒透。

温辞树思考了片刻，说："该发生的都发生了。"

乔栖脑子里嗡嗡的，她想了又想，才猛然记起昨晚自己对他上下其手的事。

天哪，她都做了什么？

身体里的灵魂此刻正懊恼地揪头发。

"我不要你负责，大家都是成年人。"

"我可以负责。"

两道声音同时响起。

乔栖错愕了，而温辞树目光微沉。

之后是很长一段时间的沉默。

就当乔栖不知道该如何是好的时候，温辞树转过身，默默离开了。

一道死题。

无解。

就只好放在那儿先不做。

乔栖从酒店出来之后，段飞扬给她打了通电话，问她酒醒得怎么样。

她"哼"了一声，笑道："醒得非常之清醒。"

段飞扬笑了笑，他好像总能轻易被她逗笑："那就行，不说了，我忙了。"

"拜拜。"乔栖笑着挂上电话，嘴角一秒紧绷。

烦得想死。

她往家走，快进小区的时候，忽然看到一家药店。

她想起来什么，懊恼地骂了个脏字，掏出手机，给温辞树打语音电话。

很久他才接。

乔栖都快急死了，开口就问："昨夜做安全措施了没有？"

温辞树顿了顿才说："做了。"

"你确定吗？我怕……"

"不用怕，你信我。"

挂上电话，温辞树发现父母正看他。

刘美君是个严肃的人，很少露出这么八卦的表情："儿子，打电话的是女孩？"

温圣元连筷子都不动了，只等他回答。

温辞树点了点头："上次爷爷介绍的女生。"

"哦？你之前不是说没戏吗，怎么又联系上了？"刘美君对儿子的终身大事是头等挂心的。

温辞树感到头痛，他最怕应付这样的场景。

刘美君却说起劲了："那女孩怎么样啊？什么学历、什么家庭、什么工作？你快给我说说。"

她一边说话，一边把桌上的白瓷盘往里推了推。她有点强迫症，东西摆放整齐到边缘最好成一条直线。

温辞树看着她的小动作，淡淡地说："八字还没一撇呢。"

"那有照片吗？上次相完亲之后你没回家住，我本来想问你要照片看，后来去跑步，就忘记了。"刘美君把旁边空着的笠式碗也朝前推了推，与她的碗沿成一道直线。

温辞树不太想回答这些问题，敷衍道："不一定能成，以后再说吧。"

温圣元便笑了："别管怎么说，总算有个异性在你身边出现了。"他长臂一伸，用筷子敲了敲刘美君旁边的笠式碗，"你说是不是啊？"

刘美君蹙眉："哎呀，你当是我的碗十几块钱一只任你敲？这可是白釉刻花笠式碗！是古董！你悠着点……"

"嗡——嗡——嗡——"正说着话，手机又在桌上振动起来。

这次还是温辞树的手机。

是爷爷打来的："辞树啊，我听说小乔她奶奶生病了，你抽空和我去看望一下吧。"

温辞树想了想，说："我这几天设计校徽，要交稿，没有空。"

"那就周末，反正也没几天，就这么说定了。"

"可是……"

爷爷早就挂了电话。

温辞树放下手机，再拿筷子，感觉没胃口了。

同一时间，乔栖一家人也在吃饭。

奶奶喊她："你快点来吃饭，你妈炖了鸡汤。"

乔栖笑着说："这就来。"

她回卧室洗了个澡，换好出门要穿的衣服，不急不慢地来到饭厅里。乔育木脸色很差，罗怡玲也是，大概都觉得她昨晚出去鬼混了吧。

乔桥给乔栖盛好饭，递碗给她的时候，同时给她一个"放心吧，有我呢"的眼神。

乔栖安安心心地坐下来吃饭。不知道是因为奶奶在场，还是乔桥在中间调和过，父母没有数落她，最后竟是相安无事吃完了饭。

随后乔栖要出门去上班，乔桥说："一起吧，正好我也要走。"

乔栖没说好，也没说不好，在玄关换好鞋子就出去了。

乔桥动作慢，以为乔栖没等她，着急忙慌地出了门，才发现乔栖正摁着电梯在电梯口等她。

乔桥对乔栖一笑："就知道你不会不等我。"

乔栖说："你想跟我说什么？"

乔桥一愣。

这个妹妹向来是直来直去的，可像她这样含蓄惯了的人，还是不习惯。

她走到电梯里，等电梯下降了两个楼层才问："你昨晚去哪里了？"

乔栖似乎一早就知道她会这么问，轻描淡写地说："喝多了，你爸不让我进家门，我在马路上晃荡，然后被人拐走了。"

乔桥明显吓到了，转头严肃说："你不要拿这种事情开玩笑。"

"你不是都看见了吗？"乔栖说着，把高领毛衣往下一扯。

乔桥张着嘴，半天说不出话。

乔栖无意间瞥到她的肚子，心里闪过一阵烦躁，终究还是心软了："好了，我开玩笑的，昨天和我男朋友出去的。"

乔桥真是吓惨了，听乔栖改口，更急了："你给我说清楚，到底怎么回事？吓死人了。"

乔栖怕乔桥激动再动了胎气，于是盯着乔桥的眼睛，认真地说："我发誓我没事。"

乔桥探寻地看了她好半天，察觉她没说谎，这才松了口气。

乔栖冷笑说："你也知道害怕了？乔育木把我堵在门外边的时候怎么不想想我会不会有危险？"

乔桥显然无话可说了。

电梯很快下到第一层，门打开，乔栖走了出去。

乔桥跟在她后面，说："要不你搬出去住吧！"

乔栖顿了顿。

乔桥叹气："你和爸水火不容，这样也不是办法。"

不止乔桥一个人想让她搬出去。

乔栖讽笑："小时候把我送出去一次，现在又想来第二次？"

乔桥一脸沉重："小乔，你觉得姐姐是这么恶毒的人吗？"

乔栖不说话，神情戒备。

乔桥明显难过了："身为这个家的老大，我觉得我对爸爸妈妈、弟弟妹妹都算关心爱护。有些话说出来得罪人，但也只有我能说了，可说了也不管用，我也不知道该怎么办了。"

乔栖沉默了。

乔桥的确算得上是一个好姐姐。

她从小学习就好，在家里也听话，念书、工作和结婚都按照父母的心意进行着，品行也好，平时有什么好的都能想着乔栖和乔桑，为人处世也挑不出错。

但就因为她太好了，才显得乔栖样样都坏。

乔栖并不讨厌乔桥，也从没想过为难乔桥，只是乔桥作为父母手把手养大的孩子，看人待物的眼光完全与父母一样——她看向乔栖时，也伴随痛惜和失望。

她始终是站在父母那一边的，不然不会说出让乔栖搬走的话。

乔栖沉默了下才开口："姐，那你觉得妹妹真是一个烂人吗？"

乔桥说："当然不是。"

"那就好了。"乔栖一笑，"我有分寸，你相信我。"

乔桥嘴唇动了动，说不出什么来了。乔栖太坦荡，让她觉得愧疚。

乔栖摸了摸乔桥的肚子："看你只长肚子不长肉，到底有没有好好养胎？姐夫没给你气受吧？"

话题很自然被扯开。

乔桥倦懒一笑："他能给我什么气受啊，太忙了，都不怎么见得到他……"

乔栖微顿，拍了拍乔桥的背，说："他这样就是不负责，等下次见面，我骂他。"

乔桥忙摇头："你别……"

姐妹俩说着话，谈不上多亲密，倒也温馨。

下午乔栖回 Hanky Panky 认真工作了一下午，一忙起来，许多事就忘了。

可等忙完，她发现杂七杂八的思绪还是盘踞在脑海里。

这样的状态持续了三天。

第四天的时候，乔栖把所有预约都推了。

她很需要放空。

这天，她一觉睡到下午两点，起床后简单洗了脸，薄薄涂了一层口红，换上轻便的运动卫衣和鲨鱼裤，脚踩万斯板鞋，抓起滑板出了门。

外头风和日丽，迎春花开满墙头，柳条都已抽出了嫩芽，一片盎然悦人的景色。

乔栖踩上滑板，穿梭在春风里。

望春区有一座山，名叫造极山。久负盛名的富人区白马庄园就建在它的脚下，那边山峦秀丽，自带风光，从山坡上可以看到万家灯火，乔栖一向喜欢去。

愁绪被风吹散了很多，乔栖一路朝造极山那边滑，路行一半，忽然看到一抹熟悉的身影。

4

红绿灯对面，一家密室逃脱的店门口站着一群少年，他们几乎个个都打扮得不伦不类，看着特"社会"。

而这群人之中，站着乔桑。

现在是上学时间。

乔栖一眼望过去的时候，他们刚好准备进店。

乔栖隔着一个红绿灯，没办法立刻冲过去，等她气势汹汹地过完马路，推门进店的时候，那帮人又刚刚好才进密室。

乔栖才不管三七二十一，直接就硬闯了进去。

她一进门，就听到里头有人正吓得尖叫。

有个穿白袍的"鬼"挡了她的路，她不耐烦地把对方推开，三两步赶上乔桑那一群人。

乔桑正被鬼吓得"呜呜啊啊"地乱窜。

乔栖跑上去，一巴掌拍到乔桑脑门上："叫你不学好！"

她的表情比"鬼"都吓人。

乔桑先是吓得"啊啊啊"狂叫，完了看清是乔栖，更惊惧了。

然后，这个倒霉蛋就被乔栖揪着耳朵拎了出来。

店家苦着脸："姑奶奶，没有你这样的啊，要是人人都随便进去，我们还做不做生意了？"

乔栖没有废话，掏出手机扫了一下墙上的二维码，转了五百块钱过去："算我赔偿。"

最后她潇潇洒洒地把乔桑提溜了出来。

乔桑想解释，乔栖打断他："到学校跟你老师解释去。"

乔桑立刻蔫儿了。

他不是挣脱不开，但不知道为什么，他从小就怕乔栖。

乔栖亲自把乔桑"押送"去了学校。

七中，她曾经的母校。

进了学校大门，她发现处处熟悉，却也哪儿哪儿都陌生。

大概是青春早已模糊的缘故。

乔栖进了办公室，发现不少熟面孔，尤其是教导主任，连头发丝都没变，还是那个地中海。

乔栖作为当年学校最难管的风云人物之一，一进门就被教导主任认了出来："哎，我没看错吧，你是乔栖？"

乔栖把乔桑松开，一笑："'黑旋风'，今天见您，我发现您外表一点都没变，可您那宝刀是不是老了啊？您能不能拿出批评我的劲头来管管现在的学生？"

办公室里的人大眼瞪小眼。

谁都没想到，这么年轻的小姑娘，竟然敢对主任吃五喝六的。

而主任偏偏还没生气，竟笑呵呵地问："怎么了，谁又犯事了？还劳烦你大驾光临？"

乔栖叹气："我弟最近学习压力大，今天没来上学，忘记请假了，结果你们学校都不知道这件事。你说说，这多不负责。"

乔栖到底还是给乔桑留了面子，只是想吓吓他。

乔桑松了口气。

主任笑眯眯地说："那我回头批评他班主任。"

话虽如此，却没有问乔桑是几班的。

乔栖知道话聊到这里就行了，也不再废话，最后敷衍几句就出门了。

乔桑双手合十，像拜菩萨似的感谢乔栖："多谢二姐不杀之恩。"

乔栖瞥了他一眼，很严肃："乔桑，没有下一次。"

乔桑摸了摸脑袋，说："知道了。"

乔栖满意地点了点头："你回班吧。"

乔桑撒丫子要逃。

乔栖又喊住他："还有，不要叫二姐，土死了。"

乔桑边跑边回头给乔栖比"OK"。

乔栖失笑，摇着头转过身去，突然怔住了。

四目相对的那一刻，她的心跳陡然加快。下午四点钟的阳光像金沙金粉，让整个世界都笼罩上一层不明媚的灿烂。

"你怎么在这里？"是温辞树先开口。

乔栖抿了抿唇说："送我弟弟上学。"

温辞树点了点头，不问自答："我给学校设计新校徽，今天来跟校长讨论初稿。"

乔栖点了点头，顿了顿，又问："你不是建筑设计师吗？"

"嗯，但是母校找我，我不好推辞。"温辞树笑了。

乔栖又点了点头，说："也是。"

温辞树把目光落在她的眼睛上，沉而稳，带着平静的力量："你好像早就知道我是七中的。"

乔栖不知道该怎么解释才能长话短说，想了想才开口："你很有名，那时候总是高高地站在领奖台上。"

温辞树敛了敛眸，似乎是在回想从前。片刻后，他抬眸一笑："你那时候也很有名。"

乔栖诧异，嘴巴张得老大，半天后才笑道："嘻，是呀，我总站在台下罚站……"

温辞树想说什么，乔栖这边进了通电话。

也不知道对方说了什么，她的眼睛顿时亮了，笑得也特别动人。她不化妆的时候，有种清水出芙蓉的美。

挂了电话，乔栖向温辞树一扬眉："喂，下次再聊，我要回家看书了！"

温辞树点了点头，没深问，只说："再见。"

乔栖努嘴："你都不问是什么书哦？"

温辞树微愣，很快顺着她的心意问道："什么书？"

乔栖说："《冷总的天价小娇妻》，×大新文，一口气连更了十章！"

温辞树眼眸闪了一秒，或许是为这个书的名字。但他没其他表示，语气淡淡的，神色如常："祝你看得愉快。"

乔栖没想到他的反应就是没反应。

看来眼前这个人是真正的绅士，不会对别人的喜好带有鄙视链。

她不禁笑了笑："下次见。"

这是比再见更确切的告别。

他说："好。"

然后她把滑板放在地上，脚踩上去，蹬了几下，便像莺儿燕儿一样自由地飞远了。

温辞树目送她离开。

有人在身后叫他的名字："辞树，刚才那女生你认识啊？"

温辞树转头一看，校长和教导主任不知道什么时候来到了身后。

他说："认识，但不是很熟。"

教导主任点头："我就说，你们俩不是一路人。"

校长说："怎么，那女孩我看着挺漂亮，配得上辞树。"

教导主任以一副知情人的样子摇了摇头："上学的时候是学校著名的不良学生。"

"哦？"校长失笑，"那我还是收回我的话，女孩光漂亮不行，重要的是端庄。"

"乔栖是不怎么端庄，"温辞树忽然插话进来，"但也不轻浮。她其实还不错。"

他看向校长和教导主任，云淡风轻的样子，但讲的每一句话都有力量，不容半点置疑。

这突如其来的维护……

校长和教导主任互相看了一眼，语噎了。

乔栖打了个喷嚏，揉了揉鼻子，心想天气又变凉了。

她背对着日落向东行，天空被光分割成两半，她身后是万丈金光，前方是一片墨蓝，感觉像是在从暖的地方向冷的地方前进。

想到刚才和温辞树说的那几句话，她莫名地想自嘲——

说什么"下次见"啊？搞得她多期待似的。

不过扪心自问，不知道为什么，她总觉得他们很快会再见面。

乔栖和温辞树的下一次见面，果然没有间隔太久。

自从罗怡玲和乔桥相继劝她搬走之后，她经常回家吃饭，连午饭都回家吃，不知道在怄什么气。

这天中午，她喝着抹茶星冰乐回家，发现玄关处摆着两双陌生的鞋子。她到客厅一看，才发现来客人了，客厅里摆满了礼品。

乔栖看了一眼，走到沙发旁叫了声："奶奶。"

乔奶奶忙说："你可算来了。小温和他爷爷来看我，刚坐下没一会儿就说要走呢，你快帮我劝劝。"

乔栖把目光移到温辞树身上，没什么特别的表示，又看向温爷爷，一笑："爷爷别走了，到饭点了，一起在家吃个便饭吧。"

这是温爷爷第一次见乔栖，目光中流露出满满的赞叹，好一会儿没移开眼。

"这就是小乔吧，真漂亮，没辜负'小乔'这个名字。"温爷爷笑着说。

乔栖笑了："多谢爷爷夸奖。"

乔奶奶说："你和小温聊吧，我带他爷爷去阳台看看我种的花。"

摆明了要给年轻人创造二人世界。

温爷爷忙不迭答应了。

于是客厅里只剩下乔栖和温辞树两个人。

乔栖用吸管搅动着杯子里的冰块，发出"哗啦啦"的声响。她喝了几口，才在沙发上坐下来，转头看他："哑巴了？"

从进门就没听他说一句话。

温辞树如实说："我不知道该说什么。"

乔栖"扑哧"一声笑了，摇头叹气道："唉，你这种人，要是长得丑一点，是讨不到老婆的。"

温辞树闻言抿了抿唇，更沉默了。

乔栖问他："你是被你爷爷逼来的吧？"

温辞树微怔，深深看了她一眼："你总是喜欢问一些别人不会直白问出来的问题。"

乔栖吸着星冰乐，没心没肺地说："那你答不答得上来？"

温辞树失笑，想了想，说："不算自愿，但也不算被逼。"

乔栖默读了一遍他的话，勾唇一笑："算你诚实。"

她话音刚落，只听门又响了。

算算时间，大概是乔育木下班回家吃饭了。

乔栖对温辞树说："一家之主回来了。"

温辞树也向门口看过去。

很快有人走了进来，的确是乔育木。

他看到乔栖和温辞树在沙发上坐着，脸色猛然变沉："乔栖，你真是不要脸到家了，现在都把野男人往家里带了是吗？"

乔栖嘴巴张着，难以置信。

她万万没想到乔育木居然连问都没问，就想当然地给她扣了这么大一顶帽子。

她倏地站起来："乔育木，你的嘴还能再臭一点吗？"

罗怡玲攥着择了一半的芹菜从厨房跑出来，说："家里有客人，你们吵什么吵？"

乔栖周身都冷，横眉怒目道："你问问他说的什么脏话！"

乔育木气得脸通红："这男人是谁？"

"吵什么，吵什么啊！"乔奶奶和温爷爷从阳台上出来，"我同学和他孙子听说我生病了来看我，你在这儿嚷嚷什么？"

乔育木没想到事实是这样，脸上染上尴尬的神色，却拉不下面子承认自己错了，一时僵在那里，闷闷地不说话。

乔栖要气死了，浑身都发颤，咬着牙冷笑："乔育木，你总是这样！"

她丢下这句话，头也不回地跑了出去。

就像小时候摔倒了，身边没人，她拍拍土也就站起来了，要是身边有人，她一定会号啕大哭。

乔栖现在就是这种心情。

所有人都知道她受委屈的时候，她就要哭天喊地，要让做错事的人加倍受指责。

如乔栖所料，她一出门，奶奶就捶胸顿足地骂乔育木："你个浑蛋，要是小乔想不开，我也不活了！"

罗怡玲也怪他："这是你亲生女儿，你怎么总把她往坏处想呢？"

混乱之中，温辞树跟着乔栖出了门。

温辞树对这片小区并不熟悉，下了楼之后，他像只无头苍蝇般乱找，找了好久，才在小区金鱼池那边看到乔栖的身影。

乔栖正蹲在池边，发丝懒懒地垂下，遮住她小半张脸，露出的五官柔媚，神情却冷冽。

落寞之中，她也不给人半点寡淡的感觉，反而更像一个有故事的女人。

温辞树走到她身后的时候，影子倒映在水池中。

他想说，别伤心了。

话却堵在喉咙里。

他好像很难做到这样直白地关心她。

他只好蹲下来，试探般地拍了拍她的背。

乔栖察觉到后背的触碰，静静地转过头。

温辞树的神色与往常无异，没有流露出太多的关心，可是动作出奇地安抚人心。

乔栖很少得到这种善意。

他真是一个好人啊，她在心里不断这么告诉自己。

然后也不知道是情绪怂恿，还是怎么着，她忽然问道："你之前说要负责，还当真吗？"

一句简单的话，却像是有一颗小行星撞到了心脏，轰然爆炸了一样。温辞树好一会儿都没敢确定乔栖话里的意思，于是没有回答她的问题。

乔栖就在一边静静等他说些什么。她眼睛一眨不眨，就这么望着他，很乖巧也很脆弱，好像在祈盼"求你说些什么吧"。

沉默了下，温辞树才问："你想让我怎么负责？"

"结婚吗？"乔栖再开口，声音很轻，不像上句话那么潇洒了。

温辞树紧紧地盯着她。

乔栖看到他的眼里多出了一些她读不懂的东西。

浓郁的、深沉的、渴求的东西混杂着。

他的瞳孔一片漆黑，又从黑色中长出疯狂来。

她不太明白，他为什么会露出这样的神色。

或许是被她的唐突气到了，又不好发作吧？

乔栖尚在情绪里头，无暇顾及他的心情，又说了一遍："结婚吧。"

温辞树终于开口："这种事不是儿戏。"

乔栖说："我知道。"

"你并不爱我。"

"你也不爱我啊，多公平。"乔栖哂笑，"我现在需要婚姻，如果你也需要，我想我们可以合作一下。"

如果你不需要，也可以拒绝我。

后半句话乔栖咽了下去。

她的话里有诱导成分，就像一个推销员，只讲产品好的地方，模糊不好的地方。

温辞树对乔栖的话又是沉默的。

乔栖却并不催促，只是在坚定地注视着他。

为了奶奶，她不介意找个条件合适的人结婚。

就算不是为了奶奶，她现在也在这个家待不下去了。

两个原因加起来，她现在结婚，是被命运赶鸭子上架，到时候了。

温辞树在乔栖这样的眼神中败下阵来。

他把眼眸中多余的情绪收住了，站了起来，背对着她，声音是很淡的："让我想想。"

乔栖知道，结婚不是小事，不是人人都像她，对一辈子的事那么轻描淡写。

她也站了起来，掏出手机打了些字，走到温辞树面前把屏幕亮给他看。

微信页面上，他的备注被改成了"老公"。

温辞树一动不动地看着那两个字。

乔栖扬唇一笑，风情万种："打个赌吧。这个备注，就代表你的决定。"

温辞树离开乔栖家小区之后，先送爷爷回家。

爷爷一路上都在聊乔栖家的事："小姑娘看样子不受她爸妈待见，家庭和睦很重要，我看她除了外表，其他条件都很一般，如果你没看上她，要趁早说清楚。不过要是看上了，我也不反对，以后要对人家好一点。"

温辞树轻轻"嗯"了一声。

他送完爷爷之后，吕斯思给他打了通电话，问："能不能帮我去一趟Last dance（最后一舞）？"

Last dance 是吕斯思开的一家舞蹈工作室，而吕斯思是温辞树从小就认识的邻居。

"我有个 U 盘放在那儿没有拿，挺重要的，你帮我去一趟呗，我现在走不开。"吕斯思笑着解释。

温辞树问："你在忙什么？"

吕斯思支吾了一阵子才说："哎呀，和我老公打电话呢！国内国外有时差，就这会儿能腻歪，你体谅一下！"

温辞树没再说什么，挂了电话，一路飞驰到舞蹈室。

他在找到吕斯思的 U 盘之后没有马上走，而是坐在舞蹈室的一角，靠着镜子，整个人很沉。

窗户没关，但窗帘是拉上的，随着窗帘被风吹动，阳光像波涛似的一股一股透进来。

他盯着这些舞动的窗帘发了很久的呆。

直至日落时分，他才从舞蹈室出来。

刚要开车离开的时候，忽然有人喊他："老温！"

这声音熟悉，他偏头一看，是张杳，他交情不错的朋友。

张杳小跑着过来："你刚出来我就看到你了。"

温辞树问他："今天没在医院吗？"

张杳说："我这刚吃完饭，准备回院里做手术呢。"

温辞树点了点头，说："那你快去吧。"

张杳没动，咧嘴一笑："你和你女神怎么样了？"

他兴冲冲地跑过来，摆明了只对这事儿八卦。

温辞树眼睫一敛，遮住了许多情绪。

张杳死盯着他的表情，若有所思地说："看来进展不顺利啊，是不是那天吃饭你没表现好？"

温辞树淡淡地说："不是。"

语气挑不出错，可他整个人都很紧绷，戒备感很重。

张杳哑然，责备自己没聊好天。

他忽然想起一件事。

那天下起小雨，他在医院值了三个大夜回家，准备点份炸鸡就啤酒快活快活，温辞树突然打来电话。

"我好像说错话了。"温辞树的声音在发抖。

他似乎很紧张，也很无措。

张杳惊呆了，和温辞树相识近十年，印象里的他总是风轻云淡的，什么事能让他失态成这样？

张杳呼吸一提，也跟着紧张起来："怎么了？"

温辞树失语了片刻，好像是不知道该怎么说。犹豫了一会儿，他泄气了："算了，说不清楚。"

张杳问："总得有个原因吧，因为谁呀？"

听筒那头又是一片沉默。

许久之后，温辞树像是下了很大决心才吐出一个名字："乔栖。"

张杳呼吸变慢。

别说温辞树了，就连他的心都乱了。

他太知道这个人是谁，也太知道这两个字之于温辞树的意义。

"她说，谈过很多，数不清了，然后我就失态了。"不知道是不是打电话的原因，温辞树的声音听着比风都轻，比雾都浓。

张杳问："你和她……什么时候开始联系的？"

温辞树说："她就是我的相亲对象。"

张杳哑然："怪不得你会同意去相亲。"

温辞树很轻很轻地叹了一声："我表现得不好。"

他很少袒露脆弱。

而这句话，像在认错。

张杳的心酸得像什么似的。

张杳和温辞树从学生时代就是朋友，知道他是多么稳的人，只有一个人能让他失控，也能让他低迷。

那个人就是乔栖。

温辞树的暗恋和朱砂痣。

一个男孩在爱情里除了告白之外的所有步骤，都完整地在她身上发生过。

可她一无所知。

张杳劝道："既然老天爷赐给你这么一场缘分，你就应该牢牢抓住别松手，其他的什么都别想。"

这句话让温辞树陷入更深的沉默。

就当张杳以为他会挂断的时候，他回了一个字："好。"

颇有几分置之死地而后生的豪赌。

思绪被一阵风拉了回来，张杳的八卦因子还在，但不那么蠢蠢欲动了。

他说："行吧，我不问了，我信你能解决好。"说完便转身离开。

温辞树笑了笑，打开车门，准备弯腰进驾驶室，张杳忽然又大喊了他一声。

温辞树转过身，只见张杳露出八颗牙笑："哥们儿，我等着喊乔栖一声嫂子。"

温辞树眼睫被风扯动，情绪在眼底化开。他缓缓一笑，没说话，弯身上车。

开车回家的路上，温辞树打开常收听的电台，听了一会儿许巍的歌后，节目进行到听众来电环节。

第一个听众的留言让他没办法再继续行驶。

"我想点的歌是杨丞琳的《匿名的好友》。今天我暗恋了七年的女孩出嫁了，现在我从喜宴上独自回家，内心五味杂陈。我想对所有人说，勇敢一点吧，看着喜欢的人嫁给别人，真的太难受了。"

温辞树找到可以停车的地方停了下来，静静地在车里坐了很久。

静默之中，他在后视镜里看到了熟悉的身影——乔栖和一个男人。

温辞树等他们坐下，才看清那男人是段飞扬。

他们坐在街角的露天酒吧喝酒。乔栖还穿着刚才见面时穿的衣服，拿着酒瓶往嘴里灌酒，段飞扬起身去夺她的酒瓶，似乎是在劝酒。

不知为何，他突然想起上学的时候，他经常在校门口看到乔栖一伙人吃路边摊，段飞扬也在其中。他们在一起总是很热闹，好像有说不完的话、笑不完的事。

想到这儿，温辞树眼睫颤了颤，若有所思。

那个夜晚，乔栖喝醉，也是段飞扬给送回家的，后来去酒店，她口中呼之欲出的也是他的名字。

温辞树闭了闭眼。

他感到忌妒。

这是一个危险的信号，因为从前看到她身边形形色色的人，他只会感到失落。

他不能骗自己，不知从什么时候开始，以前咬咬牙能放下的事，现在他放不下了。

大片大片橙红色的余晖照在他的脸上，他像是在发呆，也像是在回忆很久之前的事情，就这么一直坐到了太阳落山。

当最后一片火烧云像熄灭的火把消失在眼前的时候，他捞起中控台上的手机，给乔栖打了一通电话。

他远远看到乔栖拿起手机，看了一眼屏幕之后，茫然地抬头瞥了段飞扬一眼，随后才点了接听。

温辞树没等她说话，在听到她呼吸的那一秒，他就告诉她："我同意了。"

乔栖的呼吸声明显变慢。

然后她起了身，走到围栏旁边，揪着一颗还没亮起来的小夜灯，问："你确定吗？"

温辞树一动不动地看着她，语气还是那么云淡风轻："明天你到我办公室来，我们聊一下结婚的事情吧。"

乔栖先是很沉默，而后勾唇一笑："好哇。"

晚风里，她笑得如此肆意。

温辞树贪恋地看了一会儿，余光又扫到段飞扬，发现他正含笑看着她，问："你笑什么呢，这么开心？"

乔栖雀跃地走到座位上，眉飞色舞地讲着什么。

温辞树在这一刻移开视线，驱动了车子。

你得到你想要的了，乔栖。

我也是。

这是我一生中最勇敢的瞬间。

开始由你决定，公平点吧，结束的权利，要掌握在我的手里。

暮色彻底降临时，有一颗闪亮的星遥遥挂在天际，给人以指引。

乔栖喝得半醉回家，得到了温辞树的口信，她本以为会睡个好觉，谁知竟失眠了一整夜。

这一夜她反复感叹于自己的荒唐，又不断原谅这份荒唐。

结婚这个决定太过儿戏，她问自己后悔吗？

奇怪的是，她竟不后悔。

或许她从来都不是一个真正爱自己的人吧。

身似倦鸟，漂泊而已，在哪棵树上栖息并没有什么不同。

第二章
假婚

/ 我把人生赌给你了

1

第二天一早，晨光熹微的时刻，乔栖早早起床穿衣打扮，坐地铁来到温辞树的公司。

温辞树所在的华赢建筑设计研究院是国内顶尖的建筑公司，坐落在环流春湖一带的 CBD（中心商务区）。

这公司很好找，周围其他建筑都是拔地而起、直插云霄的高楼，它则是一座外观设计成钻石的水晶玻璃房。楼体外干净明亮的玻璃是按照阳光照射的角度裁割的，阳光照在上面，每一处都熠熠生辉，远远看过去就像是一颗真正的钻石在发光。

乔栖感叹这里不愧是做建筑的，若她是甲方，恐怕看到这个大楼就会忍不住在合同上签下名字。

这座办公大楼就是他们给行业展示的最好名片。

乔栖走进公司，才发现里面全是植物，藤蔓从环形走廊上延伸下来，乔木从大楼中央笔直生长，不知名的花在墙角靡靡开放，像是进入了雨林一样。

她顿时觉得自己像只迷了路的动物。

她站在一个点没敢动，给温辞树发消息：我到了。

他给她回复：等一下。

三分钟后，他出现在南边的电梯口，远远喊她："乔栖，过来。"

又是"qī"。

乔栖懒懒地走过去，又懒懒地强调："我叫乔栖！"说着，她把口型夸张化，像在假笑着说"嘻"。

温辞树看了她一眼，眼里闪过无奈，说：“上楼吧。”

乔栖噘了噘嘴，随他上去了。

温辞树的办公室在顶楼，门上贴着金光闪闪的“首席设计师”铭牌，看样子，他年纪轻轻，在这个公司的地位可不低。

设计行业特殊，灵感和天分对人加持很大，常有英雄出少年。

乔栖心里一哂，她和这位准老公的差距不是一星半点儿……想到这儿，她反倒更轻松了几分。

反正论条件已经输了，心态上如果不好一点儿，她就一点儿资本都没有了。

进到办公室之后，温辞树去给乔栖倒咖啡。

她看到他这儿有咖啡机，现磨现煮的，还蛮会享受生活。

她眼珠直转，四处打量。

他这里的摆设比她想象中的简单，线条感重，强调留白设计，唯有办公桌后面突兀地摆了一幅把整面墙占据了一半的油画——燃烧中的火焰。

就像是他这个人，看着不食人间烟火，偶尔露出一点烟火味，那都是熊熊大火、滚滚浓烟。

温辞树把咖啡送到乔栖手里：“尝尝。”

乔栖喝了一口：“怎么那么香？你施魔法啦？”

温辞树笑了笑：“可能是咖啡豆比较好吧。”

乔栖若有所思地点头。其实她咖啡喝得很少，要喝也只喝速溶的，品不出什么来。

喝了两口咖啡，乔栖觉得是时候了，便问：“你要和我谈什么？”

温辞树在乔栖面前坐下。

他放下咖啡杯，看向她时，眼里一片澄澈：“既然是假结婚，总要有婚前协议。”

在办公室见面，就像是在谈生意，等“婚前协议”四个字说出口，这种感觉就更浓了。

把婚姻当成生意在谈的，恐怕只有乔栖一个。

还挺酷，就像在演八点档肥皂剧。

乔栖撩拨了一把头发，笑起来：“我什么都不要，只有三点要求。”

温辞树点头：“你说。”

乔栖靠着椅子,姿态轻松:"第一,财产分明,不要有任何经济纠纷,婚后我搬去你那儿住,房租按年给你。"

温辞树敛了敛眸,又问她:"然后呢?"

"嗯……第二,如果遇到真爱,必须如实告知对方,不能干涉双方感情问题。"说到这里,乔栖停了停,盯紧了他,强调,"但我奶奶在世的时候,无论你我谁喜欢上别人,我们都不能离婚。"

温辞树紧抿着唇,不知道是在考虑她说的哪一点。

乔栖不管他,自顾自继续说:"第三,亲密接触要以我为准。"

话就这么多,乔栖说完了。

温辞树维持着同一个姿势,视线落在她咖啡杯口红艳艳的唇印上,没有表态。

他早知道,她能给他的也只有这些。

温辞树的心虽痛,但理智还在。

他选择在办公室谈这些,就是因为这样的环境能提醒他,这些都是一场交易,而他也可以对自己想要的条件坦荡提及。

他很快开口:"婚前财产我会找律师拟协议,房租不需要你付,如果实在过意不去,你可以缴纳水电费。第二、第三点,我答应你。"

他的语气挑不出错。

乔栖对此没有异议:"好啊,那你有什么条件?"

温辞树一笑:"很简单。"

乔栖一副洗耳恭听的样子。

他淡淡说:"人前要爱我。"

她说了那么一大堆,他却只有短短五个字。

乔栖脑子没转过来,问:"什么?"

他正色道:"我是个生活简单的人,不喜欢被人打扰,但父母和爷爷的催婚已经让我有了负担,所以我愿意和你组成家庭。"

这是他第一次给她结婚的理由。

乔栖点头:"我明白,你继续说。"

"婚后你势必要见我父母,要想在我家人面前不露馅,你必须表现得很爱我。要想让他们满意,你不用上得厅堂下得厨房,只要爱我,他们就不会怀疑。"

温辞树不急不慢地继续说："我朋友不多，我会去解释，但是我同事这边……虽然不会常见，但如果有交集，多少还是要应对一下。"

乔栖安静地听完，感觉他说的这些都在情理之中，于是她没怎么考虑就爽快地答应了："好，我答应你。"

说完，她不忘媚眼一挑，撩他一把："我会爱你爱到连你都信以为真。"

温辞树目光沉了沉，没中她的美人计，反而丢给她一个问题："你为什么选我？"

乔栖看了一眼他身后纯白墙壁上的火焰油画，早说了这个人身上藏着股劲儿。

"我身边确实不缺男人。"乔栖忽然笑了，又艳又俏，"但是我奶奶偏偏就喜欢你啊。"

这短短一段话，她笑得多肆意，眉心跳得就有多快。

不是只有温辞树需要一个理由，她也很需要一个理由。

但她可以给温辞树编一个理由，却无法给自己编一个理由。

她语气坦荡，内心却是虚的。

可此时此刻，这些似乎并不重要。

她想端起咖啡喝一口，忽然手一僵，想起一件很重要的事情："那我需要提前拜访你父母吗？"

温辞树说："不用。"

不知道为什么，他的态度冷淡了许多。

乔栖没多想，笑问："那你这是先斩后奏？你确定你父母能接受？"

温辞树无波无澜："我有我的安排。"

乔栖又想起什么，煞有介事地问："天哪，如果结婚后你妈强迫我生孩子怎么办？"

温辞树一怔："你担心得太多了。"

乔栖被他噎了一句，不乐意了："我好歹是嫁人哎，还不许担心了？"

温辞树撩起眼皮，不咸不淡地说道："有我，你担心什么？"

乔栖知道他这话不夹杂其他感情，但还是沉默了。

不过很快她就一挑眉："行，不担心。玩不起我就不是乔栖了。"

她笑着，浑不在意的样子。

温辞树静静地看着她灿烂的笑容。

乔栖觉得话聊得差不多了，一拍桌子站了起来："咱们什么时候领证啊？"

温辞树问："你想什么时候？"

"你下午有空吗？"乔栖想了想。

温辞树显然没想到会这么快，但敛眸再抬睫，他已然有了决定："几点？"

乔栖见他爽快，感觉自己也豁达了很多，笑了笑："树哥敞亮。下午两点，望春区民政局不见不散。"

温辞树没有说话，但眼神表示了同意。

乔栖神清气爽地离开了温辞树的办公室。

温辞树想送她，她没让。

走出"大钻石"的时候还不到中午，乔栖去对面的便利店买了一支雪糕吃。

三月早就过了一半，但空气还是凉的。她不知道为什么自己会突然想吃冰的东西，就像有时候不知道为什么会突然想喝醉。

将近一小时后，乔栖才回到家。

家里的户口本放在哪里她很清楚。

奶奶在客厅看电视，罗怡玲在阳台上晾衣服，她悄悄走进主卧，从床头柜里拿出户口本放进包里。

等她再出门的时候，奶奶还在盯着电视机，而罗怡玲的衣服还没晾完，她们甚至不知道她回来过。

一切都比想象中顺利。

可温辞树这边就比乔栖要费劲多了。

他知道父母是特别传统的那类人，他们看重学历和家庭远大于外表和性格，正如看重是否合适远大于是否喜欢。

如果让乔栖提前拜访，事情肯定会有变故，就算他们对她满意，也不会同意他这么快结婚。

温辞树讨户口本，注定要撒谎。

回家之前，他特意用浏览器搜索了一下"办理什么业务需要用户口本"。

恰好他在年前刚买了新房子，便借口说需要补充合同，爸妈东问西问了半天，最后倒也没怀疑什么，还是把户口本给他了。

去民政局的路上，温辞树以为自己会乱七八糟想很多。

但是没有。

因为许多杂念，都在他说"我同意了"的那一刻就被他摒除了。

他开着车，离民政局越来越近的同时，也正在离一个确定的人生越来越远。

他能感受到自己内心的期待，就像一汪连涟漪都很少泛起的湖水，却幽沉深邃。

他的渴望，从来都是深沉，而非澎湃的。

对即将面对的人生大事，乔栖好像格外平静。

没有真心时该有的憧憬，也没有假意时该有的复杂，或许是知道不过是一场交易，所以提不起劲儿。

她觉得不该这样。

无论怎么说，大喜的日子，她该拿出要把未来过得焕然一新的精气神来。

想到这个，她拿口红给嘴唇补了补色，对着镜子轻挑媚眼，自信地笑了一下。

司机停车之后，她远远就看到温辞树的身影。

她深吸一口气才下车，挺起胸，抬起下巴，一勾唇，笑得明艳热烈："我来啦。"

温辞树倒还是一如既往的清冷疏离。

乔栖提醒他："等会儿拍照记得笑，这可是咱们大喜的日子。"

温辞树不置可否。

到拍照的时候，原本他是没有笑意的，"三、二、一"话音刚落下，他却扬了扬唇。

走出民政局，乔栖对着他们俩的结婚照"啧啧"赞叹："温辞树，你小子未免太帅了。"

温辞树似乎心情不错，竟笑着回了一句："彼此彼此。"

乔栖微微愣了愣，伸出手戳了戳他的脸颊："不错，多笑笑。"

温辞树目光微闪，别开了脸，倒像是被她强撩了似的。

乔栖笑得更开心了，收好结婚证，又伸出手："老公，合作愉快。"

温辞树敛住了眉，神色很认真，眼里似乎没有内容，又似乎充斥着许多让人读不懂的东西。

乔栖心想，内向的人就是这点不好，总把心思装心底，让人看不穿。

就在她想仔细把他读懂的时候，他伸出手和她握了握："合作愉快。"

就这样，他们把婚结了。

2

温辞树一直在想，这场婚姻让他印象最深刻的是什么。

走出民政局的时候，他心里有了答案——或许就是乔栖最后那句"合作愉快"。

他的婚姻不是开始于"我爱你"，而是"合作愉快"。

说不心酸是假的，但转念他又安慰自己，这也算一种特别的疯狂。

离开民政局后，乔栖便和温辞树道别了，她说想去见朋友，等会儿再联系他。

温辞树靠在车门上，看着她袅娜走远。

乔栖去见的朋友是孙安琪。

她在门口"叮咚叮咚"地摁门铃。

都下午4点多了，那丫头还没起床，在屋里瓮声瓮气地喊道："你自己进来！"

乔栖输入门锁密码，风风火火地进了门，连鞋子都没换就冲进卧室，把大红本本拍在孙安琪的床上："我把自己嫁了。"

孙安琪还在梦里，眼睛都没睁开："嫁给谁了？"

乔栖说："温辞树。"

孙安琪"哦"了一声，几秒后，她突然睁眼。

然后乔栖只见一个人影像弹簧一样从床上弹了起来："谁？"

乔栖一脸淡定："酸琪，别激动。"

孙安琪疯狂抓自己的头发："我怎么能不激动？前几天还说没看对眼，见面连个招呼都不打，今天就百年好合了？救命，这是什么发展？乔栖，你以为过日子是在拍言情剧吗？"

孙安琪一口气说了一长串话。

乔栖听罢静了几秒，伸出一个大拇指："口条不错！"

孙安琪气得咬牙闭上了眼："你能正经点吗？"

乔栖干咳了一声，切换成认真脸："我们是假结婚。"

孙安琪瞳孔变大。

乔栖缓缓说道："我奶奶死之前想看我嫁出去，他也需要结个婚应付他爸妈，所以我们就在一起了。"

孙安琪先是沉默，后来眉头紧锁："乔栖，你太疯了。"

这人从小就特立独行，长大了依旧爱剑走偏锋。

孙安琪不知道该怎么整理自己此刻被冲击到的心情："刚才听到你结婚的消息，我怕你对自己不负责，现在知道是假结婚，我更怕你会得不偿失。"

姐妹俩少有的煽情时刻。

话说完，孙安琪就不自在了，摇了摇头："无论怎样，都便宜温辞树那小子了。"

乔栖一噎："怎么，这次不说我高攀了？"

孙安琪"哼"声，撇嘴道："他只是我 N 年前喜欢的第 N 个人好吗？咱俩都多少年的交情了……"

言外之意——和你比，他算老几。

乔栖嘴一扬，得意地笑出声，越笑鼻头却越酸。

她之所以第一时间来找孙安琪，就是怕"蓝颜祸水"。

可现在看，这丫头是真的不在意了。

乔栖安心了。

离开孙安琪家之后，她在回家的地铁上往"苟富贵勿相忘"群里发了她的结婚证。

周可和王富贵惊讶得差点把群炸了，段飞扬则直接打电话给她。

但最后，消息她没回，电话她也没接。

她不想一一解释，因为还有更需要她应对的事情在等着她。

她给温辞树发消息：今晚就住你家去，行吗？

那会儿温辞树正和张杳在一起攀岩。

这么多年了，他一旦心情波动大就要来攀岩，说是向上爬能忘记许多事。

滑雪、越野、蹦极、跳伞……这些刺激的活动也都是他经常尝试的，但很少有人知道。单看外表，外人会觉得他只喜欢午后安安静静地坐在窗前看书。

就在半小时之前，张杳亲口听到温辞树说他和乔栖结婚了，差点当场昏过去，到现在也没缓过来……

思绪忽然被打断，张杳余光瞥到温辞树的手机屏幕亮了，拿起来一看，是乔栖。

他手脚并用地从地上爬起来，对刚刚运动完的温辞树大喊一声："你老婆来电话了！"

温辞树停下动作，转过头，黑发被汗水浸湿，横生了几分欲气。

他走过来接了电话，对方貌似是问他怎么没回消息，因为他第一句话就是说："刚才在忙，没看见。"

对方又说了什么，他"嗯"了声，说："好，我这就去你家楼下等你。"

他挂断电话，只见张杳一脸看好戏的样子。

他不咸不淡地瞥了张杳一眼："只是去接她而已。"

张杳很会找关键点："这眼看到晚饭时间了，你去接她干什么呀？烛光晚餐？"

温辞树走到墙角拿毛巾擦汗，声音像是闷着出来的："接她去我家住。"

张杳差点一口老血喷出来："你你你……真是不鸣则已，一鸣惊人！"

温辞树动作顿了顿，而后把毛巾扔到张杳怀里："只是合租的关系。"

张杳笑了："孤男寡女共处一室，你管他什么关系，还不都是过日子的关系？"

温辞树无话可说。

张杳揽上他的肩膀，笑得越来越欠："哥们儿，运动完了，汗流完了，心跳也加快了，感受到自己在真实活着了吗？相信一切都是真的了吗？"

温辞树失笑，深深看了张杳一眼："你把我吃透了。"

张杳愣了愣，几秒后畅快地大笑起来。

温辞树也笑："不过这次你猜错了。"

张杳笑一半急刹车停住了，很是不解。

温辞树目光辽远，脑海中闪现出很多画面。

高中时无数次地擦肩而过、毕业时躲在人群里的遥遥目送……

得知相亲对象是她时，他整夜整夜地失眠。

约会那天，他早早到达约会地点为她挑花，可她却迟到了。

他坐在餐厅，被服务员催问要不要点餐，他害怕她临阵脱逃，放他鸽子，可她总算来了。

她推开餐厅大门时，看见她的人，眼前都为之一亮，她走进视野时，他的呼吸都暂停了。

吃饭时，他的话很少。他想吸引她的注意，博得她的好感，却总因太过无措而僵硬，又只好用冷淡来掩盖狂热。

她没有让他送她回家，他以为没戏了。

后来她喝醉了，用她的话说，他把她从地上捡了起来。

一夜荒唐，无关风月，有太多难扯的瞬间。

她是被酒浇灌的野玫瑰，他则如偷撷玫瑰的窃贼。

他说可以负责。

她一笑置之，说不必，这是成年人的游戏。

他落荒而逃。

逃了一半，她又在身后喊他回来，问他说的负责还算数吗。

她说结婚吧。

于是他怎么逃走的，又怎么乖乖走回去了。

他知道，她是受家庭束缚太深才做出的这个决定。

理智告诉他要三思。

可除了理智之外的所有情绪都在怂恿他抓住这次可乘之机。

于是，他顺从了欲望。

"说话呀。"温辞树久久不语，张杳急了。

温辞树回神，遥遥和镜子里的自己对视，声音浓得似雾："我想赌一把。"

张杳不解。

听他继续讲："刚才我脑子里一直在重复一句话——我要赢。"

或许你不在意，但是我把人生赌给你了，乔栖。

拿人生做赌注的人，又怎么能输？

乔栖从孙安琪家离开之后，就回去搬行李了。

走到小区门口的超市时，她心念一动，进去买了两斤散装糖果。

她进家门的时候，乔育木还没下班。

她把自己锁进卧室，悄无声息地把行李都收好，而后走到奶奶房间。

奶奶正坐在摇椅上听收音机。

从后面看过去，瘫在椅子上的只有衣服，老人家瘦得只剩薄薄一层，这是因为她去年切掉了半个胃。

乔栖眼眶一热，走到奶奶身边，弯腿轻轻跪下，把头伏在奶奶的膝头。

奶奶一怔，很快便笑着摸她倾斜而下的长发："你怎么进来一点动静都没有啊。"

乔栖转头把下巴放在奶奶膝盖上，像只温顺的小狐狸一般仰头看着奶奶，笑着说："看你听得入迷，没好意思打扰你。"

奶奶慈爱地笑了笑，手指点在她鼻尖上："你啊……"

乔栖皱了皱鼻子，笑了。

奶奶满目温柔："说吧，有什么事找我啊？"没等乔栖开口，她又像个小孩子那样"哼"了一声，"平时也没见你这么乖巧，不是有事就怪了。"

乔栖哭笑不得，嗔道："奶奶……"

奶奶捏她的脸颊："我准备好了，你大胆地说吧。"

乔栖抿了抿唇，深呼一口气，说："我和温辞树结婚了。"

奶奶的笑意讶然地僵在脸上。

乔栖怕她激动，忙拉住她的手，给她一个"你一定要相信我"的眼神："这不是儿戏，我是经过深思熟虑的。"

奶奶看着乔栖，久久不语。

乔栖以为奶奶再开口会说很多很多语重心长的话，谁知竟只有一句："你会后悔吗？"

乔栖的表情在脸上凝滞了一秒，觉得心脏在被人用力攥紧——也只有奶奶会问她这样的问题。

但她越痛，偏生要明媚一笑："我不后悔。"

绝不可能后悔。

她没有什么大本领，但就是有几分和生活死磕到底的能力。

奶奶听她这么说，便笑了："不后悔就行。好孩子，我祝福你。"

走出奶奶的卧室，乔栖泪眼婆娑，但是她没有伤感太久，因为乔育木回来了。

乔栖把自己的行李拉了出来，把包里的喜糖拿出来往茶几上一丢："我结婚了，请你们吃喜糖。从今以后，我不是你们家的人了，后会无期。"

话说完，她推着行李就走。

乔育木暴跳如雷，质问的都是些能猜出来的话。他想冲上去，而罗怡玲拼命拉住了他。

乔栖一次头都没有回。

温辞树就在楼下最显眼的位置等乔栖。

看到她出来了，他下了车，走过去想接过她的行李。

离近了，他目光微怔。

她的眼眶很红。

他盯着不放，乔栖撇嘴，连撒谎都酷得二五八万："沙子迷眼睛了。"

温辞树嘴唇动了动，想说什么，又觉得说什么都不合适，最后稀里糊涂吐出这么一句："嫁给我很委屈吗？"

乔栖一愣，反应过来，笑得特浮夸："哎呀，你误会了，真是沙子……"

"别的不敢保证，但你嫁给我，生活不会变得更糟。"他打断了她的话。

乔栖哑然，眼眶又悄然红了几分。

温辞树看到了，轻声说："快上车吧，外面到处都是沙子。"

没风也迷眼睛。

乔栖又怔了怔，他这是在揶揄她？

好你个温辞树。

她狠狠瞪了他一眼，然后大步上车。

温辞树微不可察地一笑，而后默默跟上去。

温辞树的家不在望春区，而是在春山区。

春山区的房价是整个平芜最高的。

乔栖以为他买的会是中档小区，当他把车开进麓苑的时候，她小意外了一下。

乔栖看向他认真开车的脸，连连感叹："温辞树，要不咱假戏真做得了，你这个条件我很难不心动啊。"

温辞树扭头看了她一眼，微微撇了撇嘴，不知道是无语还是无奈。

乔栖一笑置之。

温辞树的家在七号楼的第十七层。

乔栖对这个数字很敏感，在电梯里直戳他的腰窝："你也喜欢'七'啊？"

温辞树停顿了一会儿才轻轻"嗯"了声。

乔栖在心里腹诽：喜欢七的人多了去了，真不知道这有什么好想的。

温辞树家的装修风格和他的办公室很像——客厅以奶油色为基础，沙发、地毯、纱帘都是白色系，主灯用的是白色的铃兰花灯，而地板是原木的，中和了那一丝清冷感。

他家里植物很多，乔栖一个品种都不认得，像是第一次去植物园的小孩，跟在大人屁股后头问东问西。

"茶几上的是什么？"

"雪柳。"

"柜子旁边的呢？"

"马醉木。"

"墙边那个那么大一坨的呢？"

"天堂鸟。"

这套房子的面积很大，拱门将客厅一分为二，里面是餐厅和开放式厨房，色系依旧冷淡。看到餐桌上摆着的东西时，乔栖笑了："这是火焰兰，总算有我认识的了。"

温辞树一愣，随即微微笑了笑。

整体参观下来，乔栖最喜欢的还是家里为数不多的亮色。

客厅壁炉上方画着热烈喷发的大红色火山、餐厅里的透明屏风上画的满池红莲，以及操作台上一大排红色的盘子。

乔栖忍了忍，还是没忍住，问道："温辞树，我人傻，你直白地告诉我，这些突然出现的亮色装饰是不是意味着什么？"

温辞树懒懒看了她一眼："还是去你卧室看看吧。"

就知道问不出什么来，乔栖在后面兀自对他翻了个白眼。

她又想到什么，悠悠问道："什么叫'你卧室'啊？咱们新婚燕尔，难道要分房睡吗？"

温辞树转头一看，就见她满眼狡黠，笑得像个妖精。

他压下心头的躁动，表现得冷静自持："乔栖，你知道我是一个不会开玩笑的人。"

乔栖眨了下眼："我不够认真吗？"

温辞树笑道："那我只能理解为，你在认真地跟我开玩笑。"

乔栖被噎住了，没想到自己还有说不过温辞树的时候。

她在心里默默记上这一笔，最后还是乖乖跟着温辞树去卧室了。

等她再出来的时候，已经过了两个多小时，这还算她收拾的动作够快。

这期间不断有电话找她，乔桥的、段飞扬的、罗怡玲的……她干脆把手机放在屋里充电，不去管它。

她图喜庆，找了两条红裙子出来，一条长袖及踝，一条细吊带及膝。

她最终换了那条吊带裙出来。

穿过长廊，她在客厅的壁炉旁找到了温辞树，他正认认真真地整理地毯上圣诞树的落叶。

她静静地看着他，心想他什么时候才会转头发现她。

可他似乎是个不会一心二用的人，很久都没转头。

她最后耐不住性子，开口问："我们庆祝一下吧？"

温辞树转过头，目光微闪。

肤白发浓身材好的人，哪怕脸蛋不够漂亮，穿红裙也一定差不到哪里去，何况乔栖是漂亮人里的漂亮人。

他借着站起来的动作掩饰了眼里的惊艳，说："我去开瓶红酒。"

乔栖露齿一笑："好哇。"

她走过去，在他刚才待的地方坐了下来。旁边是一棵和人一般高的圣诞树，上面五颜六色的灯还都很闪。

已经快四月份了，他却留着十二月的东西。

乔栖摆弄着树梢的铃铛，朝餐厅大喊："这棵树你是留着今年接着用吗？"

温辞树的声音远远传来："等上面的小灯不亮了我再扔。"

乔栖耸肩，还挺讲究。

温辞树很快拿酒回来。

乔栖问他是什么酒,他说了一串乔栖听不懂的外国话:"Chateau Lafite Rothschild."又翻译给她听,"拉菲古堡正牌。"

乔栖无所谓地"哦"了一声。趁温辞树倒酒,她进屋拿手机搜价格——十万一瓶。

贵得乔栖肝颤。

喝的时候,她刻意慢了下来,一小口一小口地啜。

她不会品酒,以为这样就是品酒。

温辞树不动声色地看了她几眼,没有好为人师的打算。

说是庆祝,其实气氛很奇怪,孤男寡女,既暧昧又尴尬。

当然,这些感受貌似只在乔栖一个人身上发生过。

她偷瞟了温辞树好几眼,他好像真的就只是在品酒而已。

乔栖心想:我可是美女啊!

这么想着,她看向他的眼神里都多了几分不自知的幽怨。

而这一切都被温辞树尽收眼底。

他想了想,问她:"要不要放部电影看?"

乔栖无聊地耸了耸肩:"随便。"

温辞树放下酒杯,拿起放在柜子上的手机去挑影片。

他刚搜索出《爱乐之城》,身旁那位说"随便"的女士忽然开口:"就看《夏洛特烦恼》吧,大喜的日子看喜剧,应景。"

这真是一个意料之外又情理之中的选择。

温辞树应了一声,背对着她,漾出一个"我该拿你怎么办"的宠笑。

他正在这边连接投影仪,乔栖想了想,把自己杯中剩下的红酒都倒给了他。

事情做完了,她才问:"你不介意喝我剩的吧?这玩意儿那么贵,我不会品,别糟蹋了它。"

温辞树看了一眼地毯上的高脚杯,空的那个上面有唇印,不知道他的这杯有没有沾上。

他不动声色地收回视线,说:"冰箱里有其他酒。"

乔栖眼睛一亮,手撑地站了起来,到冰箱里抱了一堆啤酒出来。

温辞树默默数了数,足有八罐,他家冰箱里原本也只剩八罐。

拿这么多,她喝得完吗?

温辞树目光幽深，他不敢想，她再醉一次，他们之间又会惹出什么事来。

而乔栖现在只想醉。

她想试试温辞树的底线。

但毕竟两人以后是"合作关系"，她不好明探，只好拿酒当借口。

电影投屏成功之前，乔栖就已经开喝了。

她喝得畅意，"咕咚咕咚"每一声都特别清晰，也勾起了温辞树的啤酒瘾。但是红酒还没喝完，这款酒他不轻易拿出来示人，上好的红酒是艺术品，喝不完浪费钱是其次，最怕糟蹋东西。

然而他酒还没喝见底，地上就已经歪七扭八倒了五六个空易拉罐。

乔栖脸红了，眼睛也迷离了，痴痴笑着，说："好没劲啊，要不跳舞吧！"

温辞树诚恳地告诉她："你醉了。"

乔栖对着空气甩了一胳膊，然后喃喃道："一一得一，一二得二……二八一十六，三八二十四……"她背了一长串乘法口诀，最后大着舌头得出一个结论——"谁醉了？"

她为他小看她的酒量而很生气！

这下她还非要拉着他跳舞不可。

念头一出，她直接上手了，拽着温辞树的一只胳膊，像拔萝卜那样要把他拔起来。

她一弯腰，衣领的布料就滑了下来。

温辞树眼眸一沉，喉结滚了滚："乔栖。"

这是一声警告。

乔栖脑袋昏沉，但还没忘记她喝醉的目的。

只可惜眼前这人就是一片没有涟漪的湖，深不见底，清清凉凉，什么火烧到他身上都得灭了。

她干脆更过火一点："不跳舞也行，要不咱们入洞房吧？"

温辞树直直地看着她。

说真的，他搞不懂她的脑回路。

她是那种上一秒问你"今天天气怎么样"，下一秒就问"接吻吗"的那种女人。

正如此刻，她上一秒还因为电影里的桥段笑出泪花，这会儿就开始和他讨论起夫妻生活："咱们不是说好了吗，婚后亲密接触以我为准。意思是，我不愿意的时候你离远点，我愿意的时候你得积极配合。"

原来在这儿等着他呢。

温辞树静了一会儿，不受干扰地回了她四个字："你喝多了。"

乔栖被他噎得说不出话。

两秒后，她打了个娇憨的酒嗝，眯眼问："温辞树，你是疯了吗？"

她忽然张牙舞爪起来，拉着他的胳膊不放："我在你眼里不是女人吗？你的审美和全人类反着来的吗？"

温辞树不再反抗，遂着她的心意起了身，然后在她迷蒙的眼神中，忽然拦腰把她抱起。

乔栖一惊，下意识地勾紧了他的脖子，头发被甩得都糊在脸上。她扬扬脸，呼了一口气，才把眼帘的头发吹开，问道："怎么，您舍得破戒了？"

温辞树只笑，不语。

等走到她的房间门口，他把她放下，打开门，淡淡说："睡吧。"

乔栖脚沾地，腿软了一下才站直。她扶着门框，一个头两个大："你搞什么？"

温辞树神色如常："你该睡了。"

这是在逗她，还是在耍她？

乔栖来火了，冷笑："你这样我很没面子的哎。"

温辞树眼眸暗了暗："乔栖，如果你承认自己有点风情，就不要随意挑逗一个男人。"

乔栖酒意正浓，对超过五个字的话都思考不来，她撩了把头发，靠在门框上悠悠地笑。

"找什么借口？

"你是不是不行啊？

"是男人你就来。"

空气越来越冷。

乔栖的声音也越来越小，嘴角也僵在脸上，笑不动了。

因为温辞树看她的眼神变了。

才刚刚意识到这一点，乔栖的胳膊就忽然被人一拽，紧接着腰肢便被温热的手掌握了一下。

一时间天旋地转。

等她再有反应的时候，她人已经在温辞树怀里了。

她仰视着他，只能看到他的下巴，看不清他的表情，只知道他呼吸很重，三步并两步把她带进卧室，门在身后重重砸下。

与此同时，他也和她一起砸到了床上，像水花在水里溅开。

她的头发糊了满脸，是他替她拂开的，而后四目相对，两个人的呼吸都很重。

乔栖这才确定，温辞树的确不一样了。

她从他的眼眸中，看到了他办公室里的火焰壁画，看到了客厅白墙上喷发的红色火山，看到了餐厅里透明屏风上的满池红莲，然后是她，盛开在他眼眸中的她。

乔栖被他的眼神烫到了。

人是有本能的感知危险的能力的，她突然心慌："你放开我。"

她害怕了，玩不起了，想逃命了，于是扭着身子，要从他身体下逃走。

他只用腿压着她的腿，其余什么都不做，像是挑衅她似的。

偏偏她还真的根本动弹不了几下，就像被绑住腿儿的蚂蚱，蹦跶得越欢，越滑稽可笑。

意识到根本没逃开的可能，乔栖酒也醒了，人也放低姿态了。

"我说，你放开我。"她依旧端着。

温辞树鼻息间"哼"了一声："这会儿知道怕了？可你不觉得晚了吗，乔栖？"

又是"qī"。

乔栖想纠正他，嘴唇动了动，又打消念头了。

算了，他爱这么叫随他。

只要能把她放开，他叫她"乔八"都行。

"什么怕啊，我刚才喝醉了，做的事都不算数，现在被你吓醒了，要求保持距离，不过分吧？"乔栖盯着他，面不改色心不跳。

在狡辩这一块，她是有天分的，温辞树打从心眼里承认这一点。

他心里想笑，表面却忍住了，敛眸睨着她，问："我是男人吗？"

乔栖："我……"

一个"我"字脱口而出，然后竟是无话可说。

他似乎并不着急："刚才说我不是男人，现在是了吗？"

低沉而又蛊惑的嗓音，像从地狱里传来的。

乔栖觉得自己要疯，他怎么反差感这么大？

她甚至严重怀疑眼前这人是不是变态。暗自打算等他离开，她一定要去搜一搜"表面淡泊内心火爆的人是不是有病"。

也罢，人在屋檐下，不得不低头，何况这是温辞树的屋檐。

乔栖能屈能伸，眼睛向下一弯，嘴角向上一扬，假笑道："你是。我甚至可以发个朋友圈告诉所有人，你是。如果不够，发微博也行。"

温辞树定定看了她两秒——脸蛋精致魅惑，眼角眉梢都藏着小心思。

算了，日子还长，他暂且放过她。

他不咸不淡地把她松开，整理了一下衣服站好。

乔栖撑着胳膊从床上坐了起来，发丝凌乱，裙子的一根肩带早垂到了胳膊上。

温辞树把这活色生香的一面尽收眼底，只觉心头微"燥"，声音更冷了："你休息吧。"

乔栖一笑："您慢走。"

温辞树脚步极轻地出去了。

门被关上的那一刻，乔栖把自己甩在床上，蒙上被子，仰天长啸："请神容易送神难啊！"

温辞树走出乔栖的卧室。

把门关上之后，他靠着门板闭上了眼睛，心里"燥"意渐重，就像一万只蚂蚁在爬。

他第一次发现，喜欢一个人时，除了要经历酸甜苦痛，还有痒。

还好他是克制惯了的人。

3

乔栖晚上做了个梦。

梦里，她是在仙侠世界中的一只快活小狐妖，而温辞树是她无意救起的三界第一帅的神仙。

初见时，他白衣飘飘，仙风道骨，可有一天，他忽然就变成了黑袍魔君，周身满是肃杀之气。

她吓得从梦中惊醒。

好一个新婚之夜，醒着睡着都不安生。

乔栖打着哈欠起床洗漱。

她从房间出来的时候，开门就闻到一阵咖啡香，往餐厅那儿一瞧，温辞树正在煮咖啡。

他貌似很爱在这种浪费时间的事情上浪费时间。

乔栖揉了把头发走过去："早啊。"

温辞树没看她，专注于他的咖啡："早。"

乔栖随意地坐在吧台椅上，看到他早已做好了一杯，不由得端起来闻了闻，很香。

她感觉莫名惬意，随口问："你昨晚几点睡的啊？"

温辞树说："十二点多。"

"怪不得你一大早就要喝咖啡。"

闻言，温辞树一笑："为了提神而喝咖啡都不叫真正的喝咖啡。等会儿你尝一尝，这豆子很香。"

乔栖连连摆手："我喝星巴克就好了。"

温辞树并不强迫她，尽管他做了两个人的量。

乔栖又问："昨晚睡那么晚，你都干什么了？"

温辞树正手冲咖啡，闻言顿了顿才说："学习。"

"学习？"乔栖似乎难以置信，"学什么啊？"

温辞树手抖了一下才说："工作上的内容。"

乔栖服了。

都说优秀的人总在不断充实自己，果然啊，瞧他都这么厉害了还在熬夜学习。

自律而向上的人，多少是让人赞赏的。

乔栖打心眼里想给他竖大拇指，可想到昨晚他把她甩床上那样儿，她就放弃了这个念头。

然后她伸了个懒腰："好吧，不说了，我去上班！"

"桌上有早餐，你要吃吗？"温辞树问。

乔栖这才注意到桌子上摆着精致的食物。她扫了一眼，都是西式早餐，没什么胃口："我昨晚就想好了，今天要去喝豆腐脑，那些你吃吧。"

她说完，最后给他扬了一个笑，就回屋换衣服了。

温辞树顿了顿，匆匆收尾，把咖啡冲好。

受她干扰太大，不用尝也知道，这一杯不会有上一杯好喝。

他走到餐桌前，红瓷盘里摆着蔬菜三明治和色泽诱人的溏心蛋，这是他浪费了十余个鸡蛋之后，做得最成功的一个。

念头刚闪过，门铃响了。

"叮咚，叮咚，叮咚……"

响声并不急切，却很有规律，且一直没有停过。

这种让人有压力的叫门方式，除了他妈妈，再没别人了。

温辞树太阳穴突突地跳。

他往玄关走去。

乔栖也从卧室走了出来，问："谁啊？一大早的……"

"嘘！"温辞树满脸认真地对她比了个手势。

她很识相地闭了嘴，可表情还是在问：谁？

温辞树的手机忽然响了。他顿了顿才接起来，知道屋子隔音好，他却还是捂住听筒说话："喂，妈。"

乔栖的呼吸好像顿时被一只无形的手扼住，眼皮狂跳。

"我在你家门口，你出来开一下门。"

"我没在家。"

"这才八点，你走那么早啊？"

"对，今天公司有急事，我早去了一会儿。"

"可我给你带了好多吃的，还有昨天你爸做的咸菜。你密码怎么换了啊？赶紧给我，我好歹进去放一下。"

刘美君知道大门的密码，但之前乔栖搬进来，温辞树就把密码换了。

他想了想，说："密码我没换。这个门不知道怎么回事，经常打不开，我正要找人修呢。”

他面不改色地撒着谎。

乔栖看着他，有那么一瞬间，她觉得这人真有意思。她的目光穿过他的肩膀，落在墙上热烈喷发的大红色火山上。

“你放门口吧，我晚上回家去拿。”

刘美君叹了叹，说：“好吧。”

挂断电话，温辞树长舒了一口气，转头去看乔栖。

她美目含笑。

他知道她准在心里乱想什么，压下无奈，叮嘱她：“过会儿再走吧，等我妈走远再说。”

乔栖表示认同。

他趁机又说：“要不还是吃完饭再走？”

她不给面子：“我不要，我就要喝豆腐脑。”

说罢，她到餐厅坐下，随手拿起一袋花椒小石子饼吃。

温辞树只好兀自去饭厅吃饭。

吃了半袋小零食，眼看时间差不多了，乔栖喊了他一声：“我走了！”

他也刚好吃完饭，走过来想说“我送你吧”。

她忽然在他面前转了一圈：“今天天气不错，我也够清新吧？”

她穿了一件青草绿的针织开衫，搭配款式简单的牛仔裤，戴着白色的发箍，没有往日明艳，却多了几分女大学生的明媚朝气。

温辞树眼眸闪了闪，“嗯”了一声，态度看似不咸不淡。

乔栖撇嘴：“算了，问你等于白问。”

她甩甩头去玄关换鞋了。

直到走出大门，她都没回过头，自然也不知道，身后有一双眼睛始终没从她身上移开过。

麓苑离 Hanky Panky 比家里近多了，但是交通没有那么方便，乔栖光步行就要二十分钟。

等她懒懒来到店里，一推开门，怔住了。

她所有的好朋友都到了，这架势像开大会似的，而且是批斗她的大会。

王富贵眼尖，第一个看见她，捏着嗓子喊："哟，这是谁来了呀？"

孙安琪会意，接上话："这不是咱们的新娘子吗？"

"新娘子怎么穿绿啊，也不盼点自己好？"

他俩这一唱一和的，旁边的店员们都在憋笑。

还好段飞扬及时制止了他们："好了，既然小乔来了，咱们上去说。"

乔栖无奈极了，只好赶快把他们领进自己的办公室，以免店员们看了笑话。

进到办公室之后，乔栖不可避免地遭受了一通连环审问。

她和温辞树的事，其实孙安琪这个知情人昨天已经在群里解释过一遍，她懒得再多说。于是问到最后，大家要么累了，要么被她这无话可说的态度气出去了。

乔栖撵他们赶紧走。

王富贵问："那咱们还要随份子钱吗？"

不提这茬，乔栖倒还忘了，他这么一说，乔栖眼睛都亮了。

她从小被舅舅苛待惯了，缺钱是常有的事，对钱一向是来者不拒。

"给啊，怎么不给？你们是朋友，还得多给呢。"她勾唇笑得欢。

王富贵自己打自己嘴巴："得，算我多嘴。"

周可眨巴眨巴眼："那我们给份子钱，你岂不是要办婚礼啊？哪有酒席都不请就要钱的？"

孙安琪连连点头，附和："周周就是我的'嘴替'！"

乔栖皮笑肉不笑："朋友，不要到处抠抠。"

孙安琪"呸"一声："你好歹也是咱们之中第一个结婚的，甭管真假，也得办个小型派对吧？"

乔栖犹豫了。

王富贵眼珠一转，问："某人是不是做不了主？"

乔栖一脸问号。

她这个人贪财臭美不经激，这帮人谁都知道。

果然，王富贵说完这句话之后，原本有些动摇的乔栖俨然彻底拿定主意："行，婚礼是吧，我办。"

明知道他们在给她下套，可她就是愿意钻。

乔栖说着就去包里拿手机："我给我们家那口子说一声啊。"

我们家那口子?

孙安琪为她的矫揉造作呕了一声。

乔栖回过去一个白眼。

这边眼皮还没收回来,去外面的段飞扬回来了。

周可说:"大哥,小乔要办婚礼了。"

段飞扬微怔,刚想说什么,只听乔栖捏着嗓子要多嗲有多嗲地发了段语音。

温辞树收到这个语音的时候正在公司给手底下的人开会。同事话讲到一半,他的手机振动了,视线扫过去,是乔栖。

他想了想,还是打开了微信。看到她发的是语音,他想也没想就转成了文字:**老公,你在不在啦?**

他莫名笑了,很想听她说出来是什么感觉。

这个念头让他没办法继续专心工作,他干脆中断会议,走了出去。

同事们都很惊讶,他离开后,会议室里爆发了小声的讨论。

"你们看见了吗?他刚才笑得巨温柔!"

"他不是一向对工作很专注的吗?"

"难道恋爱了?"

最后这个猜测让大家面面相觑。

温辞树回到自己的办公室,关上门的同时,就已经摁开了那条语音:"老公,你在不在啦?"

凑近听筒,耳朵像是过了电似的,酥酥麻麻。他漾出一声轻笑,想了想,给她拨电话过去。

接到温辞树电话的前三十秒。

孙安琪从沙发上跳了起来,扑过去掐乔栖的脖子:"本侠女立志杀遍天下每一个'绿茶'。"

乔栖艰难地把自己的脖子从孙安琪手中"抢救"回来,边咳嗽边说:"你们懂什么呀,这招虽然恶心,但有用,男人都吃这一套。"

她弹了个响舌,看向屋里的两位男士:"你们说是不是啊?"

这期间,"周小可爱"在旁边"咯咯"地笑,像在看情景喜剧。

乔栖刚想问她"你是哪一头的",手机就响了。她看了一眼,呼吸一顿:"是他。"

她眼睛亮了亮，接起来："喂。"

朋友们都看着她，而她做了个"嘘"的动作。

温辞树的声音一如既往的平淡："有什么事？说吧。"

乔栖倒抽一口气，握紧了手机："你是我肚子里的蛔虫吗？"

温辞树无声地笑了笑："说吧。"

乔栖努努嘴，"嗯"了一阵才说："我想办婚礼。"

听筒那边一片安静。

温辞树绝没想到她会提这个要求。

在他心里，她拥有这世界上最自由的灵魂，没什么可以束缚住她，婚姻已是勉强，而婚礼这种形式化的东西，她一定不屑拥有。

可他想拥有。

他曾一度以为看不到她为他穿婚纱的样子，会是终生的遗憾。

可现在，她竟主动要补足这个遗憾。

他心跳加快，呼吸却变慢，深深地不敢置信。

乔栖见温辞树好一会儿都没说话，有点拿不定了。

她看了一眼朋友们，又背过身去对温辞树补充说："小型的就行，父母亲戚都不请，就我们一群朋友热闹热闹，行吗？"

这话让温辞树更安静了。

小型的婚礼，不就是派对？谁会在派对上穿婚纱？

他握紧了手机，想了想，说："可以，但我有要求。"

乔栖深深吸了一口气："什么要求？"

"那天你穿婚纱。"一个以句号结尾的肯定句式，没有商量的意思。

乔栖一心只想让温辞树快点答应，又觉得婚纱和别的衣服于她也没什么不同，就很爽快地答应了："没问题。"

温辞树"嗯"了一声，问道："你想什么时候办？"

乔栖认真想了想，没想好，把听筒捂上，小声问朋友们："啥时候办？"

段飞扬沉默着，像是不打算参与。

其他几人互递眼色，最终给乔栖比了四个手指头出来。

乔栖意会，对温辞树说："快到四月了，要不四月一日？"

朋友们沉默了。

温辞树也是明显一愣。

乔栖能听到他的气息声，还以为那天他有工作安排，刚想客气一下说"如果你要有事就改天"，谁知他竟忽然开口："行，交给我吧。"

这五个字不花哨，但让人很有安全感。

乔栖挂上电话，竟对这场赶鸭子上架的假婚礼隐隐生出了期待。

而温辞树则哭笑不得。

四月一日，愚人节。

不知是该说不合时宜，还是真应景。

美好的遗憾就不是遗憾了吗？

他不敢给自己一个答案。

四月很快就到了。

婚礼这天，乔栖和温辞树还是如常去上班，早晨乔栖晚起，他们甚至没打照面，也没说上一句话。

下午五点钟温辞树准时下班，走出办公室的时候，他接到了一个来电。

"温先生，手机尾号1221是吗？"一个陌生男人的声音。

他边走边说："对。"

"这边有一份你的闪送。"

"我没买过东西。"他进了电梯。

"那我不清楚，你下来签收吧。"

温辞树没有多想，还以为是工作文件。

出了电梯之后，大堂里并没有穿着闪送服的人，他往外走，出了公司大门，一眼看到台阶下站着一个不可忽视的背影。

乔栖把头发染成了大红色，在阳光下稍微有点橘调，又卷成了法式大波浪，让本就浓密的长发更显蓬勃的生命力，张扬热烈如喷发的火山岩浆。

头发过艳，衣裳便通身着黑。

紧身的抹胸短裙，腰间系上细闪的腰链，搭配过膝长靴，高挑、性感、玲珑有致，不像真人，反倒像游戏里被程序员用无数字符构造出来的人物。

现在是下班的时间，整个研究院的人都赶着下班，门口人很多，可他们的目光几乎都被那个身影吸引了过去。

温辞树也不例外，就好像有一根无形的线勾着他的目光，他想移开眼，那根线便拉得更紧。

直到把他拉到她身边。

他喉结滚了滚，喊："乔栖。"

乔栖回头，一阵风吹过来，吹开了她如瀑的红发。

她什么都不用做，风都替她做了。

一刹那，百媚生。

温辞树目光沉沉，无论他对她的美貌认知有多么明确，他好像还是总能一次次被她迷倒。

"温先生，你的闪送，签收一下吧。"乔栖妖娆一笑。

温辞树的声音仍平淡："你怎么有我手机号？刚才谁给我打的电话？"

——你的手机号是我在家里的快递盒上看到的，尾号和我生日一样，没想记也记住了，给你打电话的人我也不认识，随便借的。

明明一句话就解释得清，她偏不，勾唇笑了笑："你猜。"

温辞树没猜，又问："怎么染发了？"

乔栖也没介意他猜不猜，撩撩头发："图个喜庆啊，希望未来红红火火。"

又是喜庆。

"喜"这个字已在她的口中出现过好多回。

当然，都不是"喜欢"的"喜"。

又不喜欢，结个婚，竟还这么欢喜……真不知道该拿她怎么办才好。

乔栖又说："你等会儿要直接去'忘却春山'吗？"

"怎么？"

"嗯……捎我一段呗。"

温辞树微愣，很快反应过来，原来她是为这个来的。

他说："我以为这个时间你正在打扮自己。"

"本来是该打扮的，我明明交代酸琪我要去店里化妆试婚纱，结果我到店之后才知道，那丫头把我的婚纱和化妆师都带去'忘却春山'了。"

说起这个，乔栖表情很丰富，人又鲜活了几分："不过还好，那个婚纱店离你公司近，我就过来了。"

温辞树听明白了。

她真是来蹭车的，而在此之前，事关婚礼的种种她应该都没过问，连订婚纱这种事都交给了朋友。

温辞树点了点头："那走吧。"

乔栖笑着说："谢谢！"

站在门口这一会儿，已经有无数的人看向他们了。温辞树是研究院的名人，不免引起窃窃私语。

乔栖跟着他往露天停车场走，笑嘻嘻地问："他们是看我，还是看你？"

温辞树随口一答："看我们俩。"

乔栖顿了顿，很快抿唇一笑："嗯，我们俩，这三个字真好听。"

温辞树悠悠瞥了她一眼，她挑衅地把嘴唇扬得更高。

真拿她没办法，像被人宠坏的小孩似的，可以不喜欢别人，却想要别人喜欢她。

去婚礼现场的路上，温辞树中途停车去一家西装高级定制店取了他的礼服，是用黑色袋子整齐包装好的。

乔栖一路上都很好奇他会穿什么颜色，但为了等到婚礼上看第一眼，她忍住了没去偷看。

快下午六点半的时候，他们才到"忘却春山"。

婚礼是乔栖提的，但一应事宜全由温辞树操心。昨晚他告诉她婚礼地点定在"忘却春山"的时候，她多少有些惊讶。这里是平芜数一数二的名餐厅，还曾有电视剧剧组到此取过景，一顿饭的价格不低，而温辞树竟把这里全包了，也不知是开了什么价。

这也是他们婚前最后一次约会的地方，那个雨夜，他们在这里互加了微信。

车在门口停下，乔栖看到那两只大红灯笼还挂在门上。

工作人员过来将温辞树的车开去停车场，于是他们俩一起进到餐厅里面。

其他朋友都已经到了，在主厅等着。

他们穿过一池绿水，走到一条曲折的复廊上，拐过几个弯便到了主厅，这里颇有苏州园林的古韵。

乔栖有点后悔，应该早点告诉他，她更偏爱二十世纪的港风，最好装扮成电影里的歌舞厅那样，白色丝绸和蕾丝铺满长长的宴会桌，桌上摆满晶莹的高脚杯和金色三口烛台，上面插满红烛，鲜花与食物则摆放于它们周围。还要有复古红绸铺满整面墙，要有舞台，要有亮闪闪的旋转圆球灯。

她想着想着，脚已经踏进了主厅，然后呼吸一滞。

她万万没想到，刚才脑子里想的，完全像梦一样展现在眼前，还有她其实想要，却未想到的东西，比如那个正在放《欢乐颂》的大喇叭唱片机。

她看到她的朋友们个个都衣着光鲜，笑容洋溢。

一幕幕，热闹又摩登。

她抬头冲温辞树一笑："怎么会是这个风格？"

温辞树扭头看了她一眼，就知道她是喜欢的。

他说："他们都看着我们呢。"

乔栖视线扫过去，果然，认识的不认识的，都看着他们，含着笑。

她不怵场，抬了抬下巴，睨过去。

周可的眼睛好像都长在了温辞树身上，孙安琪更是目若花痴，她未婚夫老何还在呢，都这么不知收敛。

"看什么看？再看收钱了。"乔栖喊道。

"看你老公呢，谁看你。"孙安琪倒坦荡。

刚才的话题已被乔栖稀里糊涂地忘记，她扭着腰走了过去："可惜呀，再看也是我老公。"

"老温，快来介绍介绍啊。"有人插话进来。

说话的不是乔栖这边的人，她看了一眼，问："这位是？"

气氛放松，温辞树也轻松下来，他笑着说："这是张杳，我高中同学。"

剩下的两位，他干脆也一并介绍了："旁边是穆彬，我发小；最边上的是我邻居家的妹妹，叫吕斯思。"

乔栖直接把目光落在唯一的女生身上。

那女生也看过来，笑得倒坦荡："你头发烫得真好，泰剧女主似的。"

这人长得甜，又穿着粉嫩的裙子，没想到说话声音也嗲，像加了全糖的草莓奶昔。

乔栖耸肩："谢谢夸奖。"

把彼此的朋友互相介绍完毕，乔栖就要去做妆发了。

他们定好七点钟准时到主厅举行典礼，时间挺赶，但是温辞树和乔栖都不愿拒绝"七"这个数字。

没有什么吉时，喜欢的时间就是吉时。

七点一到，新娘新郎准时出场。

他穿白色西装，系红领带，口袋放着红玫瑰。她穿红色婚纱，戴白珍珠首饰。

这个选择是意外的，但更觉得合乎情理。

他的西装款式简单，却极显气质，只觉他既仙又贵，浑身上下都透着让人不敢靠近的清冷感。

她的婚纱则极繁复，褶皱纱的一字肩，曳地大裙摆，层层叠叠的蓬蓬纱，刺绣花朵布满裙身。

台下的朋友们都被他们美得不行，放礼花的放礼花，拍视频的拍视频，比主角都激动。

在他们眼里，这两人一个仙一个欲，一个是雪一个是火，一个如神仙一个似妖精。

幸亏是假的，不然还真不知道怎么过得到一块儿去。

台上的人并不知道台下人的心思，他们在音乐声中慢慢靠近了，脚尖对脚尖站好。

这场类似于派对的婚礼是温辞树一手操办的，桌布的颜色、选用的音乐、灯光的位置……只要能想到的地方，他都一点点抠细节，用心对待。

当然，也包括她用的手捧花。

他给她准备的手捧花是茉莉。

乔栖眼睫微颤，这是她第二次收到这种花。

茉莉，莫离。

她抬起头，隔着红红的头纱看着温辞树，不知道他知不知道这层意思。

一场假婚礼，却真宴宾客，真穿婚纱，用莫离花，喝长生酒。

揭开头纱，他们没有先说些杂七杂八的祝词，而是先喝酒。

下边有人吃吃："喝长生酒喽。"

有人附和："长长久久！"

听声音，这应该是老何。

"久久久……"周可也吃吃。

乔栖笑得前仰后合，而温辞树就像是上学时在国旗下演讲似的，站得笔直，脸上一点多余的表情都没有。

刚才揭开头纱的那一刻，他觉得时间都变慢了，地球也不转了，空气不流动了，呼吸都成了多余的事情。

直到这一刻，这世界都还没有恢复过来。

她一定不知道吧，一定不知道他有多幸运才能站到她身边来。

而乔栖却只顾自己笑，笑完就豪迈地一挥手："喝！"

她是真的把婚礼当派对来玩的。

温辞树知道她没有任何错，于是把杯中酒一饮而尽。

他喝完，下边又喊："接下来你们是互换戒指还是互相宣誓啊？"

乔栖笑道："哎呀，还费什么劲啊，唱歌跳舞呗。"

"那可不行！"说话的是张杳，"我们份子钱都出了，你不让我们看一下结婚要做的事，我们不白来了？"

乔栖无语："温辞树，你朋友怎么都这么抠门？"

温辞树笑了："那随便说两句吧。"

乔栖拿着话筒，愣了半天："我不知道说什么。"

温辞树想了想："那我给你戴戒指吧。"

他从兜里掏出一枚戒指。

素圈，应该是银的，总之看上去应该不算贵，上面刻着图案。

乔栖探了探脖子，但没看清。

她问："这玩意儿是不是需要互换啊？我可没给你准备。"

温辞树淡声说："我是觉得以后见到我爸妈，你手上没东西不行。"

"那你呢？"她问。

他停顿了一下，又从兜里掏出另一枚："在这儿。"

她想都没想就把戒指从他手上抽出来："那我也给你戴上吧。"

温辞树点了点头。

下边又喊："你们俩说什么悄悄话呢？也不大声点，叫我们也听听？"

乔栖一个眼神扫过去："王富贵，你欠抽？"

王富贵被骂得很委屈。

乔栖见他吃瘪，很快便笑了："下面是交换戒指环节，各位请及时拍照或录影。"

这流程倒是随意，大家都笑了。

乔栖伸出了手，示意她准备好了。

她的手长而瘦，指尖微微泛着粉红。

温辞树把戒指套到她的无名指上很快戴好，心里想，不知道她身上有哪处地方是不性感的。

乔栖问："不用一直戴吧？只在见你父母的时候戴，行吗？"

温辞树敛了眼眸，没有多余的神色："随你。"

乔栖又举起手，对着灯光仔细看了看戒指："这上面刻的不是图案，是字母？"

"Per aspera ad astra。"他极好听地念出一段话，并翻译，"循此苦旅，以达繁星。一句拉丁谚语。"

乔栖一字不落地听完，再看一眼，便不舍得摘了。

她不得不承认，他身上的学识和内涵总是恰到好处。

轮到女方给男方戴戒指了，乔栖一把握住温辞树的手。

温辞树的呼吸下意识地紊乱。

可她只是把他的手举高了些，方便戒指套进去，随后便很快收回手。又看到了什么，她再次把他的手牢牢抓住，高高举起。

他也再次呼吸骤停。

"喂，你食指上有一颗痣。"她眼睛一亮。

他的左手食指上有一颗朱砂痣。

她惊喜，却很快又不笑了，像是回忆到什么，神色竟变得有几分认真："我们……以前有过交集吗？"

他眼皮微跳，想起什么，很快回道："没有吧。"

乔栖皱了皱眉："哦……我可能记错了。"

底下很快响起礼花礼炮的响声，一热闹，乔栖好像就什么都忘了。

没有司仪，没有证婚人，所有人都是司仪，所有人都是证婚人。

最后的环节，扔捧花。

下面的人七嘴八舌："扔给我，扔给我！"

乔栖背对着大家站好，勾唇一笑。

"三，二，一——"

洁白的茉莉被高高扬起，却又垂直落下。

乔栖转身，"哈"了一声："你们都被骗了，我要自己留着！"

抱怨声顿时四起。

乔栖在台子上左扭右扭，抖抖香肩，嘚瑟得欠揍。

可温辞树却在今晚第一次直观地察觉到乔栖的脆弱——

捧花传递幸福，她现在没有幸福，才想把幸福留给自己。

4

典礼很随性地开始，又很随性地结束。

然后大家开始喝酒、唱歌、跳舞。其中乔栖贡献了最精彩的表演，她跳了好多舞，先是力量感很重的 *Worth it*，后来又跳了一支韩团舞 *Electric Shock*。

很多人都在录像，可温辞树没有。别人或许要靠录像回忆，但他不用，他深深地记住了。

这场不知该称为派对还是婚礼的仪式一直持续到后半夜。

午夜一过，大家的胆子也都大了起来，不知道是谁带头喊了声："接吻！"

随后大家都在起哄："接吻！接吻！接吻！"

乔栖开始还在哈哈大笑随他们闹，后来看越来越收不住场了，干脆抓起一块蛋糕直接朝叫唤声最大的王富贵脸上糊了过去。

王富贵吱哇乱叫，抬手就是一个反击。

然后所有的奶油都长出了翅膀。

后来再回忆这一天，温辞树都会觉得这是二十一世纪最激烈的"战争"——蛋糕仗。

桌子就是大家的战壕，蛋糕就是手榴弹，奶油就是子弹。

有一个男人砸他最凶，是乔栖那边的人，好像叫何平，他不知道自己哪里得罪了对方。

打这场蛋糕仗浪费了不少的体力，又是午夜，没多久大家都累了，玩不动了。

正式散场之前，温辞树去休息室换了身干净的衣服，换完之后想去院子里逛逛。这个餐厅的亭台楼院均是参考苏州园林修建的，他是专业的建筑设计师，遇到喜欢的建筑总想多看几眼。

谁知刚走到一片竹林处，他就听到有人发脾气。

这边是乔栖的房间，他下意识地停住脚步，把自己隐匿在竹林的阴影中听完对话。

"我说老何是疯了吗？专挑温辞树砸？"孙安琪叉着腰骂。

"情敌啊，理解。"这笑声准是乔栖没错。

孙安琪气得连翻白眼："他就是小心眼！你忘了我在美国读书的时候，有个老外追我，他装我朋友教人家说中文，你好是'滚蛋'，谢谢是'浑蛋'，下次见是'王八蛋'……把人家整出了多少次笑话。"

孙安琪咽了下口水接着说："人家温辞树得亏是我暗恋过的，我要是明恋，他不得气死？"

"哎，提起这事，我倒是想采访一下孙女士！"周可把手握拳伸向了孙安琪，"再次见到梦中情人，感觉如何？"

孙安琪挥手："去去去，烦着呢。"

不过很快她又变脸，问周可："你觉得咋样，我以前眼光不错吧？"

周可冒星星眼："帅啊！你知道仙侠剧里演三界第一美男的那种仙君吗？帅死我了，简直天神下凡！"

孙安琪连连点头："对对对，他站在那儿，空气都净化了。"

"我说，你们专注一点，三句话之前还聊何平呢，这会儿又犯花痴。"乔栖强调，"别总盯着我老公好吗？"

孙安琪和周可互看一眼，切换假笑表情："假的，谢谢。"

月亮在天上牢牢地挂着，虫鸣掩盖了脚步声，温辞树不动声色地回到大厅里。

大厅正热闹，男人们比女人们整理得快，随后就继续窝到沙发这边酌酒聊天，张杏和那个叫王富贵的胡侃声最大。

他们两好像在辩论什么。

也不知道是谁引起的话头，但是听话音，他们已经掰扯有一会儿了。

王富贵哼道："我们家小乔啊，人长得漂亮，谈过的男朋友比那个什么男团的人都多。"

张杏说："我们家老温不一样，他是禁欲系，很少有人能撩得动他，我估摸着你们家小妖精也不行。”

“是吗？”有人冷笑了一声。

温辞树看了一眼，是刚才一直拿蛋糕砸他的何平，孙安琪的男朋友。

“你还别不信！”张杳直盯着何平。

何平冷笑："怎么，现在的讨论点是你家老温多有魅力是吗？”

张杳勾唇摆出假笑脸："不，我们在讨论小乔和老温谁更有魅力。”

“当然是小乔。”王富贵强调。

张杳欠兮兮地挑眉："干柴烈火，独处一室，他俩会一点火星子都不冒？”

王富贵倒是认同这一点，不过他还是坚持他所坚持的："那也一定是温辞树先动心。”

“你别管谁先动心吧，你觉得谁先拿下谁？”张杳提出一个好问题。

在场的各位都沉默了。

一个如月亮清冷孤高，一个似烈日高高在上，貌似谁都不像是容易被征服的对象。

何平瞥到了温辞树，问："听墙角呢？”

温辞树靠在不远处的桌子旁，游离在热闹之外。被点到了，他站直身体，说："你们玩，我去上个厕所。”

他就这么走了？

何平轻嗤一声。

温辞树离开，大家又继续聊起来。

王富贵说："我觉得还是小乔先拿下温辞树。”

“为什么啊？”张杳一边问，一边从口袋里掏出正在振铃的手机。他刚摁了接听，对方又挂断了。

“因为我不站她，她能弄死我。”王富贵比了个抹脖子的动作。

张杳边看手机边笑："你这理由我无法反驳。”

放下手机，他又说："不过我还是觉得小乔拿不下老温。”

王富贵想说什么，张杳提高了音量，像是为了证明自己："不信咱打赌。”

“就这点事还赌？”王富贵笑了，"有什么好赌的啊？”

“赌啊，我正愁最近无聊。”张杳脑子转得快，论口才不该当医生，该当律师。

反倒是穆彬，一个律师，却是"社恐"，插不进话。

"赌多少？"王富贵下意识问。

"五万？"张杳问。

王富贵一愣："什么？"

"那八万？"

"你疯了吗？"

"还嫌少啊？那十万？"

"我和你赌。"在王富贵一脸问号的时候，何平不紧不慢地插话进来。

张杳看向他。

何平一脸淡定："反正无论是让小乔拿下温辞树，还是让温辞树拿下小乔，都是把他们往一块儿凑的，对吧？"

"嗯，好像是这个理儿。"张杳说。

何平终于一笑："那就行了，我和你赌，我站小乔。"

温辞树从洗手间出来，站到走廊的窗前往外看。月影下，树荫浓重，水波泛光。

大约十分钟后，他的手机响了。

木日：事成了。

他一笑，视线落在上面的几条消息上。

S：帮我个忙。

S：和王打赌，让他赌小乔能拿下我。钱我出，数开大点。

木日：什么？

S：我需要助攻。

看到这儿，手机突然又进来一个消息。

木日：不过和我赌的是何平。

温辞树微愣，但很快，他觉得脑子里本来混乱的事情都顺了下来，就像一本被风吹得乱翻的书，忽然定格在某一页。

这样正好。

那个何平貌似把他当假想敌了，就算不为了赢钱，也会很想把乔栖和他凑成一对。

温辞树回消息：没事。

两分钟后，张杳才又发消息过来。

木日：告白是小孩子做的，成年人请直接勾引。勾引的第一步：抛弃人性。基本来说就是三种套路：变成猫，变成老虎，变成被雨淋湿的狗狗。

变成猫，变成老虎，变成被雨淋湿的狗狗。

吸引你，吃掉你，再对你服软。

你会喜欢我，崇拜我，又疼爱我。

温辞树莫名想笑，又不知该怎么回，干脆打了两个字发过去：收到。

这老干部语气，让张杳在屏幕那头直接喷水。

女人们迟迟收拾不好，男人们则站在门口等女人们出来。

屋里和门外，同样是等，但在门外等总是莫名给人催促感。

张杳和王富贵话没停过，而何平则一直在盯着温辞树，毫不避讳地打量。

温辞树没躲没闪，任他看。

"你们还没走啊？"一道女声传来。

吕斯思比乔栖她们动作快，打了个哈欠说："那我先走了，我回家之前还要去一趟 S7 呢。"

"S7？"王富贵惊讶了一把，"新开的那家酒吧吗？"

吕斯思看了眼温辞树才说："是啊。"

"怎么，还想继续喝啊？"王富贵追问。

"不是，我去工作啦。"吕斯思讲话天生就嗲，笑嘻嘻的样子也嗲，"我是那里的店长，驻唱请假的时候也会去替当一下驻唱。"

王富贵很惊喜："我常去你们那儿！这不是缘分嘛！"

吕斯思扬脸一笑："嘿嘿，欢迎常来玩。"

她又看向温辞树："是不是啊，辞树哥？"

温辞树本不想搭理，余光瞥见一抹身影，很快笑了笑，温柔地说："是。"

乔栖刚走过来就看到这一幕。

那个温辞树唯一邀请来的异性朋友，此刻正似娇嗔地看着他，而他竟也回笑过去，还笑得挺温柔。

他平时那副不近女色的样子哪儿去了？

乔栖步子变慢，却勾唇一笑，人未到声先到："说什么呢，这么开心？"

大家都转头望向她。

张杳眼皮一跳。

他懂了，怪不得温辞树刚才会对吕斯思笑。

他深深看着这个叫乔栖的姑娘。

她和十几岁的时候一样，鲜活，热烈，极具生命力。

他一直觉得什么魅惑、妖艳都是太抽象的词，在他心里，乔栖最显眼的地方有两个，一是皮肤白皙，二是头发浓密。

她仿佛是在海底生活的一样，皮肤白得像没见过光受过晒，头发像蓬勃茂盛的海藻，生来即是视觉中心，看一眼就让人朝思暮想。

怪不得温辞树这么个超凡脱俗的人也有一天会工于心计。

就拿刚才的赌约来说，赌乔栖能拿下温辞树的人，为了赢钱，势必要撺掇乔栖勾引温辞树。

真贼，明明是想勾人家，却让人家来钓他。

而人家要钓他，势必要靠近他、了解他，这样他就可以散发魅力了。每向他走近一步，都能挖到他身上的宝藏，到时候发现这人就是一大宝库，还舍得离开吗？

"你来得正好，S7 是她开的，你说巧不巧？"王富贵指了指吕斯思。

乔栖看了她一眼，好像并不关心："是吗？"

吕斯思笑了笑，说："其实我是开舞室的，平时不忙就顺便代理一下店长，但不是老板啦。"

她眼珠转了转，又看了一眼温辞树，说："好啦，不说太多了，我先走了。"

王富贵想问什么，吕斯思的网约车却已经到了，张杳怕她一个女孩子回去不安全，就跟她一起走了。

乔栖目送吕斯思上车，问："大哥呢？"

"飞扬是第一个走的。"何平不知道什么时候走到了孙安琪身边，拉了拉她的胳膊问，"时候不早了，我们也走吧？"

孙安琪把胳膊从他手里抽了出来，模样忸怩，偏过头不去看他，像在闹小脾气。

乔栖知道，这两口子的事还是得关上门解决，早回家早解决。

她笑着点头："赶紧散了吧，我累得腰疼。"

餐厅的工作人员早把他们的车一辆辆开到门口停好，大家各自走向各自的车。

乔栖让温辞树打开后备厢，她拍了拍化妆师拎着的黑色包装袋："我把婚纱买下来了。太漂亮了，我舍不得还。"

她把买一件婚纱说得像买一件 T 恤。

温辞树却不惊讶，默默为她打开了汽车后备厢，其他什么都没问。

回家的路上，乔栖在看朋友们发给她的结婚视频。

温辞树只听声音也觉得欢喜、热闹，但又莫名孤独、寂寥。就像远处的烟花，看得到绚烂，听得到声响，但就是触摸不到。

回家之后，乔栖说自己腰疼，回房休息了。

温辞树没有困意，在客厅点了一个薰衣草味道的香薰蜡烛，捞起《公共建筑设计原理》看。

乔栖回房先洗了个澡，随后她把婚纱拿起来，对着镜子在身上比画了一下。

这场婚礼她并不上心，连婚纱都没有去试，全权交给孙安琪来办。可当几个姑娘齐心协力帮她把婚纱裹在身上的那一刻，她看着镜子里待嫁的自己，忽然好想流泪。

在此之前，她并不知道婚纱的意义。

可当她亲自穿上这身衣服的时候，她明白了。

我们的一生，或许大部分时间都是穿着宽松的 T 恤在厨房、客厅两头跑，但一定有那么一刻，我们需要盛装打扮。

只有婚礼才能穿嫁衣。

特殊的衣服存在，是因为我们生活中出现了特别的人和值得纪念的日子。

几十年后回头看看，我们会忘记许多个穿着宽松 T 恤的日子，却不会遗忘那婚纱曳地仅此一次的婚礼。

乔栖也不完全是没心没肺，想到这里，她对着镜子自嘲一笑。

领证和婚礼不一样，领证是社会意义的结婚，婚礼是精神层面的出嫁。如果早知办一次婚礼是这种感受，她不会为了几个份子钱就轻易尝试。

她把婚纱重新装起来，发誓再也不把它拿出来了。

弯腰收拾了一会儿，她忽然察觉小腹胀痛，进卫生间一看，例假来了。

怪不得她刚才总觉得腰酸。

该死，家里偏偏没有卫生巾，她只好先用卫生纸垫一下，随后套上衣服准备去一趟小区外的 24 小时便利店。

走出卧室，她才发现客厅有人。

她先看到温辞树的影子，被小夜灯投射在一整面白墙上的影子。阴影放大了他的轮廓，睫毛那么长，鼻梁那么高，线条那么流畅。

她不想庸俗地说他有多好看，她只想庸俗地吹个口哨。

这么一想，她就照做了。

温辞树成功地被一声响亮的口哨吸引了视线。

看她站在那边，就穿了件肥大的卫衣，连睡裤都没换。

见他看过来，她在拖鞋里扭动了几下脚趾，像在害羞。

"新婚之夜不入洞房，反而在这儿看书？"

她一开口，他就发现他想多了。

"最困的时间过了，就不困了。"

温辞树答完，又问："你出来干什么？"

她顿了顿才想起来自己要干什么："哦，我去楼下买包卫生巾。"

温辞树把书放下："你来例假了？"

乔栖垮了垮肩膀："嗯。"

温辞树站了起来："你穿得少，别下去了，这时候是最冷的。"

乔栖问："那你去？"

"我去吧。"

说着，温辞树走到饮水机旁。

乔栖的目光也跟着他移过去。

他倒了杯掺了一点凉水的热水给她："多喝热水。"

乔栖"喊"了一声，却还是老老实实地把水杯抱在怀里。

见他拿了外套要出门，她喊："对了，帮我捎个打火机！"

还真是不客气。

他转头看了她一眼，她一笑："谢谢。"

他目光微闪，什么都没说，开门离开了。

她直觉他会给她买的。

乔栖心满意足地喝了口热水，又"哇"一声吐了出来。

好烫。

温辞树离开再回来只用了十分钟。

乔栖听到门响还愣了一下，心想这么快吗？结果打开门，还真是他回来了。

他的喘息声有些急促，面色与离开前并没什么不同，但额头上依稀有薄汗。

乔栖问："你跑回来的？"

温辞树说："东西给你，打火机在袋子里。"

乔栖没接，还是问："你跑回来的吗？"

他干脆把手里的东西塞给她——一黑一白两个塑料袋。

黑色塑料袋里装着什么，乔栖不用看也猜得出来，而白色塑料袋里的东西让她出神了。

那是一份热气腾腾的粥。

"这么早就有卖粥的？"

现在才凌晨四点多。

"你幸运，这是第一锅的第一碗。"温辞树淡淡说，"快去喝吧，趁热。"

乔栖没动，又说了一遍："所以你真的是跑回来的。"

温辞树沉默了下，才"嗯"了一声。

"为什么？"

——买粥耽误了一会儿时间，怕你等急了。

"太冷了，想赶快上来。"温辞树看了眼那粥，"买的红枣山药粥，不知道你喝不喝得惯，但是特殊日子喝这个……"

他话没说完，乔栖忽然伸手紧紧地抱住了他。

温辞树呼吸一滞，僵在原地。

她就像一只毛茸茸的小动物，脑袋在他怀里无意识地蹭了蹭。

然后，很快，她又把他放开。

"谢啦。"她笑得坦荡又大方，又扬了扬手里的袋子，"等你下次生病，换我给你买。"

温辞树目光沉了沉。

乔栖很快察觉到不对劲，赶忙改口："当然，我不是咒你……"

温辞树一言不发，无声地回了自己的卧室。

乔栖恨不得打自己嘴巴。

第三章
反骨

/"我爱她，亏吗？"

1

乔栖第二天是被饿醒的。

拿起手机一看，已经十二点半了，她简单洗漱了一下出去觅食，恰好温辞树在做饭。

乔栖过去看了看，煎牛排。

她笑嘻嘻地说："早。"

温辞树说："不早了。"

她挠了挠头，问："有没有什么吃的啊？"

"你的在冰箱里。"

乔栖一怔："你还开两次火？"

她打开冰箱，一摸盘子，是热的，保鲜膜上还有热气。

"菜刚做好，为什么要放冰箱？"

"不知道你几点起，干脆放冰箱。"

乔栖语噎，过了一会儿才问："你是西餐胃？"

温辞树很快煎好牛排，边装盘边说："算不上，只是突然想吃牛排了。"

"之前看你早饭也做西式的。"乔栖端盘子上桌。

"你是中国胃吧？"他反问回来。

"你知道？"

"不喝咖啡喝豆腐脑。"

"你观察得还挺仔细嘛。"她反应过来，又开玩笑似的问，"暗恋我啊？"

温辞树的手顿了顿。

他摆盘完，端着牛排坐过来，说："对了，等一会儿我们互发一下自己的喜好习惯，恐怕以后用得到。"

乔栖夹了块炒牛肉，又放下去，煞有介事地问："难道很快就得见你爸妈？"

温辞树慢条斯理地切着牛排："不会，能拖一天是一天。"

乔栖重重点头："好！"

她余光瞥见了他手指上的痣，沉默下来，若有所思，但很快就决定不想了。

下午她照常去 Hanky Panky 上班，温辞树也如常继续他的工作。

没有什么蜜月，也不应该有。

四月初连下了几场雨。

等天放晴的时候，已经是清明假期之后了，随着艳阳高照，气温也骤然升了起来。

不知道是不是天气一好人都愿意出门了，乔栖店里可热闹了，找她的人一茬接一茬。

上午十点多的时候，先是乔桥来了。

对此乔栖不意外，甚至觉得乔桥来找她的时间比她预想的要晚。

那会儿乔栖还正忙着，店员们都知道乔桥是乔栖的亲姐姐，就请她上了楼。

周可专门停下手头的活，过来给乔桥倒水拿甜点，让她坐在沙发上等一会儿。

乔桥大着肚子，一坐就是两个小时。

十二点多，乔栖的门开了。

她送客人出门，看到了坐在二楼小厅里的乔桥。她脸色变了变，没有说话，转身进了屋。

门没关。

乔桥走过去，进了屋，把门带上，第一句话就说："你姐夫升职了，明天晚上一家人一起吃个饭吧，带上你家那位。"

乔栖说："不去。"

态度强硬干脆。

乔桥一手扶着腰，一手摸着肚子，叹气："乔栖，你一定要为难我一个孕妇吗？"

乔栖笑了："谁为难你了？"

"我大着肚子来找你，等了你两个多小时。"

"那是你自己愿意来的，我没求你来。"

"乔栖……"乔桥很无奈，语噎了一会儿，又说，"你搬出来之后，咱爸咱妈每天晚上都睡不着，很挂心你，你知道吗？"

"所以呢？"

乔桥一脸为难："所以你明晚能来吗？"

"不能。"乔栖还是坚持己见。

乔桥重重地吸了口气，又重重地吐了出来："如果你不来，我就一直在这里等着……"

"你威胁谁呢？"乔栖打断了乔桥。

这次她不再玩世不恭，收起笑意，目光寒冷刺骨："道德绑架玩得挺好啊。"

"我……"

"从小到大无论什么事，你来劝我的目的只有一个——让我服软，息事宁人。怎么，只有我服软，才能息事宁人？"

乔栖不爱与人争执，平时遇到要说理的时候态度也总是玩世不恭，可她但凡要开口，别人就没有还嘴的余地。

乔桥沉默了很久，最终说："就这一次了，行吗？"

乔栖没说话，微翘的眼尾透着嘲弄。

乔桥倒也倔强，眼睛一眨不眨地盯着她，没有咄咄逼人的气势，但带着势在必行的执拗。

乔桥长得温和，而温和的力量往往厚重。

彼此沉默了一会儿，乔栖先开口了："我答应你。"

乔桥目光闪了闪。

乔栖："但不是因为你的苦肉计有用，是因为我还有在乎的人。"

她可以一辈子不进家门，但总不能连奶奶也不见。乔育木和罗怡玲倒是其次，奶奶也总得见一见她的新婚丈夫。

乔栖脑子没糊涂，她看了眼乔桥圆滚滚的肚子和依旧纤瘦的身体，眼眸黯了黯，笑着说："你别拿身体和我赌，我不是什么慈眉善目的菩萨。"语气并不善良。

"但你是有血有肉的人。"

乔栖一噎。

乔桥一笑:"好了,我先回了,下午还要上班。"

她说走就走了,独留乔栖在屋里坐也不是,站也不是,想发火无处可发,想哭又没有眼泪。

在乔栖心里,乔桥一直是个很矛盾的人。

乔桥并不像乔育木那样对她成见颇深,也不像罗怡玲那样怕得罪她,平心而论,乔桥其实对她够好。

但乔桥的思维太固定了,总觉得晚辈不该忤逆长辈,看重家庭和名声大于自己的快乐与自由,甚至有点在家从父、出嫁从夫的意思,脑子里像缠了裹脚布一样。

所以乔栖对乔桥也是矛盾的。

乔栖这个人情缘深,但亲缘浅,希望乔桥不要把她的感情消耗光。

这天第二个来找乔栖的人是何平。

这个从来没单独和她见过面的不速之客突然造访,她是万万没想到的。

何平和乔桥一样不说废话,进了门,第一句就直奔主题:"乔栖,我和张杳打了个赌,现在只有你能帮我赢。"

乔栖那会儿正用海绵砂条磨指甲,打算等会儿给自己换一款美甲。何平这话一出,她动作停了。

何平会意,紧接着说下去:"我们打的赌是你能不能把温辞树搞到手。"

乔栖目光变了变,有些沉:"说清楚点。"

何平露出一个讨好的笑:"就是你婚礼那天大家喝多了酒,又都在兴头上,就打了这个赌。"

乔栖微眯双眸,定定看了何平一会儿,嗤了一声:"赌注是什么?"

"五万块钱。"

"哟。"乔栖低笑出声,"还不便宜。"

"拿你赌,谁敢开价低啊?"何平笑道,语气谄媚。

他还以为她真和他笑呢?

乔栖嘴角还未松下来，目光却骤然一冷，脸色说变就变，拿起桌上的东西就砸过去："谁跟你嬉皮笑脸，给我滚蛋！"

何平被乔栖突如其来的坏脾气吓得直接从沙发跳起来，连忙讨饶："别别别，姑奶奶，你看我什么实话都给你说了，我是真心诚意来找你的。"

乔栖朝门抬抬下巴，悠悠吐气："滚。"

何平哪肯，又走近了一步："大家都是朋友，帮帮忙吧。"

乔栖"哼"了一声，笑道："好，你提出朋友二字，我就多嘴提醒你一句。我身边什么时候缺过男人？有没有温辞树锦上添花我一点都不在乎好吗？与其在男人身上花时间精力，我赚钱不行吗？"

何平被噎得一句话都说不出来。

沉默半晌，他提议："这样行吗，赢的五万，我一分不要全给你。"

乔栖没表态。

何平叹气，说："我哪有钱啊，钱都在小琪手里呢，你说我宁愿不赚也不能亏不是？"

乔栖还是没表态，又拿起海绵砂条慢慢悠悠地磨指甲。

何平盯着她看了半天，一咬牙："这样吧，给你多加一万！"

乔栖抬眼了："你把我当什么？"

"七万，不能再多了！"

乔栖一动不动，空气安静得一片树叶落下也听得清楚。

大概十几秒后，她嘴一扬，皮笑肉不笑地说："滚。"

何平有点泄气了，垮了肩膀，认真地说："八万。"

这两个字，他是咬着牙说出来的。

乔栖能感受到他的疼痛，像是掉了两块肉那么疼。她没说话。

何平苦笑："好吧好吧，算我没来。"

说完，他要走，手握到门把手上的时候，身后传来声音。

"十万。"

何平脊背一僵，反应了两秒，露出一抹笑来——小琪说了，乔栖这个人臭美财迷又不经激，果然没错。

他转过头，却还是皱着眉："你是真能开价啊，你这样，我和输了有什么区别？"

乔栖把玩着自己的指甲，眼睛都没抬，长长的睫毛一颤一颤的："得了吧，上秒还说钱都在酸琪那里，下秒加价还加得那么痛快。我要你十万，你心里指不定怎么乐，没准不亏，还赚了。"

何平一句话都说不出来。

"给你十秒钟考虑，不然就滚。"乔栖"嚓嚓嚓"地磨着指甲。

何平知道话聊到这里基本没余地了，他的目的也达到了，定了几秒，干脆妥协："算你狠。"

他松口了，乔栖才掀起眼皮看他一眼："给我打张欠条，再付一半定金。"

"你还真是……"

"痛快点，我要是赢了，你不就少了个大威胁？"

何平再次短暂地丧失了语言能力。

这女人真狠，眼光真毒。

他什么都没说，她就看出来他报价报虚了，一个眼神都没给，她就知道他真正在意的不是她能不能拿下温辞树，而是倘若她拿下了，孙安琪就不能再惦记温辞树了。

认识这么多年，何平第一次这么直观地意识到，原来乔栖不是绣花枕头。

他甚至有点欣赏她了："好，我都答应你。"

屋里只剩乔栖一个人后，她虚脱地瘫倒在椅子里，闭上了眼睛，看上去无比无聊，没什么力气，也没什么精神。

可其实有太多微妙的情绪在她心头攒动，就像仙女棒上"刺啦刺啦"冒着的火星。她很想发泄，对着天空大喊好几声的那种发泄。

她今天一连答应了别人两件事，可没有一件是好办的。

前者是因为她不想激化矛盾，后者是因为她不想浪费感情。

想到这儿，她摁了摁鼻梁。

不知道为什么，刚才一瞬间，她脑海里忽然浮现出温辞树手指上的痣。

那颗还没有芝麻粒大的朱砂痣在他左手食指的里侧，第一个指节的位置——和那个给她递过纸巾的男生一样。

会是他吗？

可她貌似连当年那个男生的痣是不是长在左手都不能确定。而且就算是他又怎样呢？他这人长得就"乐于助人"的样儿，做的好事没准比她做过的美甲都多，估计早就不记得那个连面都没谋过的小善意了。

呵，说来也只剩一笑。

乔栖决定不想了，还是喊周可去 livehouse（小型室内演出场地）听乐队吧，毕竟 love（爱情）哪有 live（演出）好。

后来她蹦了两个小时，筋疲力尽了才回家。

进门后，她先甩左脚，后甩右脚，把鞋子乱七八糟地甩在玄关，赤着脚进了门。

乔桥恰好在这时候发来消息，她摁开手机，扫了一眼，发来的是明天聚会的酒店和房间号。

乔桥提醒她：**记得带你老公。**

乔栖摁灭了手机，屏幕的白光在她脸上熄灭。她看了眼温辞树的房门，决定去找他。

"温辞树，我有件事想……"

她满脑子都是聚餐的事，敲了两下门，没等回应就推门而进。

温辞树刚把上衣脱掉，听到声响，茫然地转过头。

空气突然安静。

乔栖全看到了……

温辞树是个极自律的人，因为常年坚持健身，所以肌肉紧实，肩膀宽阔，腰窄而有腹肌，隐隐约约的人鱼线向下延伸，指向神秘而旖旎的风景。

瘦、壮，两个本不可以放在一起的字，同时长在了他的身体上。

禁欲是最高级的性感。

温辞树是禁欲这条食物链的顶端。

乔栖暗笑，不是有拿下他的任务吗？正好拿这次机会练练手。

这么一想，她的语气不免暧昧起来："可以叫你一声'树神'吗？"

乔栖这人有意思的地方多了。

她喜欢给身边的人起外号，叫王富贵"Rich"，叫孙安琪"酸琪"。

还有个叫周可的，她叫人家"周周"。

温辞树后来问她为什么不叫"可可"，她稀松平常地说："任何一个姓周的女性都会被叫'周周'，就像任何一位姓马的男性都得被叫'小马哥'，这是老天爷赐的昵称，这是命，明白吗？"

温辞树非常想反驳，但竟找不到话来反驳。

"但不是所有姓乔的都会被叫'小乔'，只有我这种大美女才有说服力，明白吗？"乔栖扬眉一笑，又把话扯到他身上，"就像你，天底下名字里带'树'的人这么多，可我只肯叫你'树神'。"

"树神"这个外号，是乔栖送给温辞树的第一个专属于他的东西。

此时乍一听到，温辞树就和当初看到她网名时一样新奇和不解，但他没有立刻表现出来，因为他正裸着上身。

见乔栖神色促狭，温辞树没躲，但也没任由她看，一边捞起居家服套进脖子，一边缓缓开口："怎么不敲门？"

乔栖说："敲了啊。"

"怎么不等我同意？"

她心里想着事，太急了。

"下次要等我同意。"他换好了衣服，瞥向她，"知道吗？"

乔栖心里好想咆哮，本想调戏他，最后却被批评了？

她既觉得没面子，又羞愧自己没素质，在他面前灵魂都矮了半截。

别看她平时张牙舞爪，可真正做错事的时候却不会嘴硬抵赖。

她睫毛一敛，看向他床上皱皱的床单、换下来的衣服、没熄屏的 iPad，还有一本叫《公共建筑设计原理》的书……却始终不敢看他的眼睛。她悻悻地说："对不起，这次是我错了。"

温辞树眼睛一黯，心像被轻轻挠了几下似的，软得一塌糊涂："没关系，下次注意就行。"

说完这话，他走了出去，边走边问："你想跟我说什么？"

乔栖跟在他后面："你猜猜？"

温辞树不猜："你说。"

乔栖摇头腹诽这人真没劲，却还是乖乖告诉他："我家人要见你。"

温辞树步子没停，好像早有预感，无波无澜地问："什么时候？"

"明天晚上。"

"好，到时候我去接你。"

他走到客厅的茶几上拿杯子倒水，乔栖跟过去："几点？"

她的语气已经慢慢恢复自然。

她性格一向如此，犯了错，她认。认完后，她会先问自己，能改吗？如果心底传来回声，说可以，她就没有负担了。

　　"我明天不在公司，下午随时可以。"

　　"不在公司在哪儿？"

　　温辞树看她一眼，才说："美术馆建成，作为设计师，我要过去一趟。"

　　"哦。"乔栖点头，"那行，明天我忙完了找你。"

　　她站起来想走，温辞树却叫住她："锅里有汤，喝一点吗？"

　　乔栖拒绝了，自我揶揄："我要回房面壁思过。"

　　温辞树没有意见，不强求她。

　　去卧室要穿过拱门，而拱门那边的右小厅是吃饭的地方，开放式厨房没有门窗阻隔香气，浓汤的味道悠悠冒了过来。

　　是排骨汤。

　　他怎么不提前说是排骨汤？

　　乔栖不受控地走到厨房掀开锅盖看了眼，肉质鲜嫩，骨汤浓郁，闻一口，延年益寿。

　　身后有脚步声传来。

　　乔栖盖上锅盖，转头一笑："正确的说法应该是——锅里有排骨汤，要喝一碗吗？"

　　温辞树眸子黯黯的，手一松，把什么东西丢到她面前。

　　她一看，是拖鞋。

　　如果他没有提醒，她都忘记从进家到现在，她一直光着脚在地上走来走去。

　　"谢啦。"她没心没肺地笑了笑，又赶快把拖鞋穿好。

　　他已然走了过来，开水龙头洗手，甩了甩水，用干净的毛巾擦了擦，又去拿了只碗开始盛汤。

　　她看着他做这些事，久久没说话。

　　直到他把汤盛好，示意她接过去，她才开口："我能问你一件事吗？"

　　他目光沉沉："嗯。"

　　她一脸认真："你是'中央空调'吗？"

　　温辞树总能被她出乎意料的发言打败。

　　她又问："温柔的人是不是对所有人都温柔？"

她并没说出后半句话——可我觉得对所有人都温柔不是温柔，是残忍。

温辞树定定地看着她，她居然想当然地以为他是个没有边界感的人了。

他的眼眸中漾起一丝不易察觉的苦笑，想反问她"除了你，我还对谁好过"，又觉得不是时候，于是开口就成了："你先把碗接过去。"

乔栖伸出了手，刚碰到碗沿就倏地一缩："烫。"

她表情一点不像被烫到的样子，无辜的大眼闪着："你都帮我盛了还不帮我放过去……"

温辞树不知道她在捣什么鬼，情感却先理智一步被成功撩拨了。他的呼吸乱了，但没表露出来，面无表情转了身，把碗放到桌子上。

"没有勺子和筷子怎么吃啊？"乔栖歪头笑着，火红的长发从肩头滑落。

他注意到她戴着七只镶满了钻的蝴蝶耳钉，多么美丽，连蝴蝶都愿意栖息在她耳朵上。

见他盯着瞧，她说："本来有九个耳洞，长死了两个。"

他很快移开了眼，好像并不在意，转身去给她拿筷子和勺子了。

她对他的配合很是满意。

一想到婚礼那天他对那个叫什么"三三"还是"四四"的女生笑得那个欢，她就觉得，既然他对所有人都那么好，那就让他多做一点，对她多好一点吧。

不要平等的照顾，而是要特殊的偏爱。如果这是蛮横的话，她应该是天下第一野蛮人。

温辞树很快回来。

接过勺子、筷子，乔栖明媚一笑："多谢。"然后又挑眉，把刚才没完成的调戏接上，"还有，你身材很好哦，树神。"

温辞树明显一僵，这个名字也只有她想得出来。

同居以后，他越来越发现她有中二病的潜质，想必十几岁时一定也是个鬼马精灵的少女。只可惜，那时候他并没有机会去了解她。

2

第二天乔栖忙完工作，已经是下午六点多了。她提前给温辞树发了微信，让他来接她。

本来告诉他半小时后到就行，结果最后她愣是忙到约定时间的五十分钟后才完事。她拿出体测跑八百米的速度着急往楼下赶，温辞树果然已经在不远处的露天停车场里等她了。

她边跑边问："你来多久了？"

"就一会儿。"

她拍拍胸口顺气："那就行。"

结果车子驶出停车场过杆的时候，电子屏上竟显示：停车时间 3 小时 13 分钟，请付 39 元停车费。

他来了三个多小时？

乔栖一怔，转头看他。

他在专心开车，双手握着方向盘，手腕露出一截，左手戴一块银链红盘的表，连腕上突出的那块骨头都很好看。

见他目不斜视，她又把视线转了回来，与此同时，手机响起硬币进钱袋的提示音。

何平给她转了五万块钱，并附言：三个月为期，等你好消息。

乔栖摁灭屏幕，没转头，用余光瞥了一眼温辞树。车子忽然提速，她没心理准备，差点磕到。

她内心闪过一排骂人的符号。

温辞树开车依旧是又快又猛，即便是晚高峰，也丝毫没有限制他拉风的速度。

他控制车速很离谱。他中途接了个电话，到平芜有名的毓香源里买了两大盒点心送到他爸妈家，前前后后耽误了半个小时，最后到酒店竟然还没有迟到。

停好车之后，他从容不迫地从后备厢里拎了一堆礼盒出来。

乔栖瞟了一眼，说："挺有心啊。"

温辞树说："毕竟以后要打交道的时候还很多，给他们留一个好印象不吃亏。"

乔栖挑眉表示认可，上前想替他拿一份。他确实拿不了，于是把最轻的那一个礼盒给她。

这次吃饭的包厢是高成彦订的。

乔栖这个姐夫是乔育木同一个单位的后辈，个子很高，瘦长脸，戴眼镜，看着很踏实斯文，无论从工作还是长相来说都是结婚的首选，所以乔育木就搭线让乔桥和他结婚了。

这次高成彦升职，才三十多岁就当上了副处长，这是很长脸的事情，乔育木很高兴。估计是因为这个，见到乔栖，他并没想象中的脸色差。

何况温辞树带的礼品也实在让人无法摆脸色。

他给乔育木买的茅台，给罗怡玲买的金骏眉，给奶奶送的野山参，还有一只青花瓷送给刚刚升迁的高成彦，一套黑檀木梳送给乔桥，两盒进口巧克力送给外甥女们。连乔桑也有东西收，是一串称作"木中之王"的小叶紫檀。

乔栖不懂这些，后来特意去网上搜了才知道，小叶紫檀的木性非常稳定，寓意高考发挥稳定。

而乔育木和高成彦常年在职场里摸爬滚打，对这些东西是最会分辨的。他们一眼就看出温辞树送的东西都是尖子货，就拿那根野山参来说，价格不会低于十万块。那只青花瓷上面绘了鹭鸶和芙蓉，有"一路荣华"之意，绝不比野山参便宜。

乔栖一看他们收下礼物时受宠若惊却又忍着不肯表露的样子，就明白温辞树不仅送得贵，还送得对。

她心里不禁暗暗发笑，还以为温辞树是不染纤尘的世外人，原来是知世故而不世故。

两人很快入席，乔栖非要挨着奶奶坐，温辞树只好独自坐在席口。

他带了许多礼品来，该摆脸色的人没了底气，想客套的人又怕唐突，气氛反倒尴尬起来，罗怡玲和乔桥几次开口想打破僵硬的气氛都没成功。

乔栖和奶奶亲热了一会儿，觉得差不多了，把手肘放在桌子上，托着腮，笑嘻嘻地看着乔育木："爸，我们饭也吃了，礼也送了，我们新婚，你给我的嫁妆钱准备好了吗？"

这句话摆明了是要挑事儿，气氛陡然变冷。

罗怡玲暗暗碰了碰乔栖的胳膊，示意她赶紧熄火。

可火已经被拱起来了。

乔育木脸一沉，声音也一沉，却不是暴怒，而是冷笑着看向温辞树："提起嫁妆，我有话问你。你们结婚，你和你父母没来拜访，也没提亲没彩礼，什么都没干就把我女儿娶走了，你觉得合适吗？"

"合适呀，我……"

"我在问他。"

乔栖的话被乔育木严肃打断，气氛僵了又僵，空气里的凝重感陡升。

乔育木严厉地看着温辞树，看样子势必要他给个说法。而温辞树平平淡淡地回望过去，不闪躲，却也不解释。

乔栖左右看了一眼，明白了。

隔了这么多天，乔育木的暴怒期早过了，这顿饭远不是批评她这么简单，而是要向温辞树讨个说法。

她觉得温辞树不应该面对这些家长里短的琐碎事，刚想说什么，高成彦抢先一步："早就听说妹夫是高校毕业的高级人才，收入和家庭条件都不错，我还不理解为什么你会没经父母同意就把小乔娶了。今天见到你，更觉得你不像是不懂规矩的人，所以其中是不是有什么误会？"

说到这儿，高成彦看了眼乔栖手上的戒指："既然是结婚，怎么也没给她买个钻戒？"

话音一落，所有人都向乔栖的手指上看去。

乔育木眼眸沉了沉，扭头对温辞树说："你给我们送的东西再名贵，那是充面子，对老婆上心，那才是你应该做的。"

东一句西一句的，乔栖听烦了："既然这样的话，我们走！"

她倏地站起来："你们不用拿话噎他，是我不在乎什么礼数礼节，他做的一切都是我要求的，他想反对我还不答应呢！"

她说着就往温辞树那里走，扯着他的袖子阴阳怪气地说："他们说你不好，就是说我不好，咱俩不招人待见，赶紧识相地滚吧，省得惹人白眼！"

乔栖一低头，波浪式的长发倾数从肩头滑落，遮掩了她的大半张侧脸。不知道怎么了，她明明冷笑着，温辞树却觉得她正气得噘嘴。

他沉默了下，眼睫温柔地下敛，嘴角却轻轻一扬。

他对她笑了一笑，然后转头看向乔育木："抱歉，爸，没有提前拜访换成是谁的父母都会不快，我很理解。但是比起用礼数周全来圆我的面子，我更愿意尊重我妻子的想法。"

他又看向高成彦："我和栖栖的结婚戒指是一对，但我的这只没什么样式，她的那只上面刻着一段拉丁语，意思是'循此苦旅，以达繁星'，这是一种祝愿也是一种鼓励，我希望她即便身边有我，也能拥有独自穿过苦旅的能力与勇气。"

说完这些，他最后站了起来，看向奶奶："我不太会说话，就想让您老人家记住一句话，栖栖跟着我，您放心。"

乔栖静静地听完温辞树的话，手在大家都看不到的地方转动了一下无名指上的戒指，拉丁文的纹路清晰可辨。

不愧是那个经常在主席台上演讲的人，他的临场反应力和口才真的很好。

可是他也真的很讨厌，不是吗？

她想摘下无名指上关于婚姻的痕迹，却不愿放弃独自穿过苦旅的能力。

唉，他真的有在"为难"她。

早知道就该在婚礼之前告诉他，她只想要虚假的热闹，不想要真实的细节。

"既然这样，我来说一句。"乔栖正走神，奶奶忽然开口了，她先是看了眼乔育木，"育木，这下你放心了吗？"

乔育木心里很不甘，但他也不知道是哪里不甘。

或许是他一家之主的威严没有得到心理预期的发挥吧，可温辞树无论是做事还是说话都让人挑不出错，他没法再多说什么了，只好点头："放心了。"

奶奶长吸了一口气，点头："那好。"

她看着温辞树，慈爱地笑着："小温，你是个好孩子，我相信你会对小乔好的。"

讲到这里，她看了一眼乔栖，定了定神，再抬眼时话锋一转："但育木有一句话说得没错，双方父母还是要见一面的。"

温辞树很谦逊地听着。

奶奶用她那穿透了岁月的声音缓缓说道："结婚是两个家庭的事情，这两个家庭指的不是乔栖的家庭和你的家庭，而是乔栖作为我们这个家庭的人，要融入你的家庭。她于你家，是一个新生命。"

说到这儿，奶奶笑得深了："你要知道，所有的新生命都很宝贵，我们是不是要负责一点，正式地进行一次新生命的交接呢？"

一番话说得饱含道理又没有说教意味，纯然肺腑却又循循善诱，不愧是当了几十年人民教师的老知识分子。

温辞树听罢，既感念老人的一片慈爱之心，又敬佩老人的深度与真诚。

他没有等乔栖发表看法，点了点头，说："奶奶，您说的我都记住了，我父母会挑个大家都有空的日子过来拜访的。"

奶奶开怀大笑："好好好！记得叫上你爷爷。"

温辞树一笑："好。"

奶奶又看向乔栖："怎么，你没意见吧？"

乔栖愣了愣，耸肩："我哪敢啊。"

刚才奶奶那番话，让乔栖眼眶红了一圈。

她这人呀，越是疼痛的、误解的、卑劣的，越不能让她低头流泪，可只要那么一丝淡淡的疼爱、理解、尊重，她就能红了眼眶。

不知是该说她太硬，还是太柔。

这顿饭到底是食之无味的，但好歹是吃到了最后。

离席之后，高成彦去付款了，大家到门口等他。

高成彦和乔桥的女儿，乔栖的外甥女，高青青和高红红围着乔栖叽叽喳喳个没完。

"小姨小姨，能不能给我看看你的戒指？"

"小姨，小姨夫好帅啊，比我爸帅多了，像明星一样。"

"巧克力真好吃……"

这时候，乔桥捂着肚子过来了，笑着说："小乔，看到妹夫之后，我对你这段婚姻放心了。"

"是啊，小伙子真不错。"罗怡玲不知道什么时候站到她们身后，一伸脖子，笑着又强调一遍，"你去他家的时候也记得好好表现啊。"

乔栖是无语加无奈。

怎么都聊温辞树啊？这个人一来，全家都只注意他了是吧？

乔栖现在很想狠狠瞪他一眼。她扭头去找他，恰好看到乔桑正黏着他说这说那，笑得眼睛都没了。

似乎是察觉有人看过来，温辞树遥遥一望，两人四目相对，他打招呼似的对她一笑。

她先是一愣，又很快想起来，她应该瞪他一眼。

你说你闲得没事考什么"一百分"啊，就不能控控分，考个七八十？别太糟也别太好，做个样子过去算了……

这个眼神传递的心声还没说完，乔栖余光突然发现乔桑循着温辞树的目光看了过来，然后大喊一声："哦——"

就像抓到朋友搞对象似的，笑得那叫一个欠揍。

乔栖心尖一颤，匆匆把目光收回来，恍然意识到什么——不对啊，我怎么那么像新媳妇儿害羞？

她想死的心都有，这下肯定让人给误会了。

算了算了，假夫妻吧，恩爱点是"剧本"要求。

还好高成彦很快交完钱，大家说几句客套话，就各上各车各回各家了。

临走之前，乔桥朝乔栖摆手，乔栖看到了她手上戴着的镶钻金戒指，一激灵，就像是考试的时候绞尽脑汁都想不到的答案，在交完卷之后，她突然想到了！

她安全带系了一半，一拍脑门："我知道了！"

温辞树看了她一眼，问："怎么了？"

乔栖恍然大悟："我知道为什么高成彦会提戒指这茬儿了。"

温辞树正倒车，他目不转睛地注意着后视镜，似是随意一问："嗯？"

"因为你今天表现得最不好的一点就是你表现得太好了！今天可是高成彦的升职宴啊，你买那么多东西送大家，这不是抢他的风头吗？他可不得找个话头损损你！可他哪儿哪儿都比不上你，就我姐手上戴的金戒指看起来比我的戒指值钱，所以就被他抓住了呀！"

这么长一段话说出口，乔栖都没换气。

温辞树云淡风轻，直到把车驶入主干道之后才回了她一句："哦。"

乔栖想打人。

念头一出，她就动手了，拍了他一下，又扒着他的胳膊左晃右摇："你听没听懂啊？"

"哎，别闹，我开车呢。"他笑着提醒她。

乔栖定了几秒，才不甘心地撒手。

温辞树转过头，看乔栖气得腮帮子一鼓一鼓的，像条胖头鱼，不禁笑得更深了，说："我知道了。"

他真淡定。

乔栖想破口大骂，可话就在嘴里刚要往外冒的时候，她却猛地又想到什么，眼神都变了，下巴一抬："说，你是不是故意压我姐夫一头？"

温辞树一顿，似是在想什么。

乔栖又说："两个女婿，长辈们总要比较的。"

温辞树摇头失笑："我没有刻意出风头。"

他转头淡淡看了她一眼，说："只是不习惯做人陪衬。"

没有故意压谁风头，更不会刻意出风头，他不需要做这样的事，正如他从不会为任何人掩盖自己的光，且明知要被长辈们和高成彦做比较，那他更不会。

乔栖听完他的说法，只觉得心事重重。

他在长辈面前的种种表现，足以说明他的父母一定也是礼数周全之人，而她向来不讨这类大人的欢心。

如果婚姻让她逃离了原生家庭，却一头扎进婆媳大战，她是万万不肯的。

所以，为了避免不必要的麻烦，她必须尽可能做到让温辞树家里人满意。

前方的车灯忽明忽暗，像在给她做鬼脸，等着看她笑话。

回到家之后，乔栖把自己最贵的和最淑女的衣服都翻找出来，堆在床上，然后她把温辞树叫了过来，打算一件件试穿给他看。

温辞树说："其实你穿什么都好看。"

她应了一声："那当然了，这点自知之明我还是有的。"

她随手拿起两件衣服，打量着要穿哪一件，嘴上的话没停："但是见你父母不是比美，不是吗？"

温辞树不置可否。

乔栖想到什么，笑道："对了，我还没表扬你。"

他望过来，似是在问为什么。

她笑道："今天吃饭你表现得很好。"

她扬了扬手上的戒指："尤其是这枚戒指，连我都感动了。"

他想了想，说："你喜欢就好。"

"不过我还想知道，为什么是这句话。"他话音刚落，她便接上。

温辞树微愣，他有想过她会直白地问出这个问题，却没想到是现在。

他在想该怎么解释。

其实他是在婚礼当天才猛然想起他没准备戒指……他不知道自己怎么会把这么重要的事情忘记了。

想起来之后，他请了一上午的假，跑了许多家首饰店，却都没有满意的，最后只好发了个屏蔽乔栖的朋友圈求助。他很少求人，一般都是人求他，那条消息发出之后，评论区很快就有人向他推荐当地的珠宝设计师。

他加了那个设计师的微信，开车去设计师的工作室亲自做了一枚银戒指。

他在刻下那行字母的时候，脑子里都是她被父亲误会后悲愤离去的背影，还有隐隐颤抖的样子。

所以，在聚会上他对高成彦解释的那一大段话，都是真的。

这不是什么动人的情话，但谁说"我爱你"才是我爱你。

"这枚戒指不贵，样式又太素，我感觉你可能会不喜欢，恰好看到你和你父亲发生矛盾，所以临时加上了这段话。"

最终温辞树决定这样解释给她听。

乔栖定定看了他一眼，然后选择相信这个理由。

这段婚姻是她提出的，可她却没有他那么细心，完全当作一场生意。

殊不知越是生意，越是需要用心，只有用心，才能维持良好的合作。

"所以，你父母那边我也得搞定。"她又捡起床上的一件衣服，"我必须也要给你父母留下好印象。"

她一脸责任感。

温辞树失笑："可又不是明天就要见家长。"

乔栖也笑："又不是只试今天一次。"

她把手上的衣服丢下，走到衣柜前，一推柜门，"哗"的一声，像变魔术一样，各种颜色、各种款式的衣服瞬间映入眼帘。

温辞树不由得暗叹。

就像是早高峰的公交车，明明感觉车里连一只鸟都塞不进去了，可还是能有人挤进来。

她的衣柜也是这样，看着满满当当的什么都塞不下，可这一床的衣服刚才也是在这个柜子里装着的。

怪不得乔栖说"今天没挑好，明天继续，反正你最知道你父母喜欢什么样子的女生，你帮我把把关"。

温辞树完全没听清她后半句话说了什么，"明天继续"太吸引注意力，而他很喜欢这四个字。

没等温辞树同意，乔栖就先拿了一身休闲款的西装到浴室更换。这是她少有的既干练又大方的衣服，想必父母那个年纪的人都会喜欢。

她很快换好出来，在温辞树面前转了一圈，示意他点评。

温辞树点了点头，说："不错。"

乔栖又进去换了条很温柔的白色连衣裙，这是去年周可送她的生日礼物。

温辞树看过后，很认真地说："挺好的。"

乔栖愣了愣。

她自动把他的这些评价归于差评。

她希望他能有眼前一亮的表情，只有这样，才能证明她选对了。

随后她又去换了几件小众品牌的套装，他的评价大多一致。

换到第七套的时候，乔栖已经很累了。

任何时候，只要机械性地重复同一个动作、做同一件事，都是会疲惫的。

第八套她穿的是改良版旗袍，月白色的丝质布料上绣着梅花，腰身略肥了一些，可胸脯那里很挤，让她有些喘不过气。

她穿出来，温辞树的点评是："这个也可以。"

乔栖顿时崩溃了，开始发疯："不穿了不穿了，烦死了，反正哪一件你的评价都一样！"

她顺手解开几个扣子，以便能正常呼吸，边解边说："既然你那么敷衍，我也随便点好了，我穿吊带去你家！穿破洞裤去！"

真是好脾气不超过三秒。

她说着话，没在意太多，一路把扣子解开了四五个，紫色的内衣都从那片松松垮垮的布料里露了出来。随着她说话的动作，里面的风光可谓是犹抱琵琶半遮面。

温辞树感觉屋子里的氧气好像都变少了很多。他沉默了下才说："我完全尊重你的穿衣风格。"

乔栖满脸问号地看过去："你是不是想气死我？"

"你想多了。"他把目光挪到别处，因为心里压抑住的渴望已从眼睛里跑了出来。

他的语气尽量正经："我刚才每一件都看得很仔细，评价的也是心里话。"

乔栖"呵"了一声，问："那你说，哪件最好看？"

"都好看。"

乔栖深吸一口气："那哪件你最喜欢？"

"都……"

"不能说都喜欢！"乔栖抢先把他的话掐断，"只能选一件。"

还真是个很难的问题。

她不会信他真的每一件都仔细看了，也真的每一件都喜欢。

他甚至想多看一会儿，希望她多试几件。他很喜欢这种消磨时光的滋味。

可现在看来，她大概是想撂挑子不干了。

温辞树抿了抿唇，说："这件吧。"

乔栖等半天了，很快反问："为什么？"

"你的身材真的很好。"

乔栖愣了愣，还以为他会说这件衣服怎么怎么样，比如"这件衣服衬得你身材很好"，但他没有。

一般来说，男人说女人身材好，总归会有一点风流意味，可他无论是眼神还是语气都无比诚恳。

诚恳到她都有点儿不好意思了。

她下意识地低下了头，一看，扣子什么时候解到肋骨了？

她侧了侧身，做贼心虚般看了眼温辞树。

他那眼神，那叫一个坦坦荡荡、干干净净。

她顿时觉得自己特别无聊，也没把扣子重新扣上，随手拿了件大 T 恤又进浴室了。

乔栖本想抓紧换下旗袍，可又想到什么，眼皮一跳，深深地望向镜子里的自己。

都这样了，温辞树还不为所动？

她一向对自己的容貌很自信，从有记忆起，她听到最多的夸奖就是漂亮，连挨老师批评都会被补充一句"你长得那么漂亮，怎么就不能学点好"。所以在还没见到温辞树之前，孙安琪说"他不一定看得上你"时，她才会想都没想便反问："他还看不上我？"

这不是因为她太自大，而是她习惯了如此自信。

可她没想到，她都有意无意当了好几回妖精了，他还在那儿念经呢。

乔栖走出浴室时，温辞树已经很识趣地离开了。

他走了也好。

说实话，自从何平把五万块钱转过来之后，她觉得她就像是一个初入江湖的杀手，仗着自己一身武艺，决定干一票，可在拿了买凶钱之后，竟然连刀都拿不稳了。

她也是够头痛的。

此时更让她头痛的是床上的这一大堆衣服。

她懒得收拾，随便抡到一边去，堆成一座小山，给自己留出了一小半睡觉的地方，然后拿起 iPad 看小说。

刚看了没两行，门口有人敲门。

她喊了声："进来。"

门被打开，有人走了进来。

她丝毫没有抬头看一眼的欲望，靠在床头，长腿交叠着，特别悠闲也特别不把他当回事："怎么，想和我一起睡啊？"

温辞树看了眼她满床的衣服，淡声说："如果你不介意，见我父母穿的衣服我帮你准备。"

乔栖一怔，把 iPad 放下，从床上坐了起来。

她只穿了一件堪堪遮住腿根的 T 恤，这会儿随着动作又往上撩了几寸。

温辞树不为所动，只盯着她的眼睛："你决定。"

乔栖先是没什么表情，随后也不知道是想到什么，抱胸，笑吟吟地看他："你知道我什么尺码啊？"

温辞树看着她："又不是内衣。"

乔栖没想到他竟然会把她的话顶回来，心想有意思了，一笑："不是内衣也得知道尺码啊。"

温辞树还是看着她，只不过这次看的时间久一点，眼神浓了那么一点儿。

乔栖一眨不眨地回望过去。

然后他说："你忘了，我知道。"

乔栖的眼神瞬间松动了，她真是摊上了一位吃人不吐骨头的主儿。

她离温辞树近了两步，本来想趁机勾他一把，问"准不准哪，要不要用手再量一次啊"，也想爽快地答一声"行啊，那衣服你帮我准备吧"，但最后她只是抓起他的胳膊，张大嘴巴咬了下去。

他毫无预料，痛得闷哼一声，下意识地后缩胳膊。可她攥得特别紧，还是没让他逃出"虎口"。

乔栖咬他没用全力，但一直咬到爽才把他放开。

看着他的胳膊，虽没出血，却也是青紫一片，她笑了。

他皱眉头，想发火，似乎又不擅长发火，只咬牙问："乔栖，你属狗的？"

她眼睛笑得眯起来，用食指点了点他的胳膊，颔首道："对不起啦。"

她向他的胳膊道了一个歉，又低头凑近了，像吹一碗热水那样，吹一吹，又吹一吹。

他痒得很，想把胳膊藏身后去。

她抬头一个眼神扫过来，警告："我在和你的胳膊道歉，你不要插手哦。"

温辞树哭笑不得，问："咬我让你这么开心吗？"

乔栖露出睚眦必报的嘴脸："你提醒我，咱们睡过，我也提醒你，我没忘。这下你我扯平了。"

是了，那晚，她也咬过他的。

乔栖忘不了的，温辞树当然也不会忘，他甚至能感受到肩膀上那处牙印还在隐隐作痛。

乔栖看他的表情像是已经明白她的用意，得意地点了点他的胳膊："不好意思啦，想和某人的心灵较劲，却要让某人的肉体背锅。"

温辞树明显语噎，随后转身要走。

在他即将踏出她房门的那刻，身后传来一声："衣服的事拜托了！"

温辞树脚步顿了一秒，随即加大步子，离开她的地界。

她笑得得意，以为自己胜利了。

殊不知，他转身之后嘴角便已扯上一抹宠溺的笑。

她很可爱。

相处之前，他有过这个猜想，相处之后，他确定了这个答案。

3

关于见家长这件事，温辞树思前想后犹豫了将近一周。

他怕父母反应过激，最终决定在带乔栖见父母之前，先向父母坦白。

他特意选择张杳休班那天一起回家，在电话里他是这么告诉张杳的："我妈喊你来家里吃海鲜。"

张杳乐得屁颠屁颠就跑来了。

进家门之后，温辞树才把他拉到卫生间里说："我要向我爸妈坦白结婚那事，如果他们承受不住，你是医生，你知道该怎么做。"

张杳两眼一翻，差点先抽搐过去。

温辞树拍了拍张杳的肩膀："高三你来我家蹭饭，打碎了我爸一个清朝的花瓶，是我替你担下来的；大二那年你被前女友骗钱，是我接济了你一年；大四……"

"别说了！我答应你！"张杳只差举手投降。

温辞树对这个答案似乎早有预料，淡淡点头："谢了，阿杳。"

张杳眼前一黑——这个人很少叫他阿杳的。

所谓糖衣炮弹就是这个理儿，他这下真是想反悔也不成了。

两人从卫生间洗完手出来后，这边准备开饭了。

这次的海鲜，是温圣元和几个朋友去岛上玩时海钓的成果。刘美君很喜欢吃海鲜，自然也很会做，满满一大桌子，她花费了三个多小时才完成。

温辞树把这些都看在眼里，怕先讲事情会影响父母的食欲，最终是等到大家都吃得差不多了才把话匣子打开。

他知道犹豫就会败北，于是放下筷子便直奔主题："爸、妈，给你们说一件事，希望你们不要太激动。"

刘美君和温圣元起先没当回事，边吃边问："什么事呀？"

"我结婚了。"温辞树声音很稳，似是已在心中排练过千万次。

偌大的屋子里顿时静得连一阵清风吹过都清晰可闻。

张杳在一边不敢动，眼睛却忙碌得很，他一会儿看看温圣元，一会儿又观察观察刘美君。在温辞树话没说出口之前，他一颗心总悬着，但现在和盘托出了，他的心还是在嗓子眼那儿卡着。

沉默了很久之后，温圣元先开口："解释清楚。"

温辞树看着温圣元的眼睛，说："她叫乔栖，是爷爷给我介绍的姑娘，和我同岁。"

温圣元皱起眉头："你们才认识几天？"

刘美君脸色凝重。

温辞树没说话。

温圣元又问："你喜欢她吗？"

温辞树依旧直视着他，说："喜欢。"

温圣元沉吟了一声："那你喜欢她哪里？"

温辞树目光很淡却很清，似乎没有思考便说："我也不知道喜欢她哪里，但就是喜欢她。"

温圣元用那双看不出情绪的眼眸死死盯着自己的儿子，良久，他把视线转到刘美君座位旁的空碗上。沉默片刻，他又转回视线，摇头苦笑："如果你是这个答案，我这个当父亲的又能说什么呢？"

温辞树一顿，敛了敛眸，平复眼眶里的酸胀感。

刘美君气得发抖，远不像温圣元那样理智，她开口道："这太荒谬，太可笑了。这是谈个恋爱那么轻巧的事情吗？问一句喜欢不喜欢就能把事揿篇？"

她重重地拍了拍桌子。

张杳都吓得一激灵，忙说："伯母，别激动啊，注意身体！"

刘美君哪还顾得上什么身体不身体，她看着温辞树，气到讲话时肩膀都一颤一颤的："她是什么家庭、什么学历、什么人品、交的什么朋友、圈子干不干净，这些你打听过没有啊？你没谈过恋爱，分得清什么是真爱什么是一时冲动吗？你分得清她是不是真心喜欢你吗？你动脑子想想，什么样的姑娘会和认识没几天的男人结婚？"

刘美君一口气说了一大堆，看着像是下一秒就会晕过去。

温辞树的脸上歉意明显，他的背微微弓着，似是在认错，可目光始终坚定。面对刘美君一长串的质问，他只说了一句："她很好。"

刘美君一听，又要说什么，温圣元眼看妻子这么激动，觉得现在不是吵架的时候，便及时插话进来，问温辞树："那既然这样，你把她带回家来让我们看看吧。"

张杳向来活泛，适时应和："伯母，辞树这个人您最清楚，他从小到大没让你们操过心，也没做过出格的事，就叛逆了这一次。能让他这么迫不及待娶回家的人，您就不想见见？"

　　刘美君久久不言，胸口一起一伏地喘着粗气，看样子火还没消。

　　大家都默契地等着她回话，似乎也知道她会回怎样的话。

　　果然，片刻之后，刘美君说："明天我就要见她。"

　　"好。"温辞树轻声说。

　　张杳也松了口气。他知道，如果让乔栖突然登门，事情反倒会不可预料地失控，没准刘美君真得被他急救一下。

　　"话说完了，你滚出去，我不想见你。"刘美君剜了温辞树一眼，补充道。

　　温辞树和张杳对视了一下，一前一后站了起来，一声不吭地离开了。

　　他们走后，刘美君捂着胸口坐到沙发上，长吁短叹道："圣元，给我倒杯热水。"

　　她话刚落，温圣元就将杯子递过来了："早就备下了。"

　　他笑道："好了，别愁眉苦脸的，儿孙自有儿孙福。"

　　刘美君遥遥看了一眼东墙上的照片，"哼"了一声："是吗？"

　　温圣元循着她的目光看过去，眼睫颤了颤，苦笑道："辞树不是一个糊涂的孩子，他能闪婚，说明真是爱到那份儿上了。年轻人为爱痴狂，不一定是坏事，我们都年轻过，应该都知道这种感觉多珍贵。"

　　"过日子光靠爱情能过得下去吗？再说了，他一个人爱就行了吗？谁知道那姑娘是真心还是假意，说不准是图他的条件。"刘美君的语气和表情都十分强硬，可再一看，她那双不太明亮的眼眸里正含着泪水。

　　温圣元便坐到她旁边，搂住她的肩，轻声安慰："别急，等明天见了那姑娘再说。"

　　窗外明月躲在被风揉碎的云朵后面，夜已深，风骤云浓，星子淡淡。

　　温辞树回到家的时候，乔栖正躺在沙发上边敷面膜边看剧。

　　他把一个红丝绒礼盒放在她面前。

　　乔栖揭开面膜坐了起来，问："什么东西？"

　　"给你准备的衣服。"他在她旁边的沙发上坐下。

他话没说完，她便把 iPad 胡乱丢在沙发上，俯身打开了盒子。

里面的衣服也是红色的。

那是一条连衣裙，叠得很整齐，她双手把裙子拎起来，这才看清款式——挂脖包臀裙，收腰紧身，裙摆在膝盖往上十几厘米的位置，明艳之中见性感。

而这件衣服最危险的是，它是露背的，恰好可以露出乔栖身上那一束荆棘文身。

换作往常，看到这么漂亮的衣服，乔栖绝对会说"好看绝了"。但现在，她眼神很沉，只问了一句："你确定？"

温辞树靠在沙发上看她："你喜欢吗？"

乔栖想了一秒，勾起一抹美而自知的笑，说："当然。浓颜明艳大美女就是要穿红色。"

温辞树显然心情不错："那就行。"

乔栖睨他："你父母真的可以接受这样的衣服？"

她倒是没什么不敢穿的，只是不想他们对她印象差，后续要是他们想改造她，那她岂不是自找麻烦？

温辞树站起来，不急不缓地说："他们要接受的是你这个人，而不是衣服。你得让衣服迁就你，不能一辈子迁就衣服。"

"一辈子"这三个字让乔栖眉心一跳。

不过他这话倒是不假，既然结婚是为了更好地做自己，那就别委屈了自己。

乔栖用两根手指头拎着裙子，又仔细看了几眼，心思在"小不忍则乱大谋"和"做自己，让别人说去吧"之间来来回回，最终她下定决心："那我试穿一下吧。"

温辞树点了点头。

乔栖趿拉着拖鞋迫不及待进屋了。

她看的电视剧还在 iPad 上播放着，温辞树去冰箱里拿了杯酸奶喝，回来要坐下的时候，无意往屏幕上扫了一眼，剧情恰好进行到女主人公在撒娇。

他刚想凑近去看，屋里传来一声："温辞树，快来救救我！"

他放下酸奶盒，走过去。

乔栖正站在穿衣镜前，手搭在脖子后面，不是在解什么就是在系什么，见他来了，忙说："快快，本来想戴上项链看一下效果，结果钩住了。"

温辞树顿了顿，向她靠近。

她把一头如瀑的橘红色长发拨到胸前，躬了躬身子，说："来吧。"

她的裸背近距离地展露在他面前。

那一束荆棘，离远了看，就像是一道裂痕，从娇嫩的肌肤上破土而出，撕裂血肉；离近了看，又只是荆棘而已了，野蛮而蓬勃地生长着，视觉冲击力很强，仿佛是天生的胎记，从灵魂深处生长出尖锐和倔强。

他沉默了下把手探上去。

他的指尖微凉，一碰到她，她便一缩。

他僵了一下，没敢动。

她说："没事，你继续。"

他抿了抿唇，又把手探过去，摸到珍珠项链的钩扣，往左绕了两下，从她挂脖的那段布料上拿下来。

这简单的一个小动作，让温辞树后背差点流汗。

他放下手，从镜子里和她对视："好了。"

乔栖不是没察觉到刚才那片刻的暧昧，可她丝毫没把这点暧昧放在眼里。她挺了挺胸，昂起下巴看着镜子，问他："漂亮吧？"

温辞树点了点头。

这条裙子，天生是给她穿的。

红裙红发，裸露的皮肤便是最写意的留白，像是雪山和火山的碰撞，漂亮不足以形容，要用美才可以。

乔栖得到了温辞树的肯定，便笑了笑，眼角眉梢都透出自信却不张扬的气场。

温辞树知道她在收着劲儿，等到明天，一定会大杀四方。

换好衣服，乔栖撵温辞树出去："好了，我要收拾衣服了，你走吧。"

温辞树这才看到，那晚堆在床上的衣服，她竟到现在都还没收拾。

他敛首无奈一笑，临出门前不忘提醒她："记得把我之前发你的喜好习惯背一下。"

乔栖意识到他在说什么："你也背背我的。"

"我不用背。"他下意识说。

乔栖也下意识问："啊？"

温辞树眼皮一跳，很快把话圆回来："我过目不忘。"

乔栖怔了怔，随后面无表情地举起手："门在那儿，好走不送。"

小心眼。

温辞树很淡地笑了笑，离开她的卧室。

第二天早晨十点，温辞树和乔栖准时出门。

乔栖着红裙，踩黑色高跟鞋，因为衣服已足够艳丽，所以她只化了个淡妆，耳钉也是低调的简单款式，头发用鲨鱼夹夹了起来，只留鬓边两绺，既有风情又不失慵懒。

温辞树为了配乔栖，穿了一身休闲款的西装，挺拔而不古板。

任谁看到他俩，都要感叹真是一对璧人。

车子刚驶出小区，温辞树便开始检查乔栖的"功课"："把我的兴趣爱好习惯都背给我听听。"

他的语气很正经，就像老师在抽查背课文。

乔栖差点笑喷。

她清了清嗓子才开始背诵："温辞树，生日是 3 月 12 日。"

刚背出一句，她的思维便发散了，说："哎？你正好是植树节生日哎，植树节，辞树节，适合你。而且你的气质也像春天，带着一点点……那句话怎么说来着？哦，温暖中还带着一点点料峭的春寒。"

说完她连连咋舌："救命，我就说看言情小说也不是完全没有用处的，我好会说……"

"能好好背吗？"她话没说完，温辞树悠悠转头问道。

"我就这么一说而已啊。"乔栖努努嘴。

温辞树表情淡定，但眼中满是无奈的笑意："好，那我请求你接着背吧。"

乔栖不情不愿地继续："你今年二十五岁，身高一米八六，英文名是……Sean。是这么读的吧，Sean？"

温辞树点了点头："继续。"

乔栖眼睛盯着一处，边回想边背："你毕业于 Q 大建筑学院，小时候学过钢琴，但后来为了学业放弃了。你很会煮咖啡，做菜的手艺也不错，很喜欢吃牛排，没什么忌口，但对橘子过敏……"

"芒果。"温辞树纠正她。

"对对对，是芒果！"乔栖激动了，旋即又生气，"你不要插话啊，等我全背完你再说行不行？我本来下一秒就改口的，你一插嘴，感觉像是我想不起来似的。"

"行，我不说话了好不好？"如果不是把着方向盘，温辞树就要举手投降了。

"你喜欢在夜里画稿，有压力的时候喜欢看人捏肥皂球。"乔栖又继续回忆，语调和磕磕巴巴背书没有二致，"嗯……左手食指上有一颗朱砂痣！这么多，够用了吧？"

温辞树用那只长有朱砂痣的手指随性地敲着方向盘，沉默了下说："我爸叫温圣元，是国学讲师，我妈叫刘美君，是实验高中的教导主任……"

他把自己的家庭情况悉数复述了一遍，问："这些都记住了吗？"

乔栖满脸写着"不要看不起我"，蔫蔫儿地说："记住了。到你了吧？"

温辞树笑了："又不是我去见你父母。"

言外之意，还需要考我吗？

乔栖掏出手机，找到自己之前发给他的那一大段喜好习惯："别想逃，我要一条条比对，背不下来罚你抄十遍。"

恰好要转弯上高速路，借着这个空当，温辞树沉默了许久。这相当于在考验他一加一等于几，可对这种问题，他可以表现得很轻易，却不能表现得太熟悉。

想了想，他决定像背诵课文那样背出来。

"你生于12月21日，和我同岁，一米七，九十五斤。打过九个耳洞，长死两个，还剩七个。发量多、发质好。野生眉和长睫毛是你引以为豪的，这里你用小表情标注了，我记得很清楚。"他的语气很平稳，"你不是美甲师，你是美甲设计师，这一点很重要。"

"你是中国胃。"前面有点堵，他放缓了车速，"但很挑食，不吃菠菜和芹菜，也不爱吃肥肉和甜食。"

乔栖点头："不错，背得很熟。"

他不受干扰，又继续背："你喜欢喝抹茶星冰乐，喜欢看言情小说、韩剧和泰剧，喜欢听乐队演奏。你跳舞很好看，但唱歌一般般……"

"停!"乔栖打断了他。

她看了眼手机屏,又瞥了他一眼:"我发你的信息上好像没写我唱歌跳舞什么的。"

温辞树直直看着道路前方,顿了顿才说:"婚礼那天我看出来的。"

乔栖似在回忆,有一会儿没出声。

温辞树又要继续背:"你妈妈是全职太太,爸爸在国企……"

"好了,不用背。"她又一次叫停,"我已经完全相信你念书时候的第一名是货真价实的了。"

温辞树依旧直视前方,只留了个侧脸给她:"怎么?"

"背得这么熟,不是过目不忘,就是你暗恋我。"她这么说。

他微怔,眼眸暗了暗,但眨眼之间又恢复正常。

乔栖见他不接话,伸了个懒腰,催促道:"怎么还没到啊?那我睡一会儿吧。"

然后她就像猫打盹那样睡着了。

温辞树这才转过头看了她一眼。太阳光照在她身上,暖洋洋的。他笑了笑,眼神里有甜蜜,也有苦涩,更多的是迷恋。

她动了一下,他便转过头坐直,脸上的表情也很快烟消云散了。

温辞树家在望春区白马庄园,这一片是老富人区,背后靠着造极山。都说这里是风水宝地,而温圣元恰好信风水,所以当初才在这边买了房子。

乔栖不是第一次到这里来。

温辞树上周去她家参加聚会的时候,中途开车来给他妈妈送点心,当时他把车停在了门口的合欢树下,她就坐在车里等他。

他进家之前,她还笑着调侃:"让我想想,你进家之后会是什么心情呢?是心无旁骛地让父母品尝点心,还是想赶紧离开去见你车上藏的女人?"

当时,他眼眸中立即就多了些暗潮涌动。

她得寸进尺:"亲爱的老公,反正我只有一个想法——希望你赶快来见你车上的女人。"

温辞树当时定定看了她几秒,眸色很深,最后只把车门"嘭"一声关上,什么都没说。

乔栖进门，屋里没人来接，是温辞树握着她的手，牵着她步入他的家庭的。而这个动作是他们为了装恩爱特意设计的。

进屋之后，有个围着围裙的中年女人从厨房走出来，笑道："辞树回来了。"

她又看了眼乔栖，说："你媳妇真漂亮啊。"

乔栖淡淡一笑，明白这人应该是保姆。

果然，温辞树喊道："吴妈。"

二人闲聊了几句，吴妈说："你们先坐，我上楼去请太太和先生。"

随后乔栖跟着温辞树到沙发落座，坐了大概五分钟，吴妈从楼上下来了，但温辞树的父母没有下来。

进屋这么久都没见到房主人，乔栖心里已经有些不爽。

温辞树曾告诉过乔栖，对于这场婚姻，他只有一个要求——人前要爱我。

她也答应过他——我会爱你爱到连你都信以为真。

所以她背下了他所有的兴趣习惯，试图看起来是真的爱他，也给他的家人准备了诚意十足的礼物，试图让他的家人相信她的爱。

可她拿着两个礼盒在客厅坐了将近半小时，她的公公婆婆都还没见人影。

温辞树没有上楼去请他的父母，他坐在她对面的沙发上，说："我和你一起等。"似乎下定决心要和她统一战线。

乔栖想笑，但没真的笑出来。

她打量着这间屋子，清一色的木质家具，满墙的山水画，墙角摆着唱片机和插满雪柳的花瓶，电视机旁留有一个橱窗，里面装满了瓷器、翡翠、和田玉等摆件。再往里看，东墙那儿摆着一张八仙桌，上面放着一张黑白照和许多供品。

她看着照片出神。

身后忽然传来一声咳嗽。

她很快回神，站了起来。

温辞树的父母就站在她身后的楼梯旁，看样子是刚从楼上下来。

温辞树叫了声："爸、妈。"

乔栖跟着叫："爸、妈。"

她挺了挺背，直视着温辞树的父母，以一个晚辈的姿态淡笑着，不倨傲、不自矜，却美目威仪，风华无双。

温辞树知道，她一定是第一眼就要把人拿住的。

昨天是自信而不张扬，此刻是张扬而不张狂。

温圣元和刘美君的眼神不约而同地在乔栖身上打量。

刚才下楼时只看见她的背影，她穿裸背装已是太过暴露，而背上的荆棘文身更加不正经。只看背影就知道她一定美得嚣张，而见到正脸，他们才确定，嚣张的美就代表着极致的危险。

什么都不用解释了，他们只看了这女孩一眼，就理解了一向中规中矩的儿子为什么会在婚姻大事上剑走偏锋——

无非是色令智昏。

意识到这一点，他们不约而同地对这个儿媳妇皱起眉头。

乔栖也明白了。

只和他们照了个面，她就知道他们都没有欢迎她的意思。但她在选择穿上这身裙子时，就对此早有预料。

她依旧笑脸相迎，把礼品盒拿起来给他们看："不知道你们喜欢什么，随便买了两份礼物。"

温圣元没有接，刘美君扫了一眼那礼盒，有些不屑。

温辞树走过来，从乔栖手上接过礼盒，对父母介绍道："爸，栖栖给您送的是一套紫砂茶具；妈，栖栖给您买的海参。"

他介绍完，没等父母接过去，自顾自地又说："我放茶几上了，咱们先去吃饭吧。"很巧妙地化解了尴尬。

于是他们到饭厅落座。

温圣元是一家之主，自然独自坐在上首，温辞树和刘美君分别紧挨着温圣元坐在左右两边，乔栖到温辞树身旁坐下。

她的对面没有人坐，却摆着餐具。

不仅如此，这套餐具和大家用的都不一样，尤其是那只碗，就像是博物馆里展览的古董似的。

乔栖不动声色地看了眼温辞树，把疑问压在心底。

吴妈很快把饭菜悉数摆上桌。

动筷之后，温辞树先夹了一块虾仁放到了刘美君的碗里，又夹了一块鸡肉放到了乔栖的碗里。

这是一个暗示性很强的动作。

乔栖看着碗里的东西，没有抢先动筷。

而刘美君把那只虾仁夹了起来，想都没想就扔到温圣元的碟子里，然后闷闷地扒了一口米饭。

温圣元一时也有些尴尬。

乔栖想了想，拿起筷子把温辞树夹给她的鸡肉吃了，半点不忸怩。

于是温圣元也把刘美君丢给他的虾仁吃下肚。

饭局这才正式开始，气氛微妙，一开始大家都没有说话，吃着吃着，乔栖感觉不对。

她不动声色地观察了一会儿，发现刘美君在给温圣元递眼色，而温圣元每隔一会儿脸上便闪过一丝闷痛的表情。

乔栖心里清楚，没准刘美君正在餐桌底下踹温圣元呢。

这个念头刚落，刘美君发话了。

看样子她实在是绷不住了，呵斥了温圣元一句："就知道吃！"

温圣元清了清嗓子，放下筷子，稳了稳家长的姿态，看向乔栖："小乔是吧？"

乔栖笑道："嗯，我叫……乔栖。"

她停顿了一下，最终选择跟着温辞树把"栖"叫作"qī"。

温辞树的睫毛动了动。

温圣元点头："我们对你不是很了解，你自我介绍一下吧。"

乔栖笑了，很真诚地说："我不认为三言两句就能了解一个人，您想知道我的哪方面呢？"

"当然先说家庭、学历和职业。"刘美君插话进来。

乔栖顿了一下，看向刘美君，笑得大方得体："我是二本毕业，现在是一名美甲设计师，有自己的工作室，家里就是普通家庭，兄弟姐妹三人，我排老二。"

刘美君难以置信："搞了半天，你就是个做美甲的？"

她连连摇头："圣元哪，现在的美甲妹，和我们那个年代的洗脚妹是不是一个意思啊？怪不得哦，又是文身又是染发的……"

乔栖目光渐冷。

温辞树喊了一声："妈……"语气里有不满的意思。

刘美君充耳未闻，只盯着乔栖笑："抱歉啊，乔小姐，任何人的职业都值得尊重，只是您和我儿子相比……我是个俗人，没办法不感慨几句。"

乔栖忽然觉得手掌微热，是温辞树在桌下悄然握住了她的手。

她抬头看了他一眼，用眼神问"你小瞧我啊"。

他回以清澈的一瞥。

乔栖收下他这个眼神，转头对刘美君扬了一抹笑："我理解您的想法，王母娘娘看董永和七仙女也觉得不配，但除了王母，大家都觉得挺配。"

或许独自面对温辞树的时候，她会有多余想法出现，但别人要想掂量她，即便是拿温辞树掂量她，她都不会允许自己矮人一头。

刘美君被乔栖的话气得发抖，冷冷地问："你什么意思？"

乔栖靠在椅子上，抱臂笑得悠闲："我的意思是，是您儿子死乞白赖要下凡和我在一起的，您记住这一点。"

刘美君不甘示弱："呵，乔小姐是觉得你很配得上我儿子吗？"

"呵。"乔栖也轻笑了一声，像是听到什么笑话，"我既然敢和您儿子结婚，就代表我爱得起您儿子，爱得起，我就配得上他。"

桌下的手松了松，乔栖看了温辞树一眼。他的侧脸对着她，没多余的表情，仿佛是个局外人，只是松动的手突然又紧得紧，比一开始握得还用力。

他忽然对刘美君说："妈，能说出这种话的女人，您觉得我爱她，亏吗？"

刘美君似乎没听到，只定定地看着乔栖。

乔栖则有一秒钟被温辞树的话震颤住了。

一个男人对自己的母亲说，我爱这样一个女人，不亏。

这句话可真好听啊，真是让人连呼吸都停了。

可惜是假的。

她的心被攥紧，又很快被放开，最终选择把注意力转回到刘美君身上。

她等着刘美君发怒，可刘美君最终没有说话，撂下碗筷就离席了。

温圣元欲言又止，紧接着追了过去。

这顿饭好像吃得很失败。

刘美君和温圣元上楼了，温辞树去敲了敲门，被刘美君骂了回去，他只好先送乔栖离开。

可是出了门，他们都进到车里坐下了，吴妈又跑过来喊："辞树，你妈妈喊你过去一趟。"

温辞树看了一眼乔栖。

乔栖满脸无所谓："去吧。"

温辞树想了想，说："结婚这么大的事情我没知会家长，是我不对，我理解我妈为什么生气，但她应该是气我而不是你。今天她的那些话确实过火了，我向你道歉，对不起。"

从认错的语气里就知道温辞树骨子里有多正派。

乔栖摇头："你夹在中间，挺难。"

她没忘，这个婚是她要结的，他只是全权配合。

她把头发上的鲨鱼夹摘下，长发倾数落下来，她随意抓了抓，神色有些倦懒："我理解你妈妈心里不爽快，一开始也没想和她顶嘴，但是伏低做小换不来尊重……我虽然不想给你妈妈留个坏印象，但也没有笑着伸出脸让人家打的习惯。"

温辞树看了眼她的裙子，说："我说过，你做你自己。"

乔栖也不知道听没听进心里去，自顾自又说："如果你父母不满意，等我奶奶去世之后你和我离了就是。你条件不差，到时候肯定能找个让你爸妈满意的。"

温辞树的心脏像被突然扎了一下似的，钝痛难耐。

他就是奔着要和她过一辈子，才让她做自己，因为演的东西再逼真，也不可能演一辈子。

他说："现在说这些干什么。"

乔栖笑了笑："好，我不说了，你快上去吧，我正好休息会儿。"

温辞树欲言又止，默默解开安全带下了车。

进屋之后，他发现父母早已从楼上下来，坐在沙发上等他。

他走过去，叫了句："爸、妈。"

温圣元给他使眼色，示意刘美君还在气头上。

温辞树知道自己应该说些什么，却不知该如何开口，一边是母亲，一边是妻子，两个女人对他都很重要，这对他来说，是一道太难的题。

安静许久，刘美君开了口："你是不是觉得我会说些拆散你们的话？"

温辞树站在一边，温顺而沉默。

刘美君笑了笑："我把态度撂在这儿，这个儿媳妇我不要。"

"为什么？"温辞树问。

"我害怕。"刘美君往东墙上的黑白照上看了一眼。

温辞树也望过去，心一沉。

刘美君下句话已染上哭腔："我看到她就想到辞镜。"

温辞树攥紧了拳头，目光里有隐忍，也有痛苦。

"你忘了你哥哥是怎么死的吗？他就是太痴狂了，喜欢上危险的东西，却没有把控它的能力，所以才落得那个下场。"

刘美君已经哭出声。她素来平稳严谨，很少情绪崩溃，除非遇到温辞镜的事情。

"我和我哥不一样。"沉默了下，温辞树沉声说。

"你比你哥更让我不放心！"刘美君低吼，"他野惯了，你多老实啊，他都把自己玩进去了，你呢？"

温辞树眉宇之间攒聚着浓雾一般的痛苦，他的拳头越攥越紧，有些话他想说很久了，以前觉得说出来没意思，可现在他忍不住了。

"这个婚我为什么结得这么快？因为我太心急了，我根本等不到见家长、订婚、下彩礼、办婚礼、领证……这些乱七八糟的步骤。我恨不得立刻娶她，晚一秒我都受不了。"

他咬字很重，但声音很低，像是压抑忍耐很久了，却又不舍得对面前的人讲重话。

刘美君和温圣元都看着他。

"而且我知道，如果结婚要经过这么多的步骤，乔栖会卡在第一关就被你们判出局。"他苦笑，"这是我不能接受的。"

他抬起头，看向温辞镜的遗照："我哥意外去世之后，你们觉得我身边什么都危险，骑自行车危险，和调皮的人交朋友危险，就连我在体育课上摔一下，我妈都能把我整年的体育课停了。你们知道每次上体育课的时候，我和那些来月经的女同学一起在旁边站着看大家运动的感受吗？"

有些话一旦打开闸口，就如洪水一般，收不住了。

"我心疼你们的痛苦，从来都不敢做出格的事情让你们担心，我也愿意磨掉自己的锐气，收起自己的叛逆，做一个懂事稳妥的儿子。但我是跟在我哥屁股后面长大的，你们想过没有，其实我身上也有反骨。"

温辞树说完，刘美君和温圣元都久久无言。

他沉默了下，最后留下一句："在娶她这件事上，我想自己做回主。"

随后他向他们深深鞠了一躬，悄然离开。

温辞树重新回到车上。

从他的表情上不指望能看出什么，乔栖干脆直接问："他们说什么了？"

温辞树没有模棱两可："我爸对你没意见。"

"哦，那你妈对我有什么意见？"

她倒挺会挑话。

温辞树把车挂挡，稀松平常地说："都没意见，他们是对我不放心。"

他极快地调整了自己，语气自如地说："你别想了，就当成一次考试，反正已经收完卷了，就什么都不要想。"

乔栖边系安全带边笑："你爸长得就像是一个国学学者，而你妈真的就是一副教导主任长相。俗话说，教导主任是坏学生的克星，你妈就是我的克星。"

温辞树话赶话说："你是好学生的坏学生，教导主任会爱屋及乌的。"

乔栖怔了一秒，旋即"哦"一声："这句话不错，我要留着发朋友圈。"

温辞树微怔，随即一笑，拿她没办法。

乔栖在这时候想到什么："我能问你一个问题吗？"

这时车恰好驶到小区门口过杆，温辞树松下油门，同时问道："什么？"

她犹豫了两秒才说："你哥哥去世这件事，你们家所有人都没释怀吧？"

温辞树明显顿了顿，周身的气息都凝固了片刻。

乔栖察觉到他的变化，忽然不知道自己问这个问题合不合适。

刚才在他家，她发现到处都是温辞镜的痕迹，墙上的照片、桌上的古董碗……这些好矛盾，是接受温辞镜已经去世了，还是不接受呢？她觉得疑惑。

"释怀不了。"温辞树说。

时间不会冲淡一切，只会把本来就深刻的东西变得更沉重。

乔栖无言，心头笼上淡淡的悲伤。

她多嘴又问："你哥去世这件事，对你的影响不比对你父母的影响小，对吧？"

刚才在你家都是你哥哥的痕迹，却没有看到多少你的影子。

乔栖在心里补充了一句。

温辞树静了片刻："我哥是在我十三岁的时候去世的，那时候我刚刚进入青春期。"

所以，你说呢？

乔栖懂了，于是就不再问了。

可温辞树似乎还想多说两句："他那会儿迷上了玩摩托，谈了个女朋友，撺掇他和情敌比赛，跑山路的时候他却意外摔死了。那会儿我爸在北京开讲座，我妈一个人去认领那具摔得稀巴烂的尸体，当场昏死过去。"

乔栖静静听他讲，有这么一刹那，她觉得他其实挺孤独的。

他的语气始终挺平淡："后来我妈说，如果人死之前有走马灯，我哥的尸体会是她意识消失之前看到的最后的东西。"

说到这儿，他才一叹："十二年了，十二生肖都轮了一遍。"

从那以后，他就不仅仅是为自己活着，也是为了温辞镜。

温辞镜的叛逆，由他改正；温辞镜未尽的孝心，也由他继续。

温辞镜以另一种形式活在了他的身上。

两个灵魂的重量，压在了一个人的肩膀上。

乔栖终于知道为什么温辞树会同意假婚，或许是他听话太久了，终究要叛逆一次，不愿连结婚这样的事都被父母安排。

4

十三四岁是尤其容易青春疼痛的阶段，乔栖特别喜欢一句歌词：每个人都有一段悲伤，想隐藏却欲盖弥彰。

以前她觉得温辞树就像天上的神仙似的，过得顺风顺水，逍遥自在，可在见完他的家长之后，她发现原来他也有深深浅浅的暗伤，而这样的他，沾上了那么一点儿人情味。

一个人只有痛苦过，才像个人。

乔栖提议："先别回麓苑了，咱们去喝一杯吧。"

温辞树无声转过头，看了她一眼："去哪儿？"

"S7 吧，离家近。"

于是他们来到酒吧。

一进门就听到有女生在唱歌，比原唱少了几分清新，多了几分甜蜜。

乔栖一边往里走，一边寻声看过去，用胳膊碰了碰温辞树："那女生，不是你朋友吗？"

温辞树头都没抬："听出来了。"

乔栖"喊"一声："唱歌也这么嗲。"

突然，身后传来一句惊喜的叫喊："老板！"

乔栖扭头，还没来得及疑惑，只见一个服务员打扮的男孩笑眯眯地站到她旁边，问温辞树："听斯思姐说你最近很忙，我还以为这段时间你都不会过来了。"

温辞树笑着说："我喝 TEMPT CIDER（诱惑西打酒）7 号。"

服务员笑得阳光灿烂："得嘞！"

服务员又转向乔栖，问："那……"

他似乎是不知道该怎么称呼。

乔栖眼睛直勾勾盯着温辞树，笑着说："我喝 8 号。"

服务员看了眼温辞树又看了眼乔栖，笑得别有深意，很快就离开去备酒了。

温辞树到靠墙的某个座位坐下，乔栖手撑在桌子上，俯身看他："这酒吧是你的？"

温辞树抬眸与她对视："嗯。"

"看不出来啊，你居然会开酒吧？"

温辞树淡淡笑了，对她说："在娶你之前，我就做过叛逆的事了。"

乔栖微愣，看他的眼神里多了几分不明的意味。

她觉得他是个一眼望不尽的人。

不像她，一眼就能看得透。

乔栖坐下来，手指卷着长发玩，毫不避讳地打量他。

"'诱惑 7 号接骨木''8 号车厘子'，二位慢用。"服务员很快把酒拿上来。

乔栖在桌子底下踢了踢温辞树的腿："我没长手，你倒给我。"

温辞树又露出熟悉且无奈的笑，往前坐了坐，伸出手给她倒酒。

而这时，吕斯思恰好唱完一首歌下台。

她完全不拿自己当灯泡，走过来说："远远看到你们来了，我都没心情唱了。"

温辞树问："驻唱又请假了？"

吕斯思嗲声嗲气地抱怨："我都想把她开了，光谈恋爱了，都没心情来工作。"

温辞树点头："如果总是这样就开了吧，这段时间在朋友圈发发招聘，再招新的。"

"OK！"吕斯思笑着笑着，突然意识到什么，问温辞树，"你老婆都知道了？"

温辞树看了眼乔栖，点了点头。

吕斯思拖着长腔"哦"了一声："我就说，瞒谁都不能瞒老婆。"

乔栖差点鸡皮疙瘩掉一地。

这姑娘，声儿太嗲。

要是装出来的，她还能暗骂几句，偏又不是装出来的，她只能强迫自己去适应，毕竟不好对人家不礼貌。

温辞树把乔栖的微表情尽收眼底，于是问吕斯思："你不去接着唱吗？"

吕斯思意会，笑着说："辞树哥，你是不是嫌我当灯泡？想撵我也行，你先上去唱一首？"

"哦！"乔栖姿态慵懒地陷在椅子里，语气却比精神振奋，"这个提议我觉得不错。"

温辞树握着酒瓶，定定地看了乔栖一眼。

乔栖不给面子："看我干什么？两票比一票，你想赖账啊？"

温辞树失笑："你这人怎么不识好歹？"

他明明是为了她才让吕斯思走的。

乔栖耸肩："你才发现啊？"

吕斯思笑得那叫一个甜："所以你去不去啊？"

温辞树想了想，随后站了起来，往台上走去。

吕斯思则到温辞树刚才的位置上坐下来，完全没把自己当外人。

乔栖看了她一眼，见她根本没把自己当回事，只顾着目不斜视地看温辞树，眼睛里几乎要冒星星，别提多期待。

乔栖眉心微动，也把视线移到温辞树身上。

他的声音几乎是和音乐一同响起来的："Spent 24 hours, I need more hours with you（一天 24 小时都在一起，我还想和你再多待几个小时）……"

只听他唱了第一句，乔栖就有种被击中的感觉。

他的声音本身就很好听，虽然偶尔有几句会气息不匀，可她反而更觉得抓耳。

她算是明白为什么有些歌手的 live 版专辑还是能有那么高的销量，因为有些瑕疵反倒给人一种特别的感受。

好听。

而这首歌她之前没听过，加之新鲜感，就显得更加好听。

吕斯思这时转头对乔栖说："*Girls Like You*！我好喜欢这首歌！你觉得他唱得好听吗？"

乔栖本来是觉得好听的，可吕斯思这么问，她还偏就不想照实说。

她无聊地点了点头："一般吧。"

吕斯思脸上闪过一丝"你没品位"的神情。

乔栖转头回去接着听温辞树唱。

他坐在吧台椅上，不紧张也不激动，和平时没什么两样。台下人不多，他只少数时候瞥过来几眼，大部分时间都在看投影上滚动的歌词。

直到唱到这一句的时候，他忽然看了乔栖一眼："Cause girls like you, run'round with guys like me（因为像你这样的女孩，总是吸引像我这样的男孩围绕在你身边）……"

只一眼，他很快移开目光。

乔栖却呼吸一滞，恍惚了一下。

但她有点没弄懂，自己是为他这特别又无意的一瞥而恍惚，还是为他唱的这句歌词。

她英语不好，但是投影幕上有翻译。

后来这首歌她听得也是恍恍惚惚。

直到温辞树一曲而毕，旁边人的掌声拉回了她的思绪。

他放下话筒下台，吕斯思很识相地起身离开。

温辞树走到座位旁，乔栖冲他笑："你还有多少惊喜是朕不知道的？"

他却把她忽略得彻底，左右看了看，像在找人："斯思走了？"

第一句话就是问别的女人，这像话吗？

乔栖抓起桌上的瓜子砸他："你叫这么亲，不知道的还以为你娶的是她。"

温辞树语噎了一瞬，说："不是，我……"

"斯思？"乔栖很快变脸，一副计上心头的小模样，"要不以后你叫我'七七'吧？"

温辞树不知道她脑子里在想什么。

乔栖说："你在家长面前这么叫我，叫得不是挺顺口的？"

"你舍得让人叫你乔栖了？"温辞树这才坐下，拿起酒喝了一口。

乔栖摇头："是一二三四五六七的七，这样就不算乱改我的名字了。"

温辞树沉默了下，没说话。

乔栖在桌下踢他的腿，但不是真的踢，倒有点磨人的意味："行不行？"

温辞树只觉得被她碰过的地方一阵酥麻，随口说："都可以。"

乔栖眼睛亮了亮，手托腮，笑道："那你叫一声我听听。"

温辞树深深看了她一眼，先是没出声。

乔栖又碰了他一下，脚在他腿上磨啊磨："叫不叫？"

她用那双被酒醺得水蒙蒙的眼睛看着他："问你呢，叫不叫？"

她脚尖越来越往上，说："叫一声，我……"

温辞树眼眸一黯，捉住了她的小腿。

她一僵，话和人都被定住，身体战了一下。

只听他的声音像从牙根里挤出来似的："七七，别玩火。"

乔栖的心头就像桌台上的蜡烛似的，摇摇曳曳地晃。她看着温辞树，目光里丝毫没有要掩饰的意思，都是要把他吃干抹净的欲望。

他这个人就像水裹着火，给人意想不到的反差与冲击。

那么她呢？

她如大火中烧。

要想降服他，必须要轰轰烈烈，极致决绝，才能战胜那些独特的东西，让他在气势磅礴中败下阵来。

"如果说，我就要玩呢？"乔栖歪歪脑袋，挑衅他似的。

温辞树把她的腿松开，站了起来，俯视她："我怕先烧的是你自己。"

说完，他往外走去。

乔栖停了几秒，一笑，跟上去。

走出酒吧，她恰好收到一则微信。

老何：姑奶奶，我定金可是都付了，提醒一下，记得干活。

乔栖看着温辞树的背影，勾了勾唇，打下一行字发送过去：放心吧，春天都过了一半了，树上该开花了。

温辞树把车开过来，摁了摁喇叭，示意她上车。

手机又在她掌心振动了一下：那要是铁树呢？

乔栖透过车窗，看了眼温辞树那一副性冷淡的侧颜，在夜色中的气质更显疏离。

她冷笑着回复：那我就把他砍了。

砍树谁不会？

乔栖把车门打开，长腿一跨坐了进去。

回家之后，乔栖回房洗漱。护肤保养都做完后，她觉得有点饿，走出房间拿东西吃。

客厅只开了壁灯，乔栖止步于拱门前。

因为温辞树就坐在壁炉旁的地毯上。

那棵去年的圣诞树还没有被扔掉，上面的小灯生命力顽强到可爱，还在很倔强地亮着，他就着这微微亮光在看书，脚边放着一个香薰蜡烛，桌台上的黑胶唱片机里播放着蓝调音乐。

乔栖已经不知道多少次撞见他在深夜里独坐。

今天不知道怎么了，或许是他在父母那里给足了她安全感，或许是何平的催促有了作用，她格外想亲近他。

她凑上前，试图拍拍他的肩膀。

她刚俯下身，长发悉数滑落在他肩头。

他似乎被吓了一跳，猛地把书合上，带起一阵风，把她的头发丝吹到脸上，让她迷了一下眼睛。

她刚想闭着眼睛后退，他偏偏同时转过头。

她离他这么近，嘴唇一下子就亲到他的唇畔，像是指尖在水面划了一道似的，痒得人心里直泛涟漪。

他定住了，睁大眼睛看着她。

她也顿时清醒了，屏住呼吸，往后缩了几厘米。

对视了几秒，她想先说什么："我……阿嚏！"

刚才头发丝拂面，迷了眼睛，也扫了鼻尖，此刻都延迟地爆发出来，她转身打了个喷嚏。

再转过头，他还是那样定定看着她。

静了几秒。

她忽然唱道："如果你突然打了个喷嚏，那一定就是我在想你，如果半夜被手机吵醒，啊！那是因为我关心！"

乔栖是笑着唱的，唱完后笑容就僵在了脸上，因为她仿佛在温辞树脸上看到了一个问号。

她有点尴尬，很快恢复正常："你在看什么，我一过来你反应这么大？"

他扫了眼书皮，她的视线也瞟过去——《公共建筑设计原理》。

他总看这本书。

她撇嘴："你太死板了，以后我给你推荐几本好看的。"

温辞树显然没兴致："怎么这么晚还不睡？"

她答非所问："怎么，赶我走啊？"

温辞树微怔，觉得她真的很喜欢冤枉人。

他垂下头无奈一笑，站了起来："早点睡。"

乔栖扭头看墙面上的玻璃，里面倒映着她的素颜，多漂亮。

这都拿不下他？

她不服。

她也站起来，伸出一根手指头去勾他的裤子，笑得风情万种："要不要试试？"

温辞树眯了眯眼，岿然未动。

她大着胆子搭上他的肩，刚要贴上去，他忽然一笑，手臂突然抬上来揽住了她的细腰。

她只觉得腰间一紧，紧接着就撞到他怀里。他面色未改，疏离而清冷，可臂间的力气却渐渐收紧。

她仰头看他，他直视回来，问："你确定？"

她心下犹豫了一秒，很快笑得更深，一字一句地，气吐幽兰："怕你不敢……嗯。"

他突然收了几分力，同时手掌在她腰侧狠狠握了一下，惹她闷哼一声。

再看他，那么气定神闲，眉眼间含着隐隐的暗笑，整个一斯文败类，好像在警告她别玩火了。

玩又怎么样？

她没有丝毫闪躲，笑靥如花。

她这个人就喜欢硬碰硬，他越挑衅，她越要降服。

他的手掌在她腰间动了动，滚烫的温度如大火燎原。

她不知道，她垂在腰间的发丝无意蹭过他的手背，像是火柴棍擦火似的，他的手就是这样被带热的。

他身体已绷得很紧，但面上不显露。听到她的话，他若有所思，随即把她放开。

她脸上满是胜利的喜悦："这就不行了？"

他没有像上一次那样轻易走开，而是伸手捏了下她的脸颊："几次了？"

乔栖一脸无辜，腮帮子还被他捏着。

他淡淡接上话："两次了。"

乔栖明白了，他在问她勾引他几次了。

她很无语地笑了一声，想说"不止两次了，你个没有情趣的臭直男"，温辞树却在这时把手松开，很轻地说："第三次我要是不让你，你可别怪我。"

乔栖本该回他几句什么的，可他无论从神态还是语气都太认真了，那么轻的声音，却给人震慑感。

然后莫名其妙地，她忽然一句话也说不出了。

他又定定看了她一眼，离开客厅。

她独自在原地凌乱。

温辞树在拱门另一侧的绿植后面笑了笑，敛眸看了眼手上的书，掀开那张建筑风强烈的封面——第一页上，分明写着"爱情三十六计"。

还好没让她看到。

第二天早晨，温辞树和乔栖在饭厅会面。

温辞树这天做的是中式早点，烧卖和豆浆。

乔栖隔着老远就闻见香味，一看到有烧卖，心想这个人怎么有这么多闲工夫，有这时间，多睡会儿不好吗？

他一抬眼，看到她正往这边瞥，就说："来吃饭吧。"

她没搭理他。

她记仇，昨晚之仇不报非女子。

她走到玄关处换鞋，他在后面问："不吃饭吗？"

她不说话，弯腰系鞋带，他就端着一杯豆浆在后面等着。

系好鞋带，她头也没回，拉开门就离开了。

温辞树大概知道她为什么闹别扭，匆匆喝下半杯豆浆，便换鞋随她出门。

她果然还没走，就站在小区门口。

今天的天气很热，她穿了白色短袖和黑色牛仔短裤，橘红色的头发披散着，像个叛逆的女学生。

他慢慢开车靠近她时，风吹开她的长发，他才看到原来她在打电话。

他摁了摁喇叭，想提醒她，他过来了。

她往后扫了一眼，没动弹，往马路边靠了靠，示意他要过赶紧过。

他想了想，还是在她身边停下车，摇下车窗说："再不上来我要迟到了。"

她偏过头不看他，不屑一笑，说："谁要你送了？"

话刚落，她眼睛一亮，忽然跳起来挥手："这里！"

温辞树扭头，只见一辆熟悉的黑色汽车缓缓驶来，还未停下，乔栖就已飞奔过去。

温辞树眼眸沉了沉。

前面的车摇下了车窗，坐在驾驶室里的人探出头，向他笑着挥了挥手。

他静静地坐在车里，什么也没做。

几秒后，他率先踩紧油门离开，路过那辆车的时候，看都没看一眼。

乔栖倒是瞥了一瞥他，发现他走得毫不犹豫，不由得嗤笑了一声。

"你们俩这是吵架了？"

旁边的段飞扬问了一句。

乔栖转头勾了勾唇，笑着说："更正一下，我俩就没好过。"

段飞扬怔了怔，失笑："你又闹小孩脾气了。"

乔栖一脸无聊地瘫在车椅里，从后视镜里能看到温辞树的车在不远处等红灯。她闷闷地问："怎么是你来接我？"

"怎么，不欢迎我啊？"

"哪能啊大哥。"乔栖笑了，"不过今天这事，你来还真是有点不合适。"

段飞扬看着她的侧脸，叹了叹说："伤我心了，让我先倒个车，再听你给我个理由。"

乔栖换了个坐姿，无聊扯了扯嘴角。

段飞扬握紧方向盘掉头，乔栖的目光还落在车镜上。

温辞树也是如此。

他忍了又忍，总归头是没有偏，可等反应过来的时候，视线早已不知在后视镜上黏了多久。

等了一个九十秒的红灯，可能也看了那辆车九十秒。

他不明白，为什么她人都上车了，段飞扬还不驱车离开？两个人坐车里聊什么呢？

"嘀嘀——"身后传来鸣笛的声音。

他回神，这才发现红灯变绿了。

他只好驱动车子，与此同时，段飞扬那辆车终于动了，他远远看到正在掉头。

他能感觉到自己心底的波澜，然而在许多无能为力的瞬间，他能做的不过是先收回目光。

温辞树的车从亮着绿灯的路口开过去了，而段飞扬驱车过来时恰逢绿灯变红，他们只能被拦在刚才温辞树待的位置。

段飞扬问："好了，你该告诉我了，我来接你怎么就不合适了？"

乔栖陷在车座里，不拘小节地跷着二郎腿。

昨晚在温辞树那里吃了一瘪后，她就下定决心认真执行何平的计划了。

夏天都快到了，他敢不开花，她就伐树。

可她怎么让他开花呢？

昨天晚上她在被窝里找恋爱攻略找到半夜，看到一本叫《爱情三十六计》

的书，决定实行其中一招：情敌危机。

俗话说得好，得不到的永远在骚动，被偏爱的才有恃无恐，她得让他有危机感。

她平时虽然追求者多，但并不会乱加男性好友，人到用时方恨少，她只好先打电话找王富贵，让他给自己叫个单身男士来当代驾。

谁知道来的是段飞扬。

王富贵这个笨脑壳，找段飞扬的话，她还用得着给他打电话绕这么大一圈？

乔栖"哼"了一声："大哥，在我解释之前，先等我给王富贵发个语音输出一些'美好'的语言。"

段飞扬笑问："他怎么惹你了？"

乔栖扭头比了个"嘘"，指尖扣在嘴巴上，表情煞有介事。

段飞扬瞥她一眼，不知道是太阳光太热烈，还是她太漂亮，总之晃人眼睛。

乔栖摁着语音键，一口气骂了王富贵六十秒。

之后她特别随性地把手机扔在中控台上，才延迟对段飞扬解释说："其实也没啥，这不是温辞树让我腻了嘛，想换个男人玩玩了。"

段飞扬敛住表情，沉默了下。

乔栖笑了："所以你说 Rich 是不是傻，居然叫你来……"

段飞扬也笑："昨晚老何叫我和富贵出来喝酒呢，正好你给富贵发消息，我就说我反正也没事，就让我去接你吧。富贵当时光顾着安慰老何，估计也没注意你具体说了什么，就答应了。"

"安慰老何？"

"他又向小琪提结婚了，小琪说还没玩够，又给拒了。"

乔栖若有所思地点点头："老何也不该逼太紧，酸琪倔起来像头驴似的，没人管得了。"

段飞扬"嗯"了声："谁说不是呢。"

乔栖笑了笑。

段飞扬看了她一眼，似有犹豫，最终还是问出了口："你和温辞树结婚快一个月了，俊男美女成天待在一起，就没擦出点火花？"

"我才不可能对那种榆木疙瘩动心好吗！"乔栖反应好大。

段飞扬嘴角噙着一抹笑，不咸不淡地说："榆木疙瘩才烧得快啊。况且你又爱玩火。"

乔栖莫名想到昨晚的事，眼皮跳了跳，"扑哧"一声："可别抬举他，三昧真火也烧不了他。"

"你俩真没看对眼？"

"骗你干什么，真没。"

"哦。"段飞扬点头，似乎心情不错，"那接着聊老何和小琪……"

茫茫车海涌动向前，一辆辆车就像一只只鱼，游梭着，追赶不同的洋流。

"老大？"

不知道喊了多少声，温辞树才回神。

团队里所有人都在看着他，一个个脸上的探寻意味满满。

"老大想谁呢，开会都能走神？"有人笑着调侃。

"就是啊，春天都快过去了，难不成还在思春啊？"说话的是老同事，老人胆子一向很大。

温辞树笑着问："刚才说到哪儿了？"

"问你这次出差带谁去呢。"同事提醒。

"要不还是小段……"温辞树又顿了一下说，"还是蔓蔓吧，每个人都要有机会。"

小段"啊"了一声，叫苦连天："可我真的好想建大厦啊！我想建一座'梦露大厦'！"

"不好意思啦，这里是中国，我要建一座'巩俐大厦'！"蔓蔓笑道。

温辞树也淡淡一笑："我们做一个项目的时间都以年开始计算，精力投入不少，手头上的活都别懈怠。这个项目还不一定能到我们手里呢，先拿下再说。好了，散会吧。"

小段叫苦连天，"公报公仇"地问："老大出差这么久，把新媳妇儿放在家里能放心吗？"

"对啊！上次在公司门口我见过，大嫂美得很。"有人接话，"真的巨好看！港风美！"

还没有见过面，他们就对乔栖表现出很浓厚的兴趣，这让温辞树心里痒痒的。

以前他不懂，原来一群人当着你的面聊起那个人，是那么甜蜜。但同时又泛着细细密密的酸，因为她的心还没有属于他。

他决定打电话给她。

走出会议室，他就迫不及待拨通了乔栖的号码。

只响了一声，那头便接通了："喂？"

她竟然接得很快，这有点出乎他的意料。

他尽量让自己语气平静一点："喂。"步伐却悄然加快，隐含着小雀跃。

身后那帮同事响起了此起彼伏的"哎哟哟""给谁喂呢""不要虐狗啊"的起哄声。

温辞树无声扯了抹笑，没理睬他们，趁机走得更快，把满心急切都暴露了出来。

她问："大忙人找小的干什么？"

阴阳怪气的。

他笑："中午我去找你吧。"

她明显吃惊："找我？"

他轻声应了句："一起吃个饭吧。"

他不会说我想你了，他的"我想你了"，就是一起吃个饭吧。

乔栖觉得一头雾水，艰难地挤出一抹笑："温先生，无事不登三宝殿，我怕你是鸿门宴。"

他勾了勾唇，问："你还怕鸿门宴？"

她明显顿了顿。

他又说："你来，我请，帝王蟹。"

乔栖在心里咆哮：你把我当什么人了？我差你这一顿帝王蟹吗？

"十二点见，晚一秒就再也不见。"某人心里说着不要，嘴上却很诚实，别扭了几秒，最终还是没抵过诱惑。

说完，她又觉得不好意思，紧接着就挂了电话。温辞树的"好"字被打断在唇齿之间。

中午十一点半左右，温辞树出发去找乔栖。

他不需要坐班，时间相对自由，这是他对现在工作最满意的一点。

他把车子稳稳停在她店门口的露天停车场时正好 11 点 59 分。

他下了车，往 Hanky Panky 走去。

玻璃反光有点看不清店里，直到他离玻璃门还有三五步远的时候，才看到乔栖也正好往门口来。

她早就盯着他了，他眼睛刚望过去，就一下子被她的眼神抓住，他们隔着玻璃对视。

他上了台阶，准备开门，她就像在和他照镜子似的，恰好同时把手放到门把手上。

与此同时，屋里的挂钟正好弹出报时鸟——十二点整。

她回头看了一眼那钟，挑眉一笑，把门打开："算你准时。"

他笑了笑："走吧。"

他笑得清清爽爽，她想拿乔也没地儿拿。

周可正好从楼上下来，远远喊道："新郎来了呀。"

"哈哈哈……"惹得店里的小姑娘们都笑出了声。

乔栖回以无语的一瞥，随后先一步要走。

走了一半，发现自己包没有拿，她又折回去，交代温辞树："等我两分钟。"

就这两分钟的工夫，周可往温辞树跟前凑过来了："我说，你们俩这看样子要假戏真做了呀。"

温辞树笑了笑，不知道怎么回答。

周可龇牙傻乐："自从某人打电话说要请某人吃饭之后，某人就不工作了，你猜某人干什么去了？"

温辞树看了她一眼。

周可像是受到了鼓励，凑近些，笑得高深莫测："某人化了两个小时的妆，各种妆容都不满意，卸了化，化了卸，啧啧……你说，一个对自己颜值自信到连镜子都懒得照几回的人，突然开始关注哪根睫毛刷没刷好，说明什么？"

温辞树越听心越沉，还能说明什么？女为悦己者容！

可是怎么会？

乔栖从不是这样的人，她只会"女为己悦者容"。

即便觉得不可信，温辞树的一颗心还是难免摇曳了一番。

周可看不透温辞树的表情，不免努努嘴，叹息说："她这个人极度缺乏安全感，但又特别需要存在感。你如果想让她爱你，第一，别太在乎她，第二，要很在乎她。"

　　温辞树在心底仔细品了品这段话，然后笑问："那如果爱她呢？"

　　"那就先让她爱你。"

第四章
玩火

/ 他们一起尝遍红尘滋味

1

周可这么回答温辞树的时候，乔栖恰好在不远处下楼梯走过来了。

周可看了她一眼，笑着说："因为如果她不爱你，你的爱就会很可怜。"

乔栖是个拥有太多青睐的人。

而爱是私有的、自私的渴望。

如果你爱她，而她不爱你，你就要忍受超过旁人数十倍的爱而不得的心酸。

温辞树莫名想笑。

有些事，原本不用旁人提醒，他早已体会过了。

"你们说什么呢？"乔栖走过来，太阳照得她眯起眼。

周可吐吐舌头："说你俩穿得配呢，好像情侣装。"

乔栖看了眼温辞树，又低头看了眼自己的衣服。她穿白 T 恤黑短裤白运动鞋，他恰好穿一件白色的休闲款 T 恤，搭配黑色直筒西装裤和空军一号。

颜色上是挺配的。

乔栖咧嘴一笑："他暗恋我。"

温辞树微怔，露出一个失笑的表情，她好像很喜欢随口把"暗恋"挂在嘴边。

他在心里无奈地喊：对啊，暗恋你，你这个什么都不懂的傻子。

可他表面上却什么表情都没有，只淡淡说："走吧。"

他们一前一后去停车场，然后出发去吃帝王蟹。

帝王蟹本是听起来就让人觉得快乐的食物，但他们吃得却很冷淡。

因为乔栖还恼火着，不愿意搭理温辞树。

而温辞树本身就是个不太会找话题的人，于是就默默剔肉、夹肉、倒水、帮她抽纸、给她拌饭……像个服务员一样伺候她。

吃完饭之后，他问乔栖："再和我去个地方吧？"

她看向他："我就知道，你不可能是单纯想和我吃顿饭。"

他笑了，不置可否。

她一脸傲娇："我的时间很宝贵，两点半之前要赶回店里。"

他说："足够了。"

然后他驱车带她来到一家 4S 店。

他解开安全带，准备下车。

乔栖坐在车上不动："你要给我买车？"

他点了点头："有辆车去哪里都方便。"

乔栖好整以暇地看着他："你居然要给我买车？"

她抬头看了一眼 4S 店门头锃光发亮的奔驰标志，笑了："这玩意儿虽然谈不上贵到离谱，但是也不便宜。"

"我送得起。"

"我要不起。"

温辞树愣了愣。

乔栖抱臂，看着他："哦，我明白了，你不会是看我让别的男人接送，吃醋了吧？"

他抿紧了唇，没说话。

她笑意里带着玩味："怎么，你还真把自己当我老公啦？"

温辞树的一颗心蓦然一疼。

她的语气是纯粹的玩笑话，可他就是觉得刺耳。

他定了定，认真地说："我是想弥补你在我父母那儿受的委屈。"

这个理由很合适，也很合理。

乔栖的眼神变了变，原本想要捉弄他的俏皮话都哽在胸口，不知道为什么，竟觉得烦躁。

她下句话说得没好气儿："我没驾照。"

温辞树一怔。

乔栖转过头不看他，眉宇之间染上一丝烦躁。

顿了顿，温辞树说："那我带你去另一个地方。"

乔栖转过头："去哪儿？"

"到了你就知道了。"

说着，他重新系上安全带。

她懒懒瞥着他："不会是去办假证吧？这年头这样还能行吗？"

他手上动作停了停，无奈地看了她一眼，满脸都写着"你闭嘴吧"。

乔栖暗暗"哼"了一声，心想，看你能带我去什么地方。

路途很近，不过十分钟，温辞树的车就再次停下。

面前是平芜最高档的一家珠宝店。

乔栖深深讶异，比刚才在奔驰4S店更难以置信。

"你要给我买珠宝？"她在店门口停下不走了，出声问温辞树。

他转身看了她一眼，解释："见你家人那天，他们都在说钻戒的事情。"

乔栖呼吸都变慢了："其实做戏也不必做这么全。"

温辞树说："又不要你花钱，进来吧。"

"可我好像从没送过你什么。"她想了想。

他笑了："不要在钱上计较太多，不然我们长久不了。"

她微怔，表情很明显地表现出了一丝困惑。

他一顿，忙补充："我是说，不然我们的合作长久不了。"

她笑了笑："可这也不仅是钱的事。"

她这么说，让温辞树静默了下来。

过了一会儿，他走到她面前，低头去看她的眼睛："这样吧，等会儿你也送我一个东西，我选，这样你心里就不会过意不去了。"

乔栖看着他，想从他眼里看出什么来。可他坦荡如砥，她不由得暗自失笑，昨晚他还在毫不留情地拒绝她的引诱，又怎么可能是对她动心呢？

可能他们这类人做事都是这么细心和妥帖吧，她以往没和他这种性格的人接触过，所以不太懂。

想到这儿，她大大方方地回望他一眼，点了下头："好，随你挑。"

他们在门口讲着话，店员就一直开着门微笑等候他们。

温辞树对她们道谢，乔栖也对她们颔了颔首。

刚进门，一位穿着店长制服的女士就走了过来，亲切地对温辞树笑了笑："温先生，您好。"

她又对乔栖点头："温太太，您好。您二位先里面坐，喝杯东西。"

她的亲切中并不夹杂虚假的客套。

乔栖和温辞树在沙发上坐下，很快有店员过来询问他们分别要什么喝的。

乔栖说："水就行。"

温辞树说："我和她一样。"

"看样子你是提前订的戒指啊？"等店员去备水了，乔栖才问。

温辞树"嗯"了一声。

"我就说，店长对你这么热情，却又丝毫没有引导你去柜台挑选东西的意思。"

温辞树笑了笑。

"每次都是你挑。"乔栖看了眼手上的戒指，"这枚算你瞎猫碰到死耗子，这次的也不知道我看不看得上。"

"哦，那我倒有点紧张了。"话虽如此，他却一副稳操胜券的表情。

真是欠揍。

"温先生、温太太，戒指取来了，您看是在这里试戴，还是去前面？"店长远远走过来，最后两句话是看向乔栖说的。

乔栖想了想："到前面吧。"

他们起身又到前面去。

戒指装在黑丝绒盒子里，店长示意乔栖亲自打开，眼底装满了希望看到她打开盒子时期待的表情。

可乔栖却没有一丝憧憬的神采，她拿起盒子，像拆快递那样把盒子打开了。

里面的戒指闪闪发光。

乔栖的语言太匮乏，第一眼，最直接的感受是觉得这东西好贵也好闪，第二眼，她整个人都静了下来。

她把它拿起来——

原来是这样。

怪不得温辞树刚才那么成竹在胸，好像早已有百分之两百的把握她一定会喜欢。

这枚戒指的指圈是荆棘样式的，而钻石的部分被设计成了玫瑰。

绽放的花朵包裹着主钻，钻石面并不太高，细碎的红宝石描边镶嵌，勾勒出玫瑰花瓣的花边，还有颗颗小钻和滚珠边装饰周围。荆棘在指尖缠绕，却又于荆棘里开出花来。

乔栖承认，她感动了。

有些压下去的东西又涌上来，她还是决定问出来："不应该呀温辞树，我是不是真把你迷住了？"

温辞树一如既往淡淡地看着她。

乔栖头一次不知道如何自处，她总不能在他表态之前就自我感动得像个傻瓜一样吧？所以她无所谓地一笑："那你昨天是欲拒还迎吗？"

她把戒指绕在指头上，有一搭没一搭地抚摸把玩，笑得很动人，却没动心。

温辞树有点心酸，他发现人的贪欲是会无限膨胀的。以前被她忽视成什么样子他都可以忍耐，现在他却越来越容易委屈了。

他很想脱口而出，你何止是让我着迷？

可他不能。

因为谁都知道，如果她不爱他，他的爱就会很可怜。

他看似随口一说："我对你做的事情，对我来说都是举手之劳，想到了打个电话就能办，不需要我操心。"

——这枚戒指是我亲手设计的，钻石的选择、宝石的取舍、切工和切面，都是我一个细节一个细节盯下来的。

"看你后背是荆棘，所以我就跟设计师提了一句，其他我什么都没参与。"

——荆棘的样式我特意让设计师做得和你后背上的荆棘一模一样，玫瑰上的碎钻是十六颗，红宝石是十一颗，它们加起来一共是二十七颗，"二七"，爱妻。你注意到了吗？

"我根本没对你很好，你不要把爱的标准降低。"最后这句话说出口时，他盯上她的眼睛。

乔栖一动不动地与他对视。

不要把爱的标准降低？

她打心底讥笑了一声，这真是一个郑重的批评。

她是一个不缺乏追求的人，可她仍然缺爱。大多数人不会信，她骨子里甚至有一丝想去乞讨爱的卑微。

毕竟路过的人，都看到她站在一片玫瑰园里。

你们看，这个人好可恶呀，她明明有那么多的玫瑰花，可还在喊着"我的花呢，我没有花呀，我也想要花"。

没有人注意到，她的手中分明空无一物。

乔栖最终笑着移开目光。

她把无名指上的银戒指取下来，又把钻石戒指戴到无名指上，把手举高，认真欣赏了一番，然后笑道："不错，沉甸甸的、亮闪闪的。"

然后她把钻石戒取下来，重新放到黑丝绒盒子里。

盖上盒子的时候，她告诉自己，再也不会多想，再也不会觉得他对她有动过一丝一毫的感情。

她甚至愿意把他对她的好理解为他也在攻略她，何平答应赌约，她和他都被牵扯进来，她想赢他，他未必不想赢她。

是的，她决定把他看作一个对手，把他所有的温柔体贴都当作是对手的陷阱。

温辞树说："如果有哪里不合适的，可以再改。"

乔栖笑了，一脸庸俗的财迷相："合适得很！这么多钻，怎么可能不合适呢？"

她转头去问店长："这枚戒指多少钱啊？"

"七十万。"店长刚才一直在旁边听他们讲话，心里也大约明白，这对并不是寻常夫妻，饶是她有很好的职业操守，还是笑得没有一开始的自然了。

乔栖挑了下眉，看向温辞树："你说我能不喜欢吗？"

温辞树心里涌上来一股说不清道不明的感觉，没有笑，也没说话。

乔栖左右看了一眼，问："你想要什么？随便挑。"

温辞树扫视了一圈，往项链区走过去。

乔栖在后面小声说："当然，也不能太随便，七十万我可掏不起。"

温辞树扭头无语地看她一眼，她狗腿地咧嘴一笑。

他问她："那要不你帮我选？"

乔栖想了想："也行。"

她往柜台前一站，看了一圈，都是过万的标价。但她似乎有某种超能力，一眼就看到了其中最便宜的一条细链子，只是太过简约。她并不是一个彻头彻尾的小气鬼，最终她还是选了一条五万块的竹节项链。

店长把那条项链取出来，她挑着链子，把吊坠展示给温辞树看——三节竹节，旁边缀以白金的竹叶。

店长介绍："竹节是翡翠的，翡翠是玉石之王，竹节又寓意节节高升，很适合男人戴。"

乔栖摇了摇吊坠："竹子不是号称有君子气节吗？你名字里带树，又坐怀不乱，竹适合你啊。"

这个人……这时候还不忘暗讽一下他。

温辞树懒得找碴，本就是暗戳戳向她讨礼物，她这么大方，他也不好不感动，毕竟这是她送给他的第一个正儿八经的礼物。

于是刚才的心酸都暂时揭篇了，她根本没有哄他，可是他被自己哄好了。

他依旧端着："那就谢了。"

她点点头，说："我也要谢谢你。"

两人去前台交了钱。

走出珠宝店的时候才下午两点。

乔栖看似心情很好："白赚六十五万，还不耽误我下午上班赚钱，这个世界又有一个理由留住我了。"

她伸了个懒腰，满足地笑了笑。

温辞树很佩服她这种没心没肺的能力，好像再苦的东西她都能笑着咽下去。

看着她笑，他也放松很多，没多虑便问："你要不要发给你朋友们看看？"

这话有明显的暗示，说完之后他就有点心虚了。

可偏偏乔栖正好有此意，就没有多想什么，上车第一件事就是打开盒子取戒指，各种角度拍拍拍，再发到微信群里。

每次朋友间有点什么风吹草动，王富贵几乎都是第一个赶过来的，这次也不例外。

他直接在群里发起视频，问："这也太好看了，你现在在哪儿呢？我必须亲自过去欣赏！"

乔栖"呸"了一声："你不上班啊，二十四小时玩手机？"

王富贵答非所问："这不重要，我愿意请假去欣赏你的大 diamond（钻石）！"他平时就喜欢买各种衣服鞋子首饰，比女孩子还讲究。

这时，段飞扬和孙安琪同时加入群聊。

孙安琪尖叫："妈耶，怎么办，不想结婚，但是馋钻戒了！"

乔栖虚荣心爆表，把戒指凑近镜头，一个个打招呼："酸琪你看，上面还有红宝石。Rich 你猜猜多少钱？"

最后她又对段飞扬说："大哥你怎么不说话？好看吗？"

温辞树边开车边听她炫耀。

在听到她喊"大哥"的时候，他满足了，这才把注意力收回去。

乔栖这通电话打了很久，直到 Hanky Panky 门口才挂断。

下车之前，温辞树问她："你要不要学车？"

乔栖说："确实有这个想法，不过……"

"趁着天气还不算热，抓紧学了吧。"他说，"如果到六月份，你就要和高考生抢车练了。秋天练也行，不过要是挂科就要拖到冬天，那时候太冷，你会不想动弹的。"

他分析了一通。

不得不说，他是那种无论说什么话，都能让人认真听下去的人。

乔栖想了想，睨他："那我拿证后，你帮我买车啊？"

他明显一怔。

她"扑哧"一笑："说着玩的，我又不是吸血鬼。"

他也淡笑："那我把我当时学车的教练推给你？"

"可以。"

温辞树很快把教练的微信名片推给乔栖，而乔栖直到下午忙完才打开，她发送了好友申请过去，教练通过得很快。

她先问好：你好教练，我是乔栖。

教练很快回复：你好，乔栖，你老公提前给我打过招呼了，你什么时候有空过来报名就行。

乔栖指尖顿了顿，这人不必给不相关的人都介绍这个假身份吧？

她摇了摇头，飞快地打字：我现在就过去报名。

一切都进行得很快。

从她决定要学车到交完报名费，再到预约科目一，只用了三个小时。

驾校位置比较偏，需要坐两站公交车，再换乘两次地铁。等她回到家已经晚上七点多了，天都黑了下来。

她换好鞋走进屋，四下看了看，温辞树没在客厅，也没在饭厅，她到他的卧室找他。

他没关门，她还是敲了敲门，问："能进来吗？"

他说："进。"

"我去过驾校了，科目一都预约完了。"她边走边说。

他还在收拾着东西，没抬眼："那很好啊，接下来多抽时间刷题。"

她走到他床前停下，问："你收拾箱子干什么？"问完又很快反应过来，"要出差？"

他把叠好的衣服放进行李箱："嗯，要去半个月。"

乔栖眼睛一亮："我的天，还有这种好事？"

他眼皮跳了跳。

她一脸暗爽："这样一来，我就有理由应付双方家长见面了。"

不止如此，何平那儿她也有借口了，省得老被催。

温辞树语气不明："好了，你出去吧，我要收拾了。"

赶她走？

她撩了把头发，盯着他。

他继续弯腰收拾，她就继续盯他，死命盯。

可他就像是把她当空气似的，一个眼神也没再给。

最后乔栖觉得没劲，就出去了，没心没肺到竟连一句"你去哪儿出差"都没问。

回房后她卸了妆，简单洗了个澡，随后把冰箱里温辞树前两天买的车厘子洗了洗，窝在沙发上看小说吃东西。

却不知怎么了，她总是看不进心里去。

他给自己买了一枚价格不菲的钻戒，现在他要出差了，她毫不关心，未免太狼心狗肺。

想了想，她走去厨房，打开冰箱取了几种简单的食材，然后开始做饭。

温辞树收拾好一切出来的时候，就闻到了饭香。

香气像无形的渔线，拉着他这条鱼上钩。

他慢慢走过去，轻轻地把目光放到乔栖的身上。

她围着围裙，掀开锅盖，用汤匙舀了一口汤，吹一吹，试探着尝了尝味道，然后像思考什么大事似的站在那儿想了想，似乎是觉得淡了，又往里面撒了点盐。

昏黄的灯光笼罩着这一切，不太真实。

温辞树不敢出声，怕打破什么。

乔栖转头拿案板上的青菜叶，无意间看到了他："哎，你收拾好了？"

他"嗯"了一声走过来："做的什么？"

"普普通通的鸡蛋汤，家里没有大番茄了，所以我用的圣女果。"她说，"你去歇会儿吧，我做好了叫你。"

温辞树点了点头，没推托，走到沙发上坐下。

茶几上放着她刚洗好的车厘子，他弯腰拿起来，无意间扫了一眼她的iPad。她用的防偷窥屏膜，他这才发现她的iPad还没熄屏，想必在等汤开锅的途中她还过来扫了几眼小说。

她这么喜欢看的作品是什么样的？

他记下了书名，决定到飞机上读一读。

"吃饭了。"乔栖在厨房喊。

"哦，来了。"他又揪了几个车厘子，边吃边走过去，那一刻感觉这个家真有点儿像个家了。

温辞树是第二天一早的飞机。

离家之前，乔栖还没起，他打开她的房门，看到里面的窗帘被拉得紧紧的，漆黑一片。他没走进去，只在房门口远远看了她一眼。

坐上飞机之后，他打开手机搜索昨天她看的小说。

看到第一章他就隐隐察觉到事情不简单，而偏偏这时候空姐来问他要不要吃早餐。

他把手机一收，同时一激灵，连空姐都吓得同样一颤。

这称得上是他平生最尴尬的一个瞬间，平时他几乎连个大动作都没有，可一碰到乔栖，就什么笑话都能惹得出来。

"阿嚏！"

乔栖打了个喷嚏。

奶奶问："你没事吧？"

乔栖吸吸鼻子，没当回事："可能我老公出差太想我了吧。"

奶奶无奈地大笑："你这个鬼灵精！算时间他才刚起飞，再说就算新婚腻歪，也不可能一秒钟不见就想个没完。"

乔栖打了个哈欠，她是被奶奶突如其来的到来吵醒的，这会儿还困着呢。

"他也有可能是嫌我没去送他，骂我呢，他这人一看就不会骂人，所以本来我该打两个喷嚏的，最后只打了一个。"她一本正经地解释。

奶奶又一次哈哈大笑。她从进门起，笑就没停过，心想：可怎么办，我孙女太可爱了，这得把孙女婿迷成什么样。

桌子上摆满了早点。

奶奶这次过来给乔栖带了许多家门口的早点，乔栖自从嫁人之后就没再吃过这些，面对久违而又熟悉的食物，她吃得津津有味。

但奶奶却没有胃口，自从做了切胃手术之后，她的饭量少了很多，又在饮食上格外注意。

乔栖问："您怎么这么早就过来了？"

奶奶笑着说："就是突然想你了。"

没别的原因，就是想你了，所以拖着一把老骨头过来了。

乔栖恍然鼻酸，笑嗔："您是怪我回去得太少了吗？"

结婚后，因为各种原因，她只回去过三五次。

奶奶笑着摇头："那个家对你没有什么情义，你一次都不回又怎样呢？我还怕你因为我忍耐，一次次回去找罪受。不要让咱们祖孙俩的爱变成枷锁，锁住了你。"

两行泪瞬间从乔栖眼眶里滑出。

奶奶明显也鼻酸了，却还是安慰着"哎哟"了一声："哭什么？没出息。"

乔栖破涕为笑，说："怎么会是枷锁？每次想到您还在那个家里，我就觉得我也是个有娘家的人。"

她握住奶奶的手："我知道您是不肯搬过来住的，以后我每天都回去看您，好不好？"

奶奶把手覆在她的手上，轻轻拍了拍："好。"

乔栖一笑，低下头继续吃饭，丝毫没注意到奶奶脸上的笑容凝滞了片刻，看向她的眼眸里满含心酸。

从这天过后，乔栖每天都会回家一趟，要么吃午饭，要么吃晚饭。

罗怡玲对她比以前亲热了很多，但几次见面都在聊温辞树送的东西，想来对她另眼相看，也不过是因为自己不争气的女儿找个有脸面的女婿而已。

乔育木对乔栖倒还是从前那个态度，见面也不说话，低气压，像仇人似的。

乔栖倒是能接受这个情况，冷点就冷点，总比吵架把奶奶气得血压飙升强。

这个家，乔栖永远最在乎奶奶。

但不知道为什么，近期和奶奶相处，她总觉得奶奶的精气神大不如前。

人类对于衰老和疾病永远是一筹莫展的，她能做的，不过是多陪奶奶吃一顿饭，多陪奶奶聊一会儿天。

科目一在一周后考完，很简单，靠刷题就能通过。

考完科目一，乔栖回家陪奶奶吃了个晚饭才回麓苑。

天上打了几个闷雷，等她到麓苑门口时，雨"哗"地砸下来。她把手挡在头顶，自欺欺人地往前跑。

有个男生看到了她，想给她撑伞，她摆摆手拒绝了。

谁知那男生纠缠不清，一边给她打着伞，一边问："小姐姐也是这个小区的吗？可以认识一下吗？"

她浑身上下散发着拒人千里的气场，冷冷地说："不可以，不好意思。"

男生还在跟着她走："认识一下呗，都是邻居。"

乔栖知道这是个缠人的主儿，扭头就往外走，冷笑着说："好，你要跟是吧？那跟我出来吧。"

"什么意思？"男生拉住了她。

她挣了一下，厉色道："你不是爱跟吗？那跟我去保安亭。"

那男生一愣，往后扯了她一下："小姐姐，就是认识一下，你至于吗？"

乔栖刚要拿包砸对方，一个拳头先她一步砸到了那男生的脸上："滚，这是我老婆。"

这句话并不激昂，但低沉中却透着一股不容置疑的狠劲儿。

乔栖猛地倒抽一口气，这才看清打人的是温辞树。

他整个人都被浇透了，沉沉地喘着气，从头到脚都散发着一股愤怒而严肃的气场。

再看他身后，行李箱还放在小区门口。

想必是远远看到她被纠缠，不顾一切跑来的。

真是个好人哪。

这是乔栖第二次在心底这样感叹。

那男生一看有人为她出头，倒没有再纠缠，捂着被打得冒血的鼻子，骂了句"真倒霉"就离开了。

乔栖问："温辞树，你怎么回来了？"

才一个星期，不是说要出差半个月吗？

温辞树看着她，唇线绷得很紧："再不回来，你就要被吃干抹净了。"

乔栖努嘴："我有那么柔弱吗？"

他一直看着她："你不了解男人能有多坏。"

不是柔不柔弱的问题。

乔栖叹气："好了，快回家吧，淋死了。"

雨还在轰轰烈烈地下着。

这是进入五月的第一场雨，也是今年夏天的第一场雨。

这种雨适合拍文艺片，两个想要靠近却又无法靠近的爱人在大雨滂沱里对视、拥抱、接吻。雨能冲刷一切隔阂，只有雨有这样的力量，让建筑物、人类、小狗、行道树、路灯……都陷进同一个情绪里。

"他没对你怎么样吧？"进门后，温辞树还是先检查了一下乔栖的胳膊，刚才他看到了那个人攥她很紧。

乔栖摇头："这不是有人英雄救美嘛。"

不得不说，饶是这种浑身湿透的时候，他都还是很得体的。但到底和衣装整齐的时候不一样，湿衣服贴着他身体，隐隐可见腹肌的痕迹。他的头发湿了，微微凌乱，眼眸更黑，像被水洗过的黑曜石，看向她的时候眼神很深沉。

有没有人告诉过他，禁欲也是一种性感？

可真是要人命了。

在温辞树毫无预料的时候，乔栖忽然拉住了他的袖子，仰头看向他。她被雨淋湿后，湿漉漉的眼睛里少了几分狡黠，多了几分柔弱。

他沉眸，头一次没有被她勾引。

因为他还在后怕，现在更有点生气，为她连这种事都不当回事而生气。

温辞树浑身紧绷，提醒她："如果没受伤，就快回屋洗澡换衣服，不然该着凉了。"

她不依，挠了挠他的手心："不急。这么久没见，咱俩需要熟悉熟悉。"

怎么熟悉？肌肤相亲吗？

温辞树又无奈了，把乔栖的手从自己胳膊上拿下来："我说真的。"

她直接贴上来："我也说真的。"

她在他怀里蹭了蹭，像春天午后刚打盹醒过来的小猫咪。

他这才有了反应，呼吸乱了乱。

可想到她这样下去要感冒，他不由得又推了她一下，然后她再次不死心地缠了上来……

她根本不知道，他是用了多大的自制力才把她推开。

就当他不知道该拿她怎么办的时候，门铃响了。

他们俩都是一愣。

没等他们问，对讲门铃里就传出话来："辞树，是我，你妈。"

2

乔栖浑身一凛，松开了手，脸上魅色尽收，取而代之的是惊讶、无措："怎么办啊？"

温辞树想了想，说："兵来将挡吧。"

然后他去开了门。

门一打开，大家都明显愣住了——门里门外的人都湿漉漉的，浑身没一处干的地方。

三只"落汤鸡"面面相觑。

"我出来逛街，外面雨太大不好回去，在你这儿住一晚。"刘美君站在门口像领导下达通知一样，哪怕浑身狼狈，也依旧气度不减。

乔栖眼皮狂跳。

刘美君进了门，温辞树弯腰给她找拖鞋，交代乔栖："妈在这儿住，你把她的房间收拾一下。"

乔栖眼皮跳得更厉害了。

他是在提醒她，把他们分居的痕迹抹掉。

她强忍着慌乱，淡定一笑："好，我去收拾一下。"

她转过身，在走到刘美君看不到的拐角后，立即撒丫子向自己那屋狂奔。

刘美君目送着她消失在眼前，问："你们去哪里了，怎么淋成这样？"

"我出差回来，她去接我，刚到小区门口就下雨了。"温辞树撒了一个善意的谎。

刘美君换上拖鞋，往里走，四处打量："你结婚后，我一直没到你家来过，现在看看和之前也没什么两样。"

温辞树浅笑："这个装修栖栖也喜欢，所以就没换。"

刘美君轻哼一声："这间房的一砖一瓦她都没出钱，有什么资格换？"

温辞树抿紧了唇，想说"她是这房子唯一的女主人"。

刘美君先开口："我去你们卧室看看。"说完就往里走。

温辞树心里隐隐升起不安。

刘美君当了许多年教导主任，查学生抽烟、带手机一查一个准，温辞树觉得现在他就像是一个不听话的坏孩子，在延迟的青春叛逆期里，被生活里的"教导主任"盯上了。

刘美君走起路来步伐稳健有力，目光巡视着，连墙壁和壁灯都要多看一眼。

温辞树的主卧在乔栖住的次卧斜对面，刘美君的一只脚刚要踏进主卧之前，乔栖那间屋突然"啪"的一声，像是玻璃杯碎了。

刘美君倏地顿住脚，回头看了眼温辞树："那屋有人？"

温辞树沉默。

刘美君扭头就往乔栖那屋走去。

一打开门，果然，乔栖正蹲在地上捡落了一地的玻璃碎片。

温辞树皱眉走过去："也不怕扎手。"

他抓住她的细胳膊，把她提溜起来，说："等会儿扫一下就好。"

她趁机给他使了个眼色，眨了一下右眼。

他眼睫微颤，深深看了她一眼。

"咳。"刘美君在身后干咳了一声。

乔栖歪了歪身子，笑着说道："妈，屋子还没收拾好呢，您要不等会儿再洗？"

刘美君目光如炬："这间屋里怎么到处都是你的东西？"

"我……"乔栖哑然，低下了头，露出羞愧的姿态。

温辞树以为露出马脚了，想解释："栖栖她……"

她拽了下他的衣摆，示意他不要说。

刘美君把乔栖的小动作尽收眼底，一笑："怎么，你们夫妻俩有什么秘密要防着我这个外人？"

她讲话的时候，眼睛一直在四处观察，桌上的头绳、香水，化妆镜前的口红和各种彩妆，卫生间的门是敞开的，从她的角度可以看到盥洗台上女士专用的瓶瓶罐罐。

她探寻地看向温辞树的眼睛，揭露了她心里认为的秘密——

"你们分房睡的？"

温辞树目光没躲，但也没张口，一时不知道该怎么说。

乔栖一副"干脆直说了吧"的样子，叹了叹，说："瞒不住您，我们确实分房了，他出差的时候我搬的。"

刘美君定定地看着她："理由呢？"

乔栖剜了温辞树一眼才说："还能因为什么，您儿子折腾人呗。"语气隐隐委屈，话中别有暗示。

温辞树表面不咸不淡地看了她一眼，实际警告意味很浓。

难得把他拿捏在手心里，乔栖在心里暗笑。

刘美君转身走去主卧。

温辞树和乔栖在她身后跟着。

温辞树用眼神警告乔栖，乔栖一笑，得意扬扬。

他心里顿时升起不好的预感。

果然，刚走进主卧，他就皱起了眉头。

被窝不知道什么时候被弄得凌乱，像是经历过一场激战似的。

他的桌面上也放着她的头绳和发箍，落地窗前的沙发上搭着一条内裤，扫视一圈再回到床畔，床尾的地毯上还有一只被撕得乱七八糟的丝袜，而另一只丝袜正搭在垃圾桶的边缘。

温辞树眉头越皱越深，眼底攒聚着狂风。

乔栖这女人，太野了。

而刘美君更是一副"没眼见"的表情，她转头嗔怒地看了眼温辞树，想说什么，又不好意思。

温辞树也有点儿不好意思，但没有闪躲，只是敛了敛眸。

乔栖也低下了头，一副羞赧不已的样子。

刘美君只好强装镇定，继续往里走。

温辞树的卧室没有专门的洗漱间，而是用盥洗台隔开了两个区域，她观察着这里摆放的每一个物品，还是想仔细看看他们俩到底有没有在一起住。

盥洗台上几乎都是男士用品，但是有一瓶快用完的身体乳，一看就是女生用的。

她走近一看，洗手台边还黏着两根红色的头发。

这么看，乔栖说的话倒是有几分可信了。

她也不好意思再待下去，一边往外走，一边冷冷地命令："辞树，你出来。"

温辞树心里没底，不动声色地看了眼乔栖，乔栖一副暗暗幸灾乐祸的模样。

他用意颇深地瞥了她一眼，才跟上去。

走出卧室，刘美君深呼吸了一下。

她垂着的双手握紧，很努力地压抑住情绪才说："我知道你年轻，但是也要节制一点儿。"

她满脸为难，说也不是，不说也不是："我虽然不喜欢她，可你也不能把她逼得要分房住吧？"

温辞树满心懊恼，这都是什么事啊？他面上却恭顺，垂眸说："是。"

他也不知道是什么，反正先应付着，一颗心早就跑到乔栖那里去了，想捉住她教育一番。

刘美君看他这么乖，也不忍太责怪，何况她也实在不好意思和儿子讲这些。

最后，她语气松了松，说："反正你自己把握吧，不说了。不是还有一间客房吗？我住那儿吧。"

刘美君回房了。

温辞树沉下脸，也转身回屋。

乔栖坐在他的床头，一只手撑着床，另一只手悠闲地向他摆了摆，脸上笑意盈盈。

她越笑越显得欠揍。

"我不知道短时间里怎么才能把我的东西都搬到你这里，干脆就在你屋里制造痕迹了。"她向他简单解释，"你妈这个人那么厉害，我就想做得细节一点，还把我的晚霜放到你的抽屉里了。"

她站起来，走到柜子前打开抽屉，取出了一瓶晚霜。把晚霜放到柜台上后，她又把手伸进抽屉，拿出两盒让温辞树眼神变得幽暗的东西："没想到发现了一抽屉这个东西。"

她语气像呵气那么轻，特别柔若无骨："我刚做完这些出门，就听到你俩过来了，我跑进屋关上门，因为太激动，没注意把杯子摔碎了。"

温辞树静静听完这一切，一言不发。

乔栖走到他面前，直勾勾地盯着他："所以你买这些干什么，还买一抽屉？"

她手指一下一下点着他的胸口，说："某人，'白切黑'。"

他目光沉沉。

瞧瞧这副吃人不吐骨头的漂亮脸蛋，让他气得牙痒痒，可心更痒痒。

他又沉默了两秒，而后嗤笑出声："没你想的那么阴险。我要是真想对你干坏事，那个抽屉早就空了。"

乔栖一颗心倏地一颤。

这话分明暗藏着密密麻麻的情欲，拐着弯的暧昧更让人觉得心痒难耐。

温辞树咬字很重，眼神很重，气息很重，她几乎怀疑这个人下一秒就要把她压在身下狂蹂一番。

她很难没有反应。

还好她并不是难以自持的人，很快又把笑意加深："别扯别的，我就问你，你买那东西干什么用？"

他眸色深了又深，显然对她的大胆感到冒犯。

她却一分不退地逼视着他，眼神很倔强，像是要看穿他。

也罢，这是她自己要问的。

他淡淡开口，神色淡漠，话却狂浪："如果你再挑衅我，那个抽屉也很快就会空。"

言外之意就是为你准备的，怎么着吧？

乔栖眼睛里的挑衅气焰消失了大半。

她闪躲了一秒，却没移开目光，握拳捶了他一下："浑蛋。"

她说罢便往外走。

他其实已经隐隐被她勾起了火，心思一动，喊住了她："今晚和我住。"

她恍然转头："你做梦，臭男人！"

他一脸坦荡："如果你不想在我妈面前露馅，就听我的。"

她顿了顿，几秒后向他扑过来："我一定要掐死你。"

她张牙舞爪，像个小丑。

他满心舒坦，眼角漾着笑，像在逗她玩，她往左扑他就往右闪，她往右捶他就往左偏。

她都要气死了，抓起他的胳膊要咬。

他可是尝过她利齿的滋味，心一"咯噔"，先一步捏住了她的下巴。

她呜呜咽咽地看着他，像在说"放开我"！

他像个君子那么笑，手指却又在她嘴唇上抹了抹。

空气悄然暧昧许多，他丝毫没察觉，她却脸红了，心一狠，往他胸口上抓了一下。

他大惊失色，于是把她放开了。

她捂着嘴退到好远，水亮亮的眼睛瞪着他："下次再欺负我，可就不是这么简单了。"

温辞树打心底觉得无语，到底是谁先欺负谁？

他脾气再好也给不了她好脸色了，他闷闷地转过身，走到阳台上。

而她则大步离开了他的卧室。

他在阳台上吹风，心里酥酥麻麻，又痒又胀。

被她碰过的那些地方，每一寸肌肉、每一个毛孔都难受地紧绷着，似乎一旦放松就再忍耐不住。

他从没有这么难耐过。

乔栖在离开半小时后回来。

温辞树那会儿恰好刚洗完澡在吹头发，瞥了她一眼，见她也是洗完了澡过来的，换了身只露脖子的保守睡衣，脸颊微鼓，好像还在生气。

他低头，在吹风机嗡嗡的呼啸声中，温柔地笑了笑。

外面的雨时歇时下，雷声却始终轰隆。

他收拾好自己走到床前时，她已经睡下了。

他关灯上床，她忽然坐了起来，在黑夜里怒瞪着他："开灯！"

他说："开灯刺眼睛，没法睡。"

她踢他："不行，我就要开。"

他只好伸手把床头灯打开，转头看了她一眼，忍了忍，没忍住，笑道："今天这么好的机会，你不勾引我了？"

乔栖一怔，为他这句话而瞠目结舌。

他只稀松平常地看着她。

她气不过，干脆不和他一般见识，躺下把被子都抢走，转过身不再理他。

照她平时的脾气肯定不可能这么放过他，可今天……想到抽屉里的那些东西，她还真有点没谱。

温辞树愣了愣，扯出一个无声的笑。

他也重新躺好。被子全被她抢去，他试探般地拉了拉被角，她察觉到了，猛地把被子一抽，囫囵团成球全裹在怀里。

宁愿抱着也不给他盖。

他哑然，想笑但忍住了，重新躺好，睁着眼睛睡不着，一直看着天花板。

她刚开始也明显没睡着，总是乱动弹，可没过多久，她就陷入沉睡。

她一睡着，温辞树就更睡不着了。

他伸手捏她的脸，看她睡得嘴唇微张、痴痴憨憨的样子，那么可爱，他的心软得一塌糊涂。

他深深地望着她，也只有她睡着的时候，他才敢这么毫不掩饰地看着她。

要是能这么看一辈子就好了，他这么想着，最后无比幸福地笑了出来。

第二天一早，乔栖和温辞树同时被刘美君叫醒。

她站在门口有规律地敲着门，就像老和尚敲木鱼似的，嘴里还念念有词："都几点了你们还不起床？"

这会儿才七点，乔栖感觉自己的黑眼圈都要掉到下巴上了。

温辞树也刚睡醒，从床上坐起来，跟她说："你睡就行，不用起来。"

乔栖拥着被子，迷迷糊糊地看了他几秒，最终再次把自己摔进被窝。

他先是开门对刘美君说了什么，又折回来洗漱。

过了一会儿，乔栖在睡眼惺忪间，看到他背对着她脱了睡衣，然后要脱裤子的时候，他扭头看了她一眼，发现她睁着眼，最终没有换下来。

乔栖打着哈欠夹着被子转身向里。

他下意识地笑了笑，很快出门。

刘美君板着脸在厨房等着，看到就他一个人起床，不由得抱怨："她不起来啊？"

"没睡够呢。"

他笑着，别提多宠溺。

刘美君紧皱眉头说："夫妻之间，总要你疼疼我，我也疼疼你吧？不能总是你疼她，这也太不公平了。"

温辞树看到灶台上已经放上锅了，就转身去拿吐司，一边忙活，一边解释："她平时也做饭的，赶巧了，就今天没睡醒。"

"你当我傻啊，别替她说好话了。"看到儿子这么维护那女人，刘美君心里越来越不是滋味，"我看你就是迷了心窍了。"

"我没替她说话。"温辞树把吐司片放到多士炉里，"再说了，我把她娶回来也不是让她给我做饭的。"

"是，你娶她，是为了给她做饭的。"刘美君没好气地回道。

温辞树一直温温和和地笑："谁做饭不要紧，能吃到一起去才重要。"

刘美君又要说什么，温辞树实在不想就这些无关紧要的事情琐碎个没完，便说："再说了，她起不来也是因为我。"

刘美君探究地看过来。

温辞树用不想说又不得不说的语气回道："昨晚上累着了。"

刘美君怔了一秒，随后面颊爆红。

身后拐角处的乔栖则是直接被他这几个字钉在原地。

温辞树离开卧室之后，她又睡了一会儿，但其实精神上已经清醒了，只是身体还在昏沉而已。

她知道，哪怕她这个婆婆并没有妻子天经地义要给丈夫做饭的观念，也一定不愿看到自己捧在手里的宝贝儿子去伺候另一个女人。

虽说乔栖对刘美君怎么想一点都不在乎，但她知道，如果让温辞树夹在两个女人之间为难就太不道义了，所以她还是挣扎着起床了。

结果刚出卧室，就听到他说她昨天晚上累着了。

她简直如遭雷劈。

刘美君的脸色更差，青一阵红一阵的："我知道你年轻，但再年轻也经不住这么造，这些事我不好说你，但你心里要有数啊。"

温辞树点头："我明白。"

刘美君兀自气了几秒，又抬眼看他："你真就那么喜欢她？"

温辞树顿了顿，先是温柔地淡笑了一下，才"嗯"了一声。

"上次你在家里说的话，我和你爸想了很久，你爸劝我不要当电视剧里棒打鸳鸯的恶婆婆，我反思了一下，但还是不喜欢她，不能接受她。"

乔栖握紧了拳。

她在卧室门口的拐角，只能看得到温辞树的背影，看不到他的表情，只听他说："不接受就不接受吧，我接受就行了。"

乔栖呼吸一滞，一颗心悄然跳快了几分。

刘美君哑然了片刻才说："辞镜走后，我和你爸都宣泄过了，但你没有，或许这场婚姻是你的宣泄口吧，我理解。"

温辞树立在那儿，没有说话，姿势略显落寞。

刘美君长叹了一口气："所以，虽然我现在不能接受她，但我愿意尝试一下。"

温辞树恍然抬头，轻声问："真的吗？"

刘美君没有那么严肃了，取而代之的是一脸独属于母亲的感伤："你带她回家那天说过的话，杀伤力太大了，作为母亲，我又怎么会不反思呢？"

温辞树那天告诉他们，其实他也有反骨。

刘美君和温圣元为此一夜没睡，想起这些年发生的点点滴滴，发现了一件很可怕的事情——

温辞树好像从来都没有犯过一丝错，没有让他们操过一点儿心，也没有对他们提过任何要求。

他这个儿子当得太完美了，完美得都有点可怜。

他们为此深深自责。

"辞镜走得早，现在你也长大了，我的儿子一个接一个地离开我了。"刘美君自嘲一笑，却并不悲伤，"之前我不会告别，现在我学着放手。"

温辞树抿紧了唇，眼眸很沉。

他忽然意识到，母亲昨晚来躲雨，或许不是巧合。

她应该早就想来他这边看一看了，只是一直在犹豫徘徊，而一场暴雨，给了她合理的理由。

温辞树不知道该说什么才好。

刘美君站了起来，拍了拍他的肩膀："所以为了你，我试试接受她，找个时间和她父母吃个饭吧。"

温辞树几乎要反应不过来，静了片刻才说："好。"

乔栖站在不远处，默默地看着这一切，最后转身回房，没有打扰他们。

两边家长都提出要见面了，这下一切水到渠成。

见面的日子就定在本周六的晚上，恰好是休息日，大家都有空。

地点是温辞树父母选的，平芜市规格最高的望春国际酒店。

到了之后才发现，乔栖家人除了奶奶，都盛装打扮了一番。相比之下，温辞树的家人穿得就显得日常很多。

谁的家庭条件更好一点，一目了然。

乔栖和温辞树穿得也很随意，只不过乔栖还特意设了个闹钟提醒自己要把大钻戒戴上，又"强迫"温辞树把她送的竹节项链戴起来。

他们到包厢的时候，其他家人早就已经到了，给他们留下了两个紧挨着的空位。

两人很快入席。

乔栖的外甥女眼尖，先看到了乔栖手上的戒指："哇，小姨，你的钻戒好闪呀。"

于是所有人的目光都投在乔栖的手指上。

乔栖要的就是这个效果，她用戴着钻戒的那只手随意捋了把头发："还好啦。"

如果内心活动能转化成符号，那么温辞树头上的省略号可绕地球一圈。

乔奶奶笑了笑，说："看来小温很疼我们家小乔，这我就放心了。"

温爷爷也笑了：“那都是身外之物，孩子们感情好，比什么都强。”

温辞树适时插话道：“栖栖也给我买了一条项链，我们从来都是有来有回的。”

他把项链从脖子上露出来。

高成彦看了一眼：“这东西不便宜吧？能让小乔掏这么多钱，看来是真爱啊。”

乔桥瞥了一眼高成彦，笑道：“别听他说笑，我们小乔一直都很大方的。”说着，她看向乔栖。

这个被议论的女主角一副满不在意的样子：“对姐夫当然不大方啦，对我们家阿树就不一样了。”

温辞树一晃神，她这声“阿树”叫得还真是熟练。

“好了，既然人都到齐了，我们还是聊聊这两个孩子的事吧。”闲聊过后，温圣元出来主持大局。

刘美君在一旁脸色紧绷。

她实在听不下去了，夸乔栖大方的人是没长眼吗？钻戒多少钱，项链又值多少钱？

本来温圣元已经提前给她做好了思想工作，她才心平气和过来的，结果才这么一会儿她就又要绷不住，不知道接下来聊到正事上，她会怎么生气。

温圣元在桌下碰了碰她，示意她：忍住，忍住，都是为了儿子。

她白了他一眼，暗自顺了口气。

既然男方这边都发话了，乔育木作为女方的一家之主，也不能没有表示。

他清了清嗓子，说：“今天是和亲家的第一次见面，其实我们倒也没什么想说的，主要是孩子们过得好，我们作为父母也就放心了。”

这次说的话倒还能听。

温圣元举起酒杯：“是啊，两个孩子瞒着家里结婚，我们往好处看，一定是真爱使然。我先干一杯酒，祝他们百年好合。”

说罢，温圣元将杯中红酒一饮而尽。

其他人自然也举起杯，配合地喝下这第一杯酒。

杯中酒尽，大家还算融洽地吃了一会儿饭。中途乔栖接了通电话走了出去，是一个广告电话，她打了几秒钟就挂断了，随后去上卫生间。

从卫生间出来，要去洗手的时候，她忽然听到有人说话。

"她的钻戒少说几十万，彩礼能少了？"

是高成彦的声音。

乔栖顿住脚，躲在一边没出来。

只听他一句接一句：

"你放心，那些钱我肯定还你。"

"就算我要不来，不是还有我老婆吗？她姐对她不算差，一个孕妇挺着大肚子去借钱，她能不给？"

"她要是不借给我老婆，我就让我老婆去找她奶奶，让那个老家伙帮忙要呗……"

高成彦打着电话走远了。

乔栖怔怔地站在原地。

她应该上去砸了他的手机、撕了他的嘴的，可她此时却动弹不得，四肢百骸都发冷。

回到包厢里，高成彦已经开始他的要钱计划了。

他举着酒杯，像在发表演讲："从我和大乔认识开始算，得有八年了，八年前小乔还是个背着书包去上学的小孩，也算是我看着长大的。现在一眨眼，她都结完婚了，我真的是很感慨。"

大家都安静下来听他说。

"作为姐夫，我是真心希望小乔可以过得好，虽然他们两个年轻人不讲究，但是我们大人不能什么也不操持。按理说，这些话不该我这个晚辈说，所以我也只是征求一下长辈们的意见，他俩已经把证领了，之前没办的事情，现在是不是可以提上日程了？"

空气始终安静。

连一直在打游戏的乔桑都屏住了呼吸，连他都知道高成彦说的是什么意思——要彩礼。

乔栖先是看了眼乔育木和罗怡玲的脸色，他俩低着头，倒是看不出什么。她又把目光转到温辞树父母身上，温圣元目露尴尬，而刘美君仿佛下一秒就要发火。

身边的温辞树动了动，似乎想表态。

乔栖心一横，倏地站了起来，冷冷地看向高成彦："你也知道这些话轮不到你说？你姓乔吗？你有资格插手我的事情吗？"

她的脾气要是上来了，是不会给人留情面的。

乔家人都知道她什么样，可温家人倒是都愣住了。

高成彦定定地看着乔栖。

乔栖不怕他看，话说得不留一点余地："我明确地告诉你，我不要彩礼、不要婚礼，什么都不要，你没权利打着为我好的旗号逼我要。何况就算要，那也只是我自己的钱，谁也别想惦记。"

高成彦脸色极差。

乔育木有些恼："长辈还在呢，你像什么样子？"

乔栖将话原封不动地送给高成彦："长辈还在呢，你像什么样子？"

乔家人针锋相对，温家人一个比一个愣。

气氛很差，温圣元想了想，站出来调和："你们都消消气，其实今天吃这顿饭主要就是商量这些事的，彩礼我们也备下了，犯不上吵架，都坐下，都坐下。"

高成彦脸色极差地看了眼乔栖，却没有坐："小乔，你怎么非要把话说绝呢？我开口要彩礼是为了你好，在座的谁不知道你是什么德行？一年三百六十五天，你能换三百个男朋友，现在虽然结婚了，还说不准什么时候离，我这是作为你的家人为你讨一点本钱。"

乔栖眼皮一跳，下意识地看向刘美君。

刘美君也看向她，眉头皱着，很是不满。

乔奶奶重重地拍了下桌子，气得仿佛下一秒就要晕过去："小高，你过分了啊！"

罗怡玲和乔桥也劝说："别说了，这话真是过了……"

高成彦恍若未闻："你上学的时候就混，毕业后开了家美甲店浑浑噩噩度日，私下烟酒都来，就你这个德行，要不是和你沾亲带故，你以为我愿意开这个口？"

他越说越激动，温辞树把他压得死死的就算了，连这个不学无术的乔栖都能骑到他脸上，他咽不下这口气。

"嘭！"

一声尖锐的汤匙砸盘子的声音响起，大家都吓了一跳。

乔栖也是。

她本想发火，却没想到一直在旁边的温辞树忽然把勺子狠狠地砸到了盘子上。

他怒气不掩，却很文明，并没有大声说话："高成彦，要不是你老婆孩子都在，这个勺子我就砸你脸上了。"

所有人都在屏息。

刘美君更是快连怎么呼吸都忘了，她从没有见过这样的儿子，压迫感这么强烈，这到底还是不是她的儿子？

高成彦也被温辞树震慑了一下，但正如温辞树所说，他的老婆和孩子都在，他不能露怯。

他强撑着，冷冷地说："你试试？"

"啊！"大家一阵惊呼。

高成彦话音还没落，温辞树直接把勺子砸了过去，高成彦来不及躲，脑门硬生生挨了一下。

然后这个包间就炸开锅了。

高成彦暴跳如雷，大人们劝架的劝架，哭喊的哭喊，温爷爷和乔奶奶两位老人夹在中央摇头叹气，却是没有力气加入这样的混乱里。

乱着乱着，乔栖猛地站了起来，用尽全力吼了一声："好了！你们打你们的吧，我先走了。"

说完，她拿起包就走。

温辞树冷冷地看了高成彦一眼，随后不顾一切地追了出去。

等他跑到电梯间的时候，乔栖乘坐的电梯刚好即将合上门。他想都没想就把手伸了进去，电梯门夹了他一下，很疼，可好歹门是开了。

她在里面抓狂地骂他："你有病！危不危险？"

他笑了一下，走进去："没事。"

这两个字的安慰意味好强。

乔栖忽然想到，认识了八年的家人变着法吸她的血，恶心她，贬低她，可他这么一个从容平和的人却会为了她这个假妻子拍案而怒。

她觉得好悲戚，想哭，强忍着，嘴角却控制不住地往下撇。

温辞树察觉到她情绪上的低落，想低头看看她。她忽然攀住他的脖子，把他的头往下一压，嘴唇顺势迎上来。

她的呼吸与他的呼吸缭乱地撞在一起。

与此同时，电梯门重新关上。

温辞树先是没敢动，不确定乔栖是只亲一下，还是想深入。

她很快用行动告诉了他答案，她开始吮他，舔他的嘴唇，撬他的齿关。他没有反应，她就咬，和之前的咬不一样，这次是酥酥麻麻的。

她的眼泪流下来，呜咽着："温辞树……"

这三个字让温辞树活过来了。

他忽然揽住她的腰，力道特别大把她抱进怀里，反客为主深深地吻上去，毫不犹豫地夺走她的呼吸。他把她撞到冰凉的墙壁，一只手箍住她的腰，另一只手就护着她的头。

腰上的手那么紧，可放在她脑袋上的手却那么温柔，一下一下地摸着她的头，像是在哄她。

乔栖不明白，一个人是怎么做到一心两用的？

一边恨不得把她撕碎，一边又要将破碎的她黏合起来。

乔栖深深地、深深地陷入他的温柔和暴烈里。

晴天暴雨，让她死吧，死完再接着活。

后来这个吻不知道持续了多久。

电梯打开了，有人看到他们这么忘情，很友好地没有打扰他们。

等他们把一个吻接完，温辞树揽着她，把她带到了车上，在家庭群里给父母发了条微信：爸、妈，今天抱歉了。

却没想到很快就有回复。

是刘美君回的：为什么连她自己家里人都骂她不检点？

温辞树看到后三个字，感觉很难受。

连他听着都刺耳，真不知道她家人这么污蔑她的时候，她是什么心情。

刘美君很快又发了第二条消息：我只愿菩萨保佑你是真的没走眼吧，我难以相信，我儿子掏心掏肺喜欢的人会是那么坏的姑娘。

温辞树知道，尽管母亲在某些事上有些狭隘也有点傲慢，但她并非一个坏人，如果有一天她能认可乔栖，就会打心眼里疼爱乔栖。

于是他回复：日久见人心。

乔栖见他回完消息，说："回家吧，我想睡觉。"

温辞树提醒她："系好安全带。"

她手上没有劲儿，半天也没有把安全带系好。

他只好倾身过去帮她把安全带系上，随后再一声不吭地执行她的命令，带她回家。

回到家之后乔栖就默默进屋了，温辞树猜想她是真的去睡了。可他没有睡意，只好给自己倒了一杯红酒，在客厅看书。

大概到夜里一点钟的时候，乔栖出来了，站在客厅最边上，模样很是茫然，就像半夜睡醒了起床揉着眼睛找大人的小孩子。

乔栖确实有点蒙。

她回家之后接到了很多家里人的未接电话，但她都不想回，她的头很疼，干脆倒头就睡了。这一觉不长不短，醒来后她觉得渴，便出来找水喝。

然后不出意料地，她又一次见到夜深人静时还静坐在客厅里的温辞树。

她看到他的高脚杯里有红酒，不由自主地走了过去，问了一个很没头没尾的问题："你喝醉过吗？"

温辞树合上书，笑着问："你是刚醒，还是没睡？"

乔栖说："我教你喝醉吧！好爽的。"

温辞树仔细地看了她一眼，确定看不出异样才说："不早了，快睡吧，你科目二明天不是还要练车吗？"

乔栖想了想，说："作为交换，你教我磨咖啡吧！"

他们问的和答的根本不是一回事，可还是聊了好久。

最终，温辞树先失笑："可以。"

乔栖将视线落在他的书上："我还想看看你的书，回头你也看看我喜欢的书吧。"

这个要求倒让温辞树微愣。

你尝尝我的酒，我也尝尝你的咖啡，这本不算什么，可是当两个人开始交换文学、电影和音乐……

言外之意，走近一点吧，我们彼此的心。

温辞树没敢应声。

乔栖兀自拿起他的书，发现这次他没有看枯燥的建筑理论，而是看的小说《面纱》，毛姆写的。

乔栖微怔，回忆道："'我知道你愚蠢、轻佻、头脑空虚，然而我爱你。我知道你的企图、你的理想，你势利、庸俗，然而我爱你。我知道你是个二流货色，然而我爱你。'"

这本书太火，有些句子饶是她都可以脱口而出。背完，她一笑："温辞树，幸亏你不爱我。

"我可不愚蠢，也不是个二流货色！"

温辞树怔了怔，笑了。

他将她手里的书抽走，抚摸了一下封面，对她说："这本书里还有一句话写得很好——'如果一个男人无力博得一个女人的爱，那将是他的错，而不是她的。'"

他轻轻地念给她听，眼神也温温柔柔地落在她身上。

乔栖心尖一颤，觉得他在撩她。

说实话，她知道眼前这个男人并非看上去的那么清心寡欲，也并非真的对她毫无杂念，但她却不知该如何面对。

他是也接受了赌约而与她暗地较量？还是单纯从快慰出发想得到身体上的欢愉？又或是吸引力使然而有那么一点点喜欢她？

但无论如何，他不可能是爱上了她。从买钻戒那天起，她就不再信他会爱上她。

她这么想，又改口了："不看书了，太高深的书我看不进心里去。要不我教你抽烟怎么样？"

温辞树神色变了变，似乎是没反应过来。

乔栖努努嘴："要不我教你滑滑板吧！"

早知道她说换书看是一时兴起。

温辞树暗自压下多余的情绪，也把刚才没忍住流露出的真情收了起来。

他对她淡淡一笑："还是先把你的科目二过了再说。"

乔栖脑子轰然似炸了一样。

这才刚刚考完科目一，马上又要练科目二，她简直要疯了。

后来的几天，乔栖一直沉浸在被教练折磨的深渊里。她每天早上五点就要起床去练车，练得不好还要被教练不留情面地骂一顿。

不过这样倒也好，她也有借口逃避一些家长里短。

双方父母见过面之后，乔桥和罗怡玲都给她打了好多个电话，她先是不接，后来连乔育木也来电话说那天的事确实是高成彦做得不对。

言外之意是"我们全家人都数落他了，你就别生气了"。

她不上这个当。

她无法忽略心里的不痛快，于是没给他们好脸色，却也无法完全冷漠，最后还是对乔育木提了一句："高成彦可能有欠债，你们是一个单位的，查查吧，不然以后出事，我怕你大女儿被逼死。"

挂了电话之后，乔栖不想再听到关于这件事的任何消息了。奶奶那边她已经叮嘱了乔桑照顾，这个弟弟还是听她话的，她这才敢把心思全部投入到科目二的考试里。

考科目二的前一天晚上，教练在群里通知：明早四点钟来一趟驾校，再练一遍车，然后抓紧时间去考场排队。

乔栖只"嗨"到四点钟睡过，还没四点钟起过。

收到消息的时候，她气得当场骂人。

温辞树正在插花，闲云野鹤令人羡慕，她便咬牙切齿地埋怨道："都怪你，闲得没事让我学什么车啊？"

温辞树愣了愣。

第二天，不出意外，乔栖没被闹钟叫醒，还是温辞树到她屋里来喊她："快起床。"

他很有礼貌地站在门口等她，她翻了个身，说："这就起。"

温辞树知道"这就"二字意味着什么，于是把灯给她打开了："不行，现在就起。"

她先是躺着一动不动，几秒后忽然疯狂蹬腿，瓮声瓮气地骂："啊啊啊，烦死了！"

像是条牙都没长齐的恶犬。

温辞树给她"顺顺毛"，安抚道："快起来，我开车送你去，等会儿到我车上接着睡。"

乔栖睡得眼皮都肿了，蒙蒙地问："那你岂不是就睡了两三个小时？你上班会没精力的。"

"没事。你忘了，我很会煮咖啡。"

他还是在门口站着，没经允许，绝不踏入她的闺房半步，规范得像个三好学生。

乔栖远远看着他，心里莫名其妙觉得踏实，于是便不好意思再赖床，赶快去洗漱了。

出了门才发现天公不作美，竟然下起了小雨。

乔栖紧张得困意都没了："下雨不会影响我看后视镜吧？"

温辞树也皱了皱眉，但还是安慰她："放宽心。"

后来去驾校练车的路上，乔栖没有睡，而是在手机上反反复复看倒车入库的教学视频。

温辞树把车停在驾校门口的时候正好四点，天还没亮，乔栖撑伞独自下了车。他没有跟着进去，而是目不转睛地看着她。

她的性格让他对她矢志不渝，她的美则是蛊惑他的利器，而这份美丽不需要展露全部，光看她的背影就能让他死心塌地。

乔栖练完车回来时，雨已经停了。

刚好五点钟，乔栖笑得像花一样："太好了，雨也停了，我还多练了三圈。"

"多练三圈？"温辞树给车挂挡，准备送她去考场。

乔栖点头："我们组的男学员一人让了一圈给我。"

温辞树握着方向盘的手不受控地紧了紧。

乔栖恍然未觉，继续说道："等会儿如果咱们先到，可以帮他们排一下队……啊！"

话没说完，她被温辞树猛然提高的车速晃了一下，差点扭了脖子。

3

考场距离驾校很远，他们赶到的时候，前面已经排了很多人。

人家八点半上班，现在这才六点，乔栖要疯："我不想考了！我国庆去迪士尼也没排这么长时间的队！"

温辞树无可奈何地看了她一眼："我替你排吧，你在车上睡会儿。"

说完，没等乔栖接话，他就下车了。

而很不凑巧的是，这时天空又忽然飘起了雨，且是比刚才更大的雨。

车玻璃上挂满了雨丝，乔栖远远看到了温辞树在人群中的背影，给他打语音电话："下雨了，你快来车里躲躲吧。"

他的声音一如既往的平静："没事，小雨。"

她盯着他的背影，他恰好在这时候转了下身，看了她一眼，对着听筒说："你休息吧。"

这一眼，是穿过人群和雨幕的遥遥对视。

乔栖觉得心里升起了好奇妙的感受，就像是真正的男朋友在帮女朋友排队一样。

她挂了电话，心念一动，拍下他的身影，发给了何平，配字：两万五千里的长征，我已经走了五千里了。

何平居然在线，并很快回复她：差一米也不算胜利。

乔栖内心无语。

何平紧接着又发来消息：革命尚未成功，同志仍需努力。

乔栖"呸"了一声，拿起车上的黑伞，下车前给他回复：今天我不为革命。

——我要和我的征途站在一起。

她撑着伞走到温辞树身边。

温辞树闻到一股熟悉的馨香，又察觉到头上不再有雨落下来，转过头。

她一笑："一起等喽？"

他目光深深，看了她好久。

这一刻，他的内心很复杂，想让她到车里舒舒服服地休息着，又为她愿意陪他一起遭受风吹雨打而欢欣不已。

最后他决定让她留下来。

他接过她的伞："我来撑吧。"

她不置可否："嗯，你个子高，比较好撑。"

他们不知道的是，刚才把自己的练车机会让给乔栖的三个男生，此时正在身后大眼瞪小眼。

第一个男生问："怎么，她有男朋友？"

旁边那人回答：“你没看那男人把伞都给她打了，自己身子湿了一大半？”

第三个人叹了口气，总结道：“怪不得一开始拒绝我们呢，看来的确是名花有主了。”

他们酸酸地看着温辞树和乔栖的背影，两个人又高挑又时髦，别提多般配。

他们有点后悔把练车的机会让给乔栖了。

等啊等，终于等到监考人员上班了。

乔栖跟温辞树道别，随后刷身份证，去大厅候考。

可是雨还没停，并且还偏偏在乔栖考试的时候小雨转大雨。

乔栖难受死了，因为下大雨，她看不清后视镜，挂科了。

她出来后气得不行，先是对着温辞树骂，之后又打电话给王富贵骂，挂了电话又打给孙安琪骂……

温辞树则清风霁月，一片安和——他早就对她的小孩脾气见怪不怪了。

乔栖却觉得他太不够义气，连她挂科了都毫无感觉。

他把她送到 Hanky Panky 门口，她下车之前凶气毕露地剜了他一眼，从牙缝里挤出一声“嗤”，外加三个字：“温、辞、树。”

然后就摔门下车了。

这三个字，埋怨、嗔怪、撒娇……似乎包含了很多。温辞树不想瞎解读，心里却还是耐不住泛着欢欣。

他失笑，她开始对他有要求了，这是一件连她自己都没意识到的事情。

不过她还是不太懂他。

她挂科了，他怎么可能不哄她呢？

乔栖下车的那瞬间一定想不到，一个小时后，她会收到一束花，外加一份比萨。

进店之后，乔栖就坐在一楼的等候区唉声叹气。

因为下雨，外加工作日，店里没有客人，全店所有的人都在那儿听她说考试的时候有多倒霉。

说着说着，有个外卖员推门进来：“哪位是乔小姐？”

乔栖没说话，周可指了指她：“她是，咋了？”

外卖员说道："您的比萨，请慢用。"

乔栖寻思，自己没点比萨啊。

这念头刚闪过，又有人进店了，是个抱着花的小姑娘，笑得甜甜的："您好，找一下乔小姐。"

周可眼疾手快，又指了指乔栖："她是！她是！"

那小姑娘抱着两只手几乎都抱不住的大捧花，走到了乔栖面前："您好，有人给您订了鲜花，查收一下吧。"

乔栖连屁股都没挪一下，问："谁？"

小姑娘笑着回道："姓温。"

乔栖的眼睛恍然亮了一下，不激动不浮夸，却显得尤其春心荡漾。

她在单子上签下自己的名字。

等那送花的小姑娘走了，周可"哇"了一声："好大一束……这是什么花来着？"

"火焰兰。"乔栖屏着呼吸说。

"对，火焰兰！他上次也送的这个！"

花的中间夹着一张卡片，乔栖拿起来，在大家的注视下打开。

七：

下雨了，看到鲜艳的东西，心会放晴吗？

——树

字很好看，也不知道是不是他亲手写的。如果是的话，那么花一定是他亲自去花店挑的，而不是打一个电话动动嘴皮子预订的。

乔栖在这边失神。

周可在旁边数数："一、二、三……"

大家商量好似的屏息听她数。

"二五五、二五六、二五七……妈呀累死人了，一共两百五十七朵。"火焰兰无法数花苞，只能数花枝，可把周可累坏了。

店里的小姑娘们都眼冒红心："'二五七'，爱吾妻。我不行了，啊啊啊……好宠！"

周可做掬牙状："小乔姐姐，人家会酸死的！"

乔栖"咯咯"地笑，把花抱进怀里。这花不比玫瑰，哪怕九十九朵放在一起也不显得多气派，可是两百多枝扎在一起，已是抱都抱不住的一大束了。她现在好像扑进了开满火焰的花海，浑身都香透了！

但她没有店里的姑娘们那么激动，更多的是嘚瑟，嚷道："快给我拍照，这时候不发朋友圈还等啥时候！"

大家一个接一个地丢白眼，说她没情趣，却没有扫她的兴，还是替她拍了好多照片。

店里一个新来的小姑娘甚至问她："姐，我也能和这花合个影吗？发个朋友圈虚荣一波。"

乔栖哈哈大笑："来来来，谁想拍谁拍。"

周可扶额："要是我，肯定连看都不舍得让别人看。"

乔栖却无所谓："这有什么，我不仅让大家看，比萨也分给大家吃呢。"

她起身把比萨打开，是很大一份的玛格丽特比萨。

有个小姑娘说："别人都送小蛋糕，他却送比萨……"

乔栖笑道："你懂什么，给我送爆辣牛肉串才好呢。"

送蛋糕是显得浪漫一些，但对不爱吃甜食的她来说，更多的是送的人喜欢，可送比萨是她这个收的人喜欢。

话刚落，店外又来了一个外卖员，手里拎着小蛋糕。

大家齐声说："不是吧……"

乔栖也正疑惑，正好手机响了，竟是段飞扬发来消息：挂科不可怕，吃点甜食补充补充能量！

周可问："怎么，你老公来消息了？"

乔栖收回手机，摇头说："没有。"

她看了眼那个蛋糕，忽然不想分享比萨了。

她赶忙把比萨盖上盖子，连同那束抱都抱不动的花一起拿起来，然后交代大家："既然有蛋糕了，比萨我自己吃吧。"

见她转身要上楼，周可喊道："比萨那么大，你一个人吃得了吗？"

"这就不用你操心了。"乔栖笑着回答。

外面的雨还在下着，可她心里早已放晴了。

回到屋里，她看到何平也给她发了一条消息：看到你朋友圈秀的花了。

乔栖：美吧？

何平：这种花不常见，买两百多枝玫瑰还得提前预订呢，他一下子给你送了两百多枝火焰兰，绝对是提前就预订好的。

何平：他送你的花里插卡片了吗？我估计他一定准备了两张卡片，一张是庆祝你考试通过，一张是安慰你考试挂科。

这……是吗？

乔栖扫了眼那张卡片，呼吸和心跳同时变乱。

何平又发了个"wink"的表情包：恭喜你，两万五千里的征途，你已经走了一万里了。

乔栖形容不出她看到这些字的感觉，鼓鼓胀胀的小欢喜窝在胸口。她的指尖落在屏幕上，竟是一个字也打不出来，最后只好随便发了个表情包过去。

何平这会儿正和孙安琪一起文身。

今天下雨，孙安琪没去公司，他也不需要坐班，于是就出来做情侣文身了。

图案是孙安琪想的——他在身上文了个天使，安琪，Angel；而她文鸽子，何平，是不是会让人想起和平鸽？

真是一对看不出是情侣的情侣文身，但何平却很喜欢，他就是喜欢孙安琪神经大条的鬼点子，真是恨不得赶快娶了她。

于是他又要给乔栖做思想工作了：你向他走了一万里，换句说法，其实他也向你靠近了一万里。

乔栖收到这则消息的时候刚开始吃比萨，没空打字，发语音问："此话怎讲啊？"

何平笑了笑，回道：没别的，就想提醒你一下，记得有来有回。

乔栖看着这行字，满心不是滋味儿。

用不着任何人提醒，她知道，她好像什么都没对温辞树做过。

可是她能给他什么呢？

她没有钱，不贴心，也不懂如何浪漫。

和他相比，她真的是一个愚蠢的、轻佻的二流货色了。

不可以这样，她不能允许自己在任何关系中败下阵来，更不能接受欠一个人这么多人情。

她要去找他，要去感谢他、报答他、弥补他。

下午五点。

乔栖打扮得漂漂亮亮出现在温辞树的公司楼下，然后给他打电话。

她丝毫不知，那会儿温辞树正和领导在咖啡间闲聊公司二十周年晚会的事情，看到来电者是她，温辞树的神情里出现了从未有过的异样。

不是简单的甜蜜或温柔，也无法用深沉概括，他只是感觉呼吸都被夺去了，注意力全落在来电显示上。

领导也是过来人，看出了温辞树的内心活动，笑问："是你妻子吧？"

温辞树抿抿唇，说："是。"

"接吧。"

于是温辞树点击接听："喂。"

"树神大人，小的来接您下班啦。"听话音，乔栖明显笑着。

于是温辞树也扯了个无声的笑："你在哪儿？"

"你猜。"

他脱口而出："我公司？"

"嗯……我在你公司楼下。等会儿有空吗？赏脸和我吃个饭吧。"

温辞树呼吸变慢："好，我这就下去。"

挂了电话，他对领导抱歉一笑："我恐怕要先下班了。"

领导忙说："你快去，快去。"

看着很体贴下属的样子。

温辞树冲领导颔了颔首就离开了，离开时的姿态是从容不迫的，可脚步却将他的急切暴露无遗。

领导赶在温辞树脚后头冲进设计部办公室，硬是忍着等温辞树坐上电梯，他才激动地大喊："放下手头的活！你们老大媳妇儿来了，就在楼下，想去看新娘子的都跟过来！"

办公室里爆发了一阵震耳欲聋的起哄声。

温辞树独自在电梯里站着，心情无法描述。

电梯是镜面设计，楼层不高，很快就抵达第一层，他对着镜子整理了一下衣领才走出去，一眼就看到站在大厅正中央的乔栖。

她恰好是正对着他这边的，也一眼就看到了他。

二人四目相对，乔栖扬起唇，明媚一笑。

温辞树被她的笑容感染，也扬起了嘴角。

几秒后，他才想起应该向她走过去，这才收起笑容，走到她身边。

她还穿着上午的衣服，只是化上了妆，越发明眸皓齿，美得人心里发紧。

他刚要说什么，身后忽然传来一声："哎？老大，这位是？"

一转头，只见电梯里一股脑"涌"出十几个人，还都是他手下的人。而走在最前面的，正是刚才催他赶快下班找老婆的领导。

温辞树莫名局促。

乔栖用一根手指顶了顶他的腰："他们是不是都是来看我的？"

温辞树看了她一眼，用眼神告诉她，是这样没错。

乔栖顿了顿，紧接着露出一个大方的笑，看向身后那群人："你们好。"她声音故意压得很温柔，笑容也是。

"这位是？"对面那群人走近了，又明知故问了一遍。

温辞树整理了一下自己凌乱的心情，介绍："这是我的妻子，乔栖。"

这句介绍让温辞树有些恍惚，亲口说出她是他的妻子，这感觉很不真实。

可是大家的反应又让他安心很多。

"小温，你妻子很漂亮。"领导说。

同事们也附和："是啊，大嫂好美！"

乔栖半点不怵场，对这些夸赞一一笑纳："谢谢你们。之前结婚我们都比较忙，没能请大家吃喜糖，很抱歉。"

她在重要的场合一直都是进退有度、落落大方的。

见她讲话那么有礼貌，大家纷纷说："不碍事不碍事。"

又有人笑着调侃："以后补上就行，必须补上啊。"

后来众人又客气了几句，临走的时候，领导忽然说道："小温，过几天的晚会，可要把她带来。"

温辞树微愣，看了眼乔栖才说："嗯，好。"

然后他们就在一群人的注目礼中并肩离开了公司。

他们走出大门之后，这帮人爆发出热烈的讨论，不外乎是"太配了""她长得确实没话说""啥时候我也能找一个这样的女朋友"之类的话。

大家正说笑着，一个身着利落西装的女人从不远处走了出来，远远问道："温辞树身边那个人是？"

不知是谁抢答："我们老大的妻子！"

女人不苟言笑的脸上闪过一丝惊讶，说："没听说他有女朋友，怎么还结婚了？"

"赵总，这你就不知道了吧，温总玩轰轰烈烈那一套，爱了就直接领证，猴急猴急的！"

女人沉默了下来，对着温辞树离开的方向若有所思。

上了车，乔栖才问温辞树："什么晚会？"

温辞树说："公司成立二十周年的晚会。"

他不知道刚才替她答应下来合不合适，紧接着又说："如果你不感兴趣，就不用去，他们那边我去解释。"

乔栖想了想，问："可以穿晚礼服吗？"

温辞树怔了怔才说："不是可不可以，而是必须要穿。"

"那我去。"她笑了，"我还没有参加过晚宴，我想去！"

温辞树点头："我明后两天要去邻市处理事情，这周五下班以后，我再带你去试礼服吧。"

乔栖摇头："你告诉我店名，我自己去。"

"为什么？"

"提前知道我穿什么，就没有惊喜了呀。"

温辞树总是被她奇奇怪怪的想法打败。

后来乔栖没有等到周五，第二天就拉着孙安琪去逛各大奢侈品店和礼服店，傍晚时分，她拎着好多购物袋回家。

一进屋，她就把鞋子甩了，到客厅里转个圈圈倒在了沙发上，累得直不起腰。

就在感觉快要睡着的时候，她忽然听到有脚步声。

她心里一紧，一边想着不可能进小偷吧，一边抬头寻声看过去，只见张杳穿过拱门，到厨房拿了两瓶气泡水出来，紧接着又往卧室的方向去了。

天色已晚，而客厅没有开灯，所以张杏并没有看到她。

乔栖强撑着从沙发上坐起来，也往卧室去，走到书房门口的时候，只见门缝处露出一丝微弱的亮光。

她听到张杏问："不是说要出差两天吗，怎么一天不到就回来了？"

温辞树淡淡说："处理完了，就回来了呗。"

乔栖松了一口气，原来他在家啊。

她笑了，想敲门进去打个招呼。

又听张杏接话："喊，我看你是不放心老婆一个人在家吧？"

她抬起的手僵在半空，像被定住了似的，迟迟未落。她有点好奇，他会怎么回答。

"不是。"

温辞树的声音很平稳，乔栖的心也蓦然沉了沉，一股连她都没察觉到的低落缠绕在心头。

张杏又说："那就是想她了，恨不得把两天的工作压到一天做完。就像上次你出差，明明要走十天半个月，最后不还是一周就回来了？"

乔栖屏息。

温辞树顿了顿才说："你还不走？想留下吃晚饭是吗？"

竟是一句答非所问。

乔栖有点失望。

张杏歪毛了："好歹是我开车到高铁站接的你，吃你一顿饭怎么了？"

他又想起什么，问："对了，乔栖的手艺怎么样？你尝过吗？"

温辞树似是回忆了一番才说："反正毒不死人。"

乔栖一脸无语。

张杏哈哈大笑："那我大概知道是什么水平了。"

温辞树也闷笑了两声。

乔栖再也忍不住了，眼看就要把门一掌拍开，可这个说话大喘气的张杏又开始发问了："说真的，你怎么看待你老婆？"

乔栖再一次急刹车。

温辞树风轻云淡懒懒笑着说："乔栖啊，一个漂亮的野蛮人。"

静了两三秒，屋里响起了热烈的掌声，张杏大笑："还是你懂，这个形容很贴切。"

可是这个评价，却让乔栖心里的感觉说不清道不明。她索性也不再想东想西，"嘭"的一声把门推开："你们聊什么呢？"

屋里的两个男人齐刷刷地朝她看了过来。

张杳正在喝气泡水，看到她的瞬间被呛了一下，猛地咳嗽起来。

乔栖好整以暇："反应这么大，别是在说我坏话吧？"

张杳咳得脸红，压根说不出话，只一个劲地摆手。

温辞树从容地站了起来："没说什么，他正要回家呢。"

张杳忙说："对对对，我得赶紧回家了，阳台上还有衣服没收呢。"他边说着话边闪人，走得那叫一个快。

乔栖看着他的背影笑了出来，笑完又转头去睨温辞树："刚才是不是说我坏话了？"

温辞树说："没有。"

表情十分正经。

如果不是乔栖亲耳听到他吐槽她做饭难吃，还说她野蛮，她差点就相信他了。

都说宁愿相信世界上有鬼，也别相信男人那张破嘴。

她现在是觉得，宁愿相信所有男人的破嘴，也别相信温辞树这张好嘴。

不过这一天她逛街累坏了，不想和他一般见识，也就没再和他理论。

很快就到参加晚会的日子。

这天下午，温辞树早早换好一身黑色的西装，坐在客厅里等乔栖。

乔栖换好衣服出来，在门边轻轻"喂"了一声。

温辞树转过头去，眼眸中难以自制地泛起亮光。

乔栖之前不是没试过衣服给温辞树看，可那次他样样都说好，神色却没有太大的改变。

这次不一样，对上他的眼眸，她能准确无误地捕捉到他眼底的惊艳。

她不免骄傲，在原地转了一圈，问："漂亮吗？"

她穿了一条水光欧根纱的蓝色曳地裙，裙摆一晃，像是蓝色的光在流动，上身是露肩款式，用简单的钉珠刺绣做了一些特别的设计。

她刚刚转身转了一圈，温辞树才发现裙子背后呈 V 字形裁剪，腰际堆出一个蝴蝶结，恰好突出了她翘臀的弧形。

流动的光，写意的美。

她很少尝试这般仙气飘飘的风格。

她连发型也变了，许是戴的假发，黑色的大波浪呈三七侧分，鬓边戴了一个蓝色鸵鸟毛的发夹，除此之外再没任何配饰。

温辞树不想让自己看起来太像个毛糙的人，只看了两眼就移开了视线，站起来，说："既然收拾好了，就走吧。"

乔栖哪肯，她三步并两步走到他面前，特别无赖地抓住他整齐的领带，往身边一扯："先夸一句漂亮。"

温辞树被她这一拽，差点撞进她怀里。他下意识地说了句："你闹什么。"

她神色如常，好像一点儿也不拿这过分的亲密当回事："说一句我想听的话你死不了。"

他定定地望着她，她毫不闪躲，目光直直地撞上他，隐隐含笑。她又把手上的领带绕着手掌握了一圈，又握了一圈。而他就离她近了几分，又近了几分。

任何一个男人都忍受不了这样的挑衅，何况她的挑衅中还带有浓浓的挑逗意味。

他的理智早就烧得灰都不剩。

如果不是手机突然响了，他可能真的会把她的裙子撕碎，再把她腰上那个蝴蝶结解开反手绑到她的手腕上，然后再拿自己的领带蒙住她的眼睛……

可是手机响了。

这如当头一棒，把他的理智打回了身体里。

"辞树啊，等会儿你过来不要走 207 国道，那边出车祸了，你绕路来吧，反倒还快一点。"

是领导打来的电话。

他看了一眼时间，真的快迟到了，不能再等，必须马上出发。

可乔栖还攥着他的领带，哪怕他打电话，她都没打算放呢。

温辞树眼里暗潮汹涌，终是决定暂时先放过她："漂亮。这一点不需要我来评价，所有人都会这么说。"

乔栖也不管他是虚情还是假意，总之听到了想要听的话，她就满意了。

她把他松开，又贤惠地把他的领带整理了一番，才说："走吧。"

温辞树在心里暗啐一声：说她野蛮，都是轻的。

4

华赢建筑设计研究院作为国内首屈一指的建筑公司，二十周年的庆典自然声势浩大，公司直接包了一座山庄，白天开庆典，晚上举办晚宴。

温辞树不喜欢社交，于是缺席了白天的庆典，只和乔栖来参加晚宴。

他们到场的时候，大厅里已是一片热闹。人们三三两两地站在一起，言笑晏晏，觥筹交错，玻璃杯被辉煌的灯光映照得格外光彩。

温辞树和乔栖进场之后，虽未引起所有人的注意，然而所到之处，还是将周围人的目光都吸了过来。

温辞树自是不必说，他是才子，更是华赢的门面。上至总裁，下至清洁工，没有人不知道他的存在。

因此当大家听说他会带妻子来的时候，早就在私下里激烈讨论过一番，究竟是什么样的人才配得上神仙似的他？

站在一个光芒如此耀眼的人旁边，的确是不小的挑战。

尤其是在这样盛大的场合里，所有人都华服加身，个顶个的美。

可乔栖还是轻轻松松就赢得了瞩目。

她踏入会场的那一刻，连风都青睐她，裙摆如蓝色流光一样摆动着，长发被吹拂开，露出她淡妆也相宜的面庞，也露出后背那束吸睛的荆棘文身，清纯而妖冶。

人人都漂亮，可她比人人都漂亮。

所有人都这么觉得。

温辞树团队的人先一步过来打招呼，无论男女，都对乔栖发出了毫不吝啬的赞叹。当然，他们宣之于口的夸奖只是其中之一，眼角眉梢流露的惊艳才是取悦了乔栖的关键因子。

她这个人向来美而自知。

她绝不会明明觉得自己美得要死，却还要表现出"我觉得我和大家都一样"；她绝不会在别人夸奖她漂亮的时候，谦虚地说"其实还好啦"；她绝不会否定外貌给自己带来的好处，又贪心地既想别人承认她的美丽又要别人认可她的智慧。

她来了就是要美得尽兴才行。

她对温辞树说："我今天过来实在是给足了你面子。"

温辞树刚想接话，公司的几位总裁端着高脚杯走了过来，问："辞树，这位是你太太？"

温辞树略微颔首："是，这是我太太乔栖。"

他又转头介绍说："乔栖，这几位是我们公司的宋总、陈总和周总。"

几位中年男人不约而同地对乔栖一笑。

乔栖也大方回笑，一一打招呼："宋总好，陈总好，周总好。"

宋总使了个手势，端着托盘穿梭于人群的服务生走了过来。他在托盘上拿了杯香槟给乔栖，乔栖礼貌接下。

"见到你很高兴，今晚好好玩，不必拘束。"宋总向乔栖碰了一杯。

乔栖笑着说："有您招待，我一定尽兴而归。"

宋总愣了愣，一笑，对温辞树说："辞树，你的这位太太可比你会说话。"

温辞树笑着回道："互补。"

旁边的周总也笑了："家里有一个会说的就行了。"

一番寒暄，乔栖收放自如，谈笑风生。

没一会儿，晚宴便正式开始。

无非是如电视剧里演的那样，致辞、敬酒、开舞，而后舞会正式开始。

温辞树被他领导叫去应酬了，只留乔栖一个人在沙发这边独坐。她要了块奶酪芝士蛋糕，刚吃两口，几位总裁的太太还有公司的女高层们也走过来找她闲聊。

其中有个叫赵敏智的女人，似乎对她颇有敌意。

赵敏智不像别的女人那样穿裙子、化浓妆、戴亮闪闪的首饰，而是穿着一身利落而不古板的白色缎面西装，把头发一丝不落地绾起来，妆面也简单，手腕上戴着一块细链银表。

她问："温太太从哪里毕业、在哪里高就？"

乔栖很讨厌在社交中被仅有一面之缘的人问及私人问题，比如多大年龄、有没有对象、什么学历，再比如打算什么时候结婚、什么时候要孩子、还打不打算考研或考公。

然而这种不礼貌的寒暄却是大多数人会做的。

以往乔栖绝不会配合回答，但现在……尽管对问题极其反感，乔栖还是念着温辞树太太的身份而微笑着如实回答了："我是普通二本毕业，现在开了一家美甲工作室。"

这话一出，刚才对乔栖万分热络的太太们脸色变了变。

虽然她们端着名媛淑女的气度表现得不明显，但乔栖作为当事人，还是一瞬间就捕捉到了。

紧接着，赵敏智笑了："怪不得温太太会打扮，毕竟是术业有专攻。"

这话乍听便让乔栖觉得不舒服，可她又找不到冒犯的字眼。

赵敏智又说："不像我，整天泡在办公室里画图，什么也不懂，连什么是高光什么是腮红都分不清。"

"哎，你是气质型的。"说话的是宋太太。

陈太太也笑了笑："你是知识型新女性，耐看，也耐品。"

周太太拍拍赵敏智的肩膀："我都听我们家老周说了，你在职场上那可是比男人都出色。比男人强的女人，都不是看脸的。"

话说到这里，乔栖才后知后觉品出味儿来。她们这帮人精，你一言，我一语，表面是安慰赵敏智不要妄自菲薄，实际上是暗自贬她不过个绣花枕头。

到底是有鄙视链的。

乔栖想到这里便笑得更深了，她举起自己新换的指甲："刚才陈太太问我指甲是哪里做的，其实是在我自己店里做的，店名是 Hanky Panky，欢迎各位光临。"

她又看向赵敏智，说："你抽空到我店里来，化妆我是不太会，但指甲我还是能给你做好看的。"

赵敏智的笑容在嘴角明显凝滞了一下。

"就是留春广场的 Hanky Panky 吗？"有人问。

乔栖笑着回复："嗯，是那家。"

"这家店很有名的，我妹妹结婚就是在你店里做的指甲，预约了半个月。"

"哦，你这么说我想起来了。"在旁边沉默了半天的小明星说道，"上周走红毯，许如虹的穿戴甲貌似就是 Hanky Panky 出的。"

"嚯，那可是影后啊，连影后都去你那里挑款，可见你生意做得不错。"周太太目露赞赏。

乔栖心里暗爽，表面却故意摆出谦虚的姿态："哪里哪里。"

说罢，她又转头对赵敏智一笑："其实说起来我们也算是同行，都是做设计的，只不过您动笔作图能让一座高楼拔地而起，而我无能，只能让您那双作图的手变得漂亮一点。不过要是您在画图的时候看到漂亮的指甲心情变好，没准楼也能画得更好。"

这话四两拨千斤，大家相互看了一眼，都了然地笑起来。

陈太太说："反正你们这些小年轻是比我们厉害，我们也就只能动动嘴皮子了。"

周太太接话："是呀，不说了，我去那边跟两个熟人说说话。"

"我也去会一会熟人。"

这些人来时如风，去时也如风，三两句话就都跑没影了。

乔栖乐得自在，端起锃亮的白瓷盘继续吃蛋糕。

赵敏智则在一旁毫不掩饰地打量了她几眼，笑道："没想到温太太也是有自己事业的人，令我刮目相看。"

乔栖眼都没抬。

其实无论她的店是名店还是街头犄角旮旯里的小店，都是凭本事吃饭，要说是事业，都算事业。论个人能力，她的确自傲，可论其他，她不觉得需要区分三六九等。

她刚才也根本没有刻意显露什么，只不过她知道，Hanky Panky 在她们这帮人眼里算是拿得出手的，既然拿得出手，又是她自己的东西，那她不妨显摆一下，没准能拉些客源。

但她知道，在她们心里，做建筑设计和做美甲设计还是高低有别。她换不来高看一眼，只是不被看轻而已。

"赵小姐这么关注我的事业，难不成是想改行了？"乔栖咽下一小块蛋糕，旋即抬眸一笑。

她这话有着明显的"我不想给你脸了"的意味。

赵敏智顿了顿，笑着说："我没有恶意，只是和公司大多数人一样，对温总的妻子有些好奇而已。"

乔栖笑了笑。

她知道赵敏智什么意思。

她是漂亮，但现在她的身份只是温辞树的妻子。而赵敏智是首席设计师，这身份是一种凭实力得来的职位，而不是某种人际关系的附庸。

乔栖觉得挺没劲的。

她们觉得她是菟丝花，可不好意思，就算她是菟丝花，那也是她自己扎的根，她们无权评价。

"不要好奇，和我过日子的是他不是你，咱们之间不需要深入了解。"乔栖不玩弯弯绕绕。

赵敏智很少见到这种社交方式，很没有礼貌，却理直气壮。

她叹了叹，觉得再聊下去就是自讨没趣了，便站了起来："您说得对。我先去忙了，再见。"

乔栖扬起了一个笑，示意，好走。

赵敏智刚走，舞池里的音乐恰好换成了悠扬的华尔兹。乔栖四下看了好几眼，也不知道温辞树去哪里了，她干脆先去卫生间补妆，等会儿再找他。

正对着镜子擦口红，乔栖就听那边的隔间里有人说话。

"我刚才看到赵总和温总的妻子聊天呢！"

"啊，那岂不是修罗场啊？"

"对啊，不是说当初赵总之所以愿意进公司，就是因为温总吗？听蔓蔓说，赵总一直很崇拜温总。"

"这事谁不知道啊，毕竟是直系师妹。"

"唉，反正我觉得赵总难受死了，女人的业务能力再强，也比不过一张漂亮脸蛋。男人都是看脸的，你看看温总的妻子就知道了……"

乔栖听着这些话，与镜子里的自己对视，不由得一嗤，目光凛了凛。

——温辞树，你这桃花都犯到我的头上来了？

她暗骂一声。

听到那边传来冲水的声音了，她不动声色地把口红收回包里，悄然走出卫生间。

乔栖刚从卫生间出来，就见有个穿鹅黄色紧身晚礼服的女人正邀请温辞树跳舞。乔栖抱臂站着不动，想看看温辞树什么反应。

结果他倒是没什么反应。

那女人自知被拒绝了，也不愿自讨没趣，对他潇洒一笑，便很大方地离开了。

等那女人离开之后，温辞树在原地四处张望了许久，似是在找人。

当他的视线转到乔栖这边时，乔栖定了定，挺了挺胸，走过去。

温辞树看到了她，也迎上来。

"你去哪儿了？"他人未到，声先到。

乔栖答非所问："温先生，蓝裙子的美女可以邀你跳支舞吗？"

温辞树呼吸慢了慢，看着她，没有回答。

她先捏起裙角，向他颔首行了一礼。

周围已有不少人都在看着他们，音乐也恰好停了，舞池里所有人都已下场。

温辞树与她对视着，眼里那些藏得好好的东西快要撒着欢跑出来，他只好赶忙在泄露更多之前伸出右手，正式邀请她。

乔栖轻轻将指尖放在他的手心。

金碧辉煌的大厅里响起了《蓝色多瑙河圆舞曲》。

华尔兹前三步的舞步起伏最大，摆荡最明显，乔栖一动，裙摆就恍若一汪碧蓝的湖水向周围波光粼粼地荡漾开来，如施了魔法一样。

温辞树不想去注意，却满眼都是一片蓝。

他们旋入舞池中央时，其他人才陆陆续续进入舞池，开始起舞。

温辞树惊讶于她的精湛舞步，问："你会跳？"

她说："我本来就会跳舞。"

"我知道，但……"他意识到自己说漏嘴，又找补，"之前在婚礼上看你跳的是女团舞吧，没想到华尔兹你也会跳。"

"废话。"

她的 iPad 搜索栏上可都是"交谊舞是什么""华尔兹怎么跳""探戈怎么跳""伦巴怎么跳"……

"总之你只要记得，我也有许多惊喜是你不知道的就行了。"她笑了笑。

温辞树微怔，无可反驳。

乔栖余光无意识地瞥到了赵敏智，笑得更勾人，还忽然摸了摸他的下巴，挑衅似的："专心点。"

这一摸，原本正常的氛围瞬间就不一样了。

温辞树越跳越热，看向乔栖的眼神也不大对劲。

他强忍镇定，可乔栖偏偏是个没眼色的，拼命释放魅力。眼神对视上时，两人你迎我躲，你拉我扯，像在较劲。

舞池之下的赵敏智握紧酒杯，心头堵了口气出不来，感觉他们这眼神分明在拉丝。她看不下去了，干脆离席。

温辞树有一股强烈的直觉——这支舞，跳不完。

乔栖的微笑是点火，呼吸也是点火，发丝飞舞是点火，裙摆荡漾还是点火。他的理智都被这大火燃烧殆尽。

终于，在她旋转落入他怀里的时候，他抓起她的手腕，带她离开。

两人一路拉扯走到后花园。

花园被各种各样的鲜花与灯光装饰得如梦似幻，音乐喷泉也在霓虹灯的映衬下显得五彩缤纷。

他走到一架秋千前，把她丢下。

乔栖一路都在问："你发什么神经？"

直到这会儿，他才告诉她："你跳舞就跳舞，能不能别有那么多小动作？"

她活动着被他攥疼的手腕，眼里一片澄澈："你有病吧？不就开头摸了摸你的下巴，我还做什么了？"

"你……"温辞树想发火，却发现无言以对。

乔栖顺手从路过的服务生手里要了一杯香槟，仰头灌下肚，粗粗喘了几口气才回过味来。

她不由得一笑："不是，我说温辞树，你刚才不会被我撩到了吧？"

温辞树眼眸很沉。

乔栖更笃定了自己的想法："别这么苦大仇深，被美女吸引不丢人。"

温辞树不想和她这种理不直气也壮的人多费口舌了，他定定看了她一眼，打算回宴会厅。

她却忽然扯住他的手腕："回去干什么呀？戴着面具聊天好没意思，不如一起喝会儿酒吧。我说过要教你喝醉，你忘了吗？"

温辞树转过头，这才发现她早已染上几分薄醉。

他很喜欢看她喝醉酒的样子，脸颊红红的，大眼睛亮晶晶湿漉漉地盯着人瞧，露出娇憨。

可今晚他已经受她撩拨太多次了，如果再来一次，估计他会受不了。

他还是要回屋，说："起风了，进屋吧。"

乔栖反手扣住他的手腕。

她就不信了，撩了一次不成功，撩一百次还不成功？

思及此，她直接抬手，把她刚刚喝剩下的半杯香槟往他嘴边送去。她那印在玻璃杯上的唇印，恰好与他嘴唇贴合，像是拐弯抹角接了个吻。

温辞树脑子"轰"地炸了，什么理智、什么风度，瞬间都化成齑粉了。

他知道，她在勾引他，到手了就不知道会怎么样了。

可他还是没把持住，忽然拥住她的腰，把她往怀里一带，紧接着就狠狠亲了上去。

乔栖的本意绝不是做一些脱离控制的事，但是扪心自问，或许从她点火的那一刻起，她就隐隐知道，其实自己也有渴望。

于是最后她还是没有推开他。

他是禁欲而又破戒的人。

她则是天生处于戒律清规之外，染了满身风月艳色，却始终未曾春宵一度的人。

今夜，他们一起尝遍红尘滋味。

最后是怎么离开后花园的，乔栖并不知道。

她只记得到车上的时候，自己的最后一丝理智也已经彻底沉沦了。

他们用身体的三两绵力，把千斤重的汽车扰得摇摇晃晃，就像小舟颠簸，惊扰一池春水。

本意是想上车离开，回家再说，可最后意乱情迷，他们又只能下了车，随便在山庄里找了一间房，迷迷糊糊接着吻撞开了门……

第二天睡醒，温辞树已经去上班了，而乔栖则感觉自己骨头像是散架了，又被人一块一块拼好似的，疼得她连翻身都难。

后来她去练车，因为总是出神，被教练骂得狗血淋头。

她本来心情就不好，偏偏这时候乔桑忽然打电话来："二姐，你现在有空吗？我要给你说件事。"

他的语气挺急。

乔栖正练完车准备坐地铁回家，一整天的坏心情累积到极点，眼看就要爆发。她没好气地说："说几遍了，别叫二姐。"

乔桑语噎了一下，一时不知道该说什么。

乔栖又说："有什么事你说。"

"大姐被姐夫打了！"乔桑愤愤地说。

"什么？！"

乔桑"哼"了一声："姐夫欠了高利贷，追债的人都堵上门了，把红红和青青吓得大哭。姐姐心疼孩子，就数落了姐夫两句，谁知道姐夫居然打了她两巴掌，姐姐一气之下就回家来了，现在正坐在沙发上哭呢。"

乔栖握紧了手机："姓高的这么猖狂吗？"

乔桑气得牙痒痒："我恨不得现在就去大姐家揍人，但是咱爸不让！"

乔栖狠狠咽下一口气，说："我这就回家一趟。"

挂了电话，她抬手叫了辆出租车。

驾校比较远，大概快一个小时，乔栖才到家。

她打开门一看，玄关处放了好多双鞋子，抬头一看，原来姐夫一家人都到齐了。

乔栖换好鞋走过去。

乔育木问："你怎么回来了？"

乔桑气哼哼地说："我叫的。"

乔育木瞪了乔桑一眼。

乔栖到奶奶跟前坐下，说："你们聊你们的，我来看奶奶。"

奶奶拍了拍她的手，用眼神告诉她"等会儿发生什么你都别管"。

乔栖心领神会，看似随意地瞥了眼乔桥。果然，她脸上的指痕还没消，看样子高成彦是用了大力打的。

"别的话我也不说了，我让成彦给桥桥磕头认错。"乔桥的婆婆接着刚才的话说。

高成彦一直耷拉着头，闻声才抬起脸，拉住乔桥的手说："老婆，我错了，真的错了，我发誓以后再也不敢了。"

乔桥的眼泪无声地落下来，没有说原谅，但也没把手从高成彦掌心里抽出来。

罗怡玲面色不豫，说："不敢了？是不敢再借高利贷了，还是不敢再打老婆了？"

乔桥的婆婆忙说："当然是都不敢了，亲家，但凡他再有下一次，我这张老脸也搁不住啊，我非打死他不可。"

罗怡玲"哼"了一声："我闺女脸上的痕迹还没消呢，你们一家人大话倒是先说上了。"

别看罗怡玲平时对乔栖客客气气、不闻不问，但乔桥是她从小手把手带大的，她最疼乔桥了，这口气她显然咽不下去。

"什么贷啊？姐夫借钱了？"乔栖忽然插了一句话，明知故问。

罗怡玲正在气头上，她伸手指着高成彦，既痛惜又生气："一口气借了五十万的高利贷，你也是真敢啊！那些流氓堵门把孩子吓得现在都还打哆嗦，你老婆要是再弱一点，肚子里的孩子还不知道怎么样呢！你居然还打她，你真有本事啊！"

高成彦也自觉有愧，闻言"扑通"一声跪下了："老婆，我真的错了，要不你打我一顿吧，我真该死。"

说着，他就要拿乔桥的手来打自己的脸，乔桥想把手抽走，他还不让，两人一时间拉扯起来。

奶奶大喝："你老婆肚子里还怀着呢，你像什么样子！快把你的手拿开，耍什么无赖！"

高成彦忙把手放开了。

乔育木看奶奶生那么大的气，也说："成彦，你们结婚这么多年了，我一直都把你当亲生儿子，你今天闹这一出，真是不像话。"

"是是是，成彦是太想被原谅了，所以才着急了。"乔桥的婆婆见机插话，"你们说，他要是没心没肺，反而还不那么着急呢，对不对？"

乔桥的婆婆是个嘴巴厉害的女人，一开口，别人就没有张嘴的余地："桥啊，你这还怀着孕，咱不能跟这个浑蛋一般见识，跟妈回家，你要是不想见他，咱把他撵走就是了。"

乔桥有点犹豫。

高成彦跪在地上，眼泪都出来了："老婆，我借钱投资也是想做点生意，让咱们的生活更好点啊。结婚这么多年，你想想我有过什么出格的事情吗？"

乔桥的表情已经松动了，眼泪在眼眶里打转。

乔栖再也忍不了，悠悠一笑："是啊，姐夫不出格，姐夫顶多是和大多数男人一样，回到家就瘫在沙发上打游戏，连灶台在东还是在西都不知道，袜子都不自己洗，哪怕老婆怀孕也得家务活全包。"

乔栖这话让乔桥婆婆的脸都变绿了。

乔桥也如梦初醒，一想到自己受过的委屈，就忍不住又落了泪。

罗怡玲心疼乔桥，破口大骂："小乔不说我还不想提呢，我都听青青、红红说过好几次了，乔桥挺着大肚子也得洗衣服做饭，害喜最严重的时候，自己吃不下也得给成彦做，我女儿不是给你家当保姆的！"

气氛一时间又冷到冰点。

正巧乔栖的手机响了，她站起来到阳台上接电话，是温辞树。

他居然问道："起了吗？"

乔栖恨得牙痒痒，他哪是问她起了吗，分明是问她还起得来吗。

这个狗男人。

她一哂："没您起得早。"

温辞树淡淡一笑，问："你想吃什么？我买点回去做。"

乔栖撇嘴："无事献殷勤，非奸即奸……"

温辞树一阵无语。

乔栖又朝客厅看了几眼，叹气说："不要买了，我在我爸妈家。"

"去看奶奶吗？"

"不是，我姐被姐夫打了，我来看看怎么解决。"

温辞树沉默了一阵，才说："那我去接你，大概半小时就到了。"

乔栖想了想："也行。"

挂了电话，乔栖走到客厅里，才发现不知道什么时候，这话语权又被乔桥婆婆抢了过去。

"我知道你们心里有气，要是我女儿嫁过去过得不好我也挂心，但现在小孩怎么办？孩子也不能没人管啊，孩子们还小，离不开妈妈的。"

乔桥婆婆边说边抹泪，转头对乔桥说："再说了，成彦是初犯，你就原谅他吧，原谅他就是成全了孩子们。"

这话纯粹是道德绑架。

乔栖想说什么，奶奶一个眼神扫了过来，示意她不要出头。

随后奶奶站了起来："该说的话都说完了，剩下的就交给大乔决定吧，咱们做长辈的，就别再说什么了。"

说完，奶奶抓住乔栖的手，带她离开客厅。

进了卧室，奶奶才问："你知道我为什么不让你开口吗？"

乔栖笑道："不就是怕我掏心掏肺为人家出头，最后还捞不着好吗？"

奶奶"哼"一声："你也知道啊。"

奶奶到床边坐下，她现在多说几句话都会大喘气，一边拍胸脯顺气，一边说："大乔也是我亲孙女，我能不心疼她吗？可这是她自己的日子，她得自己过。我不能替她过，你也不能，她的事情终究还是要靠自己去解决。"

乔栖不语。

奶奶叹道："这件事到最后还是会以你姐原谅结束的，没准今天高成彦就能把她接回家去继续过日子。人家就没想闹大，你跟着掺和什么？"

"我当然知道他们会和好。"乔栖自嘲一笑，"可我气不过，她是我姐，小时候我被我舅打了，爸妈都劝我忍忍就好了，只有她会心疼地流泪。我也知道她善良，但她的善良太软弱了，她善良得气人。"

奶奶重重咳了一声，当着孙女的面，她才敢把话说透："你应该知道你姐姐是个没有主心骨的人，拿不定主意，还心思重，这样的人，你别指望拉她一把，只能靠她自己想明白。"

奶奶的话没说完，乔栖就已经皱起了眉头。

她看不透吗？不，其实她都懂。

她知道乔桥是个太看重别人看法的人，哪怕今天下半截身子埋在火坑里，只要露给外人看的上半截身子是体面的，乔桥就能忍下来。

乔桥还是个传统到迂腐的人，她不可能离婚的，为了孩子忍，为了父母的颜面忍，哪怕怀孕时要干一大堆活还是任劳任怨，她觉得那是女人应该做的。生了两个女儿也还不够，还要继续拼儿子，身上仿佛被刻上了愚昧的烙印。

乔栖虽然不喜欢这些，但还是会念及那一点血缘真心，给出自己最大的善意。

这不是因为她拎不清，而是她总觉得乔桥不至于此。

所以面对奶奶的话，乔栖沉默了。

奶奶摇头说："大乔也是我的孙女，我也心疼她，但有些事，外人是无能为力的。"

乔栖还是沉默。

奶奶叹息："算了，你这人如果不被伤得透透的，是不可能看得开的。"

说完她又笑了："这也是你和大乔的不同之处。知道情分已尽，你会放手，可大乔做不到。"

乔栖微怔，旋即低下了头，心里荒凉得很。

奶奶的面色越来越白，看样子已是疲惫到极致了，摆摆手："你自己好好想想吧，我得睡会儿了。"

乔栖看了一眼奶奶，等她脱鞋上了床，帮她盖好被子，才默默走出去。

来到客厅，眼看大家都站了起来，乔栖的心一凛，明白奶奶说的话都是对的。

乔桥果然原谅了高成彦，并且今天就同意跟他回家了。

乔桑一副憋气的样子，看到乔栖，他走过来，告状似的："我真服了，白挨一顿打，这么快就和好了！"

乔育木斥道："大人说话关你什么事？滚回屋学习去！"

乔桑吐了吐舌头，对乔栖说："要是姓温的敢打你，我就叫上我们班伙计一起去揍他。"

说完，他怒气冲冲地进屋了，乔栖颇有些哭笑不得。

乔桥婆婆一看乔栖出来，怕事情有变，忙说："你们不用送了，我们自个儿下去就行。"

罗怡玲气还没消，只说："桥啊，回去谁要是欺负你，你给我打电话，我不会放过他。"

乔桥安慰道："放心吧，妈，我们先走了。"

七嘴八舌地告别，实在是没劲。

等乔桥一家人走了，乔栖也不打算待了，拿起包离开。

她刚到楼下的时候，恰好温辞树打电话说他到了。

她一边往外走，一边说："我想买瓶喝的，你来润美超市找我。"

温辞树说："好，那我就不进你小区了。"

他在小区外找了个空位停好车，大步赶往润美超市。进门没多久，他就在饮料区的货架前看到了乔栖。

他远远就看见她在纠结买哪个牌子的乌龙茶。

他一笑，走过去，拍了拍她的左肩，又从她的右边冒出来。

乔栖先是往左看，没看到人，又从右边发现了他的存在，不由得努嘴："我还以为你这种人不会玩这种幼稚把戏。"

温辞树微怔，意识到自己确实做了些反常的事情，不由得抿抿唇，赶快扯开话题："买三得利的吧，我喝过。"

乔栖淡淡睨他一眼，最后拿了瓶东方树叶揣在怀里。

他对此无可奈何，只能在她看不见的时候无奈一笑。

乔栖刚想去付款，忽然听到货架那头有人聊天。

"如果不是乔栖出来瞎做主，你们两口子早就好了。"

是乔桥的婆婆，高成彦那能说会道的妈。

她顿住脚不走了，抱胸一笑，眼底寒冷彻骨。

温辞树看了她一眼，也停了下来。

"她就是觉得自己现在过得比她姐好了，就开始指手画脚了。"高成彦冷笑道。

"哼，打扮得不三不四，我一见她就心烦。"乔桥的婆婆咬牙骂道，"第三排，青青要喝的酸奶还剩两瓶，你都给她拿着吧。"

高成彦"嗯"了一声，又说："总之以后家里什么事都不能让乔栖知道，她这人嘴毒，心也毒，见不着别人好。"

乔桥的婆婆一哼："人在做天在看，早晚她没有好下场。"

乔栖再也不能忍了，她把袖子一撸，低声咒骂："看我不把她的嘴撕烂！"说着，她就要冲出去。

温辞树拦住了她，忽然大声说："老婆，你姐夫真可怜。"

乔栖倒抽了一口气，她没想到温辞树会忽然开口。

"上次吃饭我看姐夫穿的西装都是三年前的旧款式了，我上个月那套几万块钱的西装只穿了一次吧？有点肥，回头拿给姐夫穿吧。"

她更没想到这个素来沉默寡言的人会这么语不惊人死不休。

她笑了:"就是啊,姐夫都上快十年的班了吧,怎么还这么寒酸啊,而且都开始借贷了?"

"借贷?"温辞树是真的不知道高成彦还有这一出。

乔栖越说越大声:"是啊,借贷的都堵到家里来了,我大姐生气,他还打人,怎么有这种不要脸的人呢?"

他们话没说完,只听到几句压着声音的话:"走,走,当没听见……"

乔栖从货架这端走出去,恰好看到高成彦被他妈妈生拉硬拽给带走了。

乔栖开心死了,转身扑进温辞树怀里,勾住他的脖子,蹦蹦跳跳地说:"你真好,你怎么那么好!"

温辞树怔住了。

乔栖正兴奋着,没想那么多,又走到货架前拿了瓶三得利的乌龙茶:"我请你。"

她转头冲他明艳一笑。

温辞树望着她,也淡淡地笑了,心弦却早被撞乱。

回家的路上,乔栖还是一副大快人心的样子:"我就是喜欢高成彦看不惯又干不掉我,咽不下这口气也得咽的样子。"

温辞树提醒她:"你还是不要太关注别人了,先关心关心你自己吧。"

乔栖问:"什么?"

温辞树不紧不慢地吐出三个字:"科目二。"

乔栖简直要抓狂。

第二天,乔栖起床后简单吃了几口温辞树留在冰箱的饭菜,就准备去驾校练车。

刚走出门,她竟接到乔育木的电话。

"你大姐要生了。"

乔栖心一沉,乔桥的预产期不是还有三个月吗?

她问:"怎么回事?"

乔育木说:"追债的一大早又来堵门,泼油漆砸玻璃,害她动胎气了。"

乔栖冷笑:"昨天就不该让她回去。"

昨天那帮人聊了半天,只顾劝和,压根没有解决根本矛盾。

"现在说这些有什么用？"乔育木叹气，"你回家吧，我们匆匆忙忙赶过来，家里没人照顾你奶奶。"

乔栖气不打一处来，想说什么，又说不出口，最后干脆挂掉了电话。

她打车回乔家，刚要进电梯，谁知竟迎面撞见奶奶从电梯里出来。

她问："您这是要去哪儿啊？"

"大乔不是要生了吗？我去看看。"奶奶说。

乔栖见奶奶脸色很差，忙劝说："还是别去了，现在产房外都是人，您去也是干着急，再说您最近身体也不太好。"

奶奶摇头："不行，我心慌。都说不痴不聋，不做家翁，但现在你大姐正走鬼门关呢，我不去不放心。"

话已至此，乔栖还能说什么呢？她只好和奶奶一起赶往医院。

病房外，乔桥的公公挂着一张苦瓜脸来回踱步，她的婆婆则坐在椅子上哭。

刚赶到就听见哭声，奶奶没往好事上琢磨，忙问："怎么了？是大乔出事了还是孩子出事了？"

乔桥的婆婆闻言，"哇"的一声，断断续续的抽噎变成号啕大哭。

奶奶素来有高血压，加上大病一场后心脏也不太好，见状不由得脸色惨白："到底怎么回事？快说啊！"

乔育木站在一边，脸拉得很长，说："妈，你别担心，都没事，就是……"

"就是什么？"奶奶要急死了。

"就是又生了个赔钱货！"乔桥的婆婆大哭。

这话刺耳。

奶奶愣住了，一时不知道是该放心，还是该生气，站在那儿，脸上没有一丝血色。

乔育木一脸难过："半小时之前，乔桥又生了一个女儿，剖宫产，孩子三斤六两，从肚子里刚拿出来就立即进了保温箱。现在乔桥在病房里躺着，她妈在照顾她，成彦跟着护士去照看小孩了。"

乔桥婆婆跟哭丧似的："唉，女孩也就罢了，还是早产生的，不知道要多花多少钱。"

她的话一句比一句过分，乔桥的公公忙赔笑说："成彦妈就是一时有点激动，说话语无伦次，你们别往心里去。"

"是啊，脏话都说完了，再补一句你们别往心里去，便宜都让你们家占了。"乔栖不怒反笑。

乔桥的公公被说得面红耳赤："其实女孩也好，也是我们家的亲孙女，就是……要是儿子不就皆大欢喜了嘛。"

乔育木叹气："你们也别急，老大还年轻，还能生的。"

"就是啊，老高家不可能绝后的。"乔桥的公公安慰道。

奶奶在一旁板着脸，一言不发。

乔栖则轻蔑一笑，笑里没有愤懑，没有不解，没有悲伤。

因为她已经木然了。

正说着话，高成彦回来了。

他一副臊眉耷眼的样子，看样子也不满意妻子又生了个女儿，又见他妈妈在哭，便进屋拿一次性杯子倒了水，递过去。

他妈妈不接，哭得更厉害了，边哭边骂骂咧咧，好像全天下找不到第二个比她更委屈的人了。

乔栖冷眼旁观这一切，忽然察觉奶奶用力攥紧了她的手。

她低头，只听奶奶说："咱们进去看看你姐姐。"

乔栖觉得奶奶的脸色比刚才还要差，心顿时慌了，忙问："您没事吧？"

奶奶摇了摇头，要往病房里面走，刚走没两步，忽然软绵绵地倒在了乔栖的怀里。

乔栖下意识地大喊一声："奶奶！"

乔育木大惊失色，赶忙冲过来把人扶起来，叫了好几声"妈"都没人应。

而乔桥的婆婆还沉浸在她那可笑的悲伤里，听见动静，她瞥了一眼奶奶，瞧见人晕过去了，居然都不站起来。

再看高成彦，还有闲心拿一次性杯子喝水。

乔栖气急，走过去一把夺过高成彦手里的纸杯，毫不犹豫地把里面的水往他脸上一泼，又反手把杯子狠狠砸到了乔桥婆婆的脸上。

她不怕撕破脸，她只怕撕得不够破，还给他们留脸。

在他们诧异又恼怒的眼神里，她凌厉一瞥："我奶奶如果出事，我饶不了你们！"一字一句，是警告，而非威胁。

说完，她转身就走。

第五章
醋意

/ 她不懂他的缠绵，他不懂她的倔强

1

奶奶进了 ICU。

乔栖没想到事态会这么严重。

而更令她从心底发寒的是，直到这一刻她才知道，原来奶奶的癌细胞已经扩散了，血压不稳也有些时日。

怪不得她之前总觉得奶奶没精气神，奶奶好几次脸色苍白说要休息一会儿，其实哪里是太累，估计都是在忍痛，不想让家人担心。

乔育木告诉她："那天检查完之后，你奶奶把自己关在房里谁都不见，后来第二天一早她买了很多早点，去你家看你……"

乔栖一怔，旋即想起温辞树出差的那个早晨，她被奶奶的门铃声吵醒。

她问奶奶怎么一大早就来了。

奶奶说就是想她了。

原来一切都是隐喻。

乔栖靠在墙边，隔着厚厚的玻璃看向插满仪器管的奶奶，淡淡地问："所以她是不打算治了，是吗？"

"她说不想浪费钱，不想太受罪了。"乔育木说。

乔栖点了点头，然后一言不发地下了楼。

她就蹲在马路一侧。

夏日滚烫的风如海浪般一股股打在身上，她指尖颤抖着，与此同时，眼眶里的泪终于没忍住，落了下来。

不知道哭了多久，她缓缓平复下来，抹了把眼泪，准备回医院，回眸才发现身后竟有个熟悉的人影。

看姿势，他站了很久，就这么一直在身后不远不近的地方注视着她。

她盯着他的眼睛，一步步朝他走过去，到他面前停下，才问："你怎么来了？"

"张杏在这家医院上班，他看到了你，所以……"

"哦。"她明白了，点了点头，又问，"什么时候来的？"

"你开始哭的时候。"

她沉沉看向他："那怎么不过来？"

他如她看向他那般回望着她："你喊我的时候，我再过来。"

她轻轻一嗤："那我要是不喊呢？"

——我就在这儿站着，你总会喊的。

温辞树沉默了，心里的话不宜直说。

可他的眼眸却说话了。

他的目光就像是一根无形的线，拉着她一步步靠近他。

乔栖对他笑了一下："那就再等我一会儿吧，我饿了，一起去吃饭。"

"不要我跟着你上去？"

"我问我姐两个问题，然后就下来。"

"好。"

温辞树在原地等她。

乔栖独自上楼。

进了电梯，她才注意到广告位上还贴着没有换下来的"三七女王节"的奶粉广告，但右下角却被恶作剧般贴上了一则宣言：**不要女王的虚幻王冠，要妇女的真实权利。**

她竟因为这话而有点想哭，仰头又把泪憋了回去。

出了电梯，乔栖径直来到乔桥的病房。

这会儿高成彦一家人都回家了，只剩乔育木守着奶奶，而罗怡玲守着乔桥。

乔栖推门进去的时候，罗怡玲恰好要去打水打饭。

等罗怡玲走后，乔栖坐在乔桥的床沿，微笑望着她："你现在怎么样？"

"疼呗，麻药早就散了。"乔桥忍痛笑了笑。

乔栖无声扯了抹笑："我来就是想问问你，又生了个女儿，还要继续吗？"

乔桥心里悲戚，眼泪从眼角落下。

乔栖神色如常地替她把泪珠拭去："坐月子，别哭，容易伤眼睛。"

乔桥却忍不住，边哭边说："不生又能怎么办呢？"

乔栖的心凉了一片。

乔桥说："我知道你心疼我，想让我离婚，可是妹妹，婚姻和生活都不是那么简单的，离婚就是社会关系的割席、家庭的动荡、血缘的舍弃……离婚了，小孩子会不幸福的，之后我也不见得能找到更好的。"

讲到这里，乔桥变犹豫了很多，可最终还是把话说了出来："何况现在是我生不出儿子……"

"你不要说了。"乔栖从床上站了起来，自上而下俯视着乔桥，她本有一肚子苦口婆心的话可以说，最后却只是一笑，"姐，我尊重你。"

她诚恳地说："我也真心祝福你。"

说完，她转身便走，头也不回。

她会真挚地尊重乔桥的决定，也真诚地祝福乔桥能够得偿所愿。

但她不会再关心乔桥，不会再有帮助，不会再有怜悯，不会再有爱护。

生而为人，总要经历许多伤口。

有些小伤小痛，咬咬牙就过去了，还有一些疼痛，注定要刮骨疗毒，有麻药还好，没有麻药，只能自己挺过去。

还有些乍看无伤大雅，实则会溃烂的暗疮，唯有剜去血肉，才能得到真正的治疗。有些人怕痛，用麻药止痛，以为麻木了伤害就不存在，却不想疮口越来越大，直到整个人生都开始变烂，散发阵阵恶臭。

乔桥甘愿做后者，那么乔栖只能离她远一点，不想自己身上也染上臭味。

奶奶说得没错，知道情分已尽，乔栖会放手。

坐上电梯，凝视着那句"不要女王的虚幻王冠，要妇女的真实权利"的标语，乔栖闭上眼深深地呼吸了一下，心里的想法更加坚定。

走出医院，乔栖远远看到温辞树还站在那里。

他真的像一棵树一样，是那么高大、挺拔、强壮，路边的树木忠诚地护卫着长长的马路，而这棵"温辞树"，守护的是她。

乔栖不愿意去想爱情中的权衡利弊、拉扯较量了，她只知道这一秒，再没有人比他对她更好。这份好不是假的，管他是同情还是别的什么，她只知道她很需要这份好。

她走过去，问他："想吃什么？"

他说："我都行。"

她笑了："那要不就到附近吃炸串吧，我请。"

他没客气："好。"

她说："你不问问我跟我姐说了什么？"

温辞树本身是想说"如果你想说，不用问就会告诉我，可要是你不想说，我多问不过是徒增你的烦恼"，但最终，他从她的眼神里读出了一丝不易察觉的情绪，想了想，问："都说了什么？"

她长长地、如叹气般"嗯"了一声，才说："总之，这个家我待够了，除了奶奶，没什么能留住我。"

提起奶奶，她的眼神骤然变得悲伤。

但她很快低下头掩盖住了："快走吧，吃完了换乔育木下来吃，我还要上楼去守着我奶奶。"

温辞树一怔。

她抬头，解释道："我奶奶的病情恶化了。"

他眼里的光瞬间熄灭。

他心疼她，但同时也不可避免地想到他们之间的婚姻。

她嫁给他最主要的理由就是因为奶奶，甚至还说过"如果你爸妈不喜欢我，等我奶奶没了，咱们离了就是"这种话。

如果奶奶真的没了，她会做什么决定呢？

想到这些，他就觉得喘不过气。

好在奶奶最终还是平安醒过来了，纵使医生宣告奶奶仅剩两个月的寿命，但至少奶奶现在还活着，还能看到天空、闻到花香，还能和家人闲坐，感受灯火可亲。

出院那天，奶奶忽然把大家都叫到了家里，宣布了一件大事——她要出去旅游。

这个决定，无论是之于她的身体还是之于她的年龄，都未免太疯狂了，所以此话一出，便遭到了乔育木和罗怡玲的强烈反对。

奶奶似早已料到会是这个结果，浅浅地笑了，耐心解释道："我和你爸一直希望等儿女都成家，我们都退休之后，好好游山玩水，可没想到临了，你爸却瘫痪近十年。没能好好见识一下祖国的大好河山一直是我和你爸的遗憾，眼下我也没几天好活了，你就不能答应我吗？"

这番话字字恳切，却没能改变乔育木的决定。

最终，乔栖站出来："奶奶，您想去哪儿，我带您去。"

奶奶却摇头："我想和我的儿子、我的丈夫，我们一家三口去。"

闻言，乔栖看了眼乔育木，他正满脸痛苦，明显难过、纠结又无力。

她想了想，走过去郑重地喊了一声："爸。"

等乔育木看向她的眼睛，她才说："你带她去吧，没人希望人生到头还是带着遗憾的。孝顺，只有孝没有顺，算不上孝顺。你不要行让自己安心的孝道，而是要行让老人觉得安心的孝道。"

乔育木深深地看着这个在他眼里一向乖戾胡闹的女儿。他始终认为她是肤浅的、没有深度的，他对她全部的印象都是忤逆不孝、不自爱不自强，可她说出的这一番话，却莫名让他无地自容。

他在她坚定的眼神中败下阵来，最终被劝服了，决定明天就带奶奶启程，第一站是去大草原。

乔栖放心了，于是转身对温辞树说："走吧。"

罗怡玲问："你们不在家吃晚饭吗？"

乔栖摇头："不了。"

温辞树在身后握住了她的手，说："我们走。"

她对他一笑，心里莫名其妙觉得安定。

她以为他会带她回家。

但他没有。

他开车带她去了造极山，把车开到半山腰，然后看万家灯火。山间晚风凉，他们坐到车顶上，他用身子给她挡风。

乔栖问："带我来这种地方，怎么，是想安慰我吗？"

温辞树摇头："我不是想安慰你。"

她看向他。

他语气平平："我是在给你时间自己安慰自己。"

乔栖什么话也说不出来了，连呼吸都顿了顿。

何平那个鬼赌约，她好像真的要输了。

她为此沉默下来。

好一会儿，温辞树忽然出声："你能给我讲讲你的家庭吗？"

这话他想说很久了，从撞见她被乔育木破口大骂的时候，他就想问，只是一直没找到时机。

乔栖没想到他会关心这个，愣了愣才说："其实也没什么好说的，乔育木想生儿子，可我偏偏是女儿，为了继续生三胎，他们就把我送到舅舅家了。

"我舅这个人从小就没怎么吃过苦，我妈和我姥姥、姥爷都疼他，他反倒不知足，年轻时候经常穿个喇叭裤到处晃荡，跟混混似的，只知道花钱喝酒泡迪厅，什么正事也不干。他结婚之后还经常打老婆孩子，我小学毕业那年，舅妈实在被打得受不了了，就和他离婚了，从那之后，那个家里就只剩我一个被虐待的人。"

她本想长话短说，但记忆的闸口一旦打开，想说的话就变得滔滔不绝。

"我舅打人特别狠，你被拧过大腿里侧的肉吗？那真是会疼得好几秒都哭不出来。有时候他还喜欢吓唬我，还让我给他洗脚，却故意在洗脚盆里踩水，溅我一脸……所以他活该早死，我高三那年，他酒驾出了车祸，全身骨头都快碎完了，但没当场死亡，硬是到医院被抢救了好几个小时才咽气，走得很痛苦。"

乔栖的声音很低很平，讲到舅舅的结局她才露出了一丝快意。

温辞树静静听着，眼眸越来越黯。

"你知道我最恨乔育木、罗怡玲什么吗？"乔栖忽然转头问他。

温辞树眼眸沉沉的，示意她说下去。

乔栖眼里流露出很深的恨意："小时候每次挨打，我想回家，他们都要我体谅大人的苦心。乔育木害怕超生会让他升不了职，那几年为了给爷爷治病，家里也花了不少钱，实在无法再抚养一个孩子，所以他们每次都是睁一只眼闭一只眼，觉得舅舅凶点就凶点，反正都是亲戚，又不可能害我，奢望我能自己挨过去。"

开始的时候，乔栖的确一直在忍耐，但她后来发现忍字头上那把刀，刀的只有自己，就干脆把利刃对准伤害她的人。

可讲到这部分的时候，乔栖停顿了很久，或许是接下来的话很难说出口吧。

她舔了舔干燥的嘴唇才说："我上初中之后开始变得叛逆，我舅那时候不太能管得了我，也因为我开始不怎么回家了，都住酸琪家。结果中考之前，有天他喝多了，差点把我当成……"

温辞树握紧了拳，心也一紧。

乔栖很快说："当然他没得逞，但那次之后我说什么也不肯住在他家了。乔育木他们本来还犹犹豫豫，是我奶奶在家里又摔碟子又砸碗，闹得天翻地覆，他们这才同意把我接回来。"

"你奶奶很疼你。"温辞树插了一嘴。

乔栖点头："是啊。"

回忆到奶奶，她讲话变慢了很多："我奶奶一直很愧疚，怨自己没能照顾好我。但我知道她不容易，当时爷爷瘫痪，奶奶怕拖累儿女，自己一个人去照顾爷爷已经很不容易了。

"我回家之后，还差点被送戒网瘾的学校呢，因为乔育木他们觉得我就是个女混混。我不想去，就闹绝食抗议，但不管用，后来是奶奶说'你们前脚把小乔送走，我后脚就上吊'，才让他们改变主意。"

这就是她的童年和少年。

别人的家是一座房子，她的家是一片贫瘠的废墟。

"过去的种种，已经伤不到我，可依旧是我的伤。"乔栖自嘲一笑。

这话温辞树听着太诛心了，他很想很想抱住她。

可她很快又说："再说说我姐和我弟吧。嗯……这么说吧，我们家三个孩子，大姐从小就被教育成一个要对所有人都好的老大，弟弟从小就被宠成了一个有点儿自私但没什么坏心眼的老小，我就是那个最容易被无视，为家庭牺牲理所应当的老二。

"但为家庭牺牲这件事我做得不够好，被迫在舅舅家生活，我已经失去了父爱和母爱，其他的牺牲，我都不愿意再做了。反倒是我大姐，会把最后一块排骨让给弟弟，赚的第一笔钱会给妹妹买裙子，按照父母的安排结婚……你说这些是牺牲吗？我不知道，因为我大姐好像不觉得是。"

温辞树认真听着，不曾出言打断她。

乔栖长长地呼出一口气："不想了，反正现在我也不会再回那个家了。有一个女儿一个儿子，他们照样能享受天伦之乐，我算什么呢？"

温辞树听罢久久无言。

乔栖倒是早已释怀了的样子："这时候不该有个暖心的抱抱吗？"

话还没落，他已把她揽进怀里。

乔栖怔了怔，随后紧紧闭上眼，让自己沉沦在这份安全感里。

然后，在山风的抚摸里，在山树的注视下，她在他怀里看了一夜的月亮。

2

乔育木带奶奶踏上草原之旅这天，恰好是乔栖补考科目二的日子，温辞树直接从山上把她送去了考场。

她很久没练车，谁知考试当天竟然很顺利地就通过了。

从考场出来之后，乔栖破天荒地大方了一回，打电话请朋友们去唱歌，说是庆祝她考试顺利通过，还让温辞树也把他朋友叫上，人多热闹。

这天下午，乔栖包了个 VIP 包厢，酒水和零食都没含糊，摆了满满一桌子。

乔栖是最"嗨"的那个人。

她从《过火》唱到《死了都要爱》，然后在唱到回春丹的《梦特别娇》时，她把歌词"像我这样的浪子，怎么可能有初恋"改成了"像我这样的靓女，怎么可能有初恋"，惹得大家哈哈大笑，气氛异常热闹。

温辞树是其中最无趣的一个人，坐在沙发一隅，不怎么说话，只偶尔笑笑。

张杏忽然想到以前高三时班长过生日，喊大家去 KTV 庆祝。当时对门那个包厢的门没有关严，唱歌的声音太大了，温辞树坐在门边，就想去提醒一声，而张杏恰好要上厕所，就和温辞树一起过去了，谁知对门包厢里竟全是眼熟的人——正是乔栖他们。张杏下意识去看温辞树，只见他肉眼可见地沉默了下来，目光里有羡慕，也有压抑。

都七八年了吧，当初玩在一起的这帮人，现在也一个不少都在这个包厢里。当初他们怎么抢话筒飙高音，现在还是怎么抢话筒飙高音。

他们真是从小玩到大的伙伴，小团体坚不可破，任谁都别想入侵。

而温辞树，从小就这么注视着他们玩玩闹闹到大。好在现在他不再是站在门口，而是可以坐在包厢里。

张杳用胳膊碰了碰他："从门口，到沙发，你走了七八年。"

温辞树无声地转过头，看了张杳一眼，又很快转回去。看了玩得正起劲的乔栖一眼，他淡淡地笑了。

张杳并不知道这抹笑是什么意思。

而在温辞树心里，这是一种满足。

不去喟叹那些不被人知悉的岁月，他只愿意记得，他也曾到过她身边，并且还为越靠越近而努力。

一旁的何平不动声色地观察了一会儿温辞树，不知道是不是错觉，他总觉得温辞树看向乔栖的目光好温柔。

他心里埋下了一颗怀疑的种子。

等到酒过三巡之后，他把乔栖单独叫了出来。

"有什么事不能在里面说，还非得发消息把我叫出来？"乔栖比何平晚出来两分钟。

何平把乔栖拉到一间没有人的包间里，虚掩上了门。

"你和温辞树怎么样了？"何平问。

"什么怎么样了？就那样呗。"乔栖烦得要命，"一点破事搞得神神秘秘，你耽误姐开演唱会了知道吗？"

她正唱在兴头上，转身就要走。

何平挡在门口，说："我在你身上投资了十万块钱，我不能关心关心吗？"

他这么一说，乔栖来火了："十万块是你的钱还是下的注你自己心里清楚，还骗我说五万，你当我傻？"

"那也是你白赚的啊！你不该上点心吗？"

"我因为奶奶的事好久没笑过，现在好不容易出来放松一下，你居然和我聊这些？"

两个人越说声音越大，听起来像吵架似的。

"这不是看你状态还行我才提一句嘛。"

"什么赌约？赌的什么？"

乔栖和何平吵得正起劲，转眼一看，孙安琪和段飞扬不知道什么时候站在了门口。

何平懊恼地拍了拍脑门。

乔栖倒淡定,皮笑肉不笑地说:"就是你男朋友花钱让我勾搭温辞树。"

"什么?"孙安琪下巴快掉到胸口上了。

段飞扬却听明白了,敢情乔栖对温辞树只是有契约在身,不掺杂感情?他的神色莫名变轻松了许多,眉目也舒展开来。

孙安琪没有段飞扬反应那么快,但也慢吞吞地明白了过来。她剜了一眼何平,愤愤压下一口气,却没工夫先处置他,继续盘问乔栖:"你为什么要答应这么荒谬的赌约啊?"

"我……"这个问题竟让乔栖语噎了片刻。

或许是因为较一个劲,赌一口气,她不能接受自己使出浑身解数,还不能让那个男人的眼眸中染上一丝艳色。

也有可能是因为他身上确实有吸引她的地方,比如她想拥有却偏偏缺少的平和与安然。

当然,也有可能就是因为那十万块钱的诱惑……

人与人之间的磁场是一种很奇妙的东西,如果她的攻略对象要换成另一个人,她还不一定爽快答应。

总之,若真论起个中缘由,她真说不清。

或许就是这份"说不清",才是一切故事的开始。

"我就是喜欢钱呗。"乔栖最终给了孙安琪一个很符合她"人设"的理由。

孙安琪无奈地垮了垮肩膀:"亏我还和周可悄悄说你俩看起来像假戏真做似的。"

乔栖眼皮一跳。

孙安琪认真地看着她:"一对男女站在一起,是恋人还是朋友,那个磁场是不一样的,我和周可都觉得你俩百分百是恋爱状态!"

乔栖眼神闪躲了一下,低下头嗫嚅道:"有吗?"

"我的天,瞧瞧你,瞧瞧你……"孙安琪连连摇头,"真想给你面镜子让你看看刚才你说这两个字的时候是多春心荡漾。"

乔栖眼皮跳了跳,觉得心尖也跳了跳,一时竟接不上话,耳朵和脸颊控制不住地发烫。

何平哈哈大笑:"不会他还没沦陷,你已经快丢魂了吧?"

"笑什么啊,她输了你要赔钱的,你还笑得出来?"孙安琪骂道。

一直站在旁边不说话的段飞扬开口了："所以，小乔到底对温辞树什么感觉？"

乔栖心里鼓鼓胀胀的，好像有什么东西要呼之欲出。她很清楚这代表着什么，但她不愿在朋友们面前承认。

"当然是没什么感觉了，我还要赚何平的十万块钱呢。"

孙安琪闻言，叹气："就怕某人是'不识庐山真面目'。"说完，她也没工夫再管别人的事了，揪着何平的耳朵把人提溜了出去。

"哎呀，姑奶奶我错了，我真错了……"何平一脸疼又快乐着的表情，随孙安琪出了门。

他们都走了，段飞扬半开玩笑说："男人都是靠激的，你可得加把劲。"

乔栖很随性地笑了笑："哈哈，放心吧。"

她要回包厢，转身刚走两步，段飞扬又问："要不，我帮你刺激刺激温辞树？"

乔栖停下脚步，满口哑然。

段飞扬露出一个坦荡的笑："我们离得近吧，他就更容易吃醋。"

乔栖支吾了两声才笑着说："嘻，不用，您就别操心了。"

然后她便离开了。

段飞扬却兀自在原地站了好久。

等他再回到包厢的时候，发现大家都在吃吃喝喝，反倒没人唱歌了。

周可在人群里聊得正起劲，他走过去，强撑着笑了笑，问："你们聊什么呢？"

周可眼睛一亮，说："大哥，你来得正好，我们正嗑CP呢！"

段飞扬在沙发一头坐下，问道："什么？"

"我们在说某人上次科目二挂科比这次通过都让人羡慕！"张杏接话。

"是呀，上次挂科，又是收两只手抱都抱不住的鲜花，又是收超级正宗的比萨，又是收精致小蛋糕，啧啧……"周可边说边向温辞树和乔栖挤眉弄眼。

乔栖抗议道："周可，现在连你都敢欺负我了！"

段飞扬在听到"蛋糕"二字的时候，眼眸闪了闪。

张杏接话："这么多东西，小乔吃得完吗？"

"所以说她小气啊，把不喜欢吃的蛋糕给我们分了，喜欢吃的比萨吃不完都不舍得给我们尝一口。"周可哼声道。

乔栖大叫一声，红着脸，张牙舞爪地要去捂周可的嘴。

温辞树心下一暖，笑了笑，无意间抬头时却看到段飞扬面色不豫。他眉心一跳，似乎察觉到一些别人都没感觉到的事情，上扬的嘴角不由得紧抿了起来。

这场聚会从下午两点一直"嗨"到晚上八点才结束。

散场时，乔栖恰好属于微醺状态。她不想回家，问温辞树可不可以到流春湖边散步。

温辞树要把车开到湖边的一处停车场，乔栖就在一棵柳树下等着他。

他停好车过去，发现她竟把鞋子脱了下来，赤着脚来回踱步。

湖边湿气重，加上湖边小道上贴的都是冰凉的砖石，这样很容易伤身体。他皱着眉走到她身边："你还是三岁小孩吗？"

她眨巴着被酒熏得粉红的眼睛，认真说："我是二十五岁的小孩。"

言外之意——我知道你要训我什么，但你先别训。

她把鞋子举高给他看："十厘米哎，这路没法儿走。"

他想了想，把自己的鞋子脱掉，后退一步，示意她："穿吧。"

她深深地看他一眼，说不出话。

他又说一遍："我不想用大道理劝你，但女孩确实不要着凉，你穿上。"

她动了动脚趾，看向地上那双比她的脚大了好几号的鞋。他今天穿的白T恤牛仔裤和帆布板鞋，脚上的纯白袜子还是新的。

她嘴角勾了勾，眼底却像糊了层什么似的，视线渐渐模糊了。

她不再矫情，很快把他的鞋子穿上。

这鞋子暖暖的、大大的，她穿上后走了两步，生出了一种错觉——好像在用他的脚丈量世界。

湖风徐徐吹拂着，乔栖张开怀抱向前狂奔了几步，又转身看向后面的温辞树。

温辞树走得不紧不慢，看着她笑。

她停下来等他，待他靠近后，牵起了他的手。

连她自己都没察觉到，现在她做这些事情有多么熟稔。

她牵着他的手走了一会儿，由于他的戒指戴在左手上，她恰好可以摩挲到那枚素圈戒指。

摸着摸着，她忽然想到什么，猛地把他的手抓起来，对着路灯用观察的眼光瞧。

温辞树问："怎么了？"

乔栖说："你这颗痣，是天生就有的吗？"

温辞树呼吸一乱，顿时明白了她在说什么。

"嗯，从小就有。"他说，"我的痣在左手食指，我哥哥的痣在右手食指。"

她若有所思地"哦"了一声。

他的眼睛却亮了亮，探寻地问："怎么了？"

"没……"她先是闪躲了一下，随后才说，"其实告诉你也没什么。"

她到一个长椅上坐下："以前上学的时候，有天我心情不好，就躲到杂物间里哭，然后有一个手指上长着痣的男生好心给我递了纸。"

温辞树呼吸变快。

乔栖打了个哈欠，有点困了："我觉得有时候，越是陌生人的善意，越是难得。因为身边的人都在伤害你，可一个素昧平生的人却鼓励你……"

温辞树目光辽远，似是回忆到了什么。

忽然，他肩头一沉，是乔栖靠了上来，听声音就知道她要睡着了："当时他还夸我的美甲漂亮呢，那是我第一次做美甲，后来我就动了成为美甲设计师的念头。"

温辞树一怔，在心里复述了一遍她的话后，一颗心突突乱跳起来。

他无法形容自己有多高兴。

原来他早就参与到她的生命中，一句连他都忽略了的话，却让她找到自己的理想。

青春年少时蝴蝶振翅般的微弱存在，也在她的人生中引起了一场风暴般的革命。

他的心简直要跳出来了，有些话也是。

他说："你知道吗？我也喜欢过一个女孩，但我一直不敢表白，因为我和她根本就是两个世界的人，一个像水一个像火，我觉得像她这么生动的女孩肯定不会喜欢我这么死板的男人吧……"

"唔……"乔栖不自觉地呻吟了一声，她似睡非睡，脑子不大灵光，只听了个大概。

她努力让自己清醒起来，艰难地撑起不断往下耷拉的眼皮，警告他："不要提别的女人。"

温辞树微愣，看了一眼她睡眼蒙眬的样子，才知道她误会了。

他知道她正迷糊，不禁大着胆子说："傻子，我心里怎么可能有别人？"

乔栖一听，更不乐意了，他居然有白月光？

她生气了，扳过他的脸，深深吻上去。

温辞树先是讶异了一瞬，随后扣住她的后脑勺，加深了这个吻。

算起来，这应该是他们之间第一次真正意义上的接吻。

只因情动，不为任何。

一个人只算相思，两个人才是故事。

好像从这一刻开始，这场钟情，才不再是一个人的单相思。

温辞树和乔栖在湖光夜色中亲吻了许久。

随后他把她抱起来，一步步走向停车场。

他们都没有注意，离他们不远的长椅上，坐着一个他们都熟悉的男人。

段飞扬因为心情不好，从 KTV 出来后继续喝闷酒，谁知又歪打正着，把最不愿意看到的缠绵尽收眼底。

然后他把手里的酒瓶狠狠地砸到了一旁的树上，"嘭"的一声，又闷又重。

温辞树听到了，但因为怀里还抱着人，所以无暇顾及，就没有回头。

这条路可真是长，刚才漫步走过来的时候不觉得，这会儿往回走，才发现他们原来走了那么远。

或许就像他们的关系一样吧，他总觉得认识就像是昨天的事情，可回头看，才发现他们已经一起走了很远很远的路。

乔栖在温辞树走到一半的时候醒了过来，刚才睡的那一阵仿佛只是打了个盹儿。

她刚睁开眼，就发现自己正被人抱在怀里。

她仰头看着温辞树，先是看到下巴，再到整张脸。很神奇，原来霸总文里写的都是真的，真的会有人连这个角度看上去都那么帅气。

她为这个发现扯了扯嘴角。

"醒了？"忽然，他胸腔里像是发出轰鸣。

他抱着她走了那么久，却只是微微流汗，倒没有喘息的迹象。

她在他怀里打了个哈欠："是啊，某人不行，亲个嘴都能把人亲困了。"

她话音一落，只觉他手臂一僵，然后抱着她的动作又紧了紧。

乔栖推了他一下："放我下来吧。"

他扫了她一眼："确定？"

她说："嗯。"

于是他就停了下来，把她轻轻放下。

她这才发现，他的鞋子仍然穿在她的脚上，而他的白袜子早就沾上了地上的尘土。

她用拳头捶了他一下："你怎么不把鞋穿上？"

他很平淡地说："忘记了。"

但她显然不信，把脚一蹭，鞋子被她胡乱地甩下来："不穿了不穿了，你不穿我也不穿了。"

温辞树显然怔了怔，随后无奈地把鞋子捡起来，走到她面前放下。

看她倔劲儿上来了，他不再推辞，一边把鞋穿上，一边说："各穿各的吧，反正这就该上车回家了。"

乔栖努了努嘴，刚想把鞋穿上，忽然有人大喊一声："姐！"

听声音像是乔桑。

她循声转头，只见路对面，乔桑正被一群十七八岁的少年狂追着。

好家伙，现在的年轻人比她那时候玩得疯，都敢在闹市区动手了？

这帮人越追越远，乔桑跑得倒快，但乔栖知道，他坚持不了多久。

恰好路边有一群年轻人正在练滑板，她走过去向坐在路边休息的男孩借了一块板，蹭了两下，飞驰而去，完全把温辞树这个大活人忘得一干二净。

温辞树怕她有危险，也想借块板子去追。

但刚才乔栖借的时候人家就不情不愿，她又心急，几乎是霸王硬上弓，还没等人完全决定就滑走了，所以轮到温辞树的时候，就没那么容易了。

他刚想张口，人家就秒说"你问问别人吧"。可他哪有那么多时间去等？最后只好把自己手腕上的表匆匆摘下，撂给人家，这才拿到了滑板的暂时使用权。

乔桑跑累了，被乌泱泱一群人围成一团，在马路边上特别显眼。

温辞树远远看到乔栖在离他们十米远的地方停下，下地的同时还踩了下板子一端，那板子瞬间立起来了，她用手一抓，把板子拿了起来，二话不说朝离她最近的一个男生身上砸了过去。

对方闷痛："啊！"

她气定神闲："都给我散开。"

没人知道她是谁，但她的气场太强，大家还是如水花溅开般后退了几步。

乔桑从人群最里面走出来，他脸上明显已经挨了几拳，他委屈巴巴地喊了声："姐。"

乔栖手里还搞笑地拎着高跟鞋，但气势却一点不虚，目光一凛，问："谁打的？"

先是没有人说话，大家目光里都是打量，估计是在想这人是哪条道上的，好不好惹。

乔栖又问了一遍："不说？那就有一个算一个。"

一个梳着大背头的少年站了出来："我，怎么样？"

乔栖笑着点头，然后对乔桑说："你打回去。"

乔桑傻了："啊？"

乔栖面色不改："打。他怎么打的你，你怎么打回去。"

温辞树赶到的时候，就听到乔栖说了这么一句。

刚才一路滑过来，他远远看着她，只觉得眼前有两个身影在重叠，仿佛看到了高中时的她教训人的影子。

那会儿也是一个晚上，刚下晚自习，高年级的学生堵住了低年级的学生，拿着烤肠踩着滑板快快乐乐放学的乔栖看到了这一切，把烤肠咬在嘴里，将板子砸了出去。

她从不是女混混，她是侠女。

乔栖气势逼人，可乔桑还在惊吓中。

大背头男生眼睛转了好几圈，随后笑了："就凭你俩，想打我？"

这是看不起她，还是太猖狂？

乔栖眯了眯眼，一笑："乔桑，你没打过人，今天姐姐教你。"

说着，她抬起了手，眼看一个巴掌就要打过去，却在半空中被拦下。

乔栖转头，看到了一张差点认不出的脸。

温辞树看到乔栖要动粗，刚想劝阻，只见有个人影蹿了出来，一把攥住了她的手臂。

他一怔，待看清那人的侧颜，一颗心狠狠地坠了下去。

"这么多年不见，怎么还这么毛毛躁躁的？"男人把乔栖的手轻轻放下，笑了笑。

乔栖下意识地沉眸，后退了一步，没有说话。

她退一步的动作让男人皱起眉头，嗤笑道："不认识了？"

第一眼看到他，乔栖确实很意外，以至于有点反应不过来。但她很快就恢复了正常，脸上又挂起吊儿郎当的笑意："周大少怎么舍得回国了？"

"该回来，自然就回来了。"周野渡深深地看着她，目光从落在她身上的那一刻起，就没有移开过。

乔栖挑眉："那很好。"

她瞥了眼乔桑，又说："不过这件事和你没关系，我劝你不要多管闲事。"

"还真就关我的事。"周野渡笑了，走到大背头男生旁边，拍了下对方的肩膀，"你小子怎么回事啊，当街聚众斗殴，是想进去吗？"

乔栖眼皮一跳，原来他们认识。

"不是啊，表哥，是这小子先找事的。"大背头说。

周野渡看了眼乔栖才问："什么事？"

"李未孤你知道吧？我发小。"大背头问。

周野渡想都没想："外号叫'李梦情'的那个？"

"对，女生的梦中情人李未孤。"大背头男生耸肩，"不是有个女生在他家借住嘛，人家可是好姑娘，本来离高考就没几天了，正是紧张的时候，他还天天往人家桌子里塞信，你说这不是神经病嘛！"

哦，原来是这么一出。

周野渡看向乔桑："小子，马上高考了，塞那些干什么啊？"

别看刚才乔桑一副蔫蔫儿的样子，说起这事他可是一点也不怵："我又没写什么，就是约她一起出来玩！"

乔栖一巴掌拍到乔桑脑门上："浑蛋，你不学习还耽误别人学习？"

她就在高考时栽过跟头，原本能够上一本的，最后只能上二本，所以她知道，如果乔桑真的影响了人家姑娘，是多么不应该。

乔桑胸口剧烈地起伏，像是不服气："我除了塞信，其他什么也没干。"

"都快影响到别人了，这事儿还小啊？"大背头男生说着又要急。

乔栖挡在乔桑前头，问道："既然是那个叫李未孤家的客人，为什么他不出头，要你们来？"

"这种事哪轮得到孤哥出面啊，他一句话的事儿。"人群里不知是谁说了一声。

乔栖一笑："谱还挺大。"

她想了想，对大背头男生说："你回去告诉李未孤，高考之前我弟不会再缠着那个女孩。但是高考之后，我弟还是有公平竞争的权利。如果是男人，就不要再用暴力解决问题，要真的遇见一个为了爱情不怕死的愣头青，有他后悔的时候。"

大背头男生一噎，低下头，似乎在思考。

周野渡看着乔栖，目露赞赏。不得不说，这么多年过去了，这个女人身上还是有很多迷人的特质。

他帮她把事情画上句号："好了，你们快走吧。离高考没几天了，好好的，别惹事。"

既然他这么说了，大家也就乌泱泱作鸟兽散了。

等大家都散开了，乔桑才看到一直默默站在旁边的温辞树，于是他叫了声："姐夫。"

周野渡原本想走到乔栖面前，闻言如浑身过电一般，被死死钉在原地。

乔栖这才后知后觉地看到温辞树，同时还看到了他脚下踩着的滑板，眼前一亮："你会滑？"

温辞树眸光暗暗的，"嗯"了一声："会一点儿。"

乔栖调侃："看不出来呀，我们家阿树怎么什么都会？"

乔桑捂着牙装作被酸到："咦，秀恩爱虐狗。"

乔栖白了他一眼，笑骂："滚。"

看到跟乔桑站在同个方向的周野渡，她不禁敛了笑："你怎么还不走？"

周野渡一动不动地看着她，那目光很重，像大雨来临前飘在空中的厚厚浊云，也像拂过青青山岗的层层雾霭，总之是过浓的。

他声音也沉："结婚了？"

乔栖瞬间反问："不行吗？"

周野渡愣了片刻，笑了。他仰头望了望天，嗤了一声："刚才是我帮你出头的。"

可不是你老公。

他在挑衅。

还是这双玩世不恭的眼睛，还是这种浪荡不堪的神情，眼前的人，从男孩长成男人，还是那么野性不羁、痞气满满，仿佛是就着黑啤吞下的一口薄荷烟，让人醉，也让人上瘾。

可惜，乔栖不吃这一套。

"那我替我老公谢谢你。"乔栖把话硬顶回去。

周野渡的笑凝在唇边，目光深沉。

乔桑看看这个，又看看那个，感觉这三个人之间的关系不一般，于是很有先见之明地悄然溜走了。

乔栖见状，也要喊温辞树离开。

温辞树静静在旁边站了许久，一直微微低着头，没有看任何人，周身散发着一股很沉郁的气质。

直到乔栖喊他，他才抬头淡淡地说："好。"

他没有看周野渡一眼，把滑板放在脚下，蹬了几步，滑远了。

乔栖紧跟其后。

周野渡站在原地目送他们离开，没有挽留，也没有告别，他知道无论他做什么都是自讨没趣。

静静站了一会儿后，他拨通了一个电话。

"喂，扬哥，是我，周野渡。"

"嗯，我上个月就回来了。"

"前段时间在做月岛的项目，一直没在平芜。"

"好，那明天中午见？"

挂了电话，周野渡转身走向路旁的一辆哈雷，戴上头盔，疾驰而去。

温辞树本来在乔栖前面，恰逢一个转弯，被她弯道超车了。

她不知道什么时候点了支烟，用指尖夹着，另一只手上还拎着高跟鞋，脚踩滑板，就像是个叛逆、颓丧又轻盈的少女，和高中时候一个样。

两人到了那帮少年练滑板的地方，把板子还了回去。对方把温辞树的表还回来，随后便浩浩荡荡地离开。

乔栖把鞋子往地上一扔，单手扶住温辞树的肩开始穿鞋，笑着说："这么贵的东西，下次别轻易给人。"

温辞树慢条斯理地戴着表，轻轻"嗯"了一声。

乔栖总觉得他哪里怪怪的，吸了口烟，缓缓吐在他脸上："喂。"

温辞树没说话，忽然俯身抽了一口她的烟，侧过头，吐了个很不熟练的烟圈。

乔栖却被惊艳到了。

烟星一闪，仿若禁欲之壤中盛开了欲望的花。

这一刻他太淡漠、太孤独、太斯文，所以显得更加落拓、嗜瘾、重欲。

她想亲他。

也想和他做些更亲密的事。

这么想着，她忽然踮脚，碰了一下他的嘴角。

一吻而毕，她毫不掩饰渴望地看着他，说："你的烟味太淡了，我分给你一点儿。"

温辞树的欲望瞬间如大火燎原，看向她的眼神里仿佛也在绽放噼里啪啦的火星。

他忽然拦腰把她抱起，走向车子。

3

乔栖一连好几天都是蒙的。

之所以是"好几天"，是因为她真的想不起来具体和温辞树在家里厮混了多少日子。

那天晚上从流春湖回家之后，他就像发了疯一样。

她一开始还没当回事，甚至还有心思调戏他，问："你早就被我迷得晕头转向了吧？"

他很绅士地说："你不要低估自己的魅力。"

她因为这句话高兴得不得了，对他又主动了很多。

但他似乎想到什么，一只手摸上她的头发，很缱绻的样子，喃喃说："但你能吸引我，也能吸引别人。"

她一愣，认真想了想，这么拈酸的话，只有一个可能——或许他多少有点介意周野渡？

乔栖的虚荣心瞬间就膨胀了。

不知道为什么，她很想看温辞树吃醋的样子，就回了一句："所以你可要居安思危，我是很抢手的。"

原本他修长的手指正轻轻缠绕着她长而柔的头发，闻言便顿了一下，紧接着，他忽然翻身压到了她身上。

结果后来她想休息也休息不了。

如果不是因为要考科目三，他们还不会出门。

科目三也是乔栖匆匆忙忙才练习的，摸车的次数一双手能数得过来。考试当天，她甚至还起晚了，差点迟到。

温辞树照旧送她去考场。

和科目二考试时下车就走不一样，这次到考场下车之后，乔栖绕过车头，来到温辞树这边敲了敲车窗。

他凑过来，她用口型示意他靠近。

他想了想，靠车窗更近。

乔栖桀骜又霸道地一笑，说要讨个 lucky kiss（幸运之吻），因为他以前是全校公认的"考神"。

他还没反应过来她是什么意思，她便忽然隔着车玻璃吻了上来。他愣了愣，随即也贴上去。然后她满意地收回这个吻，快快乐乐地跑进考场了。

车玻璃上还有她的唇印。

她走得倒潇洒，他却百爪挠心，表面上越是冷静自持，心头的躁意就越重。

这个所谓的 lucky kiss 还是有用的。

乔栖还真考过了。

她又蹦又跳地跑向温辞树的车，然后和上次一样，滔滔不绝地讲述考试时发生了什么，从"你不知道直线行驶如果再多跑十米我车头就歪了"，到"考官太不通情达理了，明明前面有个骑老头车的大爷挡路，他还让我靠边停车"。

温辞树和往常一样淡淡听着。

乔栖知道，自己在他面前变得不太一样了，可他似乎还是以前那样。

但她竟然一点不害怕这种感觉。

回家的路上，温辞树提议："等你拿到证，我们出去玩几天吧，放松一下。"

说出这句话，其实温辞树很紧张，他心里自有他的打算，所以格外在意乔栖的决定。

乔栖拖长音"嗯"了半天才说："行吧。"

温辞树这才松了口气。

他不知道，乔栖表面上像是考虑了一番才决定，但其实心里早就"嘭嘭嘭"开始飞彩带了。她原本想过几天再考科目四，但他既然这么说了，她干脆下午就去把科目四考过了。

她又在"苟富贵勿相忘"的群里征集好玩的地方，先是发了个戴墨镜的小表情，又说：兄弟们，为了庆祝我科目三顺利通过，我们家那位要带我出去耍，你们推荐个地儿呗。

接连三条消息立马出现，竟然都是一个人发的。

王富贵：恭喜啊，以后就是有证的人了！

王富贵：你想去哪儿？南方还是北方？

王富贵：发个红包，哥告诉你。

他永远是朋友里的捧场和气氛担当。

乔栖：想去海边。

想了想，她又把要求发出去：刚进六月，南方很多城市都在下雨吧？我想找个不下雨但也不太晒的地方。

王富贵回了个抠鼻屎的表情包：你要求还真不少。

段飞扬上线了：要不你们去月岛吧，我有个朋友在那边做项目，听说还不错。

乔栖退出去搜了搜月岛这个地方，觉得还不错，于是又返回聊天页面：好，那就这里了。

她以为这个话题已经结束，便想退出微信，恰好这时候孙安琪私聊她了：

旅游这事，是你提的还是他提的？给我说实话。

乔栖很想发一串省略号过去，让这个女人知道她有多么无语：当然是他了，如果你不信，我让他打电话亲自给你说？

孙安琪发了个"投降"的表情包：别，我信了！

她又说：看样子，你俩只差临门一脚了。温辞树这种男人应该比较慢热，你要是想听他直截了当给你告白，还是得耐心等待一下。

乔栖看着这些字，竟不知道说什么才好。

孙安琪很快又发来一条：我之前暗恋他的时候写了一些日记，给你看看吧，方便你更好地了解他。

乔栖当晚便去孙安琪家拿了日记。

但当她打开看的时候，却是在去月岛的飞机上。

孙安琪的恋爱日记并没有长篇大论地记录心事，反而做得像是手账，上面画满、贴满了漂亮的花草树木，写字的地方却很少，一看这姑娘的喜欢就是雷声大雨点小的。

但仅凭这些浅浅的记录，乔栖还是穿过了重重岁月，看到了那个少年温辞树的模糊身影。

201×年10月20日

我从没想到有一天我也会用日记记录下我的少女心事。

上体育课的时候，无意间和S擦肩而过了，他刚运动完，发梢上都是汗。乔评价他没印象中那么死板，帅得很鲜活，我也觉得。

晚上放学的时候，又不小心和S在楼道里遇到，他单肩背着书包，站在三楼通往四楼的第二个台阶上，好像在等人。

我的水杯掉了，S不是离我最近的，但他居然最先帮我捡起来！

我跟乔说，我好像心动了，乔笑话我又又又……心动了。喊，她根本体会不到，我这次是真的！

201×年11月11日

今天有好多人给乔送棒棒糖，其中有个男生叫周野渡，帅得不行。

哈哈，不过，S，我可没有变心哦，他还是比不过你的。

PS：对啦，我还没正式介绍过 S 吧？

他叫温辞树，我们学校的校草和学神，考试成绩没掉出过年级前三。

很帅，形容不出来的帅，如果用动物形容，他应该是仙鹤。

201×年 11 月 21 日

班里今天传阅你的优秀征文了。

《火星花》，名字好听，写得也好，让姓乔的去看吧，她还不乐意！她喜欢的那些无脑霸总文有什么营养呀！7456（气死我了）！

看到这里，乔栖停顿了一下，这篇文章的名字好熟悉。她想了一秒才想起，火星花就是火焰兰。

原来他从小就喜欢这种花了呀。

她还以为他是特意按照她的气质选的呢，唉，男人……

201×年 12 月 31 日

S 好像总是在三楼通往四楼的台阶上等人，有时候在第二阶，有时候在第三阶。

我庆幸我们班在五楼，不然就看不到他了。

新年快乐，S。

201×年 3 月 5 日

你的书包好重哦，之前看你同班同学在贴吧里爆料，说国庆假期学校发的五十张卷子，你是唯一做完的。

恐怖啊啊啊！！！

201×年 3 月 12 日

今天是 S 的生日，祝他生日快乐。

配了简笔画的蛋糕和树。

看到这里，乔栖天马行空地想，算算日子，那应该是温辞树十六岁的生日吧，酸琪怎么就画一棵树，真小气。如果是她，她会给他画十六棵树，还是种类不一样的那种。

她往后翻了翻，略过中间的内容，去看高三时期的温辞树。

201×年9月1日

今天下雨了。

开学第一天我就迟到了，根本没想到会遇见你，可你为什么不进校呢？

也不打伞，就这么淋着雨来来回回地在那条马路上走。

好担心你。

201×年10月21日

我手链丢了，到操场找，然后居然看到你打架了。

不知道你们之间有什么恩怨，但那个人以前是我同学，我印象里他人还不错。

不知道你们之间是不是有误会……

201×年12月25日

又一次看到你跟他……

救命啊，S，我受到冲击了，我觉得你和我想象的有点不一样。

合上日记，乔栖默默看了眼在旁边浅眠的温辞树。

他会打架吗？

她扯了扯嘴角，想到他打混混那次，也想到他把勺子扔到高成彦的脸上……她不由得笑深了，他是该出手时就出手的人。

孙安琪喜欢的是自己理想中的温辞树，所以才会难以接受他有不符合自己想象的行为。

可乔栖与温辞树真正接触过，她会因他曾打过架而有一丝浅浅的难过，到底什么情况会把他惹怒？

他越是稳妥的、淡然的、规规矩矩的，她就越觉得他是压抑的、孤独的、不自由的。

飞机颠簸了一下，温辞树下意识地睁开眼。乔栖屏息，赶忙把头转过去假寐——不能让他发现她在偷看他。

温辞树转过头，只见乔栖手里拿着一个合起来的本子，正歪头睡熟。

他不止一次这么觉得，她睡着的样子有点笨笨的感觉，反而让人很想呵护她。

他深深看了她两眼，感觉她这么歪着头睡很容易拧着脖子，于是很小心地伸出手，想把她的脑袋扳正。

他刚把她的头扳过来，手还没拿回来，她的脑袋又缓缓歪了过去。

他只好又把她的头往这边扳一次，这次手刚拿回来，她的脑袋又掉了下去。

他皱了皱眉，失笑，只好又伸出手。可这次刚碰到她，只见她颤抖了几下，忽然"扑哧"笑出了声。

因为在机舱里，乔栖怕影响到别人，只好捂着嘴笑，笑得脸都红了，浑身乱颤。

温辞树这才发觉，原来刚才她在逗他。

他睨着她，看她笑得要背过气的样子，不由得也摇头失笑。

飞机缓缓落地。

乔栖走出机舱，深深吸了一口月岛上的空气："大哥推荐的这个地方还真不错，空气真好啊！"

温辞树说："就是有点晒。"

"也还好，毕竟是夏天。"乔栖倒是满意。

温辞树应了一声，又说："我租了车，是自动挡的，要不等会儿你来开？"

乔栖刚拿证，闻言第一反应是拒绝。不过转念一想岛上应该没多少车，刚好练手，她又爽快地答应了。

温辞树租的是一辆普普通通的小轿车，很适合乔栖这种新手开。

这是她第一次开车，虽然上车之前有过短暂的怯意，但上车后她丝毫不像第一次开车，一路踩紧油门，熟练又大胆。

车窗打开，任由海风呼啦啦吹过。环岛公路又宽阔，风景又美，目之所及便是一大片澄碧的海洋，椰林高大挺拔，尽显海岛风情，还有数不尽的月季花扎根路旁，让人感叹真是净化心灵的美！

明明还没有走到大海近处，只是远远看了大海一眼，就让人想敬自由、敬生命！

乔栖吹了声口哨："温辞树！把车换成敞篷的！我要追风！"

她大喊着说出这句话。

温辞树由衷地感到她是快乐的，于是他的心情也变好了很多。

两人到酒店之后，放好东西就准备出门觅食。乔栖这才发现门口真的停了一辆敞篷车，是大红色的迈巴赫。

她没法形容这种随意一句话都被人记在心里，并用最快速度实现的心情。她再傻，再没心没肺，也不可能察觉不到了。

买完钻戒之后，她本来告诫过自己很多次不要再多想了，可现在还是耐不住又一次生出这个念头——

他爱上我了。

想到这儿，乔栖莫名变得忸怩了很多。

他们下午的行程还蛮紧，玩摩托艇、香蕉船、水上降落伞……这些项目都是温辞树选的，他喜欢玩一些刺激的项目。自从知道有温辞镜这号人存在，乔栖对此就见怪不怪了。

月岛上，庙宇、神像和神龛繁多，第二天早晨，他们又先去逛神庙，中午去打卡了一家有名的餐厅，下午浮潜、种珊瑚，傍晚时分，又自驾到人少的海滩上看落日。

不知道什么原因，乔栖总觉得温辞树一整天都心不在焉，问他怎么了，他只说可能是有点感冒。

乔栖不疑有他，当晚原定去逛夜市，最后决定不去了，和他一起回酒店睡觉。

恰好他们住的这家酒店一楼在举办化装舞会。这个活动貌似是一个影响力还不小的公众号举办的，目的是打破人与人之间的社交壁垒，主动和陌生人交往。这个活动任何人都可以参加，主办方还会发面具。

乔栖觉得挺有意思，就对温辞树说："等会儿你吃完药好好睡一觉，我想去下面玩一会儿。"

她要独自去这么热闹的社交场合吗？

温辞树明显顿了顿："我现在已经不难受了，要不一起去吧？"

乔栖用手背试了试他的额头："真的吗？"

"本来也没发烧。"他拿掉她的手，又说，"不能白白浪费这个晚上。"

乔栖想了想，说："那好吧。"

乔栖这次出门带了好多裙子，最终她选择了一条米褐色的假两件拼接连衣裙，上衣是斜肩款式，肩膀那里用的布料是同色系镶钻细纱，原本布料只裁至臀下，可外面还垂下薄薄一层及踝的褐纱，随着走动，她一双长腿若隐若现。

温辞树则简单得多，他出来旅游自然是没有带西装，所以只穿简单的黑裤白T恤，却偏偏越素越帅，一张脸干净得像高中生，怎么看都觉得净化心灵。

乔栖和他一起下楼，同乘电梯的小姑娘在她眼皮底下都敢偷拍温辞树。

这个不经意间也会散发魅力的家伙……她气得够呛，后来出了电梯也没等他，兀自先气哼哼地去舞会了。

乔栖选了一张"白天鹅"样式的面具，进场之后，先去要了杯酒。

温辞树只是在出电梯的时候被挤得晚出来了一会儿，谁知乔栖一转眼就没影了。

由于下来得比较晚，面具所剩不多，他随便拿了一张金色的骑士面具，便匆匆忙忙进了大厅。

谁知一进去，他便看到乔栖在和一个戴白色面具的男人说话。

他步履变慢，目光深深。

那男人是主动找上乔栖的，就在温辞树挑面具的时候。男人戴着《鬼灭之刃》里的锖兔同款面具，乔栖记得温辞树曾看过这个动漫，再加上这人也穿着白T恤黑裤，她就下意识地觉得面前这人一定是温辞树，也没有去注意两个人的衣服是否一样。

就在她打量那男人的时候，那男人忽然鞠躬，又伸出手，向她做出跳舞的邀请。

乔栖定定看了他一眼，笑了，以为温辞树是在赔不是，却又不好意思，也不知道该说什么。念及此，她的心瞬间软了。原本在电梯里被陌生人青睐也不是他的错，是她蛮横，非要算到他的头上。这么一想，她便没有犹豫，伸出手，和他一起步入舞池。

温辞树就这样眼睁睁看着乔栖和别的男人跳舞。

舞池里大多是年轻人，音乐是随机的，大家扭成一团，跳着节奏不一、风格不一的舞蹈。灯光也忽明忽暗，几首激情的舞曲过后，忽然又转变成暧昧的流行乐。

那男人一手握紧乔栖的腰，一手去摸乔栖的下巴。

温辞树再也看不下去，转身就走了出去。

而这时乔栖忽然发现了不对劲，他挑她下巴的手上怎么没有戒指，也没有痣？想到这儿，她呼吸猛地一紧，忙从男人的怀里跳出来，戒备地看着他。

男人歪了歪头，似是不解。

乔栖垂在腰侧的手握了握拳，而后一把拿下男人的面具。

她更惊诧——

周野渡？

乔栖的脸瞬间红了，生气又无措："怎么是你？"

周野渡用他那双桀骜不驯的眼睛死死看着她："你很失望？"

乔栖气得没话说，连忙跑下舞池，左右张望了好久，却也没能找到另一个白T恤黑裤的身影。

她的心里莫名慌乱，感觉像是被丢在了一个陌生的地方——温辞树不要她了。

她本想离开，身后却响起周野渡的声音："我听飞扬说你们要过来，开心了很久。"

乔栖一怔，恍然转头："你……和大哥联系过？"

这句话虽是疑问句，却是肯定的语气。

周野渡歪嘴笑："不然你怎么会那么巧来月岛，又恰好住在我的酒店？"

乔栖张了张嘴，几秒后，气笑了。

周野渡一副懒散公子哥儿的样子："不怪飞扬，是我让他帮我的，毕竟我和他也是高中起就一起玩的兄弟。"

"周野渡，不是吧？"乔栖打断了他，抱臂站着，目光冷冷，嘴角却噙着笑，"你还放不下我啊？"

她话里的嘲弄意味满满。

周野渡脸色变了变，又很快恢复吊儿郎当的笑意："如果我说放不下呢？"

"那算你倒霉。"她笑了，"我不要脏男人。"

他脸上的笑意僵住。

她却越笑越灿烂："以前不要，现在也不可能要。"

说完，她转身就走。

她一边向远离他的方向走，一边嘟囔："我要找我老公去。"

闻言，周野渡眼眸中顿时一片深沉。

乔栖从假面晚宴离开便径直回房间了，然而屋里是关着灯的，温辞树也不知道跑哪里去了，她给他打电话也没打通。

她只好先去洗澡。

洗完澡之后，她在浴室涂涂抹抹，想到了什么，便给段飞扬打了通电话。

段飞扬先是没接，等乔栖头发吹到一半的时候，他才又给她打过来。

"怎么了？小乔。"段飞扬应该是在外面应酬，环境音很是嘈杂，不时伴随几句中年男子的生意经。

乔栖却没有在意这些："你知道周野渡在月岛还让我和温辞树过来？"

听筒那边的段飞扬呼吸一滞。

对于老朋友，乔栖向来是有什么说什么："你明知道他对我假戏真做，也知道我对他没有感情，我不想伤害他，你为什么还把他往我这边推？"

"当初他出国前想见我最后一面我都没答应，我就是觉得断了就断干净，念想也别留，现在他来缠着我，我只能说狠话伤他了，到时候弄得大家都不好看……"

"你别说了，都是我的错。"段飞扬打断乔栖，"我都明白，都明白，以后不帮他了。"

乔栖闻言，有些担心自己讲话太直接，语气不由得软了很多："我知道有可能是他要求你帮他的，但是，大哥，我希望我们之间的事你别插手，可以吗？"

段飞扬沉默了几秒才说："好。"

挂上电话，乔栖长舒一口气。

她又简单把头发吹成七成干，才趿拉着拖鞋懒懒散散走出浴室。刚推开浴室门，她就看到床前坐着一个人。她吓了一跳，反应了一秒才看清是温辞树。

她走过去把灯打开，埋怨："你怎么把灯关了？装鬼吗？吓死人了。刚才你去哪儿了？转头就找不见人了。"

温辞树的目光淡淡地落在她身上："没有面具了，所以我就没有进去。"

"那你好歹说一声，打你电话也打不通。"她埋怨着，"你不知道，我遇见周野渡了，特别尴尬……"

"谁？"他蹙起了眉。

乔栖走到他身边，自上而下地看着他，说："就是我弟弟遇麻烦那天，我们碰见的那个人。"

确定了与她跳舞的人是谁之后，温辞树缓缓低下了头。

乔栖原本想说她认错了人，谁知忽然闻到了一丝别样的味道。她皱眉嗅了两下："你抽烟了？"

温辞树没有回答。

乔栖俯身，抓住他的衣领想再闻闻。

他忽然托住她的臀，扣住她的腰，把她往身下一带，二话不说开始接吻。

乔栖怔了一瞬，察觉到他的情动，不由得笑了："你今天怎么……"

温辞树不想再听她讲话，用手箍住了她的下巴，把她的脸扳正，又亲了上去。

乔栖三五下就被他撩拨软了，后来也就任由他亲了。

温辞树陷在一种难以抽离的沉沦里。

他就像是一只悲伤又忠诚的小狗，呜咽着、嘶吼着、痛苦地撒着欢。他并不是在找寻身体上的欢愉，而是为了证明他们是亲密的。

原本这次月岛之旅，他打算跟乔栖表白，因为之前周野渡的突然出现让他很没安全感。

种珊瑚的时候，赶海的时候，看落日的时候，好几次他都想脱口而出，最后却没有勇气。她察觉到他的异样，他甚至还要编谎话说自己不舒服。

他有点恨自己的犹豫。

如果不是这个谎言，他们就会去逛夜市，而不是参加什么化装舞会。如果没参加这个舞会，他们就不会再次遇到周野渡……

想到周野渡，他的眸色又深了许多。

这段日子，她给他的甜头太多了，乃至他把以前吃苦的日子都忘了。以前甘之如饴的苦，现在他竟咽不下了。

他为此感到无力，抓着她的身体就像抓住了一块浮木。

月岛之旅仅三天就结束了。

原本定的日程是七天，可温辞树觉得周野渡在，他不安心，就跟乔栖说公司有事要忙，得提前回平芜。

乔栖虽然不乐意，但也没说什么。

谁知上飞机的时候，他们偏偏在机舱里又遇见了周野渡。

这可真是冤家路窄。

周野渡这个人脸皮一向很厚，看到乔栖便热情地打起招呼："你好，栖栖。"

他喊她"xīxī"，叠字的昵称，实在太亲密。

说完，他还偏又挑衅似的看了一眼温辞树。

温辞树不为所动，对乔栖温和地说："栖栖，你昨晚没怎么睡？等下眯一会儿吧。"

他却喊她"qīqī"。

不同的读音，不同的男人，一个是她的过去，一个是她的现在。乔栖在心里偷笑，这两个人是暗中较劲上了？

她换了个姿势坐好，白了温辞树一眼："你也知道我昨晚上没捞着睡，托你的福。"

这话暗示意味满满，她实在是……太偏心了。

周野渡脸色变了变。

温辞树表情依旧，眼底却染上一丝不易察觉的笑，语气也轻快许多："那你睡会儿吧，落地我叫你。"

乔栖不知从哪儿掏出一个笔记本，说："在飞机上我睡不着。"

温辞树说："好，那等你困了再睡。"

两个人你一言，我一语，没有人把周野渡放在眼里。

周野渡的眼神一分分阴鸷下去，看那模样，就像是十几岁为爱痴狂的暴躁少年。

温辞树用余光瞥了他一眼，没有表示，也掏出一本书看。

周野渡自知现在做什么都是枉然，不由得在心底自嘲，笑自己特意打听他们退房的日期，还暗戳戳跟他们上了飞机，是有多无聊。

不过谁让他总觉得不甘心呢。

飞机落地，乔栖想吃薯条，温辞树去给她买，周野渡也不受控地跟了过去。

温辞树扫码点单，正挑选着，只听后面有人说了句："我是为了她才回国的。"

温辞树浑身一僵。

周野渡走到他身侧，目视前方，有些倨傲："你们不是一路人，这一点，我在以前就警告过你，忘了吗？"

温辞树目光变冷，思绪不由得拉远——

高三毕业前夕，他被人拦住警告："既然都忍到毕业了，就不要表白了吧。"

拦住他的人正是周野渡。

"你的情书我看了，字挺好看的，但是给一个有男朋友的人表白不太礼貌吧？"

当时，温辞树看着周野渡手里皱皱巴巴的信封，只觉得羞愤难耐。

乔栖：

如果有一万个人喜欢你，我会是其中之一，如果只有一个人喜欢你，那么我就是那个人。祝你高考顺利，一路风光。

——温辞树

虽然只有寥寥数语，但是忍了三年的告白，是多么字字肺腑。

那是温辞树怀着以后再也不会和乔栖再见的心情写出来的，却被他最不愿意看到的人看见了。

他没有底气，强撑着用自然的语气对周野渡说："我只是想给自己的青春一个交代，我没想过破坏你们。"

"你破坏得了吗？"周野渡嗤笑着反问。

他当着温辞树的面把那封信撕成碎片："我告诉你，乔栖不喜欢书呆子，她身边的人不是我，也不可能是你。何况现在她有我了，我们会一起上大学，以后会结婚，你不要对她抱有期待，更不要打她的主意。"

温辞树并非一个彻头彻尾卑微的人，他虽然温和，但从不允许自己低人一头。但不知道为什么，当时面对周野渡，他语噎了。

那些话就像是利箭，一字一字射在他的心头。

甚至时隔多年，他以为青春已经走远了，他也已经长成一个没那么容易受伤的顶天立地的男人，可再次见到周野渡，他猛然感觉闷痛，发现自己胸口上还插着那时候的箭。

周野渡见温辞树久久没有回应，不由得感到内心躁意越发深重。

他又说："我听朋友说了，你们是假的。"

温辞树这才把自己从回忆中抽离，眼睛重新扫向手机，一边给乔栖点餐，一边说："是真是假，都和你没有关系。"

他远比那时候要硬气许多。

"是吗？"周野渡却像是听到了什么笑话。

他没有再幼稚地撂什么狠话，那是十八九岁的他才会做的事情，现在他的心远比那时候坚定。

他只玩世不恭地笑着，对温辞树说："她一直都是乔栖（xī），从来不是你的乔栖（qī），别弄混了。"

他只留下这么一句话，便转身离开。

温辞树这才抬头朝周野渡的方向看了一眼。

男人依旧野性不羁，桀骜乖戾，看一眼他的背影，就知道他绝对是个不可一世的人。

乔栖会被他抢走吗？

温辞树在心里这样问自己，但又瞬间觉得可笑，她分明并不属于自己，又怎么谈得上这个"抢"字？

从机场回家之后，温辞树越来越烦躁。

正巧张杳问他要不要出来吃小龙虾，他便同意了。

他拿起车钥匙出门，发现乔栖正在客厅他经常待的壁炉旁盘腿坐着，手里还是捧着在飞机上看的笔记本。

他叫了她一声："我出去一下。"

她问："干什么去？"

"吃饭。"他又补充，"和张杳。"

她挑眉笑："和谁我也不拦你呀。"

言外之意，你去就行。

可落在本来就胡思乱想的温辞树耳里，这句话就自动翻译成了——哪怕你和别的女人出去我也无所谓。

他最后是恹恹出门的。

来到张杳所说的大排档，他依旧没精打采。

尽管颓废，但温辞树这个人本就一副清风霁月、疏离淡然的样子，他的丧气和兴奋一般只有熟人才看得出来。

就像张杳，他是天生的笑面虎，哪怕参加葬礼，也不会让人觉得他是悲伤的。再比如吕斯思，她从小到大声音都哆，正常说话却像故意装腔，所以性格再好也不讨女生喜欢。

因此当他们三个人碰面的时候——

张杳一脸担忧，却显得幸灾乐祸："你怎么了，不大高兴呀？"

吕斯思认真关心，却像在发哆："大树哥，是不是嫂子给你气受了？"

只有温辞树还像个正经人："斯思，你怎么也来了？"

吕斯思说："本来想点些外卖拿回家吃，结果遇到杳哥，就想着要不和你们一起吃，你不会介意吧？"

温辞树摇头："不介意。"

"你怎么了，你老婆又给你气受了？"张杳还是对温辞树的感情生活比较关心。

温辞树笑了："什么叫'又'给气受？她什么时候也没给过我气受。"

张杳忙说："是是是，那我换个说法。你这满脸丧气，和你老婆有关吧？"

温辞树沉默了。

吕斯思看了眼他们，笑着岔开话题："哎呀，先点东西吧，别上来就问东问西。"

于是他们先把烤肉和小龙虾点上，又要了两扎精酿啤酒，两个男人一人一扎，吕斯思在特殊日子，所以喝温水。

吃到一半，张杳才继续刚才的话题："聊聊吧。"

温辞树先是没说话，又给自己倒了一大杯扎啤，喝得只剩一个底了，他才说："周野渡回来了。"

张杏正吃着羊肉串，闻言，手里的签子差点把嘴巴戳流血，内心的震惊比当初得知温辞树的相亲对象是乔栖时还有过之而无不及。

"你这什么鬼运气？"张杏哭笑不得，"刚和乔栖之间有点火花，情敌就出现了，还是白月光情敌？"

温辞树更沉郁了。

吕斯思注意到他的变化，忙数落张杏："你会不会说话？"

张杏也察觉自己有些火上浇油，不由得噤声。

吕斯思想了想，一边剥小龙虾，一边说："其实你也不用太焦虑了。要我说，你和乔栖都不是刚认识那时的状态了，你们已经相处了很久，多少有点感情。你要么就直接表白，如果怕不稳妥，那就试探之后再表白。"

温辞树听完，垂首，没什么表示。

张杏却眼前一亮："我觉得斯思说得对，其实这事问斯思比问我强，她毕竟是过来人。"

吕斯思去年结婚，丈夫被外派到国外工作，不久后就会回国。

她和丈夫结婚前也有不少戏剧性的故事发生，张杏常说，如果斯思不是个拎得清的姑娘，这段婚事早就黄了。

其他人的感情也都有独特的经历，但那是另外一段故事了。

温辞树的故事与任何人的都不同。

他的爱情之书，掀开第一页是"等待"，第二页还是，如果你不死心地往后翻，就会发现后页密密麻麻写着的，还是"等待"二字。

从他还是少年开始，他就在等待乔栖，从她不知道他姓名的时候，他就在等待她。

他的等待不是在公交站等车，而是在飞机场等船。

可明知如此，他还是要等。

一晃就是这么多年，沉默地等待她已经成为他的习惯。

现在突然要让他不再沉默，无异于要求一个用右手写下"等待"的人，立刻用左手写下同样字迹的"不等"。

有多难，只有他自己知道。

温辞树终是没有表态，而是一杯杯灌酒。

后来他醉了。

张杳喝酒了不能开车，于是吕斯思开车把温辞树送了回去。

在温辞树回家之前，乔栖正反反复复翻看孙安琪的日记，为此她已经很久没去追喜欢的电视剧了，明明前两天她才问温辞树借了会员呢。

201×年4月17日

S等的人我终于见到了。

找老同学打听了一下，那女生叫吕斯思，人缘不太好。

男生是不是都喜欢那种娇滴滴、说话都要捏着嗓子的女生啊？

201×年4月30日

救命！今天班里换位子所以走晚了一点，偏偏就看到S和那女生了！

那女生在哭，S看样子很担心她，眉头皱得可厉害了。

路过他们旁边的时候，我特意步伐放慢，听见他很温柔很温柔很温柔地在安慰她！

我要气死了！！！

201×年7月3日

我是造了什么孽，偏偏让我在这学期结束之前又看见S和那女生在一起！

那女生又哭了，她是林黛玉做的吗？

关键是S又又又皱眉头安慰她了！

烦死了！你们男生可不可以擦亮眼啊？

看到这三页的时候，乔栖停下，给孙安琪打了通电话。

乔栖：“喂。”

孙安琪嘴里正嚼着饭：“啥？”

“你在哪儿呢？”

“在家吃饭。”孙安琪正在她爸妈家吃饭。

“方便说话吗？”乔栖问。

"我说不方便，你就不说了？"孙安琪笑了。

乔栖无声一笑，紧接着便把想问的问出来："我看你日记呢。你以前知道吕斯思？怎么没告诉我？"

"哦，你不说我都想不起来要和你聊这个。"孙安琪依旧在吃东西，"你婚礼那天我和她聊了几句，本来想八卦一下的，然后发现她就是温辞树邻居家的小妹，貌似还带一点不太近的亲戚关系，所以我就没告诉你。"

"那你也应该告诉我啊！"乔栖说。

"拜托，我俩聊了没几句你和温辞树就到场了，我时隔多年再见到温辞树，啥都忘了好吗？"孙安琪声音提高了几分，"再说了，那时候我就算跟你说，你也不见得愿意听，不像现在。"

"现在？现在咋了？"

"现在都主动找我打听。"孙安琪的语气那叫一个调侃。

乔栖话一噎。

与此同时，门铃响了，她干脆挂断电话，起身去开门。

一瞧，温辞树居然是和吕斯思一起回来的！

"他喝多了，我把他送回来。"吕斯思解释。

乔栖开门的时候就闻到一股酒气，再看温辞树确实有醉态，便问："他怎么喝那么多？"

吕斯思深深看了乔栖一眼，卖了个关子："你问他呗。"

说完，她转身离开。

走了两三步，不知道想起什么，她转过身又说："给你个提醒。"

乔栖正要关门，闻言又把门打开。

"你老公其实有喜欢的人，你赶紧把她找出来吧。"

4

吕斯思的话让乔栖一夜都没睡好。

温辞树喜欢的人能是谁？

他身边一共也没几个女人，吕斯思算一个，之前在他公司宴会上遇见的赵总算另一个。除此之外，还有谁呢？

乔栖很想直接问温辞树，但是话到嘴边，又问不出来。

以前她不会这样，但现在她总是会考虑很多，可具体在考虑什么，她又说不上来。

她觉得爱情这玩意儿真难。

尽管所有人都在说爱情会让一个人成为更好的自己，但事实上，爱情经常是把一个人变得不像自己。

爱情本就是横看成岭侧成峰。

这样的感觉持续了一天，乔栖有些受不了，因为她是一个不习惯心里满是心事的人。三天后，她忍不住了，打算等温辞树下班回来后，要找他把话说清楚。

这天下班之后，她去了趟理发店，想把头发染黑，之前的红发已经长出了很长一截黑色的发根，没有刚染的时候那么好看了。

她想换个更好的形象与温辞树"谈判"。

谁知刚染上，乔桑就来电话了。

彼时已经六月份，乔桑刚结束高考，正是疯玩的时候。

乔栖还以为他是问自己要钱出去浪，犹豫了几秒才接起来。

只听乔桑用他那煞有介事的语气压声说道："姐，不得了了，我看见姐夫和一女人在一起。"

乔栖眼皮一跳，问："谁？"

语气里有连她自己都察觉不到的紧张。

乔桑说："我拍照片给你看。"

说着，乔栖手机里就收到了一张照片。

还没点开，乔栖就认出小图里的女人就是晚宴上找她麻烦的赵敏智。

她耳畔不由得响起吕斯思的忠告，心一沉，对乔桑说："你把地点发我。"

乔桑试探着问："姐，你不会要来捉奸吧？"

乔栖冷笑："我去砍人。"

"啧……"乔桑不由得对着听筒做了个惊讶的表情，但还是乖乖把位置发给了乔栖。

乔栖等头顶染发膏刚上好，就匆匆拿包离开了理发店。

理发师在后面追着她喊："喂，你去哪儿？"

乔栖喊："半小时就回来！"

"美女，你这不是胡闹吗？染不好你可别赖我们啊！"

乔栖大步向前，头也不回，只给对方比了个"OK"。

她本想在路口打车，结果这个时间点正是晚高峰，无论是路上还是在约车软件上都打不到车。

正当她准备扫开一辆路边的共享单车杀过去的时候，一阵疾风掀开裙摆。她转头看过去，一辆哈雷轰鸣着停在她身边。

是周野渡。

他把头盔镜往上一拨，问："去哪儿？我送你？"

乔栖本想拒绝，但转念一想，再迟就要堵不到人了……管他是谁呢，先拉过来用用。

想到这儿，她倒也果断，二话不说就上了周野渡的摩托，报了个地名后，笑着说："限你十分钟到。"

"嗡……"话刚落，一声长鸣响起。

周野渡骑起摩托来，野得像炫技，跟温辞树开车比有过之而无不及。

十分钟后，他准时把乔栖送到一家西餐厅门口。

乔栖取下头盔递给周野渡时，整张脸上都流满了黑色的染发膏。

周野渡见状，接头盔的手一僵，接着哈哈大笑起来。

乔栖包里有湿纸巾，她拿出来，一边咬牙骂周野渡"再笑把你头拧掉"，一边把脸上的污痕擦干净。

乔桑从对面的奶茶店跑出来，远远喊了声："姐！"

他想要走近，在看清乔栖旁边的人时，脚步却顿住了，迟疑了两秒才问："他怎么来了？"

乔栖扭头扫了眼还坐在摩托上没有下来的周野渡，说："司机。"

周野渡脸上幸灾乐祸的笑容被疑惑取代。

乔栖没有理会他，只问乔桑："温辞树人呢？"

乔桑说："还在里边。"

乔栖眼底藏着杀机，迈着六亲不认的步伐走进餐厅。

周野渡想了一秒，也跟过去。

乔栖在一楼扫视了一圈，没有见到温辞树。她径直上了二楼，在靠窗的某个座位上捕捉到了温辞树的背影。而那个姓赵的女人面对着她，不知道和温辞树说了什么，笑得眼睛都弯成了月牙。

赵敏智原本是严谨到有些刻板的女人，没想到还有这么甜美的时候。乔栖看着她，心里酸酸涩涩的，一时竟顿住了，没有上前。

周野渡却在这个时候上了楼，走到了她身边。

他循着乔栖的目光也看到了温辞树，眼眸一黯，心脏却激动得"扑通扑通"直跳。

他知道，这是他少有的可以抓住的机会。

于是他清了清嗓子，喊了声："乔栖。"

这恰好是整个用餐区都能听到的声音。

温辞树和他对面的女人同时朝这边看了过来。

周野渡装作没有注意到那边的动静，自顾自走到乔栖身边，温柔地抱怨："栖栖，早说你做头发安心在店里等着就行了，我买给你吃，可你非要出来吃。"

乔栖转头和周野渡对视，顿时知道了他在打什么主意。

其实刚才在楼下还没有进餐厅的时候，她有动过想让周野渡来气气温辞树的念头，毕竟温辞树身边有女人，她身边没有男人岂不是败了气势？

可她很快就放弃了这个想法。

这么多年，她身边围绕着形形色色的男人，之所以从未有人讲过她一句不好的话，正是因为她懂得与人相处的分寸。

她不愿意给任何拒绝过的人幻想。

但这次，她动摇了。

周野渡看出来乔栖的迟疑，心下一颤，攥紧了她的手腕，试探般说："吃西冷还是菲力？"

乔栖犹豫了两秒，干脆放纵一把，便笑着对周野渡说："不想在这里吃了，我想吃冰激凌。"

周野渡眼睛一亮，暗自松了口气："好，我给栖栖买意大利冰激凌吃。"

乔栖在心里吐槽，这个周野渡，现在一口一个"xīxī"，他之前什么时候这么温柔过？表演痕迹真是够强的。

但她面上却不表露，只故意放肆地笑，别提多兴奋了："好哇。"

说完她便扭头下楼了，从始至终没有往温辞树那边看一眼。

而周野渡却不一样了。

他在转身之前，挑衅般地往温辞树那里瞥了一眼。

温辞树似乎没有任何表示。

周野渡在心里鄙夷：原来他的爱也不过如此。

其实温辞树早就气疯了。

他们走后，他端起面前的冰柠檬水"咕咚咕咚"往下灌。

赵敏智看他这样子不由得眉头直皱："你慢点。"

温辞树没说什么，随手拿起旁边的叉子，又随意插了一块食物。

刚吃下去，赵敏智"哎呀"了一声："你吃的是柠檬啊，酸不酸？"

温辞树回神，这才发现他吃的恰好是用来摆盘的一块焗柠檬，酸掉牙。

他这么失态，真不知道该说什么才好了。

赵敏智洞若观火。

沉默了几秒，她率先问道："学长，既然你这么在意她，为什么不追过去？如果是我，我绝对不会让他们就这么离开。"

赵敏智依旧是那个飒爽的女强人模样，在她面前，温辞树反倒像是她的学弟。

温辞树愣了愣，一时哑然。

因为他忽然发现，刚才那一瞬间，他竟然没有这样的念头。

他竟然不知道，他也是可以追出去的。

因为从前很多次，他都只是一个像树一样沉默地扎根在原地的凝望者。

赵敏智见温辞树迟迟不语，不由得叹气："说实话，如果我再年轻五岁，绝对会趁机在你面前说那个女人的坏话，但是现在的我，面对这样的状况，只想叹气。"

赵敏智是温辞树的直系学妹，一直崇拜温辞树的才华，也是因此才加入华赢工作。

在公司，她丝毫不掩饰对温辞树的欣赏，但也正因如此，常常会出现她喜欢温辞树的传闻。

这些人真是八卦，却又对八卦没有丝毫的创意。

职场之中，如果一个男性对女性过分欣赏，常常会被看作想要潜规则，而女性对一个男性由衷欣赏，常常会被看作是花痴。

难道就不能是纯粹地只折服于对方的业务能力吗？

赵敏智笑了："学长，大家都在私下散播我喜欢你的传闻，今天我来破除这个谣言。虽然我和你的那位妻子绝对不是一路人，但我作为女人，给你一个劝告，她一定是希望你追上去的。"

所有女人都会希望自己的丈夫在意自己、紧张自己。

其实这些话并不用赵敏智说，温辞树自己也早就明白了。

他起身，说："等会儿宋总和周总到了，麻烦你帮我解释一下。"

他们今天吃饭原本就是多人工作聚餐，除了他和赵敏智，还有被堵在路上的宋总和周总。

赵敏智点头："放心去吧。"

温辞树点头，很快下楼离开了。

乔栖和周野渡出了餐厅之后，并没有去吃所谓的意大利冰激凌。

乔桑围上来，问："姐，怎么样啊？"

乔栖也不知道自己为什么要撒谎，但话就是脱口而出："没事，一个误会。"

而后她看了一眼周野渡，淡淡说："今天谢谢你了，但我们以后还是保持距离吧。"

周野渡冷哼一声："用完就扔，你当我是抹布吗？"

乔栖不给面子："没错，我就是这么坏的女人，你还是及时止损吧。"

说罢，她推了一下乔桑的肩膀："你怎么来的？"

乔桑说："骑车啊。"

"行，那我限你用最快速度送我回理发店。"

"可我那边还……"

"少废话。"乔栖呛声一句，又说，"送我过去，你追那女孩，我给你支招。"

乔桑提了一口气："遵命！"

他屁颠屁颠跑去骑车了。

周野渡还在旁边没有离开，他看着乔栖，想气又气不起来，咬牙笑了："你就不能对我好点？"

乔栖说："不能。"

周野渡说："我哪里比不上那个什么树了？"

"哪儿都比不上。"乔栖想都没想。

周野渡只是笑："栖栖啊栖栖，老子的心虽然硬，但也耐不住你这么一刀刀往上划。"

乔栖这次转头看了他一眼。

周野渡比年少时帅气了许多，那双狭长的眼睛里透着些许玩世不恭，但坚毅的下巴却又让人觉得他格外笃定。

"看什么？"周野渡见她打量，不由得问，"是不是觉得还是我比较帅？"

乔栖差点喷血。

恰好乔桑朝她摁喇叭，她走到车后座坐下。离开之前，她认真对周野渡说："周野渡，好马不吃回头草。"

天色彻底暗了下来，华灯初上，周野渡看着乔栖的身影融入茫茫黑夜，一时竟有点委屈。

都这个时候了，还拿这种话打发他？

谁是马啊，要当也得是一匹狼，一生只会认定一个伴侣的狼。

温辞树回到家的时候，乔栖还没有回来。

他也不知道自己应该干些什么，干脆就像个乖小孩一样坐在沙发上等她回家，脑海里一直盘旋着等会儿要向她解释的话。

乔栖在温辞树进家之后的两个小时才回家。

她的头发已经变成了黑色。

深发色总会让人显得更有气质一些，乔栖也不例外，她整个人都散发着与往日不同的气场，有些倦懒，也有些淡漠。

她进门之后看到温辞树坐在沙发上，一笑："哟，您今天回来得倒早啊。"

温辞树站了起来，目不斜视地看着她："我们只是同事聚餐。"

乔栖眼皮一跳。

她没想到他第一句话就是跟她解释。

按理他不是该说"你听我说，你听我说……"，然后说半天也解释不出一二三来吗？

她笑了："和我没有关系，你搞得好像我吃醋似的。"

这话明显带刺。

她不是觉得他会出轨，她只是讨厌他对谁都很温柔，没有界限感。

归根结底，是她太霸道了，只希望他对自己好。

但这种霸道合乎常理，并没有错。

他们隔着大半个客厅对视，独属于男女之间的暗潮在缓缓涌动着。

顿了顿，温辞树走到乔栖面前，很认真地说："不管你吃不吃醋，你放心，我不会出轨的。"

他望着她，看似坦荡无畏，实则有点可怜，仿佛是在等她说"我也不会"。

可她偏不如他的意，扬眉："我不一定。"

温辞树明显黯淡下去。

不是眼眸暗淡，而是整个人都如快要没有电的灯一样，光芒瞬间微弱。

乔栖虽然知道温辞树不会出轨，但到底还是吃味的，她偏偏还要继续说下去："你可千万别爱上我，毕竟像我这种女人是不可能对你这种书呆子动心的。"

她用手指戳他的胸膛："你对我的价值，相当于玩具，明白吗？"

这句话让温辞树眼里的光彻底熄灭。

乔栖的心情却好多了，想要回屋。

温辞树攥住了她的手腕，问："能不能好好说话？"

她装懵懂："我话说得还不够好吗？"

他眼底攒聚了狂风："玩具是好话？"

"在我这里是。"

他说一句，她就顶一句。

温辞树终于忍不住了："你想让我对你动粗吗？"

他眼里暧昧不明，意有所指。

乔栖感受到有暗欲在流动，却不肯在口舌之争中败下阵来，扬脸一笑："你那还叫动粗？你那叫挠痒……"

她话没说完，忽然被他捧着脸吻了起来。

她站不稳，一直往后退，温辞树就边吻她边带着她往里面走。她的肩膀撞到墙壁，他顺势压上去，把她的手腕扣在头顶，然后亲她。

她想挣扎，却根本连换气的机会都没有。

他好一会儿才放开她。

她早已凌乱得不成样子，他还是仪表堂堂，只是控制不住在喘粗气，问：

"还是挠痒吗？"

乔栖哪肯服软，瞪着他不说话，胸口剧烈起伏，大喘气。

他明白她的意思，眼底染上一丝冷漠又欲气横生的笑意："那再来。"

这三个字随着他的亲吻被卷入舌底，然后在两个人的较劲中被碾碎了，随着喘息一同吞进了肚子里。

然后他们激烈纠缠，用身体说话。

当身体赤裸的时候，心灵就能不再蒙布吗？

他缠绕着她的长发，掠夺着她的呼吸，感受着她的心跳，最后那刻，他看向她的眼睛。

她的眼睛真好看，里面有晴雨、日月、山川、江河、云雾、花鸟……她一定没有注意，他的眼睛分明更好看，因为他的眼里有她。

她却只顾着与他较劲。

她不懂他的缠绵，正如他不懂她的倔强。

她看上去是很尖锐，可从不是与他硬碰硬，她是拿一颗软乎乎的心在撞击着他。

她好痛啊，他不知道。

本以为会纠缠一夜，谁知温辞树的手机突然响了，紧接着两人就听到门口有人在叫门。

听清楚不速之客的声音，他们都怔了怔。

温辞树犹豫了一下，不情不愿地套上家居服走了出去。

乔栖如获大赦，累得一动也动不了，躺在床上缓神。

没一会儿温辞树又进来了。

他走到床边，对乔栖说："穿衣服，出来吃饭。"

乔栖把脸转到背着他的那一面："不去。"

她嘟囔着："你刚才都要杀了我，我才不去。"

温辞树怔了怔，旋即笑了，软声说："我怕你觉得像是在挠痒。"

这个浑蛋，拿话刺激她？

乔栖顺手抄起一只枕头朝温辞树砸了过去。他不躲不闪，任由这个枕头落进他的怀里。

刚刚水乳交融过，温辞树又一次沦陷了，早把周野渡抛之脑后。他含笑说：“快点起来，不然我妈闯进来了。”

　　他的样子实在是很宠溺。

　　可他越这样，乔栖越委屈。

　　她不由得撇嘴：“不去。”说完把被子一拉，转过身背对他。

　　温辞树无声看了她两秒，随后悄然离开了卧室。

　　刘美君一见只有温辞树一个人出来，不由得皱起了眉头：“她不起来吗？”

　　温辞树说：“她身体不太舒服。”

　　“连出来见我们一眼的力气都没有？”刘美君冷笑道，“那我去看看她。”

　　“哎，妈……”温辞树拦了一下。

　　刘美君板着脸，问：“这么大谱吗？我想关心一下人家都没资格？”她一声比一声大。

　　温辞树干脆直接说：“我们吵架了，是我的错，她现在连我都不想见。”

　　“啊你……”刘美君语噎，不过很快又问，“你这么好的脾气，就算吵架也只有她气你的份儿吧？”

　　刘美君满脸狐疑：“你就袒护她吧，我看肯定是她耍脾气，连你这么好的人都受不了了。我说什么来着，你还是要找个脾气好的，你娶个妖精回来，就像娶个祖宗……”

　　“好啦，好啦……”温圣元适时插话进来，“他们小两口吵架了本来就不痛快，你怎么还添油加醋？”

　　温辞树也说：“是我的错，妈，你误会了。”

　　刘美君不信：“那你错哪儿了？”

　　温圣元劝阻：“美君，你问这个干什么呀？”

　　刘美君不听，只盯着温辞树，铁了心要等他的下文。

　　温辞树说：“我和女同事单独吃饭被她看到了，她有点误会。”

　　刘美君哑声了。

　　温圣元眉头紧锁：“是私人饭局还是工作饭局？”

　　“工作局。”温辞树很想快速结束话题，“怪我没提前给她说一声，她本来还以为我会回家吃呢，结果看到我和别的女人在一起，就生气了。”

　　刘美君和温圣元都沉默了下来。

最后是刘美君先叹了声气："我就说你们不能闪婚吧，认识三个月看到你和别的女人一起吃饭，她准要多想。可要是认识三年呢，彻彻底底了解你是个什么样的人，肯定就不会多想了。"

温圣元一笑："你糊涂了，在乎的话就会多想，不在乎的话，人家才懒得管呢。"

温辞树对温圣元感激一笑。

刘美君见状，白了温圣元一眼："阿树维护乔栖是因为他是她老公，你又不是她老公，你该站在谁那边，心里没数吗？"

温圣元一顿，不由得失笑："行，我的错，我的错……"

刘美君"哼"了一声，说："她不想起就不起吧，我还不乐意见呢。"

她又指了指茶几上的包装盒，说："今天和你爸一个老朋友在附近吃饭，觉得那家的酥肉不错，给你打包送来的，趁热吃吧，我们啊，先退下了。"

温辞树出去送他们："路上慢点。"

刘美君临走之前，又扭头没好气地说了句："夫妻没有隔夜仇，真吵架了记得赶紧掀篇。"

"知道了。"温辞树一笑，知道他的母亲向来是刀子嘴豆腐心。

送走父母，温辞树再回到卧室，发现乔栖已经睡着了，打着可爱的轻鼾。

第六章
爱人

/ 宣之于口的才算告白

1

乔栖最近状态很差，她把自己这种情况解释为"短发留长期"。

该怎么解释这个无厘头的理论呢？

短发留长期间，丑到恨不得把长出来的头发都剪掉，却又因为心心念念想要长发而一次次忍了下去。

她和温辞树的感情，就正处于短发留长的尴尬期，渴望"头发可以变长"，也知道它一定能够变长，但现在这个阶段，就是让人没有信心，让人不快乐。

乔栖和温辞树冷战了。

尽管谁也没点明"我不再理你"，也没人明确提出"我们都冷静一下吧"，可就是默契地不再对彼此讲话了。

当然，这只是乔栖自己的想法。

第二天早晨，温辞树项目上出了问题，他从起床开始就在和人打电话沟通。乔栖起床之后就在饭厅里晃，一会儿开冰箱拿牛奶，一会儿去鼓捣多士炉，一会儿又去煎蛋，就是为了让温辞树先跟自己说话。

可他根本不知道她是这个意思。

他明明给她做了一份饭放在冰箱，可她偏要自己做，他的眼神明明好几次都落在她身上了，可她就是不看他一眼。

他还以为她在赌气，加之工作上的事情由不得他分心，他就干脆去上班，不再烦她。

他前脚刚出门，乔栖后脚就原形毕露了，她气得抓狂，直薅自己的头发。

男人真是提上裤子就不认人！

她干脆连饭都没吃，也直接出了门。

坐地铁去上班的时候，她本来想打开手机追剧换换心情，结果却发现账号下线了，需要重新登录，但她用的是温辞树的会员……

这样一来，她更气了。

谈过恋爱的都知道，两个人闹矛盾的时候，一举一动都会被放大，哪怕人家没有在针对自己，也还是会把错算到对方头上。

乔栖现在正是如此。

后来一连好几天她都没有回家住，要么睡周可那儿，要么睡孙安琪那儿。温辞树打电话过来，她通通挂断了。

这天早晨，乔栖如常去上班。

在路过庆春路的时候，她发现路边发生了口角之争。

她先是看到地上散落着被车子碾得乱七八糟的青菜，又看到一只菜篮滚在路沿边，最后才把注意力放到事故中心。

一辆电动车倒在马路上，旁边坐着一个明显被撞伤的中年女人，她紧紧拉着一个小伙子的裤脚，在和他吵架。

乔栖定睛一看——那不是温辞树的妈妈吗？

她想了两秒，走过去。

刘美君说："你闯红灯撞了我，你还有理了？"

那人就说："大姐，你没见灯还有两秒就变红了，你非要走那么急啊？"

"你搞清楚，我是从绿灯的时候开始走的，还差几步路就走到马路这边了，我可不是卡着倒计时往这边来的！"刘美君的胳膊上和腿上都有擦伤，讲话的时候还疼得倒抽气。

那小伙子长得很壮，染着五颜六色的彩虹头发，打扮得就像个"精神小伙"，说话也高调："你撞坏了我的车，我还没让你赔呢，你凭什么不让我走？"

听到这里，乔栖已经完全明白了。

应该是刘美君正常过马路，骑电动车的人提前两三秒在红灯快变绿的时候过去，正好把她撞了。

刘美君是受害者。

乔栖心下已定，便挺了挺背走出去，把刘美君扶了起来。

刘美君见到她的那瞬间，满是难以置信，很诧异地问："你怎么在这儿？"

乔栖说："这条马路谁都能走，我为什么不能在这儿？"

她让刘美君在一旁站好，然后转身看了一眼那个撞到人的小伙子，一笑："你眼瞎了？"

那人一怔。

乔栖说："红灯绿灯你都分不清，一个大活人在眼前你都不知道刹车，我说你眼瞎了是抬举你了。"她把耳边的碎发掖到耳后，漫不经心地警告道，"我告诉你，要么赔钱道歉，要么赔钱道歉进局子，你选吧。"

那人"呵"了一声，问："你谁啊？"

乔栖想都没想："我是你爹。"

围观的人都笑了起来。

刘美君惊讶的同时，也忍不住笑了一声。

那人左右看了看围观的人，脸上一阵白一阵红。被一个小姑娘指着鼻子骂还是头一次，他抹不开这个面子，伸手指着乔栖的鼻子威胁道："我告诉你，你少多管闲事！"

"你撞的是我妈，你得喊祖宗，你说我多管闲事？"乔栖不笑也不怒，神色很平淡，甚至有些懒洋洋的。

刘美君看呆了，连身上的疼都忘了，看乔栖骂着人，她觉得惊讶又荒唐，同时又莫名地觉得解气。

乔栖骂人就像在聊天，语气不紧不慢地："我妈没事还好，要是有事，你以为我让你道歉就够了？你想给她磕头，也得看我答不答应。"

刘美君刚才被欺负得不像话，正觉得孤立无援，谁知乔栖居然从天而降，还这么维护她。

这姑娘看起来瘦瘦弱弱的，大腿还没人家胳膊粗，也不知道哪儿来的胆子。

这么一想，刘美君有点鼻酸，委屈又担忧。

乔栖不想在这里磨叽，又对那人说："别浪费时间，你……"

"臭女人，你以为我不敢打你是不是！"那人明显被惹怒了，骂骂咧咧要动粗。

当他的手伸出来的时候，乔栖不躲，反倒迎上去："大家看看啊，这人耍流氓了！你们看他要占我便宜！"

对付无赖就得用耍无赖的方式。

乔栖一叫嚷，人群里有位热心大叔冲了出来，一把攥住小伙子的手腕往后一掰，他顿时疼得嗷嗷直叫。

乔栖眼里闪着幸灾乐祸的光，问："怎么样，你道不道歉？"

"道道道……"那人疼得五官都拧在了一起。

他转头向一旁的刘美君说了声"对不起"，又问乔栖："这下可以了吧？"

乔栖没有理他，而是问旁边的大哥："您能帮我个忙吗？"

热心大哥说："你说就行！"

"帮我把他带到医院，我妈妈受了伤，不能就这么让他走了，医药费必须由他赔付。"

乔栖这么说，那撞到人的小伙子又不乐意了："哎，你们别是一伙的吧？你们要讹人啊！"

他这么叫嚷，原本热心的大哥也不热心了。

没人希望惹一通烦心事。

乔栖也不生气，掏出手机，迅速报了警。

之后她不再贪恋口舌之争，抓紧把刘美君送到了医院，在去医院的路上又给温辞树打了通电话。

到医院之后，乔栖跑上跑下给刘美君排队挂号、缴费，她穿的又是高跟鞋，没一会儿就觉得小腿在发胀。

趁着刘美君去上药的时间，她坐在走廊里歇息。

温辞树和温圣元同一时间赶到医院，刚出电梯就看到了乔栖。

温圣元离很远就喊："怎么样了，没事吧？"

乔栖站了起来，说："没事，都是皮外伤。"

温辞树又问："撞人的那个人呢？"

"本来不想赔钱的，我报警了，然后他就自愿缴了医疗费，刚走。"

"哦……"温辞树和温圣元一齐松了口气。

随后温圣元说："小乔啊，今天这件事多谢你了。"

乔栖笑着说："应该的。"

温圣元又说："好了，你妈这里有我一个人就行了，你们该忙就去忙你们的。"

温辞树想了想："我进去跟我妈说一声再走。"

温圣元点点头："好。"

于是温辞树进屋去看刘美君，而温圣元则在门口和乔栖聊天。

温圣元问："那个无赖没欺负你吧？"

"没有。"乔栖又笑了，"要欺负也得是我欺负他。"

温圣元愣了愣，笑了："你们这些年轻人都比我们那时候要英勇无畏啊，活得有滋有味的。"

乔栖想了想，说："还好。"

温圣元看着她，那是越看越顺眼，不由得满意地笑了起来。

而一墙之隔的诊室里，刘美君也第一次夸奖起乔栖来："你媳妇口才不错。"

温辞树闻言缓缓笑了，他虽然想不到当时具体发生了什么，但能想象出乔栖教训人的样子。

刘美君看他那一脸痴迷的样子，不由得摇头："你去对她说，我很感谢她，想邀请她来家里过周末。嗯……下周吧，下个周末，问她愿不愿意过来。"

温辞树怔了怔才说："好。"

走出医院之后，温辞树要开车送乔栖回 Hanky Panky，乔栖站在路边等他把车开出来，不时弯腰揉一揉小腿。

温辞树远远看到她的动作，朝她摁了下喇叭。

乔栖闻声走了过来，打开车门，坐进了副驾驶，与此同时，如释重负地把鞋子脱了下来。

温辞树看了她一眼，说："今天的事谢谢你啊。"

那语气有点别扭，有点真挚，又夹杂着一丝不易察觉的讨好。

乔栖说："不用。"

她转头去看窗外。

她总觉得有话和他说，但又不知道说什么，心里的感觉说不清道不明的，有点低落，却又没有到难过那么具体。

爱情里的情绪用五味杂陈来形容真是一点也不为过。

后来一路都是沉默。

直到车在 Hanky Panky 门口停下，她要穿鞋准备下车，他才喊住了她：

"等等。"

说着，他先她一步下了车，绕到后备厢那里。

这期间乔栖的目光一直跟着他，见他拿了什么东西出来，没有折回他的驾驶室，而是朝她所在的副驾驶走了过来，然后打开她这边的车门——

一双平底鞋出现在她的眼前。

自从那次在湖边散步她要赤脚之后，他的车上就常备一双平底鞋。

乔栖有些说不出话，看了那双鞋好久，才回神接过来。

换好鞋子，她走下车。

温辞树说："我妈想喊我们回家过周末。"

乔栖看着他，缓缓说了个"好"字。

再想等着他说些其他的话，可他只是沉沉看着她，然后什么也没说，又转身走去驾驶室了。

一时竟分不清究竟是谁更别扭些。

温辞树上车之后没有急着离开，而是在后视镜里目送乔栖进了店才发动引擎。

这时，一辆哈雷摩托恰好驶来。

是周野渡。

他的摩托后座还放着花，一大束烈焰玫瑰。

温辞树看着周野渡在乔栖的店门口下了车，举着花走进了店里。

然后他又在车里坐了许久。

最后他没去公司，而是在车里接二连三地抽烟。

他心情烦躁的时候就会以此来发泄。

想到周野渡的脸，他的呼吸像被掐断了似的，一口气堵在心里，闷闷的。

暗恋的人总是自卑又自傲。

自卑于觉得她哪里都好，与之相比，自己哪里都不够好。

自傲于因为太过自卑，反而要在明面上表现出自傲来。因为本身就已经低于她了，心理上已经低到尘埃里，那么展示给她的躯壳不可以再没有姿态。

他不愿意自己的爱不被重视，宁愿当一个懦弱的人，也不愿意做个被拒绝的人。

一直不说出口，那就代表他们一直都是有可能的。

说出了口被拒绝，就永远都没有可能了。

这就是温辞树迟迟不愿意把话挑明的原因之一。

而原因之二，大抵是因为，在他眼里，周野渡在乔栖以往的男朋友里是不同的。

据他所知，周野渡是乔栖谈过时间最长的人。

以往那些男生，他只是知道名字和长相，但很少见到乔栖和他们待在一起，但周野渡，他却撞见过很多次。

他见到他们一起坐在食堂吃饭。

见到乔栖来运动场上看周野渡跑步，在终点线给周野渡递水。

见到周野渡教乔栖玩滑板。

他听到过周野渡对朋友们说乔栖很好亲，听过有人大声调侃他们之间的关系，甚至见过乔栖把周野渡带到她爸爸面前……

这些往事，让温辞树感到自我怀疑。

他是应该找乔栖谈一谈，问清楚她到底喜欢谁，还是再等等，看看在他不干扰的情况下，乔栖会做出什么决定呢？

车载音响里放了首苦情歌，一曲终了，他的最后一支烟也恰好抽完。他把头抵在车玻璃上，又低又重喊了声："乔栖。"

当晚，温辞树去 S7 买醉。

乔栖曾说过，想要教温辞树喝醉。

可原来想醉，不用人教。

温辞树喝了不少，最后又是吕斯思把他送回了家。

因为温辞树车里的那双平底鞋，乔栖好不容易愿意回家来住。

但她本来就还在为赵敏智生气，谁知回家第一晚，又撞上吕斯思送酩酊大醉的温辞树回家。

她打开门看到他们俩，就摆上了臭脸。

吕斯思作为过来人，一眼就捕捉到了乔栖的神色变化。

她在心里暗骂这两口子怎么一个比一个憨，突然灵机一动，清了清嗓子，问："上次我说温辞树心里装着一个女人，你知道是谁了吗？"

乔栖没耐心："你不是来送人的吗？人送到了，你可以走了。"

吕斯思一听，只觉得有戏，笑了笑："实话告诉你吧，那个人就是我。"

这句话说完之后，吕斯思眼皮直跳，感觉自己在说一些连傻子都不信的鬼话。

可偏偏乔栖神色狐疑。

吕斯思强撑着面不改色心不跳："这么多年了，我以为你能让他放下我，看来是不行了。"

乔栖面色越来越差，她分不清这话里的真假，只觉得听着不舒服。

吕斯思大脑飞速运转："他的店叫S7，'S'不是'树'的意思，是'思'的意思。"

"你跟我说这些干什么？"乔栖终于发话了，她靠在门框上，一副百无聊赖的样子，"我俩是假的，我不关心这些。"

吕斯思点头，嗲声嗲气地说："我知道是假的，所以才敢和你说啊。以前我一直没同意辞树的表白，但他和你结婚之后，我才发现我挺介意的，所以……如果你们离婚，我们很有可能会在一起。"

不叫哥了，改叫辞树了？

乔栖定定地看着吕斯思。

几秒后，她一笑："到时候请我去喝一杯喜酒。"

吕斯思心里又有点慌，看乔栖一副满不在意的样子，难不成真没动心？

她疑惑了，却也不愿意再试探，谎话吧，说多错多。

于是她转身走了。

乔栖独自把温辞树扶进屋子里。

温辞树这个人喝多了的表现就是睡觉，老老实实的，什么酒疯也不耍，只会呼呼大睡。

她把他弄到床上，沉默地看了他两眼，心里乱得很。

出了卧室，她又找出孙安琪的日记本，把整个本子里关于吕斯思的片段都挑出来重新看了一遍。

201×年5月17日

真羡慕那个吕斯思啊，S每天都等她，送她回家。

201×年9月9日

听晓琳说，吕斯思和班里女生闹矛盾，S好像帮她出头了。

天哪，不就是女生之间那点破事，至于吗？

看到这儿，乔栖停了下来。

孙安琪说，吕斯思是温辞树邻居家的妹妹，甚至沾点亲带点故，难道……

有个脑洞大开的念头在她心里成形——

所以不是赵敏智，而是吕斯思吗？

怪不得当初他这么爽快就同意结婚，难不成是因为他无法光明正大爱吕斯思，才用结婚来解决一切？

乔栖浑身一颤，被自己这个想法给吓到了。

而就在这时候，她的手机忽然响了。

她把日记本合上，拿起了手机，看到来电显示的那一刻，莫名心慌。

因为来电的人是乔育木。

乔栖深呼吸了一下才接听。

"今天和你奶奶回平芜，刚下高铁，她突然快不行了，我们现在在去人民医院的路上，你过来吧。"

乔栖的眼泪突然就砸了下来。

直觉告诉她，她好像马上就要失去很重要的东西了。

她连睡衣都没换就急忙出了门，也没有惊动温辞树。

该来的总会到来。

人以生开始，以死结束，谁也不能例外。

奶奶从外地回来的路上其实就已经感到不适，是硬撑到下车之后才告诉乔育木的。

她已经是一个行将就木的人了，这次她没有之前那么能挨，乔栖赶到医院的时候，她只一息尚存。

乔栖在她的病房里守了一夜。

第二天早晨，天蒙蒙亮的时候，奶奶忽然醒来。

她说："天快亮了。"

乔栖说："嗯，就要亮了。"

"太阳出来了？"

"还没。"

她盯着窗外，缓缓说："我想看看太阳。"

于是乔栖推她到窗边。

晨光将天空分为两半，西方还是暗蓝的，有一颗星子遥遥挂在天际，而东方已渐渐漂白，随着霞光遍布天际，太阳也一点一点地露出了头。

奶奶像个孩子似的，连眼睛都不敢眨，生怕错过骄阳初升的每一秒。

乔栖看着她，知道她快要不行了。

最终，当清晨的霞光照在奶奶身上的时候，她闭上了眼睛。

太阳升起。

西边的那颗星星也灭了。

乔栖没有哭。

她只是有点不明白，奶奶最后走得安心吗？是不是还在为乔桥的事情伤心难过？是不是仍然担心她过得会不会幸福？是不是还有很多放不下的瞬间？

这些问题，乔栖想了好几天。

直到葬礼结束，一只如阳光般的黄色蝴蝶飞到了奶奶的墓碑上。

这本是无人在意的小事，可乔栖却莫名动容，同时豁然开朗——奶奶一定是安心离开的。

因为最后，奶奶什么话也没有交代。

她不再留下什么，说明她已经不再纠结什么。

她一定是放下所有离开的。

乔栖旋即对奶奶墓碑上的照片一笑，默念：放心吧，我会活得很好很好。我会得到尘世间的幸福，会得到粮食和蔬菜，也能喂马、劈柴、周游世界。

她正这么想着，温辞树在身后握住了她的手。

她转身。

他还是那么淡然平和，对她说："走吧。"

她却笑了笑："温辞树，当初结婚，我奶奶是我摆在明面上的理由。"

温辞树呼吸一紧，感觉喉咙像被人扼住。

乔栖看着他的眼睛，想到了赵敏智，也想到了吕斯思，最后一笑："现在我奶奶走了，是继续，还是分开，我们都要好好考虑考虑。"

果然，乔栖留下了一句温辞树最不愿意听到的话。

然后她没有等他，转身走到了她家人们的身边，对乔育木和罗怡玲深深鞠了一躬，又对乔桥和乔桑笑了笑。

然后她再也没有其他表示，继续往外走去。

这里万籁俱寂，悲戚笼罩，她只身一人默默穿过重重墓碑，身影落寞得像是在走向死亡。

向生而死者，亦是向死而生。

温辞树知道，她已经彻底脱离那个让她感到沉重的家庭。

她是新的人了。

他不知道是不是要用另一个家再把她束缚住。

从葬礼离开之后，乔栖拿了块滑板，说是要出去追追风。

温辞树知道她需要独处的时间，于是只叮嘱她注意安全，其他什么也没说。

但他也不愿意一个人在家，因为越孤独就越会想东想西，他无聊地坐了一会儿，拿起车钥匙去了 S7。

吕斯思一看他过来了，简直如临大敌，叫嚷着："所有人！听着！坚决不许给温辞树酒喝！"

短短一个月，他已经在她面前喝醉了两次，偏偏每次还恰好只有她能把他送回家，她怕再来一次，她会抓狂。

温辞树闻言淡笑："不喝酒，就是坐会儿。"

吕斯思嗅到了一丝不寻常的味道："又和你家那位闹矛盾了？"

温辞树顿了顿，似是不想说，但最后还是说了："她奶奶今天举行葬礼。"

吕斯思呼吸一滞："那她应该很伤心。"

温辞树目光辽远："她现在正自己拥抱自己呢。"

恰好台上的驻唱歌手在调试吉他，吕斯思没听清温辞树这句话，便问："什么？"

温辞树敛了敛眸，说："你还是给我一杯酒吧，就一杯。"

吕斯思看了他一眼，重重叹了声气。

一个向来冷静自持从不失态的人，某天突然开始借酒浇愁，这真是一件令人悲伤的事啊。

　　她最终给他拿了瓶度数很低的鸡尾酒，然后拿起手机，将温辞树边喝酒边听歌的背影拍了下来，发给张杳：**你要是有空多陪陪我哥呀。**

　　张杳顿时打电话过来。

　　吕斯思接起来，惊讶地说道："少见啊，你居然不忙了。"

　　张杳说："正好刚下手术台，一拿手机就看到你的消息了。他今天是怎么了？"

　　吕斯思往后面走去，避开嘈杂的音乐声："好像是乔栖奶奶去世了，我看他啊，比乔栖都伤心。"

　　张杳沉吟了一阵，说："那可麻烦了。"

　　"啊？"

　　"当初乔栖就是为了她奶奶才和温辞树在一起，一份契约里约束甲方的条款失灵了，那结局会是怎样呢？"

　　吕斯思没想到会是这样，不由得又"啊"了一声，感叹不已。

　　当晚温辞树又喝多了，倒是没有醉，但开车不能喝酒，恰好吕斯思顺路，就又把温辞树送回了家。

　　吕斯思送温辞树回到家，顺便去借用了一下厕所，正当她推开卫生间的门出来时，乔栖恰好回家。

　　看到乔栖的瞬间，吕斯思有点恍惚，因为乔栖在看到她的那一秒明显愣怔了一下，脸上随后便染上了伤心欲绝的神情。

　　是的，看到吕斯思的那瞬间，乔栖蒙掉了。

　　人最怕心里的疑影一点点被证实。

　　她本就误会吕斯思与温辞树之间的关系，此刻更是头皮发麻，浑身都要颤抖起来。

　　而恰好这时候温辞树也从书房出来，他一走过来，身上淡淡的酒气也飘了过来。

　　在她这么伤心难过的日子里，他还有心思去喝酒，居然还让别的女人进这个家？

　　她不管他们之间是真是假，她只知道她这一刻的难受不是假的。她忍受不了这样的疼痛，仰头直视着温辞树："要不也别考虑了，我们离婚吧。"

温辞树一僵。

乔栖毫无波澜，淡漠地说："最好一周之内办完，你挑个时间吧。"

温辞树怔怔地看着乔栖，一句话也说不出来。

吕斯思的心则直坠地狱——之前就不应该讲假话刺激乔栖，现在可倒好，把原本简单的事情搅成一锅糊粥。

她刚想解释，可乔栖明显没有继续在这个家里待下去的欲望，扭头就走。

吕斯思在原地懊恼得恨不得抽自己一巴掌，好在她反应快，大声对温辞树说："你快去追她！她误会我们了！"

她讲话的语速又急又快："我觉得以你的性格很难对她张口告白，所以之前就自作主张故意对她说了很多让她误会的话！可现在你看她明显在乎你啊！你快去追！"

后面两句话被摔门声震碎。

温辞树早就追了出去。

可温辞树追出来的时候，乔栖乘坐的电梯门恰好关闭，他没赶得上，只好从楼道跑下去，想把她拦住，把话说清楚。

等他气喘吁吁跑下楼的时候，刚好看到乔栖快走到小区大门。他追上去，跟着乔栖出了大门，谁知在门口看到了周野渡。

他急切的脚步顿时收紧。

他犹豫了两秒，本来没有勇气上前，可他实在是太怕失去她了，所以不死心地跟了上去，远远喊了声："乔栖。"

乔栖止住脚步，却没有回头。

温辞树来到她身边，看了眼坐在摩托上的周野渡，说："跟我回家。"

乔栖微微一笑："你家不是有人了吗，我去干什么？"

"你误会了，我和吕斯思什么事都没有，她已经结婚了，我……"

闻言，乔栖眼波流转，似乎是一点儿也不在意："不感兴趣，你少挡路了，没看到我有男人接啊？"

她轻轻一啐，扭着腰走到了周野渡的哈雷旁边，然后长腿一跨，坐了上去。

周野渡反应很快，把头盔递给乔栖戴好，就加大油门冲了出去，唯恐温辞树再多对乔栖说一句话。

周野渡飞驰而去，直到两个路口之后他才停下来，扭头一看，发现乔栖哭了。

他心里像被人紧紧攥住那么疼，呼吸都提不上来："值得吗？"

其实他想问，值得吗？和我在一起多好，我不会让你哭的。

乔栖只是流泪，没有回答。

周野渡就默默等着她哭完，很有耐心的样子。

大概十多分钟之后，乔栖才归于平静。

周野渡看了她一眼，问："哭够了？"

乔栖点了点头，问："你怎么来了？"

周野渡嘴角噙着一抹爱而不得的笑："我要说，每次想你，我就会开车在你小区门口绕几圈，你信吗？"

乔栖一怔，不禁哑然。

过了好一会儿，她从他摩托上下来，站直了说："谢谢。"

周野渡眼皮一跳："什么意思？不跟我走？"

乔栖认真地看着他："别在我面前晃悠了，我刚才跟你走也只不过是想逃开温辞树，换成任何人的车我都会上。我不想利用你，也不想伤害你。"

周野渡深深地看着她，好一会儿才说："我有利用价值，也挺好的。"

他自嘲一笑。

乔栖的眼里染上了一丝愧疚，那个骄傲不可一世的周野渡，低下头来原来是这个样子，可她不愿看到他这个样子。

她转身走了，一步一步融入霓虹深处。

乔栖跟着周野渡走后，温辞树在楼下站了好一会儿。

吕斯思在身后喊他："没留住吗？"

温辞树转头看了她一眼，目光微寒："你对她说过什么？"

吕斯思目光闪躲了一下，语噎住了。

温辞树声音里透着初春的料峭清冷感，低低的、轻轻的，却格外严肃："我不需要别人自以为是地对我好，你知道吗？"

他从小到大就接收了太多需要被迫承受的好意，尤其是父母给他的，还有外界给他的……现在朋友也给了他一份。

温辞树说："感情本来是两个人的事情，无论是沉默还是沟通，都应该是由那两个人来进行，除非是明确需要外人帮忙的，否则第三人插手只会使事情变得复杂和糟糕，你知道吗？"

温辞树一番话说得吕斯思哑口无言。

就当气氛僵到冰点的时候，温辞树话锋一转，柔和了几分："不过，我知道事情最大的过错方还是我。"

胆怯的人，不配拥有爱情。

吕斯思这才开口："我可以帮你去解释。"

温辞树顿了顿，正色道："不用，我亲自去说比较好。"

吕斯思点了点头。

温辞树没再说什么，从路边打了辆车，又打电话给乔栖。

不出意外，被拒接了。

想了想，他发了条很长的消息给她：吕斯思知道我这个人不会向喜欢的人表明心迹，就想刺激你让你吃醋，她觉得你性格直爽，一定是个敢爱敢言的人，以为你会先对我表白，结果却弄巧成拙了。今天晚上她只是来家里借用厕所，我和她根本没什么。我爱的人是你。乔栖，你能感觉到吗？如果感觉不到，那是我的问题，如果感觉得到，能不能回我消息？

这条消息发出五分钟之后，乔栖回复了一个问号。

温辞树浑身过电般麻了一下，深深呼吸了一口，打字：和我见面吧。

想了想，他又发了一条消息：是请求。

这两条消息发出去之后，乔栖迟迟没有回复。

就在温辞树以为她不会回复了的时候，手机响了。

乔栖：行。

她在"行"这个字的后面加了个句号，而她本是一个不怎么喜欢加标点符号的人，这样一来，莫名放大了语气。

温辞树不知道乔栖这个"行"字是痛苦且沉重的，还是即便痛苦也要潇洒，仿佛在说"行，谁怕谁"这种豪迈的宣战。

无论是哪一种，温辞树都觉得满满的心痛，像被命运的翻云覆雨之手攥紧了心脏，呼吸不过来的那种痛。

远处月如钩，华灯点点，风把霓虹吹成了一条一条的斑斓光影。

他将头靠在车窗上，看似面无表情，实际上心里一直在喃喃自语：

胆怯的人，不配拥有爱情。

胆怯的人，不配拥有爱情。

胆怯的人，不配拥有爱情。

所以，不要做胆怯的人。

不。

还是可以做胆怯的人。

但是不要用这份胆怯去伤害她。

你可以让自己受伤。

但是千万不要做伤害她的人……

2

乔栖与周野渡告别之后，孙安琪打来电话，问她："心情还好吧，要不要我过去陪陪你？"

乔栖知道，孙安琪是怕她因为奶奶的辞世而心情不佳。

她心情确实不好，在最亲近的朋友面前也实在不愿意伪装，于是有气无力地回了一句："今晚我去你那儿住吧。"

孙安琪明显一顿，再开口，嗓门大了几分："没问题，当然可以了，咱俩谁跟谁！"

这是一种为了安慰她，而故意营造出来的快乐语气。

乔栖都懂，所以她笑了："好，我去找你。"

话音刚落，一个电话打了进来。

是温辞树。

乔栖想都没想就给拒接了。

她继续对孙安琪说："你要吃点什么吗？我从外面直接带点过去吧。"

孙安琪说："你来，我们订外卖就是了。"

乔栖想了想，说："好。"

话音刚落，手机又振动了一下，她一看，温辞树的一则消息弹跳在通知栏上：吕斯思知道我这个人不会向喜欢的人表明心迹，就想刺激你让你吃醋，她觉得你性格直爽，一定是个敢爱敢言的人，以为你会先对我表白，结果却弄巧成拙了。今天晚上她只是来家里借用厕所，我和她根本没什么。我爱的人是你。乔栖，你能感觉到吗？如果感觉不到，那是我的问题，如果感觉得到，能不能回我消息？

她觉得自己被定住了。

很奇怪，她的第一反应本该是震惊。

本该完全不敢相信这几个字出现于眼前才对，可她却只觉苦海涨潮，酸意上涌。

但是很奇妙，这种感觉只有一秒。

她抬头望天，风吹过来，看到月亮的那一刻，她的情绪很快被憋了回去。

乔栖也不知道自己什么感受，平复了两三秒，待她把目光重新投到手机屏上的时候，她回了个问号。

他几乎是秒回：和我见面吧。

很快又发来一行：是请求。

那一瞬间，她有点恍惚了。

这时，手机听筒里忽然传来孙安琪的声音："怎么突然不说话了？"

乔栖这才回神，语气还算正常："我晚点再去你家吧。"

"怎么了？"

"我可能……"她重重吸了口气，再慢慢吐出来，"还要和温辞树见一面。"

孙安琪倒抽一口冷气："你们怎么了？"

乔栖只淡淡一笑，没说什么，挂断了电话。

而后她回复温辞树：行。

在末尾郑重地打上句号。

他说爱她，可她这一刻，却是抱着要把一个人硬生生抽离出自己生命的态度答应了他的见面。

她既清醒，又迷茫，虽然很痛苦，但是她知道，她应该有敢于面对必要的痛苦的能力。

一个小时之后。

乔栖坐在流春湖边的一棵柳树下，看她的姿态，好像只不过是一个微醺而慵懒的漂亮女人在这里打发时间而已。

即便是身边的朋友，大多也都觉得，无论发生什么事，乔栖都能以从容的姿态面对。

但其实她现在内心一片空白，展现出来的姿态都是用来抵御未知的盔甲而已，这或许是她的一种倔强吧。

他们见面的地儿是她选的，她不想回麓苑，所以选了流春湖这边。

他们上次在这里散步，她要脱鞋，他不允许，往事历历在目。

乔栖比温辞树来得早，因为温辞树乘坐的那辆出租车被堵在路上了，最后在小路上东绕西绕，来迟了许久。

偏偏在走来的路上，他又被几个结伴出行的女生要联系方式。

他拒绝了那些年轻女孩子的示好，目光在昏暗的湖边搜寻了一圈，很快在柳树下找到了乔栖的背影，然后目光清清冷冷地定住，心瞬间静了下来。

风轻轻的，带有一丝湖水的温潮。

他没有动弹，就这么静静看了她一会儿。

他好像在等待什么时刻，或许是信心满格的时刻，也或许是所谓的正确的时刻，但更可能的是命运在冥冥之中安排的时刻。

终于，感觉这个时刻来临，他掏出手机，打电话给她，但目光仍旧一直落在她身上。

她察觉到手机响，掏出来看了一眼，静默了两三秒才接听。

"还来不来？"

听筒里传出她不耐烦的问询。

他看着她的背影，问："你想听歌吗？"

乔栖一时没反应过来。

温辞树说："我唱几句给你听吧。"

乔栖没有说话。

听筒里只传来她浅浅的呼吸声，但是他看到她坐直了，似乎在等他的下文。

他顿了两秒，低声开口。

温辞树在唱歌的时候，乔栖始终维持着一个姿势没有动。

他唱完之后，他们两个人都沉默了一阵子。

然后乔栖问："你什么意思？"

声音有一丝低沉的沙哑。

温辞树说："世界上有几种爱？大多数人会说，无非就是爱与不爱两种。

可现在我发现，其实还有第三种，那就是明知道没有结果还是要去爱。"

温辞树讲到这里屏住了呼吸，攥手机的手指也收紧了几分，他沉沉望向她。

离她最近的柳枝荡漾，萦绕在她四周的晚风轻柔，不远处湖光潋滟，湖面上行船只只，晚风吹绿湖堤，行人三三两两。

多么适合相爱的时刻啊。

他开口："我答应和你结婚的时候，就是抱着这种明知道没有结果却还是要去爱的决心。尽管结婚看起来代表的是确切和稳定，但我始终是抱着这种不确定也不稳定的感觉和你在一起。"

手机那端的呼吸声变得不稳。

温辞树看到乔栖拂了把长发，似是在消化这些话，她左右看了两眼，抬头望天，而后又低下了头。

温辞树就站在她身后不远处看着她做这些六神无主的动作。

可这一次，他没有等她说些什么，很快又开口："我知道，或许你觉得一头雾水，我会把所有事情都告诉你。"

——但是现在，我觉得我首先应该让你知道，我心里的那个人是你这件事。

后面这句话他没有说出口。

他说出口的是："但是现在，我觉得我应该抱你一下。"

这话一出，乔栖立刻直起了身子。

只见她左右张望，四处搜寻了一阵，然后才迟钝地转过身，看到了他。

温辞树的视线与她对上。

沉默了下，他收起手机，一步步地走到她的面前。

长椅上原来还放着一只莲花河灯，是路边的婆婆卖的，乔栖买了一只。温辞树走过来带着风，烛火弯腰扑了一下，很快又站得笔直。

乔栖的目光又落在烛芯上，而温辞树则始终看着她。

他是那种清然舒朗的人，哪怕直勾勾地盯着别人看，也不会给人油腻之感，反倒觉得他的目光又远又淡，里面藏着让人捉摸不透的情绪。

两个人沉默了一阵。

忽然有人在身后喊："哎，那不是上次借你滑板的两个人吗？"

乔栖转过头去，温辞树见乔栖转头，也看过去，是那群玩滑板的男男女女。

那群人看到他们转过头，竟还笑嘻嘻地朝他们挥了挥手。

乔栖扫视着他们，扬了扬嘴角，挑了下眉。

其中一个男生起哄似的伸出双手，两手相对着做出大拇指弯曲的姿势，像是在比画"亲亲"。

这下轮到温辞树笑了，他不自觉地看了乔栖一眼。

她早已敛了笑意，目光沉沉地望着他。

他喉结滚了一下，忽然拉住她的胳膊，把她从长椅上拽了起来。她几乎是踉跄着扑进他的怀里。

两个人贴紧的那瞬间，乔栖的眼泪毫无征兆地落了下来。

她竟然觉得疼。

是疼到已经不知道什么是疼了的那种疼。

就像脚指头突然踢到桌子，这种疼痛在前几秒钟是哑声的，直到最尖锐的痛感消失之后，人才能叫得出来。

她看到温辞树，就是这种感觉。

至于为什么会是这样的感觉，她不知道。

他似乎是察觉到她哭泣了，轻轻拍着她的背。

这是个安抚的动作。

乔栖突然觉得很委屈，下一秒便扬起了拳头，一下又一下打在他的背上。

温辞树只在第一下的时候闷哼了一声，随后她每打他一下，他就越发收紧环抱着她的长臂，一声未吭。

而她丝毫没有顾忌，发泄似的捶着他。

就在这时，一个人影冒了出来，忽然把温辞树强制拉开，把他往后一推，紧接着一拳打了过去："你没看见她在反抗吗？离她远点！"

温辞树没有来得及反应，一下子被周野渡推出好远。

乔栖下意识地骂周野渡："你疯了？"

周野渡似乎很生气："他不该欺负你！"

乔栖走后，周野渡越想越不放心，就一直跟在她身后，刚才见她在湖边喝酒，他便也想去买点酒陪她一起喝。

只不过去买了几罐啤酒的工夫，温辞树就冒出来了，看样子还是在欺负乔栖。

直觉告诉他，他应该冲上来保护她。

周野渡打了温辞树一拳还不解恨，又扑过去，揪住温辞树的衣领："你离她远点，不然我饶不了你。"

温辞树眉头紧锁，眼神又冷又沉地看着他："你试试？"

周野渡又把温辞树的衣襟抓紧了几分："要打架？"

那群玩滑板的孩子都站在路边屏息凝神看着这一切。

温辞树鼻息间冷嗤一声："你觉得乔栖的心是打架就能赢的话，可以。"

"她叫乔栖（xī）！"周野渡捕捉到一个温辞树总是会忽略的重点，"她是我的栖栖（xī），你不要再叫错了！"

"栖栖（qī）是给我叫的。"温辞树也没有退让，他不像周野渡那么恼怒，甚至有点淡漠，"你以为这个字是多音字，所以想怎么念就怎么念吗？"

温辞树有一丝不屑，钳住周野渡的手甩开，一边整理被扯皱了的衣襟，一边说："她一直都是乔栖（qī），而不是乔栖（xī）。"

"栖"是多音字，念"qī"的时候，指鸟在树枝或巢中停息，也泛指居住或停留；而念"xī"的时候，是形容不安定的样子。

她可以是不为他而栖息的鸟儿，但绝对不能是不安定的漂泊者。

说完这话，温辞树走上前拉起乔栖的手，准备带她离开。

乔栖被他忽然牵住，心空了一秒，感觉已经失去了思考能力。

周野渡看到他们十指紧扣的手，后知后觉地明白过来，原来刚才是他会错意了。

他以为那个豁达爽快、睚眦必报的乔栖是不会允许自己受情伤的。

他以为刚才乔栖哭了，就不会再回头了。

他以为他还有机会……

可也许这一切只不过是乔栖和温辞树之间的小吵怡情，吵完反倒更浓情似水。

周野渡忽然内心很不平衡，于是有些话便脱口而出了："可她和你在一起是为了钱啊！你还不知道吧，她接近你只是因为和别人打赌，赌约是十万块钱，如果不是因为这么多钱，她不会和你好的！"

乔栖的心猛地乱跳起来。

温辞树也明显定住了，从表情到身体都肉眼可见的一沉。

乔栖不由得眉心直跳，她看着温辞树，而温辞树侧脸对着她，敛着眸，神色晦暗。

她心想，他一定会误会。

温辞树久久没有动弹。

周野渡发泄似的喘着粗气，直到他的呼吸声平稳下来，温辞树才冷冷淡淡转过头，微抬着下巴睨向他，几秒后，忽然一笑。

笑意里带着几分鄙夷，还有几分见鬼了的深情。

温辞树说："我不怕告诉你，那钱就是我给的。"

周野渡僵住了。

乔栖更是不解，问："你什么意思？"

温辞树转头看向乔栖，他的眼眸很暗，却又在黑暗中燃起一簇火光："意思是，我比任何人都爱你，也比任何人都希望得到你的爱。"

说完，他又直直看向周野渡："我比你爱她。不止如此，我的爱比你的有力量。"

他不想再忍了。

他早就应该把周野渡这个潜在威胁清除，而不是一次次地闪躲、后退，这样只会伤人伤己。

从乔栖上了周野渡的摩托车开始，他就不愿再压抑了。

他对周野渡说："我能做到你所做的一切，但是我做得到的，你做不到，我能给她的，你给不了。"

这是肯定句。

"我可以为了她做我不屑做的事情，我可以高尚地爱她，也可以卑劣地爱她，我可以躲在暗处爱她，也可以站出来……"他顿了一秒，眼神更加坚定，"就像现在，和你硬碰硬，光明正大地爱她。"

给乔栖发的信息不算是告白，宣之于口的才算告白。

而他就这样毫无预兆地告白了。

不远处爆发出掌声、口哨声，还夹杂着惊呼："哇！"

是那群玩滑板的孩子在为这场告白营造氛围。

周野渡清醒了大半。

他定定地与温辞树对视，居然找不出任何话来反驳。

他嘲笑地问自己：之前是谁给你的勇气，让你觉得离开了七八年再回头，人家还一定会选择你？

他觉得自己一点也没有范儿。

设想的剧本里，他哪怕要为一个人低头，也绝对不会低三下四。

可直到这一刻他才发现，当一个人对另一个人毫无办法的时候，就不得不去低下头服软，因为那似乎是他病急乱投医的最后一条路。

可是这样就代表爱得深沉吗？

他忽然觉得他错了。

他知道温辞树从很多年前就喜欢乔栖了，他比不上温辞树爱她时的全情投入，比不上温辞树爱中的不求回报，甚至论起谁爱得更卑微，他都比不上。

他的爱是感动自己，感动别人，做给自己看，做给别人看的。

他根本没考虑到乔栖是否感动，因为他觉得自己这么一个不可一世的人都这么乞求了，她就应该感动。

而这样是不对的。

周野渡移开目光，转身离开了。

任谁也没有见过周野渡这个样子，那么心如死灰，也从没有人见过温辞树现在这个样子吧，寸步也不让。

最后看客都唏嘘。

周野渡走后，温辞树把乔栖也带走了。

他这晚没有开车，两个人打车离开，一路上都没说话。

到家之后，乔栖打算进屋。温辞树拉过她的胳膊，把她扯到墙边，靠过去，目光落在她身上。

乔栖看不太懂他的眼神，她毫不闪躲地回望过去，问："你要干什么？"

温辞树没有说话，只是忽然伸出手，把她鬓边的碎发往后捋了捋，动作温柔缠绵。

乔栖的心像风中的烛火那般颤颤巍巍地晃动。

她又问了一遍："到底要干吗？"

温辞树还是只看着她，却不说话。

沉默了一会儿，乔栖觉得自己的理智快要崩塌了，便推了他一把，想挣开。

温辞树忽然把她往怀里拉了过来，紧盯着她："对不起。"

对不起，我现在才把告白的话说出口。

对不起，我不该因为怕自己伤心，而让你眉头紧锁。

对不起，让你在失去奶奶的特殊日子里，还要经历感情上的误会。

这些都让他无法原谅自己。

所以真的，对不起。

他对准她的嘴唇，亲了下来。

他的手扣在她的腰间，唇齿之间又咬又磨，不是浅尝辄止，而是真正意义上的强吻。她想躲，他根本不给她躲的机会，压得她喘不过气。

他明明闭着眼睛，却似乎感受到乔栖在看着他，手劲儿大了几分，让她又朝他贴近几分，一个人的呼吸把另一个人的心口都震得发颤。

说他霸道，可他明明是一个强吻之前还要说对不起的人。

说他温柔，为什么连换气的机会都不给她？

乔栖最后被他亲蒙了，干脆认命地闭上眼。

事实上，不只是这个吻，她早就在他这里认命地闭上了眼。

温辞树亲了好久才放开她，然后脑袋顶在她的肩窝里，重重地喘气。

乔栖靠在墙上，也微喘着，手抬起来，好几次想落到他的头发上，却又都按捺了下来。

不知过了多久，当他们呼吸都变得平缓的时候，温辞树在她怀里闷闷地出声了："乔栖，你要我吧。"

她呼吸变慢了，可是心跳却加快。

他把头抬起来："我比周野渡好，真的。"

乔栖眼尾向下，淡淡扫视着他，问："光比周野渡好有什么用？"

"我可以比任何人都好。"他说。

乔栖顿了顿，笑了："可我不需要对我好的人，我需要的是我爱的人。"

温辞树眼底情绪翻涌，似是下了很大的决心才问："那你爱我吗？"

"我爱。"

她很快回答他。

然后换来他一脸怔然的表情。

她没有笑，也没有故作轻松，只是深深看向他。

温辞树很想让她再说一遍。

可是一次就够了，他听清楚了。

本来只希望她能看自己一眼，后来想要留她在身边，再后来是期待她能有哪怕一点点心动。

身体上更近一步的时候，他想，如果她只是需要这方面的欢愉，那也可以。

可那天吵架，她说他只是她的玩具，他才发现他的贪欲又长大了，他不满足于此。

可是他想要什么呢？

他明明清楚他想要的那个字是什么，但就是不敢说出口。

所以直到此时此刻，他对她的奢望也只是她能有那么一点点喜欢他而已。

可她说她爱他。

他下意识地不敢相信，但直觉又让他深深相信着。

因为他知道，乔栖这个人或许会故作随性地把"不爱"挂在嘴边，却一定不会轻易说"爱"。

而她只要说，就一定是真的。

温辞树忽然笑了，看着她，张开了手臂，把她紧紧抱进了怀里。

乔栖愣了一下。

直到闻到他身上令人安心的味道，还有温热的体温，她明白了，她应该抛弃一切，扑进他的怀里。

于是她把脑袋贴到他的胸膛上，卸下所有的力气，任他的手臂将她托起。

是啊，应该拥抱的。

拥抱吧，让我的体温与你的体温融为一体。

我把心跳的频率暴露给你，你也像传输密语那样，把"我爱你"按照心跳的频率传给我……

两人在没有开灯的漆黑的夜里拥抱了很长一段时间。

抱着抱着，乔栖勾住温辞树的脖子，亲了上去。

于是温辞树一边回应她的吻，一边引导她走进卧室。

随后是一夜缠绵。

什么话都不用说了。

因为什么话都说完了。

3

第二天中午乔栖独自在床上醒来。

窗户大开，窗帘一荡一荡地，导致光线忽明忽暗。

乔栖动了动快散架的胳膊和腿，随手挑起离她最近的宽大 T 恤，是温辞树的，上面还有她昨夜无意间蹭上的口红。

她刚穿上衣服准备下床，温辞树推门进来了。

他手里端着一杯咖啡，穿着家居服，很是神清气爽。

他问："醒了？"

她说："废话。"

她脚沾地刚准备起来，谁知却没站稳，眼看要跪在地上，他伸出一只手架住她的胳膊把她扶稳："起不来就再睡会儿。"

"都中午了，还睡呢？"乔栖瞪他一眼，又看了眼他手上的咖啡，"给我煮的？"

他"嗯"了一声，把咖啡递给她。

她接过来喝了一口，醇香从喉入胃，再弥漫整个身子，暖暖的。

温辞树就安安静静地在一旁站着看她喝完。

那之后，他接过她的杯子："中午想吃什么？"

乔栖想了想，问："家里都有什么？"

"什么都没有。"

这段时间他们一直处于冷战的状态，日子也过得一团糟，刚才温辞树想做饭，却发现家里根本没什么吃的。

乔栖无奈地甩了甩头："那只好出去吃了。"

于是他们准备出门吃点热气腾腾的东西。

好似只是很平常的一个晌午，天和平时一样蓝，鸟儿依旧停留在常见的枝丫上，邻居家的阳台上晾晒着刚洗过的白色床单，他们一前一后在同一张床上醒来，讨论最朴实的等会儿吃点什么，就再无其他。

好像再没有比"我们等会儿一起吃什么"更重要。

而当温辞树和乔栖准备出门觅食的时候，这座城市的另一个地方，周野渡和段飞扬正打开第三瓶啤酒。

茂密的榆树叶子遮挡了灼热的日光，浓荫下，他们坐在靠着栏杆的天台上，栅栏上的装饰品是鸡蛋花，白瓣黄心的小花朵把周围的环境衬托得格外温柔。

而周野渡灌酒的动作也因此显得尤其格格不入。

段飞扬也显得低迷："你也别太难过。"

周野渡喉结一滚，咽下一口酒，锋利的眼眸染上几分酒气，越发显得他狂放而不羁："如果咱们现在还是打一架就能解决事情的年纪就好了。"

段飞扬知道周野渡昨晚吃了大亏，一时也不知道该怎么安慰。

"乔栖是真狠啊，我像狗一样黏着她，她看都不看一眼。老子有什么地方比不过那个温辞树？"

"你也别埋怨。"段飞扬连连摆手，顺口接上他的话，"小乔如果是个好追的女孩，反倒没有魅力了。"

周野渡"喊"了一声，冷嗤地笑了笑。

段飞扬捏紧了面前的啤酒瓶，想了两秒才说："之前你们为什么没成？就是因为你不够坚定。现在你不用再被家里安排了，为什么不坚定点试试呢？"

周野渡沉默了下来。

他不是不够坚定，也不是不够喜欢。

只是一个被女人恭维惯了的男人，突然要放下身段去求偶，本来就不是易事，何况现在那女人还对他爱搭不理的，他心里多少不是滋味。

没面子是次要，主要是耐不住被伤得太狠，心里空落落的难受，又怕她会厌恶自己，竟还有些许无措。

爱一个人，原来这么难。

阳光透过树叶缝隙烫在地上，洒下点点明媚，周野渡却在不该喝醉的时候喝得微醺。

有些记忆若隐若现。

他和乔栖在高一的时候认识。

那会儿正开秋季运动会，乔栖报了女子三千米长跑，他恰好报的是男子三千米长跑。

他们一起到检录处检录，她就站在他前面。马上轮到她了，不知道是谁叫了声她的名字，她转身跑过去，马尾辫恰好扫过他的手背，就像是柳条掠过春水，涟漪从此没退过。

不过那时候他挺傲气，虽然觉得她惊艳，却也没想过主动认识一下。

人就是这样，十六岁时总觉得自己已经够成熟了，可等二十六岁再回过头看，那时候完全就是小孩子。

他和乔栖真正开始有交集是在高三那年。

他恰好和段飞扬分到一个班，因为和段飞扬玩得熟，所以认识了乔栖。

高三下学期，乔栖和家里人吵架，他找了个空子，配合她演了一出现实版的"夏雪与狂野男孩"。

从那之后，两个人开始假模假式地恋爱，全是假的，但为了配合她，他真的再也没招惹过别的女孩。

也不知道是他太自信想多了，还是怎么着，那时候他总觉得她对他也有意思。

所以当毕业之后他要出国的时候，他就对她表白了。

结果正如后来发生的那样，一个浪子生平第一次回头，换来的是她非常狠心的"一记耳光"。

她说："那我们以后就不要再见了。"

他出国那天，她都没有来送一下。

有些故事是无法用谁亏欠谁概括的，但是时隔多年再回忆，爱的那个人，总会比被爱的那个人更容易委屈。

想到这儿，周野渡又灌了自己几口酒。

段飞扬把他的酒杯夺了下来："别喝了，你振作一点。"

周野渡苦笑："老子怎么振作？如果昨天晚上温辞树没有告白，我还可以试，但现在……"

段飞扬的脸色晦暗不明，他想了想，说："有没有试试去找小乔好好聊一聊呢？"

周野渡怔了怔。

"小乔是个孩子心性的人，她对温辞树有可能是图新鲜，你去找她聊聊，让她知道你已经改变了。

"或者有没有什么办法，让小乔知道她和温辞树不合适呢？"

周野渡听着段飞扬的话，总觉得有什么地方不对，却又说不上来。

他不是第一次这么觉得，自从他回来之后，段飞扬对他和乔栖的事情未免太上心了。

他心里存了个疑影，却不愿意想太多。

只因现在千头万绪怎么都理不清。

乔栖和温辞树决定去吃韩式烤肉。

在路上，温辞树放了一首很好听的歌，给人的感觉就像一只猫在午后打盹儿那样惬意，那样静好。

但不知道为什么，乔栖却想到了另一首歌——《郭源潮》。

温辞树的朋友圈个性签名是八个字：风月难扯，离合不骚。

不知道别人怎样理解这几个字。

乔栖第一眼看过去，便把它自动翻译成：情情爱爱难以扯得清，分分合合无法不忧愁。

乔栖的朋友圈发的大多都是美照和美甲，很少有其他内容，可是此时此刻，她却很有分享一首歌的冲动。

她在朋友圈里分享了这首《郭源潮》，配字：既然风月难扯，那就不要扯。

朋友们把这则朋友圈截图发在了"苟富贵勿相忘"群里，激烈艾特乔栖。

王富贵：@乔栖 冒昧问一句，你们是假戏真做了？

孙安琪：你不是冒昧，你是废话。

周可：嘤嘤嘤，我为 @乔栖 的绝美爱情流泪了。

孙安琪：@乔栖 昨天晚上温辞树带你走的时候，我真不知道是该为我暗恋的彻底结束而哭泣，还是为我嗑到了新鲜的 CP 而发疯！

何平：@乔栖 恭喜恭喜，我一直看好你们哟。

王富贵：你人呢？重色轻友的家伙，有了男人就不理我们了？

……

群消息炸锅的时候，温辞树刚好开车到烤肉店门口的停车场停下。乔栖收回手机，转头看向他。

她莫名觉得很感慨，明明昨天还觉得随时都会失去他，可今天为什么就觉得会和他一辈子白头到老了呢？

"嗡——"手机忽然振动。

温辞树接了通电话，乔栖把视线收回来，有一搭没一搭地抚摸着她美甲上的闪钻。

他开了免提，听筒那头传来一个女人的声音："学长。"

竟然是赵敏智。

乔栖下意识地提高警惕，往温辞树那儿望了过去，谁知他也偏过头看了她一眼，就好像是知道她会介意似的。

乔栖脸一热，却没躲。

她本来就是介意的，就应该让他知道。

温辞树笑了笑，当赵敏智问他"今天怎么没来公司"的时候，他回道："陪老婆。"

只三个字，乔栖瞬间安心了。

不是雀跃，不是甜蜜，是安心。

她深切地感受到了温辞树这个人身上的安全感。

感情中的某些问题明明用三个字就能解决，但有些人通常大喊大叫也得不到满意的结果，这不是因为对方笨，也不是因为对方心大想不了这么多，而是因为他不爱你，他不愿意斩钉截铁地选择你。

可温辞树，他斩钉截铁地选择了乔栖。

他的好，乔栖明白。

赵敏智也明白。

听筒那头，赵敏智大方明快地笑出了声："好，恭喜你啊学长，希望你能幸福。"

"谢谢，"温辞树说，"也祝你一路顺风，早日实现理想。"

等他挂了电话，乔栖问："什么叫'祝你一路顺风'？"

"她要出国了，继续念书深造。"

乔栖倒没有很吃惊："蛮好的，她还挺厉害的。女孩子就是要读书啊，文凭或许不能让人大富大贵，但是能让一个人受人尊敬。"

这话倒让人有点感慨了。

温辞树想了想，握住了她的手。

乔栖一笑："放心吧，我不妄自菲薄。"

温辞树微怔，旋即笑了。

于是他很自然地绕过这个话题去聊别的："上次你撞见我们一起吃饭，

她就是为了说离职这件事。"

乔栖一怔。

温辞树解释道:"我和她都要离职,周总他们私下约谈我们,但是堵在路上了,如果你晚来十分钟估计就不会误会了。"

"谁误会了……"乔栖小声说,怎么听怎么心虚。

说完,她又很快问:"你要离职?"

"嗯。"温辞树又看了她一眼,很认真的样子,"我想自己开工作室了。"

乔栖惊讶了一下。

温辞树问:"怪不怪我没提前和你商量?"

乔栖摇头,想都没想就说:"反正不管你说什么我都不会同意,因为这是你的事业,不是我的。"

温辞树笑了笑。

她的意思分明是"无论你做什么选择,我绝不干涉你,我会支持你",却偏偏说出口就显得像"你的事和我没关系,我也不想管"。

他还是解释了一下:"不说是因为我还在犹豫,毕竟公司对我很器重,这么多年都在尽可能栽培我,而不是在压榨我的才华。"

乔栖点了点头,这才说:"反正,我相信你。"

温辞树对上她的眼睛。

她一笑,他也是。

乔栖又拿出手机,这才发现群里的消息都 99+ 了,也不知道这帮人背着她在聊些什么。

她点了进去,光去看他们的聊天记录就用了好长时间,看完之后干脆回了个"捂嘴笑"的表情包。

王富贵秒回:快快快,说说你俩咋回事。

孙安琪:你俩成了?

乔栖想了想,回道:先婚后爱,你们不懂啊。

群里一片感慨。

又聊了一会儿,王富贵想到了什么,说道:老何都进来了,把你们家温辞树也拉进来吧。

周可:是呀,都是咱自己人了。

乔栖笑了，转头问温辞树："他们要拉你进群，你愿意吗？"

温辞树扭头看了她一眼。

乔栖歪歪头："可以吗，树神大人？"

温辞树点了点头。

他没法说，他渴望加入这个小团体很久了。

她很快把他拉进了群。

于是，那帮人又开始左一句右一句"乔栖那口子也来啦""新人发红包吧""老规矩，新人进门要发红包"……

比她结婚那时候都热闹。

乔栖心里窝着暖意，摁灭了手机，问温辞树："今晚是不是要到你爸妈家吃饭？"

"嗯，周末了。"

"我下午要去一趟店里，那你大概五点来接我。"

"好。"

中午饭吃完之后，温辞树开车送乔栖回店里。乔栖上楼之后，才发现竟有客人不请自来。

是周野渡。

他说："你别躲我了，也别拒绝我了，我们聊聊吧。"

他很少这么认真。

乔栖一时戒备，不知道他又要耍什么花招。

可其实周野渡这么做，仅仅是与段飞扬告诉他"你应该坚定一点"有关。

他曾经实在是一个看上去不太能让女人托付终身的浪子，但他希望乔栖知道，他愿意为她回头。

乔栖最终没有拒绝这次谈话。

她知道，以周野渡的性子，认准了必然要一直纠缠下去，她不希望战线越拉越长。

可是从何聊起呢？

他们之间，说爱说恨都谈不上，仅用青春概括又未免太笼统。

周野渡又实在不是一个会安心下来与人促膝长谈的人。

沉默了下，最后他把与段飞扬喝酒时回忆到的一切，重新和乔栖讲了一遍。

"你爸当时怀疑你偷了家里的五百块钱，到学校来找你，我就在你旁边。我以为以你的性格会大呼小叫和你爸吵个没完，结果你只是很淡定地咬着奶茶吸管，问我：'周野渡，你身上有一千块钱吗？'你应该知道，我们这帮人兜里能揣这么多钱的也只有我了，所以我把钱掏出来给你。

"你接过那些钱，气定神闲地拍到你爸爸的手掌心上，虽然笑得很甜，可眼神特别桀骜不驯。你说：'爸，你也看到了，我男朋友有的是钱，我勾勾手就有得花。'你还说：'你丢了五百，我补你一千，那五百我算你的精神损失费，你记得抽出二十块钱去派出所报个警。'

"当时我是什么感觉呢？就觉得你挺酷的，佩服你的反应力，也觉得你损人挺有意思。

"所以我就大着胆子问你，反正你都骗你爸了，不如你的下一任假男友让我来扮吧。你打量了我一眼，说'看你表现喽'。

"这些你还记得吗？"

乔栖听罢，懒懒靠上椅背，笑了："你这么一说，倒是印象挺深。"

言外之意，她没忘。

周野渡又问："我一直很想知道，后来你哪怕有一秒钟，真的对我动过心吗？"

乔栖沉默了。

她看着他，目光探究。

不知道为什么，她觉得眼前这个人完全就像是一个老男人回忆青春，带有几分遗憾、几分后悔和几分怅然若失，所以显得特别深情满满。

可惜，她从来不会相信任何一个男人回忆过去时流露出的真情。

因为所谓遗憾，所谓后悔，所谓怅然若失，都不过是因为当时没能做到，那么即便后来再情真意切又如何呢？

过了保质期的深情，谁又咽得下去？

乔栖决定和周野渡好好聊一聊。

她首先承认了一件事："我的理想型确实是痞帅那一款，就像你，绝对是我看到之后就愿意抛媚眼撩一撩的人。

"我喜欢不死板的人，喜欢特立独行的人，喜欢笑也肆意爱也肆意。

"但是我永远不会爱上浪子。"

说到这儿，乔栖笑了一下："因为我从来不信浪子回头。"

很多人都觉得，乔栖喜欢的是又野又痞像风一样抓不住的男人。

可那只是表面。

因为她自己的生活本就不安定，自然会拒绝更不安定的人。

乔栖的一句"不信浪子回头"，让周野渡皱起了眉头。

乔栖坦荡荡地看着他："我不质疑你对我说爱时的真挚，但我无法控制自己不去想你是不是也曾对别人那么说过，也没办法不担心这样的爱是否也会像你之前的爱一样善变。"

她对爱情的要求太高了，不可以有一点点的杂质。

奶奶爱她，却也只是偏爱。

朋友爱她，却也爱着别的朋友。

亲情、友情里，她都没有得到过所谓的唯一的爱。

她只剩爱情了，让她倔强一点吧。

她其实是一个很没有安全感的人，所以她不轻易给别人爱。当爱掌握在自己手里的时候，安全感也能自己给自己，可如果把爱拱手交予他人，那么就是同时把伤害自己的权利交给他人。

安全感都拿捏在别人手里，又怎么会安全？

念及此，乔栖想到了温辞树。

她问周野渡："你知道为什么是他，而不是你吗？"

周野渡下颌线紧绷，神色略显沉重，沉默了下才回道："你说。"

乔栖笑了，她很少笑得这么温柔："我对付我爸，你会觉得我酷，可温辞树会知道我痛。"

——所以是他，不是你。

周野渡的指甲几欲嵌进掌心里。

静了一会儿，他眯起眼，冷嗤："所以你承认你喜欢他了？"

"嗯。"乔栖眨了下眼。

"你又怎么能确定他以后也值得？"

"我绝不后悔。"

你看，哪怕知道有可能会受伤也绝不后悔的爱情，她也拥有了。

如果温辞树真的在骗她，那她也只能自认倒霉。

因为他对她做的一切，哪怕是假的，都比大多数人给予她的"真"要更温暖。

她需要非常非常坚定的爱，不仅要强大到可以彻彻底底掏心掏肺爱她，还要能绝不怀疑自己的爱，哪怕期限是一辈子，也能一如既往给她这样的爱。

这种爱，只有目前的温辞树能够给她。

乔栖可以对任何人撒谎，却无法对自己虚伪。

见她回答得这么爽快，周野渡猛地从椅子上站起来。

他打心眼里感到失望，他不知道自己为什么会这么生气："乔栖，你拿过去的我和现在的他对比，不公平。"

乔栖眼眸微敛。

没办法，人和人遇到的顺序就是这样。

她没有说话，周野渡舔了舔干燥的唇，又继续说："你总是说我坏，可温柔的人对所有人都温柔，而坏人对所有人都坏，却只对一个人温柔。这就是我和他的差别！"

"你错了。"乔栖一字一句，眼眸淡得如远处青山的弧影，"他看起来对所有人都温柔，但其实只对我一个人温柔。而你看起来是只对我一个人温柔，可是周野渡，你之前可是拥有一整个温柔乡。"

周野渡看着乔栖。

她把他说成一个浪荡子了，这一点他无法反驳，但他明明没有那么不专情。

拥有一整个温柔乡的人，也愿为了一个人而放弃温柔乡。

可惜她不稀罕。

周野渡最后没有再说什么了，他转身要走时，乔栖叫住了他："还有一件事。"

他没回头，站在原地听她说。

乔栖看着男人的背影，她知道，现在站在她面前的他一定是真心的。她脑海中浮现出很多曾与他相处的点点滴滴。

那会儿运动会，他喜欢长跑，男子三千米一直都有他的身影，她和孙安琪就总是借口去看他训练到操场上玩，他还傻呵呵地以为她俩真是来看他的，总是会请她们吃必胜客、肯德基。

他们大多数时候是团体行动，男男女女都像哥们儿一样相处着，谁要是受委屈了，都会替对方出头。

她喜欢替朋友们起外号，那时候她给他起了个网名，叫"野渡无人周自横"。这句诗里包含着他的名字，可他最后也没用，丝毫不怕她会不开心，不过她根本也不会不开心……但如果是温辞树的话，她大概就会有一点点生气吧。

周野渡不是她的恋人，但也是一个用心交往的朋友。

她希望他能够过得很好，希望他能得到想要的爱，得到如少年时那般渴望的自由。

所以当年得知他喜欢上自己，她就把他推开了，连他出国都没去送行。

因为她不想玩暧昧，尤其是和他。

现在也一样。

她需要极度坦诚地面对他，哪怕会伤害他，所以她必须向他强调一句话："我叫乔栖（qī）。"

周野渡脊背一僵。

乔栖补充道："认识他之后，我就不叫乔栖（xī）了。"

这句话绊住了周野渡离开的步伐。

沉默须臾，他再次抬脚，嘴角噙着自嘲的笑，走得却更加坚定。

离开 Hanky Panky 之后，他给段飞扬打了一通电话："飞扬，我放弃了，我不想了。"

段飞扬问："什么？"

他没有正面回答，只是说："你也别想了。"

你是一场北风，我是四海为家的浪子，相伴举杯赏雪，一起醉到立春。你走以后，我的醉意却停留一季又一季，经历了万水和千山。

这是周野渡的青春。

一场经过，一场错过，一场放过。

周野渡决定离开平芜了，他要扎根于月岛。

他在电话里对段飞扬说："飞扬，其实我只是雷声大雨点小，我好像什么都没为栖栖（xī）……"

顿了一下，他改口："我从没为乔栖（qī）做过什么，我不亏。但你呢？"

段飞扬紧握着手机的手微微颤抖。

周野渡早已挂断电话，但是他还维持着举手机的动作，迟迟没有把手放下来。

他想咧嘴笑笑，却发现自己的表情比哭还难看。

4

乔栖和温辞树这次回老家，是准备去过周末的。

温辞树下午五点钟准时出现在 Hanky Panky 门口，乔栖也恰好卡点出来，随后他们一路疾驰到白马庄园。

进屋之后，便闻到一股饭香。

温圣元和吴妈在厨房忙活，刘美君则在客厅插花。

看到温辞树和乔栖夫妇二人来了，刘美君停下手上的动作，招呼道："辞树，快去给你大哥上香，然后过来和我一起插花。"

才刚刚进屋，连坐都没坐。

乔栖不禁小声问："你们家什么规矩啊，还要先给你哥上香才能坐下吗？"

温辞树看了她一眼，没有说话，走到供着温辞镜遗照的桌上取了三支香点燃。

乔栖想了想，也跟过去，取三支香点燃。

温辞树看了她一眼，目光深深。乔栖回望过去，挑眉笑了笑。

后来是温辞树先移开眼，他向遗像鞠了一躬，而后把香插到香炉里。

乔栖照做。

然后温辞树打算去厨房看看。

"儿子，厨房那边你插不上手，过来帮我弄花吧。"刘美君自从上次被电动车撞伤之后，右手腕就始终使不上力，正愁做事慢，"因为你来，我买了很多花，打算每个房间都摆几瓶，这些花剪了好久了。"

"好，我帮你剪。"

温辞树去刘美君身边坐下，拿起一朵花，开始有模有样地做花艺。

乔栖也跟了过去，拿起一朵花有模有样地思考着，像是在犹豫该插什么样的花才好看。

温辞树瞥了她一眼，只觉得她就像是包饺子时总爱要面团玩的小孩。

刘美君只瞥了乔栖一眼，就知道乔栖根本不懂花艺。但她却没有说什么，而是默默起身，把空间留给他们夫妻俩。

这是乔栖第一次在这个家里受到欢迎。

晚上在一起吃饭的时候，刘美君竟然还破天荒地对乔栖说了一句："别见外，多吃点。"

这天的菜基本都是温圣元亲手做的。

他做的是粤菜，白灼基围虾、白切鸡、菠萝咕噜肉、香芋扣肉……都用青花瓷碟盛出，摆了整整一桌。

乔栖给出一个很中肯的评价："看起来就很好吃。"

温圣元笑道："不过这可不是专门招待你才做的。"

乔栖有些疑惑："哦？"

温圣元看了眼温辞树，说："是为你专门做的。"

温辞树也笑了，用眼神问为什么。

温圣元卖了个关子："谢谢你媳妇，帮了我媳妇。"

此话一出，大家都笑了起来。

乔栖说："不公平，明明是要谢我，关他什么事儿啊？"

温圣元像哄小孩似的"哎"了一声，说："你这话不对，要是他不娶你，你哪能出手啊？"

"他不娶我，我看到不公平的事也是该出手时就出手。"乔栖扬眉，"您谢谢谁我管不着，但刘女士最应该谢谢我。"

说罢，乔栖看了刘美君一眼："妈，您不敬我一杯？"

刘美君本来安安静静听他们几个聊天，忽然被乔栖问住，愣了一秒才说："你可真是得了便宜还卖乖。我敬你？你需不需要我们全家都敬你一杯啊？"

"也行啊。"乔栖耸了下肩，"您对这个家这么重要，我可是大功臣。"

刘美君蒙住了。

温圣元却哈哈大笑，对温辞树说道："还是头一次见到你妈被说得哑口无言。"

温辞树笑了："饭桌上很久没这么热闹了。"

温圣元明显顿了一下，脸色变了变，才又笑道："是啊，以前只有辞镜还在的时候，大家吃饭才会拌嘴。"

提到亡人，气氛顿时变得压抑了几分。

乔栖抬眼看向她对面的那只古董碗。

她对温辞镜没什么感情，正对着那只碗吃饭，总觉得心里怪怪的。恰好他们把话头扯到温辞镜身上了，她实在是忍不住了，问道："为什么要摆空碗在桌上？"

大家吃饭的动作都不约而同停了下来。

温辞树说："那是我哥的碗。"

乔栖问："我知道，我只是不太明白，为什么这只碗和我们的都不一样？"

沉默了一阵。

温圣元笑了笑，解释："是这样，我大儿子生前很喜欢这只碗，那时候他想看看，可我连看都不舍得给他看。后来他去世了，我就把这只碗送给他了，也算是一种弥补吧。"

乔栖抿唇不语，她理解这种睹物思人之情。

刘美君叹道："以前辞镜在的时候，最喜欢吃你做的菠萝咕噜肉了。"

温圣元点点头："是啊。"

乔栖看着他们陷入沉思，想把话题掀篇，便问温辞树："那你喜欢吃什么？我给你夹吧。"

温辞树转过头看了她一眼："什么都好。"

乔栖没注意到他的情绪，问："啥叫啥都好？"

她很放松，讲话也颇有江湖气。

温辞树沉沉看了她一秒才转过头，看了眼满桌子的菜，选了道离他最近的白切鸡："这个吧。"

"阿树喜欢吃这个吗？"温圣元说，"我都没注意。"

刘美君说："他喜欢你做的煎牛排，之前一个人能吃一大块。"

"是吗？"温圣元很难以置信的样子，"你怎么没说过啊？"

温辞树夹了口米饭吃，笑着说："我吃什么都行。"

就是这句话，让乔栖的心莫名一痛。

她回过味儿来了，察觉到了温辞树淡淡的、几乎捕捉不到的感伤。

这是怎样一个家庭，记得死去的儿子的每一个细节，但对活着的儿子喜欢吃什么菜都不确定。

乔栖想了想，笑着接过话："爸爸，阿树确实更喜欢吃西餐，他在家里经常煎牛排。"

温圣元又回忆了一番，似乎真的搜寻不到温辞树喜欢吃西餐的证据，笑着问道："阿树，是不是因为家里很少做西餐吃，吃得少，你才馋这口啊？"

温辞树淡淡地笑了："可能吧。"

刘美君不在意地说："他喜欢，你明天给他做就好了。"

温圣元连连点头："好，正好咱家还有朋友送的红酒呢，趁孩子们都在，赶紧拿出来喝。"

乔栖在一旁听着，心里有种说不清道不明的感觉。

吃完了饭，她独自在家里转了转，发现这个家里温辞镜的影子远比想象中要多，比如墙角处画着身高的墙，温辞镜的身高用红色标记，温辞树的则是绿色，十六岁的温辞镜就有一米八八那么高，比二十五岁的温辞树还要高上两厘米。

如果温辞镜没有出意外，不知道能不能长到一米九。

乔栖脑海中刚闪过这个念头，又不由得想到，没准刘美君和温圣元他们也这么想过。

她往里走，客厅旁边有一处小厅，里面摆着棋盘和茶桌，应该是温圣元平时消遣的地方。而这么古香古色的装修下，竟有一面贴满了拍立得的墙。

这些拍立得拍于不同的地点，但基本都是同一个年份：有男孩骑在摩托上比耶的，有靠近镜头竖中指的，也有搞怪地伸舌头翻白眼，还有裸着上身狂放地秀腹肌，以及不拿正眼看人特别痞气的……

照片里，男孩的脸和温辞树长得很像，却与温辞树有着截然不同的气质，乔栖一眼就判断出他是温辞镜。

桀骜是她看到他的第一个感受。

第二个念头是——他真不像这个家里的人。

他就像一匹野马，处处散发着与这个家庭截然不同的气场，像是故宫里的赛博朋克，富春山居图里被人添了几笔格尔尼卡，民谣里加了一段脏话连篇的 diss rap（骂人说唱）。

"那是我哥的照片。"

乔栖转身才发现温辞树不知道什么时候站到了身后："我知道啊。"

她一副"这谁看不出来"的模样，又问："那你的呢？没照几张？"

"这是我爸给我哥留的地儿。"温辞树盯着那面墙，没有看她。

乔栖问："那你呢？"

温辞树一怔。

好像很少有人在聊到父母为温辞镜做了什么之后，问一句"那你呢"，仿佛未亡人为亡人做什么都是应该的，活人不该跟死人计较。

"我没有。"温辞树笑了。

乔栖深深看了他一眼。

这种时候，似乎应该说些什么，但又说什么都不太对。

她干脆扬起一个笑："那赶明儿我替你拍几张，也贴上来。"

温辞树愣了愣，说："行。"

又想到什么，他问："不过我也有一面专属的墙，你要看吗？"

乔栖说："那你还不早说？快点，我现在就想看！"

温辞树失笑，动了动胳膊，示意她挽上。她心领神会，小碎步跑过来，最后那一步是跳到他旁边的，同时勾住了他的手臂。

温辞树带她来到书房。

乔栖一进门就知道他要给她看什么了——正对着门的那面墙上挂满了密密麻麻的奖状。

这些奖状都用相框裱了起来挂在墙上，从小学得的"优秀少先队员"和"学习小标兵"，到初中的"三好学生"和"优秀团员"，再到高中时的"优秀作文一等奖"和"全省奥数比赛第一名"……一个接一个，整面墙都被毫无缝隙地填满了，让人想忽视也忽视不了。

"我的天，老公，你好牛啊。"乔栖被震慑到了。

温辞树淡淡地说："还行吧。"语气里带上了一点不自觉的小傲娇。

乔栖说："我要是你爸，我就把你的奖状挂在外面，天天炫耀。"

温辞树说："我爸不常在书房待，但经常在茶室待。"

乔栖的笑意几乎是瞬间熄灭。

这句话完全可以翻译为——温圣元不常和温辞树待在一起，但经常和温辞镜待在一起。

所以他得到再多的荣耀，也只不过是一个令人骄傲的儿子，而不是一个让人偏爱的儿子。

乔栖有点想骂人，但最后好歹是压住了。

她又往里走了走，看到书桌上摆着温辞树的照片，有小时候的，也有十几岁穿着校服的。

她想让他开心一点，便指着他七岁的照片，笑着说："小树。"又指了指他十七岁的照片，"大树。"

温辞树失笑，刚想说"十七岁都算大树了，那现在算什么"，她转头又指了指他："我的树。"

说完，她忽然"扑哧"一笑，整个人扑进他怀里，笑得发颤。

温辞树的心莫名变软了很多。

她从他怀里抬头，双眸又亮又湿，泛着潋滟的水波，她笑着，羞怯和大胆同时在她脸上出现。

他想亲她，低下头。她顺手勾住他的脖子，踮起脚尖加深了这个吻。

门口忽然传来声音。

"辞树和乔栖去哪儿了？"刘美君问。

"不知道啊，刚才还在那边看照片呢。"吴妈说。

"切好水果了，他们也不来吃，去哪儿了……"刘美君说着，脚步越来越近。

乔栖闻声，想从温辞树怀里出来，可他明显情动，干脆托着她的臀把她抱起来，边接吻边走到门边，然后只听"啪嗒"一声，他从里面把书房反锁了。

门外刘美君不知道在做什么，来来回回地走。

温圣元没一会儿也走过来了："你说，要是辞镜还在，现在肯定也领媳妇回来了。"

温辞树的动作忽然停了。

刘美君说："是啊，估计孩子都有了。"

乔栖感受到温辞树的僵硬，不由得主动了几分。他低头看了她一眼，她把手指插进他的头发里，温柔地抚摸。

他忍不了，再次吻了下去。

温圣元还在聊："你说辞镜会找个什么样的？"

"我觉得他也会喜欢乔栖那样的。"刘美君笑了，"你们男人不都喜欢那种。"

"那可不一定……"

温圣元的声音骤然止住，因为忽然察觉书房里传来窸窸窣窣的声音。

刘美君也听到动静，不由得走过去动了动门把手，敲门："辞树，是你吗？"

外面的人敲着门。

每敲一下，温辞树就吻得更深一分。

乔栖眼睛都红了，想叫出声，又不能够，只好对准温辞树的腰间软肉掐了下去。

乔栖觉得她在这个家里已经抬不起头来了。

每次做一些尴尬的事都会被撞见，饶是她再放得开，都有点难为情了。

她决定这两天好好表现一下，结果在家里住的第一天，她就起晚了。

第二天醒来一看表，都快十一点了，她几乎是"垂死病中惊坐起"，从床上弹了起来，赶快洗漱好出去，准备找点事做。

因为快到中午了，温圣元在准备给温辞树做牛排，刘美君则在客厅看电视。

乔栖想了想，走到了刘美君身边。

她虽然不会插花，却对电视剧如数家珍，而刘美君看的电视剧恰好是她看过的。

她走过去，问道："妈，您喜欢看这个类型的啊？"

刘美君看了她一眼，说："我看电视不分类型，好看就行。"

乔栖点头："您看得太慢了，这才看前几集吧？"

"其实不慢了，我是跳着看的，我就爱看××的戏份，一上午就看了四集了。"

乔栖点头："她的故事线确实最吸引人，后边她手撕小三很带感的。"

刘美君一僵。

乔栖到沙发坐下："你是不知道那小三有多气人，我都想冲进电视机里扇她巴掌！"

刘美君突然叫了一声："喂……"

乔栖一愣："啊？"

"别剧透。"刘美君一副压着火的样子。

乔栖呼吸猛地一提，意识到自己犯了大忌讳，不由得干巴巴地笑了笑。

刘美君倒也没真的生气，她看电视剧也是打发时间而已，并没那么上瘾。

但乔栖觉得自己需要补救一下，想了想就说："我再给您安利几部别的吧，您看韩剧吗？日剧和美剧我也看，还有泰剧……"

刘美君被聒噪的小姑娘吵得脑仁疼，又觉得两个人关系才好一点，不好驳人家面子，就说："那你说说吧。"

乔栖想了想："您喜欢看《吸血鬼日记》吗？我最近……"

她开始滔滔不绝地聊了起来。

刘美君先是没什么反应，眼睛盯在电视上，后来竟还笑了笑，与她接上几句话。

温辞树和温圣元从厨房那边看过来，不禁同时染上一抹欣慰的笑容。

中午吃完饭之后，刘美君要做运动。

乔栖不喜欢运动，但她喜欢跳舞，因为闲着无聊，她找到几个舞蹈视频投屏在电视机上，刘美君在跑步机上慢跑，她就在旁边跳爆汗的舞蹈。

跑着跑着，刘美君喊住了她："你跳的这是什么？那么起劲儿。"

乔栖气喘吁吁地说："这玩意儿可比跑步都累，您和我一起吧？"

刘美君犹豫了一会儿，关停了跑步机，走到了乔栖旁边，乔栖教她用跳舞的方式锻炼和塑形。

乔栖这个人仿佛有股魔力。

更准确来说，她有一股生命力，好像总是能吸引很多人喜欢上她。

这种生命力如果简单来看，当然是她将自己的小日子过得津津有味——

她拥有喜欢的工作，可以在工作中释放才华；拥有打发无聊的小兴趣，没事儿追追小剧喝喝小酒；拥有与人良好交流的能力，能笔直面对自己，所以也对出现在她生命里的人予以平视。

伤心难过的时候，她会毫不避讳地点上一支烟，不过分宣泄而换取同情，但也不强掩落寞，以免让人觉得她的伤心无关紧要。

遭到误会，哪怕对面是她的亲生父亲，她还是会大大方方地为自己争辩。

失去至亲，她不过分沉溺在悲伤中，而是要活得更自由，让远在天上的亲人知道她会幸福，也有能力在不幸福的时候不慌乱。

开心就大笑，难过就悲伤。

有酒就喝，有舞就跳，有人就爱。

这就是乔栖。

无论什么时候，都能笑得很漂亮的乔栖。

这样一个人，除了能拿下直来直去的刘美君，自然也能拿得下闲情逸致的温圣元。

住在别墅，最适合侍弄花草，温圣元又是国学出身，总爱造景，什么假山、盆景、金鱼池，都被他精心打理得像是从古画里蹦出来的似的。

乔栖不懂这些，却闲不住，跟在温圣元后面跑东跑西，帮他打扫散落的泥土和修剪过的枝条。

不过一个上午，温圣元就完全被乔栖哄得笑不拢嘴。

温辞树默默看着这一切。

他应该欣慰的，却不知为何，心里总觉得怪，但又不知道哪里怪。

周日的下午，吃完饭，乔栖去屋后晒太阳。廊下的燕子窝被风吹掉了，她搬了把梯子，兀自去修燕子窝。

吴妈是第一个发现这件事的人，当时她正在屋里擦玻璃，一见乔栖在梯子上就喊起来了："天哪，小乔怎么站那么高啊！"

于是，正在练书法的温圣元和正在看电视剧的刘美君，还有正在办公的温辞树都走出去看，恰好看到乔栖踩在高高的梯子上和燕子讲话。

温圣元和刘美君肉眼可见地沉默了下来。

刘美君眼里甚至闪烁着许多说不清的东西，她看着乔栖，眼底竟慢慢升腾起水雾。

温辞树眼皮一跳，这才知道他心里觉得怪的地方在哪里——他们想起温辞镜了。

乔栖的身上，有温辞镜的影子。

温辞树记得，小时候温辞镜也这样给燕子补过窝，也这样幼稚地同燕子们讲过话。

一个记忆碎片浮出来，其他的也都接连冒出。

比如，以前刘美君在跑步机上运动的时候，温辞镜总是在旁边又蹦又跳地打电动；温圣元在屋后修盆景的时候，温辞镜就在院子里用泥巴打仗……如果温辞镜愿意多和父母在一起交流，大抵就是如今乔栖的模样吧。

所以，温圣元和刘美君应该在乔栖身上找到了温辞镜的慰藉。

温辞树有点落寞，但他没有表露出来。

这种不表露根本不需要刻意为之，他早就习惯了压抑这些情绪。

沉默了下，他走到乔栖身边，扶着梯子喊她下来。

乔栖扭头一看他来了，忙说："温辞树，你来得正好，快把手机借给我拍个照片。"

温辞树知道他如果不借给她，她是不会罢休的，就把手机乖乖递给了她。

她拍完了照片，才肯踩着梯子下来。

等脚沾地，她才发现不知道什么时候，温圣元和刘美君也在旁边无声地看着她。

他们的眼神温柔得不像话，乔栖一时竟觉得无措。

等进了屋，她才小声问温辞树："你爸妈为啥这么看着我？怪吓人的。"

乔栖什么都不知道。

温辞树本可以不解释，但不知道为什么，他还是想告诉她："他们大概是从你身上看到了我哥的影子吧。"

乔栖瞬间沉默了下来。

她很想抱抱他。

这个念头一出，她就照做了。

"说句肉麻的话。"她枕在他的胸口，"你放心，我永远不会忽视你的。"

温辞树一愣，旋即把双臂收紧。

乔栖并没有和他腻歪很久，她总是想一出是一出，竟又缠着他拍照，先是用手机拍，后来用拍立得拍。

她就是这样，哪怕花上两个小时，也要享受拍照和修图的乐趣。

两人在家里吃完晚饭之后才准备驱车离开。

他们临走之前，刘美君开始大包小包地给他们装泡菜、腌茄子、辣椒酱、咸菜和火腿肠……当妈的总是这样，孩子平平常常地回一趟家，也要把厨房里好吃的都给孩子带走。

乔栖没有这样的母亲，也不愿意凑热闹，便到温圣元的茶厅小坐。

而温圣元和温辞树被刘美君喊去帮忙。也不知道是哪里不如她的意，厨房里传来了"哎呀，你怎么连这点小事都做不好"之类的话，吴妈在旁边特别着急，想说"我来吧"都没插上话。

很快打包好，温辞树和乔栖该走了。

刘美君和温圣元把他们送到家门口，车子开出一段距离后，还能从后视镜里看到他们仍站在门口目送。

父母与子女之间，大抵都是这样一场目送吧。

等温辞树的车彻底开没影了，温圣元和刘美君才回屋。

孩子们一走，偌大的房子就显得冷清不少。

刘美君坐在沙发上看电视剧，却总也看不进心里去，便叫温圣元："咱们下会儿棋吧。"

温圣元也觉得冷清，就说："好吧。"

他们走到茶厅，茶桌旁边就摆着棋盘。

进屋的时候，温圣元和刘美君都下意识地先看了一眼墙上温辞镜的拍立得照片，然后他们不约而同地眼眸一沉。

因为墙上明显新贴了几张照片。

是温辞树的。

看衣服应该是今天拍的。他不怎么会拍照，对着镜头有些拘谨，那些比耶或者比"OK"的姿势，大抵都是被人强迫做出来的，有点呆萌的可爱。

刘美君和温圣元脸上都漾起了笑。

其中一张照片的下面还贴着一张字条。

温圣元把它拿下来，刘美君脑袋凑过去看。

——如果这里也有辞树的照片就好了，就像……爸妈要是也记得辞树喜欢吃什么就好了。

陌生的字迹，应该是乔栖写的。

这一刻，好像有一层白布被揭开了。

大家心照不宣地淡化温辞镜的死亡，不刻意提及，却又处处留下他的痕迹，仿佛他只是出了一趟很远的门。

然而这个家里越是到处都有温辞镜的痕迹，就越是到处都有温辞镜的"尸体"。

这具"尸体"被自欺欺人地蒙上白布，仿佛不去掀开，就不知道里面遮盖着什么，就不用直面这份痛苦。因为太害怕白布被掀开，他们还把这个家封闭了起来，关好了"窗户"，害怕风会进来吹开什么。

后果却是……他们也把自己禁锢了起来。

他们似乎也忘了，还有人被不小心关在了屋子外头，就像被抛弃了一样。

乔栖在这段故事里始终是一个客人。

她无意间走了进来，觉得很奇怪，为什么这个家里到处都是白布？又是为什么，有一个人在屋外像是被一道无形屏障阻隔了似的，徘徊着，不进门？

所以她揭开了白布，看到了"尸体"，看到了疮痍，发现了门外人不能回家的原因。

她留了张字条，想问问这家的主人，我看到的，你看到了吗？

他们懂了。

温圣元和刘美君对视着，脸上都泛起了心酸的表情。

第七章
归巢

/ 鸟儿流浪久了，也要有树可栖

1

温辞树回家之后，接到了一通"特殊"的电话。

是温圣元和刘美君打来的。

他们开始只不过是问一些平常的话，诸如"到家里没""菜放冰箱了没有"。后来在快挂断的时候，温圣元忽然说了一句没头没尾的："儿子，真抱歉。"

温辞树那会儿正一边打着电话，一边把从家里带来的泡菜、咸菜和各种酱往冰箱里放，没反应过来："什么？"

温圣元说："让你一直活在你哥的阴影下，对不住了。"

"还有我。"听声音，刘美君应该是夺了手机过去，声音从小变大，"阿树，对不起，我和你爸看到乔栖留的字条了，我们很愧疚……"

温辞树心思一晃，不由得转头去寻乔栖的身影。她刚洗完澡，睡在沙发上，七分干的如瀑长发倾数垂落到地面，只等自然晾干。

美得毫不自知，又不拘小节。

温辞树难以想象，这样的她，在留下的字条里到底写了什么。

刘美君继续说："我和你爸想了很久，是等到你下次来再向你道歉，还是干脆不道歉了以后用行动表示，但最后我们还是选择立刻就向你道歉，因为我们知道，说什么都太迟了，所以不能再迟了。"

温辞树把手机放在餐桌上，开了免提，沉思般盯着手机屏幕。

他从没想过自己还能得到这样一份道歉，因此不知道该如何回应。

刘美君最后一笑："还有，你之前问我的那个问题，我有答案了——不亏。不仅不亏，还赚了。"

温辞树几乎是瞬间反应过来刘美君所指何事。

乔栖第一次登门拜访的时候，刘美君看不惯她，他出声维护，问刘美君："您觉得我爱她，亏吗？"

当日刘美君斩钉截铁地说"这个儿媳妇我不要"。

现在刘美君告诉他，他不亏。

温辞树远远看着躺在沙发上的乔栖，轻声开口："都过去了。"

他不想说"没关系"，也无法说"我原谅你们"。

长期的压抑并不是一件没有关系的事情，但是一家人之间也谈不上原谅不原谅，所以他说，都过去了。

另一层意思是，快让新生活开始吧。

挂了电话之后，温辞树走到沙发旁蹲下，乔栖转头看他。他适时弯腰，夺走了她唇间的芬芳。

乔栖刚才依稀听见温辞树在和他父母通电话，大概明白他应该是知道了她做过什么，所以没有推开他，反倒抱住他的脖子，加深了这个吻。

亲了好一会儿，温辞树才把乔栖放开，随后说："不早了，回房休息吧。"

乔栖懒懒勾住他的脖子，引诱意味很重地问："一起吗？"

温辞树却把她的手拿开："今天分开。"

乔栖被拒绝了，很生气："什么叫今天？"

温辞树托住她的后脑勺，凑上去又亲了她一口才说："乖，我有话跟你说。"

温辞树的有话说，和乔栖理解的有话说，完全不是一回事。

乔栖本以为他会和她面对面说一些很重要的事情，结果他只是把她赶进她的卧室，然后再转身回到自己的卧室，给她打来一通电话。

乔栖简直无语极了："大哥，你搞啥？"

温辞树特别爱听乔栖说话，带着憨憨的搞笑，还是不自知的，所以他笑了，告诉她："我想给你讲一个很长的故事。"

乔栖问："讲啥？"

她心里想的是：我倒要看看你说什么还非得打电话。

温辞树沉默了几秒。

就当乔栖忍不住又要说些什么的时候，他开口了："讲故事之前，先跟你说几个秘密。"

乔栖不由得安静了下来。

"我的微信名是'S'，'S'不是'树'，是'seven（七）'，是'栖'。"

乔栖呼吸变慢。

"我开的酒吧叫'S7'，但是这里的'S'不是栖，是思念的'思'。S7是思栖。"

讲到这儿，他停顿了一下，似乎在等她的反应。

但是乔栖根本说不出话。

温辞树又继续说："婚礼上我送你的戒指也不是随便买的。"

他又顿了顿，不禁失笑。

"包括后来的钻戒也是我特意设计的，因为你背上文着荆棘。栖栖，女孩子刺荆棘太痛了，要让花从荆棘里盛开出来。"

乔栖嘴唇微张着，目光有些呆滞。

她不太明白。

更准确说，正是因为听明白了，所以不太明白。

他是什么意思？

在她爱上他之前，他已经爱了她许久许久吗？

她所有不曾察觉的细节，都是他密密麻麻的真心？

他纵容着她，宠爱着她，呵护着她，而她贪婪、骄纵，又没心没肺，可他从来没要求过她有一丝一毫的改变，因为他从未要求过一丝一毫的回报。

一时之间，竟不知道是她太傻，还是他太傻。

"这些话我当着你的面说不出口，只能这样讲给你听。"温辞树自嘲一笑。

乔栖这才出声："你说，我听着。"

温辞树站在窗边，看着无边的夜色，一笑："栖栖，我从来不是先婚后爱，我是先爱后婚。"

故事要从高中说起。

其实温辞树原本不该在平芜七中上学。

刘美君是实验高中的教导主任，她一直想让温辞树去实验高中，以便更好地照顾他。

自从温辞镜去世之后，刘美君对温辞树的控制几近病态——她不允许温辞树骑车上学，哪怕是自行车都觉得危险；她不允许温辞树使用任何电子产品，把他账号里的所有女同学都删除了，包括他的班长；她不允许温辞树和差生还有女同学当同桌；她和班主任打好了关系，以便可以随时了解温辞树的情况……

初中三年，温辞树都活在刘美君给他设置的枷锁之中。

原本他已经认命要去实验高中念书了，可中考结束那天，他乘坐公交车回家，在等红绿灯的时候，有两个女生滑着滑板从他身边倏忽而过，在公交车的车头一侧停下。

离他比较近的那个女生正倦懒地同旁边的伙伴说话，她穿着无袖的黑色背心，胸口上印有一只很大的白色蝴蝶，长发悉数散落在腰际，随着风的吹拂晃动着。

她朋友问："高中打算去哪儿？"

"七中吧。"

"你确定你能考上吗？"

"别小看姐，好歹也是班里前五的成绩。"

她们说说笑笑，温辞树看着她，想到了两个词语，反叛和自由。

第二次见她的时候，是在一周后。

刘美君做了一些豇豆，要他给爷爷送过去，他到爷爷家小区门口的公交车站的时候，恰好看到马路对面的网吧门口站着一群人。

他几乎是一眼就看到了她。

在人群中央站着的姑娘，手里拿着一支"绿舌头"冰棒，却在和对面的男生比赛吹泡泡糖。

她那天穿一袭白色的连衣短裙，头发胡乱扎起来，像是表面看起来很乖，其实总爱背着妈妈出去疯玩的叛逆少女。

他注意到她脚踝上有一串红绳松松垮垮地挂着，显得她的皮肤越发白。他又多看了一眼，她却像是发觉到有人看她似的，转过头来，目光与他对上。

他没躲。

忘了躲。

他们就这么隔着一整条马路，在太阳的暴晒下对视。好像盛夏忽然有了具体的烧灼感，那天的太阳穿透皮肤，烫到了他心上。

然后她先移开视线，忙着去撺掇其他朋友比吹泡泡糖。

她就是随意看了一眼而已，根本没把他当回事。

意识到这一点，他不知道为什么竟有点落寞。

这种感觉很像他小时候安静地坐在滑滑梯上，艳羡地望向在沙堆里玩闹成一团的小朋友们。

那个孤独的小孩，在时隔多年后，又一步步走进了他的内心里。

回到家，鬼使神差，他做了个大胆的决定——去七中。

那是他第一次忤逆家长，也是唯一一次。

这件事在家里掀起了轩然大波，不过好在最后他还是如愿上了七中。

然后在开学第一天，他再次遇到了乔栖，以及她的那帮朋友。

那时候他们这帮人里一共是二男三女，温辞树是到开学半个月后才知道，清秀一点的那个男生是王富贵，个子高一点的男生是段飞扬，皮肤黑黄的女生是孙安琪，个子不高的那个女生叫上官晴。

而这群人里，总是走在最中间、笑得最肆意明快、长得最漂亮的是乔栖。

最初听到她名字的时候，他还以为她叫乔西。

直到很久以后，他才在公告栏上的一则通报上看到了她真正的名字。

大家都叫她乔栖(xī)，可不知道为什么，他总是下意识地想把她叫成乔栖(qī)。当然，这都是后话了。

时间还是要拉回到开学第一天。

温辞树在教学楼下遇到了乔栖和那帮朋友，他们站在进教学楼的门旁。

看到她的时候，他的心头说不清道不明地跳了一下，可她没有看见他。

但她身边的孙安琪注意到他了，眼前一亮，一副"被帅到了"的样子，碰了碰身边的她："看帅哥。"

这句话温辞树听到了。

而后他心一慌，在乔栖抬头看过来的时候，收回了视线，淡淡的样子，似是丝毫没有注意到她。

然后他听见乔栖评价了一句："还行吧。"

兴致缺缺的样子。

这还是温辞树第一次听到这样的评价。

他是属于从小帅到大的那类人，颜值没有经历过尴尬期，加之他学习成绩好，在学校就更加受欢迎，从小到大都是全校女生公认的男神。

结果乔栖说他也就还行……其实人都是虚荣的，他瞬间感到失落。

但不知道为什么，他的第二反应竟然是这很合理。

仿佛从第一眼见到她的时候，他就知道他不会是她喜欢的类型。

正如从第一眼，他就知道她好吸引他。

学生时代，人总是容易被离经叛道的东西吸引，因为总是活在框架之中，就格外向往那些新奇的、大胆的、超脱的一切。

后来在某个学习完的凌晨，合上书本时，温辞树认真想过，他为什么要到七中来？

因为他是一个缺失自由的人，而乔栖看上去恰如自由本身。

看到她的那一刻，他找到了他的自由。

他在她的身上体会了精神反叛，亦是一场精神革命。

温辞树第二次在学校见到乔栖是在某次升国旗的仪式上。

他在国旗下演讲，一群没穿校服的学生被教导主任揪到主席台前罚站，其中就有她。

他看到她了，但没怎么敢往她那边瞥。

散场之后，他特意借着系鞋带的假动作磨蹭了一会儿，等她离开，他才跟在她后头往教学楼走去。

短短一小段路，不知道为什么，他特别紧张。

他们是一个教学楼的，但他还不知道她在几楼上课，他希望他们能在一个楼层。但开学这么久都没遇见，他知道可能性很低。

到二楼的时候，他该拐弯了，她还在往上走。

他犹豫了几秒，硬着头皮跟她往上爬。她走到五楼之后准备拐弯，他正犹豫是不是该跟着她拐的时候，有人大叫了他一声："辞树哥，你怎么在这儿啊？"

是吕斯思，她在四楼上课。

温辞树就像是考试打小抄被抓包那么尴尬，支支吾吾，眼神闪躲，最后只能说："心里想着一道题，不小心走过头了。"

这是一个最合理的解释。

吕斯思听罢哈哈大笑，他则落荒而逃。

上楼的学生们如哗哗的水流，而他就像逆流而上的小鱼，很艰难才挤回了他原本的海域。

后来温辞树和乔栖最多的交集也不过是在楼道里遇见。

刚开始的时候，他总是碰运气。

后来他觉得这样不行，就假意借着等吕斯思放学，在三楼上四楼的台阶上来回徘徊，这样一来，遇见乔栖的机会就多了很多。

这种感觉很苦。

他不能说，也看不见。总是想找寻，总是想触碰，可关于她的事情，他只有听说，没有见证。

温辞树讲到这里，被乔栖叫停了一下。

"原来你总在三楼拐角等的人居然是我？"她难以置信，实在无法做到不打断他。

温辞树有些讶异："你知道我在等人？"

乔栖一时不知道该怎么说。

因为如果实话实说，她确实不记得他曾经总在三楼等人，还是看了孙安琪的日记才知道这件事，并且她一直以为他等的人是吕斯思。

真是好大一个乌龙。

但她不能直说，因为她不想伤害他。

她仔细回忆，才从孙安琪的日记里搜寻到一个很微弱的记忆点："我当然知道你在等人了，有一次酸琪的水杯掉了，还是你给捡起来的。可能这事儿你早忘了吧？"

温辞树愣怔了两秒，他没想到乔栖不仅注意过他，还记得他帮孙安琪捡过水杯。

一个人不求回报地爱着另一个人，你以为有些事她永远不会知道，可她原来早已捕捉了那些爱的痕迹。

这种感觉太奇妙，温辞树心里升起一股难以言喻的狂喜。

"我当时听到声音，还以为是你的杯子，所以才去捡。"温辞树有点激动，"捡起来之后递给你，你说'不是我的'，然后孙安琪接了过去。不过我还是很开心，那是我第一次和你说话。"

乔栖心里酸酸的。

温辞树又笑着说："那天突然降温，天气特别冷，大家都急着回家，你也是，孙安琪接完杯子，你就急着要走了。"

乔栖不知道怎么接话，闪躲一笑："对啊。"

就是这两个字，让温辞树的心忽然被刺了一下。

人的语气和神态也是一种语言，在不同语气下的"我爱你"也有可能代表"我不爱你"，"我恨你"也有可能是在说"我爱你"。

人与人相处之所以那么注重感觉和感受，就是因为只有细微之处的触碰，才能代表最真实的心意。

他意识到，原来她并不记得。

他不知道她是怎么知道水杯这件事的，但他就是确定她不记得。

心从天空落到地上，他沉默了下来。

乔栖做贼心虚，想安慰他，又怕说错话，连忙找话题："那你肯定记得我跑三千米的事吧？我连续两年运动会都报了女子三千米长跑。"

察觉到她想换个话题，温辞树一笑："那你肯定不记得我也跑过三千米吧？"

高一的运动会上，乔栖跑了三千米，所以在高二的时候，温辞树也想报名参加男子三千米。

这件事完全是瞒着刘美君做的，自从温辞镜死后，他就被禁止一切剧烈运动。当然，也不能完全不运动，刘美君连他跑步要跑多少米都规定得死死的，一千米是上限。

所以其实跑三千米，也算是他的一次叛逆吧。

因为参加三千米长跑，温辞树每天都要去操场跑几圈。

乔栖也是。

很多人都选择在晚自习下课之后去操场跑几圈，但温辞树怕回家晚被刘美君盘问，一般都在下午放学后到晚自习上课前这段时间去训练。

刚开始训练的时候，他没遇见过乔栖，大概跑到第三天的时候，乔栖也开始在那个时间点跑步。

她每次过来，身边总是围着一大堆人，他只能远远看着她，装作从没注意过她。

他记得很清楚，有一天跑着跑着，天空中忽然毫无预兆地下起了雨，大家都在往教室跑。他远远看到乔栖那儿有伞，就没有担心她，而是接着把没跑完的半圈跑完。

谁知等他路过她的时候，她忽然叫了他一声："同学，下着雨你还跑啊？"

他停了下来，看了她一眼，第二眼却只敢把视线落在她的下巴上。

她冲他笑："我朋友正好多了把伞，给你了。"

她指了指她身后的孙安琪："你要是想还，就到高二（6）班找孙安琪。"

他看了一眼在不远处打着伞的孙安琪，孙安琪脸上瞬间挂上一抹笑。他没有想太多，只以为这是一种善意。

他又想着，能和乔栖有一点交集也挺好，所以就把伞接了过来："谢谢。"

他这么对她说，她不甚在意地一笑，旋即转身跑远了。

她这天又没穿校服，而是穿着肥大的黑色运动裤和紧身的白色上衣，特别显身材，而她的鞋子也没有好好穿，而是踩着后脚跟那么趿拉着，一点也不像来训练的样子。

后来，温辞树没有特意去孙安琪的班上还那把伞，而是在第二天训练的时候拿给了孙安琪。

他当时应该是说了谢谢。

孙安琪很豪迈地说："不用谢。"

至于其他的，他都忘记了。

后来过了许多年，他和乔栖婚礼那天，无意间听到孙安琪曾暗恋过他，然后他又想到那段在操场训练的日子。

他在想，他和乔栖的训练时间那么切合，有可能不仅是他尽力往乔栖的时间上靠，很有可能也得益于孙安琪总想见到他，所以央求乔栖也在那个时间去操场。

温辞树常常想，他高中生涯里做过最重要的一件事，大概就是参加那次运动会。

乔栖平时训练总在浑水摸鱼，在操场上和朋友们打打闹闹，几乎没有认真训练过。但是在真正开始跑的时候，只有她和他是除运动员外，坚持跑完三千米全程的人。

他见证了她跑下来的全过程。

她从枪响的那刻就保持匀速前进，没有什么振奋人心的加速，也没有令人揪心的减速，她只是始终用同一种频率摆动着马尾，视线稳稳地落在前方，不慌不忙地跑。

而她越是淡定，每当她赶超一个人时，大家的惊呼声就更高涨。她越是从容，每当有其他人退赛时，她的亲友团们就越是嚣张。

他们都在喊：

"乔栖你好牛啊。"

"乔栖我女神！"

"乔栖你跑下来老子给你一千块钱，给我坚持住！"

"小乔别听他的，要是跑不动了就下来，哥照样给你一千块钱！"

最后两句话分别是王富贵和段飞扬说的。

温辞树把目光悄然落在段飞扬的身上，这个出现在乔栖身边次数最多的男生。

这个人长得很周正，身上却总是透着一抹江湖气，乔栖和其他人都叫他"大哥"。偶尔路过学校后面的小摊，看他们一群人吃饭，貌似总是他掏钱。温辞树也见过他教训某些外校的小混混，他站在人群最前头，不像其他人那么暴躁，但说一句话都能让对面的人吓得打战。

温辞树偶尔撞见他们，总觉得段飞扬对乔栖很宠，不过两人之间没传出过什么绯闻，所以温辞树有点分辨不出他们之间是像哥哥和妹妹那样，还是也夹杂着别的情感。

他甚至为此特意去网上搜了好几次"男女之间有纯洁的友谊吗"，结果哪种答案似乎都不能说服自己。

当然，这种事情，温辞树是无法对乔栖提及的。

他最后只是告诉她："你当时跑得很漂亮……我也不知道'漂亮'这个词适不适合形容你跑步的样子，就像是这张试卷完成得很漂亮，这次演讲发挥得很漂亮一样，你这场运动会无论是过程还是结果都很漂亮。"

乔栖听罢，很抱歉地一笑："对不起，我不记得你跑步是什么样子了。"

温辞树也笑了，但他的笑意里没有苦涩，因为他知道她不记得："当时你跑完就被你那些朋友架走了。"

乔栖难以表述自己现在是什么心情，她为永远无法察觉他那时的感受而感到痛苦。

温辞树察觉到她的心态，不想让她歉疚，又说："不过我记得当时我们一起在领奖台上领奖的时候，他们给你拍了照片。"

那算是他们的第一张合影。

"是啊，我也记得。"乔栖这么说。

她没有告诉他，其实那些照片早就不见了。

照片是孙安琪拍的，那丫头当时说是为了拍她，其实根本就是为了拍温辞树，所以拍完之后，她压根连看都没看。

高中毕业那年，孙安琪在去越南旅游的时候，包都被偷了。包里面有一个钱包、一台相机和一个笔记本，钱包里装着当年温辞树与乔栖的合照，这照片原本相机和笔记本里都有备份，但最后，它们都因为这场"偷袭"而消失不见。

就像无疾而终的青春，只是时间向前了，所以人们就走散了。

"那给我递纸的人也是你对不对？"乔栖忽然想起温辞树手上的那颗痣。

温辞树"嗯"了一声。

那是高一快结束的时候，大家都在为期末考试而冲刺，整个教学楼里几乎只有翻书的声音。温辞树去物理老师办公室问习题，回教室的时候，无意间看到乔栖往另一栋楼走。

他鬼使神差地跟了上去，结果走到一楼的时候便听到杂物间传来啜泣声。

他停了脚步，转过身靠近那扇门。

杂物间里堆满了没有用过的拖把、扫帚，还有一些体育用品，乔栖趴在运动会时会用到的玩偶服后面流泪。

她为什么会哭？

那段时间正在传她在和某某班的某某分手，温辞树本以为是这个原因，后退了一步，想像没有来过那样离开。

但脚还没有沾地，他就后悔了——或许可以趁机安慰她，以便获得认识她的机会？

他收回了想退出的脚，想说："同学，你还好吗？"

可他就像被点了穴似的，话憋在喉咙里，无论如何都张不开口。

那一秒钟的心理活动比任何时候都多，怕她躲起来哭就是不想让任何人知道，而他如果贸然打扰她只会让她尴尬；怕如果他乘人之危，利用她的脆弱达到目的，将永远无法在她面前挺胸抬头；也怕万一她真的需要一个安慰，而他要是走掉了，她今晚会很低沉。

最后他选择递给她一张纸。

察觉到有人碰了碰自己，她仰头看了他一眼，但很显然，她只能模糊看到他的轮廓，看不清他的长相。

杂物间没有窗户，这里唯一的一丝光亮就是从门缝里透进来的笔直光线。那光线就像是一道切割线，恰好落在他伸出来的手上，将他们分成两边。

她看清了他手上的纸和手上的痣，有点困惑，问："什么？"

他说："同学，你的纸。"

这种时候，一般人都会说"给你纸"，可他说"你的纸"。

前者的善意是一种给予，而给予需要偿还，后者的善意是一种提醒，甚至不必说一声谢谢。

听着手机那端温辞树轻轻缓缓地讲述，乔栖的心像是涨潮一般。

潮汐只为月亮汹涌。

她根本无法表达他的细腻和温柔是多么珍贵的品格。

有些人一辈子也拥有不了温柔的能力，可他在只有十六岁的时候就已经做到了。

都说宇宙最神秘，都说地质难探索，都说蚂蚁也能成为一门研究。

万事万物，都很神奇。

可这些加起来，也没有缘分二字奇妙。

在被岁月掩埋的时光里，他曾托起过摇摇欲坠的她。

命运嫉我熠熠，赐我一场暴雨，而你怜我孤寂，为我遮住雨滴，代我沉沉溺雨。

2

"所以当时为什么会哭？"

温辞树想了想，最终还是问出来。

乔栖回忆了一阵，长话短说："那你还记得我那个圈子里有一个叫上官晴的女生吗？"

"嗯，知道。"他说。

她叹了叹，但讲出下面的话时，并没有过多的情绪："高一快结束的时候，学校不是举办了艺术节吗，我的演出被她破坏掉了。"

那时候都是小女孩，心智还没成熟，谁的书包比谁好看都会忌妒一番。

上官晴是从什么时候开始讨厌她的，又是为什么而讨厌她，乔栖并不知道，她只知道那次艺术节的背后"捅刀"，差点摧毁了她对"友谊"二字的信念。

艺术节的开幕式表演，乔栖和几个女同学共同排练了一出音乐剧，主题是《花样年华》，以王家卫的电影为灵感，讲述二十世纪香港舞厅里的一场邂逅。

音乐剧不比语言类节目传递感情那么直接，因此每一个细节都很重要，因为但凡缺少那么一点儿没办法言说的"感觉"，舞台效果就会大打折扣。

乔栖是这个节目的负责人，从编排动作、分歌词到设计舞美，再到租赁舞服和计划排练时间，事无巨细，她都安排得很认真。

结果到演出当天，上官晴和另外两个参与演出的女生一起告诉她，她们不演了。

乔栖的第一反应是她们在开玩笑。

上官晴干脆和她撕破脸："乔栖，我不想做你的跟班了。"

晴天霹雳降下之前，好歹也得刮阵风。

乔栖难以置信："你什么时候是我的跟班了？"

上官晴说："在你面前，我总是被忽略，我很烦。"

她还说："谁愿意做陪衬啊，谁希望自己永远是第二选项，谁希望男生跟自己搭讪结果问的都是你的 QQ 号啊？"

她好像很累，所以摊牌了："演出也是啊，你熬夜给我们设计那么多动作，我们练过的还没你随便跳好看，这样真的很烦哎。"

就是这样，上官晴宣布要和乔栖形同陌路。

乔栖这个人交朋友注重界限，另外两个参与节目的人，她对她们仅局限于友好以待，但远远没有交心。

人在交友的时候，都会本能靠近对自己更亲密的人，另外那两个人和上官晴关系更好，因此当上官晴临时倒戈的时候，她们便纷纷响应，抛下乔栖一个人面对烂摊子。

后来乔栖还是上台了。

她独自一人完成了原本需要四个人完成的表演，把热闹的音乐剧变成了一个人的独舞。

永远直面命运带给她的一切，是她的性格。

命运要是给她一个烂摊子，她就在烂摊子上起舞。

后来艺术节结束，上官晴和乔栖彻底形同陌路，乔栖比失恋都难受。

经历过的人都懂，这种难受就是心里闷着一口气，如果有人告诉你"有什么你就说出来，别憋着"，你一定说不出来。虽然光想到都堵得慌，可在张口的那一刻就已经用尽了全部的力气，别提还要继续说接下来的话。

毕竟是互换衣服穿的朋友，是买了奶茶之后会要求"你尝尝我的，我也尝尝你的"的朋友，是会在数学课上把字条塞进钢笔里传来传去的朋友，后来乔栖实在太难受了，决定去找上官晴再聊聊。

温辞树遇到乔栖在杂物间里痛哭流涕那天，恰好是乔栖忍不住去找上官晴把话说清楚那天，结果显而易见，她还是失去了那个朋友。

其实在回忆的时候，乔栖很想把上官晴说成是一个十恶不赦的人，以此来衬托自己在这段友情里一点儿错都没有。

可她终究是一个对自己、对他人都极度坦诚的人。

她知道，上官晴不仅没有十恶不赦，甚至连坏都算不上。谁不希望自己是耀眼的？谁想一直羡慕别人？谁又能在做朋友陪衬的时候心态平和？

如果把她和上官晴调换一下，她未必做得比上官晴更好。

所以她们都没有错，这并不矛盾。

把血淋淋的伤口和丑陋的伤疤都袒露在另一个人的目光下，并不容易。温辞树听乔栖剖析自己的过往，知道一个人只有把自己撕开的时候才能这样坦诚，所以他决定把一些原本觉得说不说都无所谓的事情也告诉她。

"你知道吗？我们的婚礼我之所以设计成二十世纪港风歌舞厅的样子，就是因为你跳的那支舞。"

那次艺术节，不仅是对乔栖，对于温辞树来说也有着重要的意义。

他第一次见她跳舞就是在那时候。

其实不用长篇大论来形容她表现多棒，他就是觉得舞台上那束光是为她打的，仅此而已。

一个表演者，能让舞台中唯一的那束光变成自己的陪衬，是一种本事，乔栖就有这样的本事。

　　"还有滑板。"他想起来什么，"我记得最初见你，你只玩短板，后来长板貌似是周野渡教的。"

　　乔栖愣了片刻："连这个你都知道？"

　　温辞树笑而不语，因为他的滑板都是跟她学的。

　　乔栖想了想，关于周野渡，能够讲述的东西看似会有很多，但其实在她的记忆里，他和段飞扬、王富贵他们并没有什么不同。

　　上官晴离开他们那个小圈子之后，大家很久都没有接纳新的人进来。后来高三了，周野渡和段飞扬一个班，所以他才慢慢开始和大家一起玩了。

　　最初乔栖并不和他交心。

　　人都是一朝被蛇咬，十年怕井绳的动物，因为上官晴，乔栖差点变成一个虚伪、多疑、不愿意付出真心的人，这远比她错失一场表演恐怖得多，但那会儿她偏偏就是这类人。

　　要不是和乔育木吵架，顺口让周野渡假扮了一下男朋友，他们也玩不到一起。

　　而自从玩到一起后，乔栖发现周野渡多多少少也算是一个宝藏。

　　他会玩滑板，喜欢长跑，还是国家游泳一级运动员，精通中日英三门语言，喜欢收集限量版的航空模型，会唱张国荣所有的歌，还十分有钱。周末大家去郊外春游，他则坐直升机飞拉斯维加斯看太阳马戏团的演出。

　　讲真的，她对他并非没有一点心动，但她打心眼里就不相信他会真心喜欢她。

　　乔栖是无法一见钟情的那类人，因为她的家庭给她带来了太多的不安定因素，她容易没有安全感，容易患得患失。

　　所以她对他一直保持着普通朋友的距离，和他相处的时候，身边也基本都有别人，学长板的时候也拉上了孙安琪、段飞扬一起。

　　男女之间，只要没有唯一性，就不能扯上暧昧。

　　直到高中毕业，乔栖才知道原来周野渡喜欢自己。

　　她拒绝了他，他并不意外，竟还苦笑着说："为了试探你，我经常在你面前说我和别的女孩走得近，但你居然一点反应都没有，从那时候我就知道你不喜欢我，不过我还是不想给自己留遗憾。"

乔栖为此哑然很久。

"聊到这儿你也知道了，我之前那些男朋友都是假的，但我觉得是真的也没什么，那些都过去了。"

乔栖这么对温辞树说。

如果乐观一点，她会告诉他，重要的是以后。

温辞树"嗯"了一声。他也从没有把这些当回事，但周野渡这个人确实给他造成了一定的影响。

人人都有青春疼痛。

有人说，对于普通孩子来说，青春疼痛根本不是浮夸的三角恋、乐队和街头黑道，真正的疼痛是青春期的肥胖、脸颊上的痘痘、体育课腋下的汗水、找不到伴的午餐、不敢递给父母的试卷、老师无意间的羞辱……就连"青春"两个字都是自卑。

温辞树的青春也大抵如此。

他的青春疼痛是熬夜也刷不完的习题，是控制欲极强的母亲，是偷偷藏起来的在意，是想付出却没能力付出的无力感。

那时候他的零花钱总是被控制得很严格，他无法像其他男孩那样送她礼物，而周野渡偏偏是一个爱烧钱的人。

高三那年的艺术节，乔栖想搞一个无人机方阵，在闭幕式宣布结束的时候起飞。这本是连老师都难以办到的事情，可周野渡替她办到了。

他不知道用什么办法调来了五千架无人机，在天空中组成各种各样的字形和图案，当天的艺术节闭幕式上，无人机出场的时候，气氛达到了高潮。

这件事后来成为学校里的美谈，人人都知道周野渡把乔栖宠上了天。

而温辞树那时候还是一个兜里连奶茶钱都没有的人。

这是他的自卑。

所以后来他们在一起之后，他总是喜欢送她东西，仿佛不仅仅是为了让她开心，还弥补了他年少时的缺憾。

不过当年的艺术节，他也送了乔栖一个礼物——班级门口那面墙，他画了岩井俊二《情书》里的柏原崇。

这也是艺术节评选优秀班级的环节之一，学校允许每个班都在门口的墙上发挥，有的班做模型摆在门口，有的班写一墙的书法，而温辞树的班级恰好选择画画。

后来在评选的时候，温辞树的这幅作品被评选为"优秀作品"金奖。

可能是沾了《情书》这个故事的光吧，也有可能是因为柏原崇太帅。当然，他不谦虚地讲，更有可能是因为他在这幅画的一角写的句子——

你叫藤井树。

或许正因如此，你的故事是一场沉默。

等待是树的宿命，你在等待一只鸟儿飞上你的枝头。

在此期间，你要经历孤寂的深秋和难挨的寒冬，要等秋风打掉你的叶子，等霜雪冻僵你的虬枝，等大雨砸痛你的树干，等雷电从梢头劈过，蚂蚁与虫在身上噬咬，年轮从皮肉之中再生出新的来。

你忍耐了这一切，只为等一只鸟，在春天你抽出嫩叶的时候飞过来，在你的怀中筑巢、栖息，共看春风又绿水两岸。

可惜，既然是鸟儿，她又怎么会轻易停止飞翔。

树，如果始终等不到倦鸟归来，你还会继续等待吗？

那段话的最后一句以疑问句结束。

过去这么多年了，温辞树拨开重重时光，再度将那个问号挂起，才知道他的答案一直都没有变过。

有些事情，有第一次，就有第二次。

除了这幅占满整面墙的画，他还写过一篇征文，名叫《火星花》。

火星花就是火焰兰，花语是"热烈强烈的感情"，如果要用一种花来形容乔栖，他会选这个。

最初听到这个花名的时候，他觉得火星花比火焰兰叫起来好听，可是后来他觉得不对，比起火星，她更像火焰。

因为火焰更加炽热无畏，更加轰轰烈烈。

但这些事，他要讲给她听吗？

温辞树握着手机的手有点颤抖，沉默了片刻，他最终选择避而不谈。

他总感觉一股脑都说出来，有点情感压迫的意味，好像在说"你看我对你多好，你不该感动吗，不该弥补我吗"。

他不想这样。

未来还有很长的时光，他更想慢慢讲给乔栖听。

他选择告诉她另一件他做了两次的事情。

"我第二次给你递纸巾，是在高考快结束的时候。那次从门缝里透进的光落在了你的手上，你接过纸巾的那刻，我看到了你红色的美甲，好像什么多余的样式也没有，但真的很好看，所以我对你说的唯一一句话，就是你的手指很好看。"

静了两秒。

乔栖深呼了一口气："你不知道你那句话对我意义多大。"她的语气中满是难以置信。

"我知道。"他很淡然。

"不，你不知道。"乔栖简直要哭了。

这样一句类似"今晚吃什么"的话，竟然让她找到了人生方向。

这是一件用"微弱"煽动"庞大"的事情，他或许能稍稍感知她的感觉，但又怎么能真正理解呢？

也是从那时候起，她更加坚定了要做一个"勿以善小而不为"的人，因为有可能无意之间的一句关怀、一个眼神，就能让一个人得到救赎。

可温辞树不这样想，他更相信人与人之间的默契。

那天在湖畔夜游时，他就什么都知道了，只是说出来她大概也不会信，干脆就不与她争执了。

他现在更想知道的是另一件事。

"你那次是为什么哭？"

乔栖又静了一会儿才从上一段的情感中抽离出来，然后解释："因为我舅舅死了。"

该如何提起呢？

"我记得我告诉过你，我舅舅从小就虐待我……我曾经发誓等我长大后要狠狠报复他，但是他突然死了……

"你能明白那种连恨一个人都没有意义的感觉吗？

"他死了，好像我的痛苦也应该一并消失，但不可能啊，怎么会消失呢？但我却必须以他的死亡为节点，开始放下一切，并放过自己。"

这很难，也很残忍。

温辞树懂。

该怎么安慰她？

他想了想，最终选择把《火星花》这篇作文告诉她。

"我给你发一个东西吧。"

他这么说，退出通话页面，从相册里找到两张照片，发给了她。

3

乔栖看到温辞树给自己发来了消息，就退出了通话页面。

他发来的是格子作文本的其中两页。

乔栖点开大图，看清楚字迹后，她的第一感受是这篇作文一定是他写的。

因为上面的字迹工整好看，字如其人。

当她看到作文题目的时候，她的目光沉了下来——是孙安琪日记里提到的那篇《火星花》。

火星花

文 / 温辞树

每个人心里都有钟情的花。

可能是中通外直、不蔓不枝的莲，可能是凌寒独自开的梅，可能是宁可枝头抱香死的菊。或许更多的是馥郁的玫瑰，纯洁的百合，高贵的牡丹。

这些花，要么因高贵的品质而引人赞叹，要么因美丽的外表而惹人喜爱。

小时候我一直不懂，人们为什么那么爱给万事万物赋予意义。

月亮的意义是思念，那是因为这个世界上只有一轮月亮，可是花朵千千万万，各不相同，赋予意义，真的有意义吗？

直到我找到了我喜欢的花。

我喜欢的花，是火星花。

可能很多人没有听说过她的名字，更别提见过她的模样，但如果我提到火焰，你脑海中有具体意象的话，那么一定不难想象她的样子。

她没有玫瑰娇艳，没有百合纯洁，没有梅花清傲，没有栀子馨香，也没有牡丹华贵，她就像一团轰轰烈烈的火焰。

火焰有各种形态，火苗温暖，山火强势，可火星花，只是如篝火般缓缓燃烧。

她不屏弱，她的热烈源自内心的燃烧，永不停歇地往上冒，任何人也无法轻易把她吹熄灭。

她只燃烧自己，从不危害他人，却能让他人感受到她的光和热。

她不求获得关注，但只热烈喷发一次就陷入休眠，她也是万万不肯的。

她只是在自己的世界范围之内轰轰烈烈。

因此，玫瑰没有她热烈，百合没有她自由，梅花不如她笃定，栀子不如她沉潜，牡丹不如她淡然。

她是如此的小众，小众到没有诗人愿意来给她赋予意义。

可我又是如此开心，因为这样我就可以做第一个给她赋予意义的诗人。

《小王子》里这么写道："如果有人钟爱着一朵独一无二的、盛开在浩瀚星海里的花，那么当他抬头仰望繁星时，便会心满意足。他会告诉自己，我心爱的花在那里，在那颗遥远的星星上。"

我的火星花，就盛开在我仰头就能望到的地方。

其他花很美，可她们都不是我的花，我的花不知道我的存在，但她只要生活在这世界上，能享受每一天的清风雨露，能在午后晒晒太阳，能在黄昏降临的时候做个有月亮出现的美梦，我就永远为她祝福。

我终于明白，花也是有意义的。

当你需要的时候，当你凝望的时候，当你感受的时候，万事万物都有意义。

任谁都知道，这篇作文里的火星花代表着什么。

温辞树在告诉乔栖，无论她是痛苦的还是丰盈的，无论她是纠结的还是豁然的，无论她饱受非议还是为人称赞，他都会爱她。

有人说爱应该是陪伴，也有人说爱应该是亲密接触，还有人说爱是热情，但最终温辞树会选择赞美。

永恒赞美、鼓励，永远被她吸引，做她第一个和最后一个仰慕者，然后与她平视，给她陪伴。

乔栖终于流下了热泪。

眼泪要为值得的人流，因为只有这样的眼泪才自由。

她挂上了电话。

温辞树感觉心里隐隐有什么在指引，他提了一口气，看了眼门边，几秒后，上帝仿佛在他耳边弹了个响指。

他大步走到门前，定了一秒，而后用力打开了门。

乔栖果然就站在他卧室的门前。

门开了，她咧嘴笑了笑，而脸庞上分明挂满了泪水。

然后她张开双臂。

他几乎是扑上去抱住了她，而她整个人都被他的怀抱裹住。

他没有问怎么站在门口也不敲门，因为他知道，她知道他一定会过来抱她，一定会过来。

不知道拥抱了多久。

乔栖忽然想到什么，松开了温辞树，回到自己那屋拿了手机。

而等到进门的时候，她无意间趔趄一下，碰掉了一本书，是他常看的那本《公共建筑设计原理》。

温辞树和乔栖同时弯腰去捡，最终是乔栖先把书本拾起来。

她无意间掀开了封皮，"爱情三十六计"几个大字映入眼帘。

她不由得呼吸一滞，抬头去看温辞树。他目露尴尬，但更多的是无奈。

她忽然就笑出声来："树神大人好纯情啊。"

温辞树把她手上那本书接过来死死护住，叹息："你放过我吧。"

"温辞树，你就这么喜欢我吗？"

这是她第一次这么认真地问他这样的问题。

他看着她的眼睛，好像可以放弃一切。

"我爱你。"

不只是喜欢。

乔栖眼底染上一丝明显的动容，温辞树还以为接下来要煽情了，谁知她忽然举起手机，对着听筒大喊："何平！你听到了吧，记得给我十万块钱哦！"

原来她还记得那个赌约。

温辞树摇头："我输了。"

"那十万块钱又回到你手里了，不止如此，还多了一个老婆！"乔栖挑了挑眉，有点嘚瑟。

温辞树好像又没有输。

他的婚姻不是开始于"我爱你"，而是"合作愉快"，但最后的结果是"我爱你"，而不是"合作结束"。

也挺好。

想到这儿，他抱住她，她给予回抱。

"你知道吗？很多人都说我名字好听，但其实我并不喜欢我的名字。"温辞树的下巴搁在乔栖的肩窝上。

乔栖问："为什么？"

"朱颜辞镜花辞树，这个名字寓意不好，开得再漂亮的花朵，都会在我身上凋谢。"他这样说。

乔栖沉默了一会儿，用手拍了拍他的背："你知道吗？自从奶奶死后，我就觉得我是没有家的人了。倦鸟都能归林，我却不行。"

这下轮到温辞树沉默，而后他又给了她一个笃定的承诺："你忘记了，我名字里有'树'字，我这棵树永远等着你来栖息。"

乔栖从他怀里抬头："所以啊，你别讨厌自己的名字，我不是花，我是在你树上搭巢的鸟儿。我们会在一起一辈子。"

温辞树看着她。

短短的一句话，为什么令他觉出拯救意味？

他不知道该如何是好了。

她却似乎看出他的心思，捧住他的脸亲了上去。

亲吻是把语言秘密交换的动作，接吻的那瞬间，他口中的话就被她吞到肚子里了。

后来他们疯狂纠缠在一起。

乔栖常常觉得温辞树这个人真的好温柔，温柔到暴雨落在他身上都要温柔几分。

但这也是他，偶尔流露出一丝浪荡的艳色，就像禁欲之人走下神坛，让她欲罢不能。

是他先爱上她的。

她的爱，没有他的爱时间长，但一定不比他的爱分量轻。

因为从爱上的那一刻起，她就从不保留。

她还是想和他继续聊聊过去的事情。

然后她去拿来孙安琪的日记本，扬了扬，说："其实在你告诉我你的过去之前，我就在搜索你以前的痕迹了。"

温辞树的目光落在封皮上，问："这是什么？"

"不能给你看，但我有问题想问你。"乔栖把那本日记紧紧护住。

温辞树笑了："你说。"

乔栖打开日记本，看到这一页。

201✕ 年 4 月 30 日

救命！今天班里换位子所以走晚了一点，偏偏就看到 S 和那女生了！

那女生在哭，S 看样子很担心她，眉头皱得可厉害了。

路过他们旁边的时候，我特意步伐放慢，听见他很温柔很温柔很温柔地在安慰她！

我要气死了！！！

乔栖知道现在这个时候再问这些未免有些愚蠢，但她还是希望他们之间有什么就说什么。

"之前酸琪经常看到你和吕斯思在一起，好多次她哭了，都是你在安慰。所以那时候发生了什么？"

温辞树怔了怔，似乎在回忆什么。片刻后他反应过来，一笑："哦，你说这个啊。"

他看着她的眼睛："首先，有一件事你要先知道，斯思是有老公的，她老公现在在国外，有可能下半年就能回来。"

这下轮到乔栖怔住了。

温辞树失笑："咱们回家的时候，我爸妈家旁边有一座刷白漆的小别墅，墙上爬满了爬墙虎，你注意到了吗？"

乔栖回忆了一番，问："那是吕斯思家？"

"嗯，是她爸妈家，我们从小就是一起长大的，就像亲兄妹一样。"

"我知道你们之间没什么。"乔栖望着他，"我只是不明白那会儿她发生什么事了。"

讲到这个，温辞树迟疑了几秒。

乔栖察觉到他似乎有点为难，便说："算了，不想说也没关系。"

温辞树摇了摇头："其实告诉你也没什么。斯思声音太嗲，高中三年被严重校园冷暴力，有女生带头孤立她，所以我经常开导她。"

乔栖没想到是这样，一时语噎。

"你知道为什么斯思会来我的酒吧帮忙吗？"

乔栖摇头。

"因为她无法适应职场。"温辞树说，"因为声音，大家都说她装。她从小就被孤立，让她心理出现很大的障碍，变得敏感和讨好。后来到了职场，她也融入不进去，很痛苦，所以干脆就做独立一点的工作了。"

大大咧咧的女孩总是人缘更好，也正因如此，很多女孩子在开始念书的那一刻起，就强迫自己学会怎么外向。

性格适应群体，对于本就独特和小众的人类来说，真的是一件很残忍的事情。

就像是人们从青春期时开始萌发出对美的渴望，但是偏偏又要因为所谓的得体和乖巧而压抑这种渴望一样。

乔栖常会遇到来做美甲的学生，看她们能够直面美、探索美，她就觉得真好啊。

一代人总要比一代人更勇敢。

"我想我会和斯思成为朋友的。"乔栖听完温辞树的话后，这么对他说。

温辞树轻轻抚摸她的头发，又爱又怜。

静了片刻，他又问："那你还有什么想问的？今天咱们是坦白局。"

伴侣之间，能这样专门挑出一些时间来讲这么久的事情，并不容易。

有些人可能一辈子没有过这么赤诚相对的时刻。

乔栖"嗯"了好一阵："你快想想，还有没有忘记告诉我的事情，我暂时想不到了。"

温辞树想了一阵，然后还真的想到了一件事。

"我的头像是一朵被踩脏了的茉莉花，那是你掉的。"温辞树说。

乔栖难以置信，他怎么总能令她震惊？

"难道是周野渡送我的那束吗？"

高考结束那天，周野渡送了她一束花，是茉莉。

当时她觉得又不是象征爱情的玫瑰花，加上朋友们考完试都有家长过来送花，唯独她没有，所以就收下了。

后来大家一起去烧烤摊吃饭，那束花孙安琪也喜欢，乔栖就拆开送了她几枝，应该是那时候不小心弄掉了。

而温辞树和同学当时也在那个烧烤摊聚会，只不过他们一个在屋内吃，一个在外面吃。他看到了她，后来等她走后，他捡起她掉的花，随手拍了张照片。

温辞树笑了："所以我在婚礼上也用了茉莉花，这花的寓意不错，'茉莉'是'莫离'的意思。"

乔栖哑然失色。

她一时不知道该说什么，只好换个话题来掩饰自己满心的汹涌："我想起来一件事，孙安琪的日记里有写你和别人打过架，为什么？"

聊到这个，温辞树比刚才提起吕斯思的事情时还要低沉。

有些被尘埃掩埋的记忆，或许她有权利知道，但似乎她不知道对她更好。

他想了很久。

乔栖就在旁边等了很久。

好像是知道他一定会告诉她这些似的，她并不催促。

终于，温辞树撩起眼皮看向她。

他神色还是淡淡的，但声音里带有一丝抚慰的意思："我打他是因为他偷拍你。"

"偷拍我？"乔栖难以置信。

"在你上楼的时候拍你的裙底，装作擦肩而过拍你的大腿，你穿低领的衣服时他也会拍……我比别人更留意你，所以有一次你上楼的时候他拍你被我发现了，后来我把他堵住了，找到了其他偷拍的照片。"

乔栖没想到这背后竟有这么肮脏的事情，恶心得像吞了只苍蝇。

她越想越觉得无语，都气笑了："他暗恋我？"

温辞树摇头："本来我找到他之后，他答应我以后不拍了的，谁知道后来还是拍了，所以我就打了他。然后他告诉我，那些照片不是他想看，是有别人想看。"

"谁？"

"找人偷拍你的那个男生叫路甲平，我本来想找他谈谈，但没出两天他就退学了。"

乔栖瞪大了眼睛，像被人扼住了咽喉："谁？！"

"路甲平。"

乔育木常常这么骂乔栖："上学的时候你就不学好，身边那些狐朋狗友要么文龙画虎，要么娘娘腔一样，那个段飞扬还进去过，真不知道你本来就是那样的人，还是被他们带坏了！"

段飞扬是乔栖那伙人从小到大的大哥。

这倒不是因为他是他们之中年龄最大的一个，而是因为他这个人莫名江湖气重，对朋友很讲义气，无论谁出了什么事情，他总有能力像个大人那样解决。以前大家围坐在操场上畅想未来的时候，都觉得段飞扬一定会是他们之间混得最好的一个。

结果在高考之后，他和一个人起了争执，失手把那人的一只眼睛打瞎了。

这件事发生在校外，加之大家有意保护段飞扬的名声，少数知道这件事的几个人也都没有外传。

但是有些事能捂住，有些惩罚却依旧要继续。

最后段飞扬锒铛入狱，他的大学相当于是在监狱里上的。

而他打的那个人就叫路甲平。

凌晨一点钟，乔栖把段飞扬约了出来。

温辞树依稀知道了什么难以言明的事情，默默把她送到段飞扬家的小区门口放下后，便把车子开远了。

这种时候，他应该给她时间。

乔栖站在一棵梧桐树下等段飞扬。

夏日的飞虫多，它们在树梢处的路灯下盘旋，她看着它们，想点支烟，却从指尖到手臂都在颤抖。

段飞扬从楼上下来，远远看到她的背影。

昏黄的路灯照在她身上，她恰好穿着姜黄色的曳地连衣裙，细细的吊带挂在双肩，露出她后背妖冶的荆棘文身，以及漂亮的蝴蝶骨。

他深深看了她好久才走过去："什么事啊？大半夜的。"

乔栖闻声一僵，随后转头，凝望着他。

她的眼神很不一般。

段飞扬的笑意僵在脸上，然后嘴角慢慢垮了下去。

她的眼睛里有动容，可不知道为什么，那一汪动容里，分明还有几重难以被忽略的绝望。

对视好久，乔栖才问："段飞扬，你当年为什么要打路甲平？"

她叫他"段飞扬"，而不是"大哥"。

段飞扬呼吸一沉，很快明白有些秘密似乎见了天光。

"你知道什么了是不是？"

"你打算瞒我一辈子是不是？"

两人几乎是同时说出来的。

然后他们都哽了哽。

上学那会儿，段飞扬人脉广，但凡见过面的同学都会叫他一声"大哥"，也正因如此，当某个男同学无意之间看到了路甲平手机里的乔栖时，才会跑来告诉他。

以往乔栖有什么事，他要是知道了，就顺手摆平了，都没有让她知道。

那次他也以为自己有能力和以前一样帮乔栖悄无声息解决一切，谁知道路甲平身上还带着刀，他毫无准备，为了自卫，只好对路甲平下重手。

现在回忆起来，他还是会觉得那就像一场噩梦。

段飞扬不愿再提，便说："没什么，我不想让你觉得欠我的。"

"可我就是欠你的。"说这句话时乔栖已染上哭腔。

她太绝望了，不知道该怎么面对他，也不知道该怎么面对自己，不知道如何面对回忆，更不知道该如何直视未来。

"我就知道如果你知道这事儿会是这个反应。"段飞扬苦笑。

"所以这就是你没告诉任何人的理由吗？"乔栖看着他。

他紧抿着唇。

他这些年心里未必没有苦，但更多的是坚定。

当初如果他把照片的事情说出来，她一个女孩子的名声会受损。

当然，就算不考虑这个，他也不会说的。

因为他一旦说出来，她能给他的就只有同情了。

可他不想要她的同情。

再开口，段飞扬表现得轻松了很多："我现在过得很好啊，事情都过去了，你还把它拿出来做什么？"

"因为我欠你的。"乔栖这么说。

这不是段飞扬愿意听到的话："我不觉得亏欠，就不亏欠。"

乔栖连连摇头，边摇头眼泪边从眼里甩出来："不不，我欠你的一辈子都还不清……"

她痛苦极了。

她宁愿自己受伤，也绝不愿意朋友受伤，何况这个伤还是为她受的。

"乔栖。"段飞扬试图让她冷静，"如果你放不下，我们以后只会渐行渐远。"

乔栖只是哭。

她什么都明白，但她接受不了。

"大哥，你想要什么呢？我能给你什么？"乔栖这么说，"我真的很想给你一点什么。"

段飞扬心里密密麻麻地泛着针扎一样的疼。

她说是"我想给"，实则是"我想还"，他都明白。

可是他能要什么呢？

他什么也不该要，什么也不能要。

他依旧是很沉稳的样子："小乔，如果你真的想报答我，以后我有需要你的地方，你不要推辞就好了。"

乔栖看着他，几秒后再次捂住脸哭了。

什么时候她也变成一个只会用哭来抵抗一切的女孩了？

连和温辞树冷战时她都没有这样过。

她知道，有些亏欠是无法偿还的，她只能用余下的时光弥补。

"大哥，我希望你一切都好，但如果真有需要帮助的时候，你一定要找我，我一定会帮你。"

这是乔栖唯一能对段飞扬承诺的了。

段飞扬说："好。你快回去吧。"他看了眼这条街的尽头，"他在等你。"

乔栖也回头望了一眼，温辞树的车子就停在街头拐角处的树下。

她抹了把眼泪，还想对段飞扬说什么，但又实在没有什么好说，最后只能勉强笑了笑，与他深深地对视一眼才离开。

段飞扬看着她的身影，心里有一种说不出的苦涩，可同时又生出一股莫名的自由来。

她并不知道，他打算离开这个城市了。

人与人之间一旦有了亏欠，就相当于有了隔阂，再也回不到当初，所以当年他打算独自品尝一切秘密，再苦也要咽下。

后来出狱，他发现乔栖身边还没有人，其实有想过要追求她，但每每想到自己是一个有前科的人，身上永远有洗刷不掉的污点，他就觉得自己配不上她。

原本他想等事业再稳定一点再说，可谁知半路杀出个温辞树……

谁能说这不是命运的安排？

他离开平芜的念头，最早在周野渡离开的时候浮现，他原本只是为了逃避感情挫伤，可现在她既已知道当年他入狱的真相，他就更应该走了。

因为如果她一直觉得亏欠他，又怎么能全心全意过好自己的生活呢？

他当初断送了自己的大好前程，不就是为了让她幸福吗？

他不希望事情变成面目全非的样子。

看着乔栖越走越远，段飞扬给自己点上一支烟。

记得最初见她是在初二，他们分到一个班，意气相投，于是就成为朋友。

最开始他们相处得比较简单，晚自习大家都在学习的时候，就他俩在后面聊天。

朋友吧，无外乎一起胡侃，能聊到一起去就能成为朋友，所以一开始他俩也算得上是倾盖如故。

后来熟悉之后，他发现她好像被她舅舅施虐。他这个人重义气，当即就和几个人高马大的男同学一起去吓唬她舅舅，几次下来，她舅舅老实了不少。她得知这件事，对他比以前更信任了，两个人也就玩得越来越好了。

至于从什么时候产生特殊感觉的，段飞扬记不太清了。

只是某天，当他发现有别的男生围在她身边的时候，他会生气到一晚上睡不好，然后他才后知后觉。

有那么多人爱她，可他们一定都没有他爱得久。

因为爱她，他做过许多自我厌恶的事情。

就像当初他怂恿周野渡和别的女生交好来试探乔栖吃不吃醋，才导致她误会周野渡。后来温辞树出现了，他仍然不怀好意想搞破坏，但是温辞树比他想象中的坚定很多，所以他失败了。

一个失败者，理应退出局。

他朝着天空吐了个很长的烟圈，就像十几岁时那样。

各人有各人的风月，各人有各人的离合。

他放下了。

或许说，他应该放下了。

就算放不下，用烟压压就好了。

段飞扬后来和周野渡同一时间离开了平芜。

周野渡走的前一晚，把大家叫出来一一告别。

几年前他出国，乔栖没有来送，但这一次，乔栖过来了。

又是温辞树送她来的。这次温辞树依旧没有下车，等乔栖走后，他把车子开到一个僻静的角落，然后静静等她回来。

乔栖进餐厅见了周野渡才发现他变化不小。

他把头发剪短了，更加利落干练，隐隐透出几分成熟的男人味。身上那些乱七八糟的银链子和戒指也被摘掉了，取而代之的是一块劳力士手表。衣服也不像从前那样随性，他把破洞裤换下改穿休闲黑裤，给人一种不老成的商务范儿。

他说以后要去搞事业了，不能再和以前一样胡闹了。

他说要学会适应红酒，以后要少喝啤酒了。

还说以后也不骑哈雷了，改开宾利或迈巴赫，不再砸钱到娱乐圈，要开发度假村。

他还说要找一个女人结婚，生个孩子，好好过日子。

每表一个决心，他都会举一杯酒。

说到要找个女人结婚的时候，他把酒杯对准了乔栖。

乔栖端起面前昂贵的红酒，原本应该小啜细品，可她深深看了周野渡一眼，而后仰起脖子，一饮而尽。

随后她把杯子颠倒，在周野渡面前晃了晃。

周野渡见她坦荡，随之一笑，也把杯中酒一饮而尽。

他们没说再见，但这杯酒已经代表了一切。

再见，再也不见。

当晚，大家分道扬镳。

而第二天，原本应该收到周野渡离开平芜的消息时，乔栖却收到了一封来自段飞扬的离别信。

小乔：

当你收到这封邮件的时候，我已经不在平芜了。

出狱之后的这几年，我总是没办法真正地抬头做人，我早就想离开这个环境，寻找一个让自己真正自由而平和的土地，然后重新扎根，重新生长。

我知道你一定会乱想，是不是觉得我是为你离开的。

不要多心，我不是因为你离开的。

如果因为怕你多心而放弃离开的打算，那才是让咱俩生分了呢，对不对？

好了，话不多说了，小乔，如果你真的想要报答我，那么就永远祝福我吧，我也会祝福你。

——你永远的大哥

乔栖看到这封邮件之后，立刻给段飞扬打了通电话，可听筒那端只传来一阵冰冷的女声："您拨打的用户正忙……"

她挂断电话，让自己陷进椅子里。

虽然段飞扬一再否认，但是乔栖知道，他就是因为她离开的。

她想挽留。

但是挽留有用吗？

对于这种别离，任谁都无能为力。

午后的阳光像一摊水，透过玻璃窗泼溅在身上，乔栖分明没有失去什么，却不知道为什么，忽然生出一种覆水难收的失去感。

4

——人生是一个失去的过程。

失去胶原蛋白，失去青春意气，失去年少好友，然后找到经验，找到自由，再找到自我。找到的东西随时可能会丢，但是失去的一般都是永远地失去了。

我们不应该为失去而悲春伤秋，要为相聚而热泪盈眶。

我们不要认定分别就是最悲伤的结局，因为无论什么感情，只要发生的时候是真实的，那么即便最后的结果不是世俗意义上的圆满，也一定不是悲伤的。

我们永远要有感受力，感受命运带来的所有，享受或者承受它们，最后再接受它们。

当乔栖把段飞扬离开的事情告诉温辞树的时候，温辞树给乔栖发来以上长长的一段话。

然后他打电话来说："我给你看个东西吧。"

他发来一张照片——他在肩膀上文了一只鸟儿。

乔栖很惊奇："是什么呀？"

"麻雀。"

她的话没说完整，但他就是知道她问的是什么。

麻雀是一种经常落于庭院，却不能家养的鸟，他给她栖息地，却不豢养她。

乔栖放大那张照片翻来覆去地看，喜欢得不得了，问："为什么文在肩膀上？"

刚问完，她却忽然有了答案："我知道了，鸟儿都在树枝上睡啊。"

他笑了，感觉时光都温柔了几分。

该怎么解释才能不肉麻呢？

鸟儿站在树的肩头，树给鸟儿安全感，鸟儿给树自由。

"栖栖，你要知道，鸟儿流浪久了，也要有树可栖。"最后，温辞树这么说。

乔栖心里暖暖的，好像再多的阴霾都能一扫而光。

她以前总说他是个神仙似的人，果然，后来他神奇地改了她的名字，也改了她的命运。

当天她也去文了个身。

她在后背那束荆棘之上又文了一朵玫瑰。

温辞树说，女孩子身上文荆棘太痛了，要在荆棘里开出花来。

乔栖没有告诉他，他就是她荆棘丛生的人生里的那朵花。以往的痛，不过是那朵玫瑰的生长痛，越痛，开得越艳。

文完身之后的那个下午，刘美君喊乔栖回家吃饭，问她在哪里，要不要一起去菜市场买菜。

自从上次乔栖在那边小住两天之后，刘美君是越来越爱和她相处了，总是三天两头喊她去吃饭。

乔栖打车来到刘美君所说的菜市场。

她到的时候，刘美君已经买了整整一筐的菜了。她顺手接过来拿着，刘美君力气大得很，一把夺过去："不要你拎，你细胳膊细腿的，拎不动。"

乔栖讲话也不客气："妈，我再细胳膊细腿，也比您老胳膊老腿强。"

说着，她还是把菜筐子抢了过来。这么重的东西，还是她来拿好一点。

刘美君争不过她，连连摇头："你呀你，好事儿全办了，偏偏嘴里没一句好话。"

乔栖笑了笑："您知道我是好人就行，咱们不整虚的。"

刘美君还是连连摇头："那我再去买条鱼，给你炖汤喝。"

乔栖笑了，开心地说："哇，谢谢妈。"

然后她拎着一筐子菜，屁颠屁颠地跟着刘美君穿过菜市场的重重人流，走到最里面的鱼摊。

刚挤到最前面，忽然有人喊她："乔栖。"

乔栖转头找了一会儿才看到罗怡玲和乔桥。

这个菜市场离乔家并不近，乔栖不知道她们怎么会来这里。她想了想才走过去，问："你们跑这么远来买菜呀？"

乔桥有点忸怩地笑了笑："到这边来拿中药的。"

罗怡玲补充："你姐月子没怎么坐好，得抓紧调理。"

抓紧调理，再生四胎？

乔栖忽然想到前两天乔桑跟她说高成彦欠了不少钱，家里又添了一个新生儿要养育，还想筹备生四胎，最后干脆把二女儿送到了乔家，让乔育木和罗怡玲养着。

乔桑知道这一切气得要离家出走，他在电话里问乔栖："姐，你说这都什么年代了，生男生女有这么重要吗？这不是让红红走你当年的老路吗？"

乔栖对此无话可说。

她早已和家里断绝关系，大家都心照不宣。

乔育木和罗怡玲自知没有好好养育乔栖，自从奶奶去世后，也基本不再打搅她的生活。所谓骨肉之情，也就这样而已。

对于乔桥，她早就好话说尽。

人生是条大河，是沉溺还是破浪，唯有自己能决定，旁人是做不了什么的。

乔栖看了眼乔桥手里拎的中药，礼貌一笑："好，那你们慢慢逛吧，我妈在那边买鱼，我去看看。"

她的语气太友好，仿佛她们只是邻居甚至更陌生的人而已。

罗怡玲和乔桥的笑都在脸上凝滞了一秒，而后才干巴巴笑道："行，那你去吧。"

乔栖又笑了笑，刚转身，嘴角便变得平直了，脸上没有情绪。

她走到刘美君身边时，刘美君恰好买完鱼，眼也没抬："你放心吧，我不会让你像你姐姐那样一个接一个生孩子的。"

这话说得未免太突兀，乔栖愣了愣："什么啊？"

刘美君扭头看她，眼里似乎在说"你这个傻孩子"。

或许是接下来要说的话有点煽情吧，刘美君有些忸怩，但眼神没有闪躲："你的事情，阿树跟我聊过一些。你放心吧，以后有我疼你，你曾经没有得到的爱，都会在我们家得到，我和圣元会把你当亲女儿养的。"

乔栖恍然定住。

她不知道该怎么形容这一刻的感受，像是已经结冰的心慢慢被温水解冻那样，很暖，但又不会暖得让人招架不了。

然后不知道怎么了，她忽然想起高考那时候，她因为考试失利想要复读，却遭到了乔育木和罗怡玲的双重反对。

他们都觉得她没有认真念过书，复读也没用，还不如去技校随便学点本领，等毕业了嫁人就好。

她把一摞摞试卷找出来给他们看，想告诉他们她平时玩归玩，但该学的根本没落下，以她的成绩，上个普通一本是没问题的。

可是他们就是不信，她找来学校的老师为她证明她的学习成绩还可以，后来他们信了，但还是觉得女孩子没有必要因为念书把年纪耽误了。

她知道这些其实都是借口，真正的原因只有一个——他们并不爱她。

她曾以为自己永远不会得到亲情上的爱了。

但现在，她得到了。

这是盛夏时节。

在这个夏天，每个人都有所放下，但每个人也都有所收获。

乔栖放下了折磨她多年的原生家庭，得到了一个新的家。

段飞扬去自我放逐了，相信他放弃的，也会是他未来得到的。

孙安琪终于答应了何平的求婚，爱情和婚姻，有时候同样值得期待。

而王富贵和周可还是那样无忧无虑，他们没有失去什么，但未必没有获得什么。

有一个节日专属于这样的夏天——乞巧节。

朋友们常开玩笑，"乞巧节"约等于"乔栖节"。

温辞树在这天晚上把乔栖约了出去。

他开车开到一半的时候，乔栖才觉得不对劲："这是去七中的路？"

温辞树说："回忆一下青春。"

乔栖很期待。

她这天穿了第一次见温辞树父母时穿的裙子，那条大红色裸背裙，性感、高级，又格外妖冶。

温辞树看到了她背上的新文身，个中言语，不必多说。

他没有表现出很感动的样子，只是转过身，微不可察地笑了。

很快就来到七中。

由于温辞树曾经为学校设计过校徽，所以这次跟校领导提起自己的请求后，许是领导已全部安排好，看门的大爷也没有多问什么，就让他把车开进来了。

他一路把车开到学校的地下停车场。下车后，乔栖与他手拉手往外走。

但哪怕他们已是结了婚的成年人，在学校这样的地方牵手、拥抱，甚至连对视一眼，都能让人红了脸。这与年龄无关，只因校园本身就是这样一个地方。

虽然是暑假，还是有不少高三的学生在这里自习。

他们走到教学楼旁边，温辞树指着一扇窗户对乔栖说："这是我高一时的教室。"

乔栖也指了指另一扇窗户："那是我高一的教室。"

温辞树笑了："我知道。"

乔栖语噎，旋即笑了笑。

温辞树把她的手抓得更紧，往前走，又指了另外一扇窗户："那里是我高二的教室，咱们高二时离得最近，你就在我隔壁的隔壁。"

乔栖"扑哧"一声笑出来："怎么感觉这下更难挨了。"

爱，却又不能说的时候，隔层纱还不如隔座山。

温辞树对此不置可否，正想回她一句什么，看到对面走来一个熟悉的人——他们那时候的教导主任，大家给他取外号"黑旋风"。

离得近了，看到乔栖和温辞树在一起，教导主任震惊得要命："你们……"

"我们怎么了？"乔栖扬脸，明媚一笑。

她以前是最不怕老师的那类人，老师拿这种学生通常是又爱又恨，既没办法管得了他们，又因为时常打交道反倒比普通学生关系还近一点。

教导主任连连摇头："我真没想到，你们居然……居然在一起了！"

温辞树风轻云淡："老师，我们是夫妻。"

教导主任又是摇头又是感叹，最后激动得都语无伦次了。

乔栖忍不住在一旁偷笑。

等只剩他们两个人的时候，乔栖说："我想到一本书。"

温辞树问："什么书？"

乔栖说："《倚天屠龙记》。"

温辞树眼眸一闪，忽然懂得了她在说些什么。

杨道和纪晓芙，一个是明教大魔头，一个是峨眉女弟子，一邪一正，可是却相爱了。不仅如此，他们还生下一个孩子叫不悔，因为永远都不会后悔。

简直就像是老师眼里的他和她。

温辞树笑了："栖栖，你对婚姻有什么展望吗？"

乔栖看着天边亮得出奇的月亮，想了想，说："大概就是普普通通的白头到老吧。你呢？"

温辞树也看了眼月亮："我希望等到七老八十了，我们牙齿都掉光了，我问你嫁给我后不后悔的时候，你会说，嫁给我你不后悔。"

讲完这句话，温辞树看向乔栖的眼睛。

乔栖亦回望过去。

有人曾说：我当然不会试图摘月，因为月亮奔我而来的话，那还算什么月亮？

曾经乔栖也这么觉得。

可是爱上温辞树之后，她不这么想了。

倘若她是月亮，她偏要奔向他，不远万里。

她可以不要她的皎洁，不要追捧她的众星，不要世人的仰视。她要让潮汐掀起万丈海啸，用巨浪的回声掩住众神的非议，然后为他降落，天上人间。

爱情归根结底是一个降落的过程，但不是跌落泥潭，而是踏踏实实地踩在这片土地上，然后共同赶路。

乔栖踮起脚尖，在温辞树的嘴角轻轻碰了一下。

温辞树没有加深这个吻，他把她的手紧紧握住，就着皎洁的月光，继续往校园深处走。

有一个崭新的校徽高高挂在教学楼上。

那是一个大大的数字"7"。

这是他对这座校园，对这座校园里的青春年华，以及对这座校园里某个姑娘的盛大告白。

人生是一个失去的过程。

可是我们相遇了。

于是我们得到了。

那就相爱吧，有月亮见证。

番外
爱你的七个瞬间

1

在结婚一周年的烛光晚餐时，乔栖问了温辞树一个问题："那些年的暗恋中，如果要选一件你最心酸的事情，你会选择什么？"

温辞树很讶异乔栖会问他这样一个问题。

沉默了许久，他才回答："我不是故意这么说，但如果真的要选一件最心酸的事情，大概还是看到你哭，给你递纸那时候。"

乔栖为这个回答而呼吸变慢，缓了缓才问："为什么？"

温辞树一笑："你猜猜？"

乔栖想了想："因为你帮不了我？"

温辞树摇了摇头。

乔栖又说："因为你只能远远站在一旁，没办法近距离关心我，更不可能知道到底发生了什么，所以你担心？"

温辞树还是摇了摇头。

他不再卖关子，没等乔栖再猜，就主动把答案告诉了她："我心酸在于，我没办法让你知道这个世界上还有个人全心全意爱着你。"

在你被原生家庭折磨伤害的时候，在你觉得不被爱、没有人袒护、没有人兜底的时候，我却不能告诉你有人爱着你，你值得被爱。

即便我鼓起勇气向你告白，你肯定也不会相信一个仅有一面之缘的人的话吧？

我们终究是在一些时刻擦肩而过了。

乔栖因他的回答鼻酸了一下，想了想，举起杯："现在知道了。"

温辞树与她碰杯。

嗯，不仅知道了。

遗憾也终将被爱填补完整。

2

温辞树新公司建立之初，要举办一个晚会。

温辞树对乔栖说要和她一起跳开场舞，但他不会跳，只好让她教他。

刚开始一切都还正常，可是跳着跳着，乔栖就不老实了。

她说累了，就把脚踩在他的脚背上，让他带着她跳。

两人离得很近，呼吸缠绕。

她莫名想到第一次和他跳舞的时候，当时的音乐是《蓝色多瑙河圆舞曲》，她穿一袭蓝色的礼裙，人还算漂亮，但舞步很一般，不像这次进步好多。

而温辞树也想到了当时的场景。

他想到她的蓝色裙摆像碧蓝的湖波粼粼荡漾开来，那是他一生中第一次真正意义上看见蓝色。

不是天空的蓝，不是海洋的蓝，仅仅是他喜欢的人的裙子颜色，却超越碧海蓝天。

想着想着，温辞树情难自抑，忽然捧起乔栖的脸颊，深深吻了下去。

乔栖顺势张开双臂勾住他的脖子。

爱意在夜里翻墙。

3

结婚三年后，乔栖怀孕了。

看到验孕棒上的两条杠时，她蒙了半天。

那会儿温辞树正在厨房做早饭，她把消息告诉他，他也蒙了半天。

他们一直都在享受二人生活，没有备孕的打算，这个孩子是个意外。

乔栖问："怎么办啊？"

温辞树想了想，把饭盛好递给她，说："先吃饭吧。"

乔栖到餐桌前坐下，他却回了屋，再回来时，手里拿着 iPad。

乔栖咽下一口流心蛋，问："拿这个干什么？"

温辞树手指在 iPad 上飞快划动："你先吃饭，吃完再说。"

他这反应完全不是一个刚刚得知自己要当父亲的人该有的反应，乔栖瘪瘪嘴，在心里琢磨他可能是不想要孩子。

她拿了块烤面包，一边撕面包，一边在心里想东想西。其实她对于生孩子这件事一直以来的态度都是无所谓的，可以生，也可以不生。生是因为觉得有个小孩会热闹些，不生则是害怕身材走样。

就是不知道温辞树态度如何。

她很快吃完。

温辞树这才把 iPad 递给她。

她接过来一看，居然都是关于怀孕生养的科普。

"你找这些干什么？"乔栖问。

温辞树说："看看吧，把这些都看完再决定要不要生。"

乔栖想了想，便低头认真看了起来。

他找的全是以往她不知道的内容，比如生产会有多疼，会有什么风险，孕妇高发病是什么，产后会有什么后遗症，以及一个剖宫产的视频。

而这些都被汇总在一个 PPT 里。

乔栖看着看着，会意出什么来，问："这些是你专门做的？"

温辞树正在吃他的那份早饭，闻言放下筷子，"嗯"了一声。

乔栖问："这么多内容，不是一下子就找到的吧？"

温辞树看向她："你还不傻。"

乔栖一怔，无语道："所以，这个 PPT 是什么时候做的？"

温辞树说："结婚没多久就做了。"

乔栖顿时什么都懂了，因为婚后早晚要面临生育问题，所以他一早去了解了这些事情。

生与不生都应该是女人的个人意愿，而女人有权利在知悉所有的风险后再做出决定。关乎生命的决定，仅仅靠爱去判断远远不够，还应该考虑到生命本身。

温辞树对乔栖说："生儿育女这件事你不用考虑我，我有你已经很知足了，多个孩子是锦上添花，但没有也没关系。"

乔栖感谢他的尊重。

就像婚后刘美君催生，他一直帮她挡着一样。

这份爱里，她收获最多的便是尊重。

她说："那我想想吧。"

温辞树点点头："好。"

一周后，乔栖决定生下这个孩子。

当时她和孙安琪去逛书店，无意间看到了泰戈尔的《吉檀迦利》。

她打开书，恰好看到一句话。

——尘世上那些爱我的人，用尽方法拉住我。你不一样，你的爱比他们伟大得多，你让我自由。

她毫无预兆地红了眼眶。

这些话，她是根本说不出的，所以她感谢诗人，感谢有一个素不相识的人类精准描写了她的情感。

现在的她，有很多很多的钱，也有很多很多的爱，更重要的是她相信幸福这件事本身。

于是她打电话告诉温辞树："你准备好当爸爸吧。"

4

温辞树主动和乔栖冷战了。

以往都是乔栖闹，这次轮到温辞树，乔栖有点受不了，在冷战八小时后就回家把这件事告诉了刘美君，想让婆婆替自己做主。

刘美君问："什么原因呀？总得让我弄明白才能替你出气吧。"

乔栖摸了摸三个月还没有显怀的孕肚，哭哭啼啼："你去问他吧，反正我现在很不开心，我肚子里的宝宝也不开心。"

这话一出，刘美君直接"杀"到温辞树的公司。

进了门，她气哼哼地问："你怎么你媳妇了？"

温辞树办公室当时还有人，闻言，他们表情一个赛一个的"奇怪"，好像在憋笑，又好像在痛惜。

温辞树让他们离开。

等人都走了之后，刘美君又问了一句："你俩到底怎么了？"

温辞树面色铁青，没有说什么，只是憋着火举起他的双手。

刘美君一怔,只见儿子十个手指头上都涂上了指甲油。

"这……都是乔栖给你做的?"

"趁我睡着给我做美甲也就算了,也不知道她哪儿来的闲情,十个手指头样式都不一样。你看看,这还贴了钻……叫我怎么忍?"温辞树确实是忍无可忍。

"哈哈哈!"刘美君沉默了几秒后,忽然笑了。

温辞树无语的同时,竟也有点想笑是怎么回事?

5

乔栖生了个女儿。

生产那天,温辞树去产房里面陪产。乔栖本来是想顺产,最后情况不太好,无奈只能剖宫产。

温辞树看乔栖那样子,第一次在人前崩溃,哪怕医生一遍遍告诉他不会有事的,他还是忍不住发抖。

没有真正经历过,是不会知道生产有多么不容易。

他深深地自责,懊恼自己在这场孕育里承担得太少,更懊恼自己还是低估了孕育的困难。

一个男人真爱一个女人,会舍得让她出生入死替自己生孩子吗?想到这儿,他更愧疚,乔栖出月子之后,他就去做了结扎。

女儿随母姓。名字是乔栖翻了半个月的书才定下来的,叫乔舒窈。

"舒窈"二字取自《陈风·月出》——"舒窈纠兮,劳心悄兮"。

她希望女儿可以做一个静时从容娴雅,动则身姿窈窕的姑娘,一举一动皆是美好。

小名是温辞树取的,叫"阿鸢"。

鸢是一种鸟儿,属鹰科,是小型猛禽。

温辞树希望她是不懦弱、生命力顽强的鸟儿,拥有自由,也有翱翔于长空的勇敢与魄力。

6

段飞扬回来了,为了参加乔栖孩子的百日宴。

温辞树亲自开车去接他，他去看了小孩，给了孩子一把长命金锁。

乔栖还是叫他大哥，笑着对他说："谢谢大哥。"

段飞扬笑了笑，恭喜她进入人生的新阶段。

这期间温辞树什么都没有说，他只是在心里默默地想，乔栖自动放弃了那么多的爱，只守着他一个人的爱，那么他一定要更加爱她才对。

7

乔栖和温辞树结婚七周年的时候，他们几个朋友包了一座庄园。

孙安琪已经怀了二胎，吕斯思的孩子也有五岁了，他们都很幸福，和乔栖、温辞树一样幸福。

这次聚会周野渡和段飞扬也来了，他们各带了一个姑娘。

周野渡的女朋友已经谈了三年，名叫齐舒婷，是国内知名的美妆博主，个子高气场足，明艳中带点模特独有的高级冷感，性格也是大气豪迈那一类的，很配周野渡。

而段飞扬身边的女生则浑身透出一股岁月静好的劲儿，笔直的黑色长发及腰，文艺范十足，长得也温柔甜美，只是不怎么爱笑，胳膊上的赤蝶文身彰显了她平淡之下的个性。

段飞扬第一次带她来，他喊她"喃喃"，后来乔栖问过才知道她叫钟喃，是个有名的女中医。

对于段飞扬对乔栖的那段感情，钟喃都知道，但她从没提及，乔栖莫名欣赏她。

后来酒过三巡，趁大家玩得正起劲的时候，乔栖和温辞树悄然离开，到后花园里荡秋千。

前院欢声笑语，每个朋友都有挚爱相伴。

屋子里孩子们睡得正香，哪怕音响开到最大都没有扰到他们的梦。

乔栖和温辞树在秋千上慢悠悠地荡，抬头看看又圆又亮的月亮，再收回视线，相视一笑。

生活过到这样便是幸福。

原来这就是所谓的岁月静好。

出版后记

如果有哪本书的后记是非写不可的话，我想我会选择《风月难扯》。

这是我写作以来的第十本书，缘分很奇妙，我写的第一本《等风降临》也是和"大鱼文化"合作出版的，从一到十，是开始，也是句号，像一个圆一样。

这也是一本陪我并肩战斗的书，构思大纲的时候我生病了，写作的时候谈了个恋爱，后来又很快分手。从在文档上敲下第一个字开始，到连载结束，我经历了其他书都没有经历过的磋磨和痛苦，但是我想当你们看到这行字的时候，我的内心已经变得平静。

这还是我打算全职写作的第一本书，开始书写的时候我离职了，写作完毕我去云南待了半个月，我觉得我好像找到自己要什么了，又好像没有。当然，等你们拿到这本书的时候，有可能我已经再次回归职场。

我在想，写作到底是什么？

你以为你和别人不一样，你以为你是特别的，你想以诗情换酒钱，想用热爱喂养生活……但最终你会发现，你仍旧是大多数人，依旧平庸且没有灵气，笔耕不辍，耕耘后产生的是精神食粮，但如果现实中没能拥有真实的田野，你在饿着肚子的同时，精神也会闹饥荒。

所以，我终于学会要敬畏文字，热爱文字，但不要依赖文字，美化文字的功能。

就像我之前在这本书连载结束的时候说：从前我一直在思考，到底是我去找读者，还是读者来找我，是我去就山，还是让山过来？

这一刻我才发现，原来这不是一个问题啊。

我要做的就是把该卸下的卸下，然后往山那边走，等我走到了，山花也开始烂漫了，然后我会发现，原来在我靠近山的过程中，山也来找我了。

而且，也不一定要朝着山走哇。

这是这本书带给我的文字之外的东西，我选择把它表达出来，也希望大家都能够内核稳定，情绪平和。

这本书在连载期间，我真的收获了好多喜欢的评论。

印象最深的有两条，一条是读者说"等待是树的使命，他在等鸟儿飞过来"。树是温辞树，鸟儿是乔栖，这句话简直完美总结了温辞树暗恋的心境。

第二条评论是"既然风月难扯，那么我们就纠缠到底"。莫名有种平淡生活里轰轰烈烈的爱与被爱的幸福感。

如果要用一个词语来概括这本书，我想我会选择"治愈"。

写作的时候我谈了一段短暂的恋爱，开始的时候我在微博上写道：知道一定会没有结果，知道相识的第一秒就要做分开的倒计时，知道拥有就是失去时，但我还是会走向你。我不关心明天的太阳，只要你今天给我温热的心肠。

而最后一次见面的时候，我写道：不到黄河心不死，我去见黄河了，不撞南墙不回头，我去撞南墙了。

或许等到许多年之后，我们才会在一个平凡的早晨恍然大悟，原来你和这个人是最后一次见面了。

但是遗憾吗？好像并不。

因为这次分手的原因是他不够爱。

不是不爱，而是不够爱。

这样的感情真折磨啊，会让人把从上一段感情里建立的信念都推翻，自我怀疑是不是不够好。

所以我快刀斩乱麻地就结束了。

那句话怎么说来着？我用十几岁时的心去爱别人，觉得二十多岁的人都配不上我的爱。

之所以提到这段感情，是因为它就像温辞树和乔栖感情的对照。

我把许多希望、寄托、温柔、真挚以及祝福都放进了这段故事里，我希望它能战胜现实里的一些冷漠，我也希望看到它的人能相信爱依旧美好，也依旧存在。

倘若我们还没得到，只需像树一样向下扎根，向上生长，然后等待。

我至今仍然能想到在电脑上一个字一个字敲下这个故事时的感动，至少对我来说，这是一个温柔的治愈的故事。

文中写：爱情归根结底是一个降落的过程，但不是跌落泥潭，而是踏踏实实地踩在这片土地上，然后共同赶路。

我真心地、真心地祝福你们，我的女孩们。

我希望你们都能得到尘世的幸福。

永远幸福。

周晚欲